Evolutionswiege
Das Erwachen der Veden

GW00712277

SEVEN

Dr. Charith Venkat Pidikiti

Autor

Charith ist ein 1986 geborener Weltenbummler und biomedizinischer Ingenieur, der derzeit in München, Deutschland, lebt. Sein Motto ist: „Ehrgeiz kennt keine Grenzen." Neben seiner Vollzeitbeschäftigung in einem Fortune-500-Unternehmen promovierte er in Wirtschaft im Jahr 2020. Außerdem ist er Unternehmer, Künstler, Schlagzeuger, Fitness-Begeisterter und Schriftsteller, der Oldtimer und Geschichtsbücher liebt.

Charith stammt aus Indien, einem Land, das reich an verschiedenen Religionen und Kulturen ist. Er war schon immer von Geschichte, Mythologie und Religion fasziniert. Dennoch war es seine Vorliebe für die Wissenschaft, die ihn schon in jungen Jahren dazu veranlasste, in einer der größten kosmopolitischen Städte der Welt, an der New York University zu studieren. Danach zog er nach Deutschland, einem Land, das nicht nur eine über zwei Jahrtausende alte Geschichte hat, sondern auch ein Pionier in der Hochtechnologie ist, die er verehrt.

Er reist ständig um die Welt, lernt fremde Traditionen, Kulturen, Religionen, moderne Technologien kennen, oder ist einfach auf der Suche nach neuen Erfahrungen. In Griechenland lernte er schließlich etwas, das ihn überraschte und ihn zu diesem Buch inspirierte.

 www.instagram.com/charithvenkat

 www.facebook.com/charith.venkat

SEVEN Publications
Urheberrecht © Charith Venkat Pidikiti 2018
Alle Rechte vorbehalten
L-75254/2018

Charith Venkat Pidikiti macht das moralische Recht geltend, als Autor dieses Werkes identifiziert zu werden.

Dies ist ein Werk der Fiktion. Namen, Charaktere, Unternehmen, Orte, Ereignisse, Schauplätze und Vorfälle sind entweder das Produkt der Fantasie des Autors oder werden fiktiv verwendet. Jede Ähnlichkeit mit tatsächlichen Personen, ob lebendig oder tot, oder tatsächlichen Ereignissen ist rein zufällig.

Taschenbuch ISBN: 978-93-5408-796-7
Gebundene Ausgabe ISBN: 978-3-9821870-1-3
EBook ISBN: 978-3-9821870-2-0

Cover-Konzept und Design von SEVEN
Herausgegeben von SEVEN

Vorwort

Wir leben in einer Welt der Fakten und der Fiktion, der Illusion und Realität, des Mythos und der Geschichte - alles verschlüsselt in einem ewigen Zeitzyklus der uns bekannten und unbekannten kosmischen Rotation.

Die so genannte Gegenwart ist nichts anderes als ein Bruchteil zwischen Vergangenheit und Zukunft. Die Vergangenheit bleibt als konkretes Beispiel für das kollektive Gedächtnis der Menschheit erhalten. Wie Alexander Puschkin formuliert hatte: „Alles ist ein Opfer der Erinnerung."

Wessen Gedächtnis? Das Gedächtnis der Zeit, in der Tat. Zeit als Metapher der Geschichte.

Die Evolutionswiege ist meiner Meinung nach eine sehr reichhaltige Fiktion von Charith Venkat Pidikiti.

Unsere Leseart sowohl der Science-Fiction als auch der Geschichte hat sich verändert. Aber die Wiege bleibt als Metapher erhalten.

Meine besten Glückwünsche für dieses wunderbare Buch.

Goutam Ghose

Ein renommierter Filmemacher (Empfänger von nationalen und internationalen Preisen)

Aum

Der Gesang, das Mantra, der Klang des Universums.

Die erste, ursprüngliche Schwingung,

Darstellung des Prozesses der Geburt, des Todes und der Wiedergeburt.

Die Beweise.... und wir haben kaum an der Oberfläche gekratzt.

Danksagungen

Sie sagen, dass jedes einzelne Ereignis, jede einzelne Bewegung, jede einzelne Entscheidung und jede einzelne Person, die man trifft, eine Rolle spielen, die einen zu einem bestimmten Punkt führt. Dieses Buch war nur dank der Unterstützung meiner Familie möglich: meiner ewig liebenden Mutter, die mich wie eine Lampe führt, Dr. Jyothi Rani; meinem sehr optimistischen Vater, Dr. Koteswara Rao; meiner äußerst unterstützenden Schwester, Charani, deren Liebe keine Grenzen kennt; meiner sehr geduldigen Frau Anna, für ihre Unterstützung mit der Literatur, der historischen Recherche und der Übersetzung, welches die wichtigste Arbeit für die deutsche Version war.

Ein besonderer Dank gilt meinen Beratern Prachi & Sai Chand, die mich auf dieser Reise begleitet haben und meinen besten Freunden: Zulfi dafür, dass er mir den richtigen Weg gewiesen hat, Rohit dafür, dass er mir die Inspiration gegeben hat und Akshay dafür, dass er uns alle zusammenhält. Ich danke Ihnen allen, dass sie mir immer zur Seite stehen.

Ich widme dieses Buch der wichtigsten Person, die Licht und Freude für alle bringt, meiner Großmutter und Heldin, Sarojini Devi (Amamma).......

Liste der Hauptpersonen

Dr. Chad Schmidt

Herr Friedrich Krieger

Dr. Anneleen de Boeve

Prof. Dr. Herbert Bauer

Frau Geeta Sharma

Frau Sheela Sharma

Prof. Dr. Hamad Al-Hassan

Inspektor Karan Pandey

Herr Daniel Pascal

Herr Karl Weissmann

Herr Lucas

Herr Richard Bollinger

Herr Shashank Verma

Herr Jonathan Berg

Frau Julia Schäffer

General Damian Phillips

Kommissar Mirza

Wichtige Standorte des Romans:

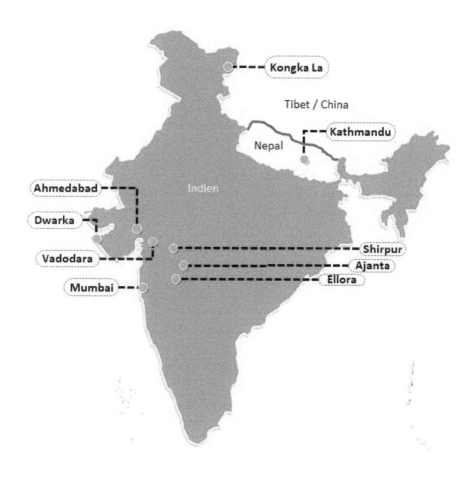

Tauchen Sie ein und reisen Sie mit uns. Die Charaktere dieses Buches und ich nehmen Sie mit auf diese rasante Reise zu all diesen Orten.

Schnallen Sie sich an, diese aufregende Fahrt beginnt jetzt........

Evolutionswiege: Das Erwachen der Veden

Prolog:

Januar 2015, 23:30 Uhr. Er fragte sich, ob es der Kaffee um 16 Uhr war, der ihn wach hielt. Sein Verstand raste noch immer aufgrund der Gedanken des eher routinemäßigen Tages.

Aus diesen zerstreuten Gedanken tauchten einige brennende, immer wiederkehrende, unbeantwortete Fragen auf. Religion, Heimat, Familie, Leben... Anfänge und Enden.

Er sagte sich, dass dies normale Gedanken seien, die jeder habe, bevor er einschlafen könne. Ein Artikel, den er kürzlich bei der Arbeit gelesen hatte, verfolgte ihn seit einigen Tagen. Unter dem Titel „Hoch entwickelte altindische Zivilisation" postulierte er, dass das Klonen schon im alten Indien existierte. Die Beweise wurden als unumstößlich angesehen.

Er konnte sich nicht mehr daran erinnern, wie er auf diesen Artikel gestoßen war. Wahrscheinlich hatte die übliche Langeweile am Arbeitstisch dazugeführt. Er betrachtete sich selbst immer als eine Nicht-Schreibtischjob-Person, egal wie! Sein Gehirn versuchte immer noch, diesen Artikel zu verarbeiten, war das wirklich bewiesen? Könnte es sein, dass wir all dieses Wissen verloren haben und nun versuchen, nur das wiederzuentdecken, was bereits erfunden worden war? Wenn ja, wo ist das Wissen hin? Vergessen? Waren die Geheimnisse verloren, wenn es überhaupt Geheimnisse in der alten indischen Zivilisation waren? Massenvernichtungswaffen, die vor 10.000 - 20.000 Jahren existierten. War das nur ein Hirngespinst? Oder Science-Fiction? Eine urbane Legende? Haben wir irgendwelche Beweise für ihre Existenz? Und schließlich, was wäre, wenn es wahr wäre?

Und dann fiel es ihm auf. Wenn es wahr wäre, könnte dies die Existenz höher entwickelter Wesen nachweisen. Wurde all das Wissen und die Wissenschaft absichtlich zerstört, so dass sie nicht gefunden werden konnten? Vielleicht war die Evolution darauf programmiert, rückwärts zu gehen! Aber warum sollte das jemand wollen? Mehr philosophische Fragen rasten in seinem Kopf, gab es einen Rat, der das tat, oder war es eine Ein-Mann-Entscheidung...

Die Uhr zeigte 1 Uhr morgens, nur sechs weitere Stunden Schlaf.

Kapitel 1

Molgen

Freitags war Chad normalerweise in bester Stimmung. Max-Planck-Institut für molekulare Genetik, Berlin, Deutschland. Die Wissenschaftler hier nannten es einfach „Molgen". Ein hochmodernes Institut, eine Sammlung moderner Glas- und Stahlgebäude. Normalerweise würde man erwarten, dass das Innere einer Forschungseinrichtung trotz des schneebedeckten Januarwetters draußen schön warm sei, aber die Abteilung für Genetik war manchmal sogar noch kälter. Alle Labore wurden bei Minustemperaturen gehalten, um die Kulturen und Enzyme am Leben zu erhalten. Gelegentlich wurde eine Temperaturschwankung mit Hilfe der künstlichen Klimaregelung vorgenommen und es wurde warm. Eine Sammlung seltener und manchmal jahrelang modifizierter und hybridisierter Gene, DNA-Stränge und Chromosomen wurde hier gelagert und untersucht. Hier versuchten die Wissenschaftler, Gott zu spielen, indem sie versuchten, das Leben neu zu erschaffen und zu verstehen.

In den Forschungseinrichtungen liefen viele Studenten die gläsernen Korridore auf und ab. Fast jedes Labor war für Passanten durch seine transparenten Glaswände sichtbar. Praktisch, wenn der Abteilungsleiter einen Rundgang machte, um zu sehen, ob alle das taten, was sie tun sollten und sie so im Auge behielt. Scheinbar hatte der Architekt nicht an Überwachungskameras geglaubt!

Es funktionierte jedoch gut, da jeder durch die Glaswände mit den anderen Forschungsstipendiaten kommunizieren konnte. Diese Wände waren dick und schalldicht, aber es war faszinierend zu sehen, wie die Leute ihre Hände benutzten, um fast ein ganzes Gespräch zu kommunizieren.

Bevor Chad seine Arbeit im Labor begann, brauchte er eine Tasse Kaffee. Der Boden war an diesem Tag ungewöhnlich rutschig. *Vielleicht ein neues Bodenreinigungsmittel,* fragte er sich. Als er durch die Korridore ging, winkte er mit den Händen und mimte mit den Lippen

„*Guten Morgen*" durch die Glastrennwände in die anderen Laborkabinen. Er bekam die gleiche Reaktion, die er jeden Morgen bekam - einige Studenten hoben die Augenbrauen, als wollten sie „Hallo" sagen, einige nickten mit dem Kopf, während andere einfach nur winkten und zurückmimten, ein Spiegeleffekt dessen, was er tat.

Kalte Luft strömte durch die sich öffnenden und schließenden Labortüren, kalte Zugluft. Die drei Schichten Kleidung, die Chad trug, schienen heute zu wenig zu sein. Sein weißes Standard-T-Shirt, der blaue Pullover und den lange weißen Kittel darüber. Er plante mental seinen Tag, als er zum Ende des Ostflügels der Einrichtung ging, wo sich sein Labor, sein Fort, befand. Das größte von allen. Das Forschungsprojekt, an dem er und sein kleines, aber hochbegabtes Team arbeiteten, das „Artenübergreifende Klonen", befand sich seit einigen Wochen in einer Sackgasse, obwohl es die höchste Finanzierung in Ostdeutschland hatte. Chad bezweifelte, dass diese Tasse Kaffee viel helfen würde, aber sie würde ihn sicher aktiv halten. Er spielte mit der Hoffnung, dass sie ihm auf magische Weise eine Idee ins Gehirn zaubern würde. Irgendwie hatte er das Gefühl, dass dies nicht geschehen würde, aber es war schön zu hoffen.

Zwei weitere Forscherkollegen waren bereits in der Küche, darunter Melissa. Sie hatte heute Geburtstag. Ein warmer, appetitlicher Geruch des mitgebrachten Kuchens erfüllte den Raum. Es war ein Apfelkuchen. Sie bot Chad ein Stück an, das er mit Freude annahm. *Das passt gut zum Kaffee,* dachte er. Ferdinand, das neueste Mitglied der Abteilung Genetik, stand mit seiner Tasse Kaffee gegenüber in der Küche.

Melissa war eine 28-jährige Doktorandin, die jetzt auf dem Weg zur Promotion war. Subtile Züge, wie die eines typisch bayerischen Mädchens. Sie erinnerte manchmal an ein Alpenmädchen, blond mit langen Haaren, wobei ihre doppelt schattierte Augen das auffälligste Merkmal waren. Ihre linke Iris war blau und die rechte grün.

Melissa arbeitete seit vier Jahren mit Chad zusammen, seit er zum Projektleiter ernannt worden war. Vor vier Jahren durfte Dr. Chad Schmidt seine Forschungsstipendiaten selbst auswählen und Melissa war seine erste Wahl. Sie erzählte ihm einmal beim Mittagessen in der Kantine von ihrer Dissertation. Es überraschte ihn, da sie das genaue Gegenteil seiner eigenen, in seiner Dissertation dargelegten Theorien war. Aber sie hatte starke, umstrittene Punkte, die er mochte, ja sogar bewunderte. Chad wusste, dass er sie brauchte. Er würde sich den Luxus erlauben, beide Seiten der Medaille gleichzeitig zu betrachten. Es konnte keine bessere Wahl als sie geben. Außerdem gefiel ihm immer ihr bayerischer Akzent.

Anneleen aus Belgien war seine zweite Wahl. Sie war eine Professorin mit einem Doppeldoktorat in Gentechnik. Mit 38 Jahren war sie die Älteste im Team. Sie hatte dunkles, rotbraunes Haar und war auch die Kleinste, aber da sie dünn war, sah sie größer aus. Sie hatte sich früher mit prähistorischen Arten und Dinosauriern beschäftigt. Interessant war jedoch, dass sie tatsächlich in der Lage war, das Genom einer Kuh zurückzuverfolgen - bis zum Beginn der Evolution. Ihre Theorie legte nahe, dass die Kuh wahrscheinlich der erste komplexe mehrzellige Organismus nach der Eiszeit war. Die Dinosaurier verschwanden, aber die Kuh erschien auf magische Weise direkt danach.

Anneleen glaubte, dass die Kuh nie den Grundprinzipien der Evolution folgte, wie wir Menschen. Es war, als sei sie einfach aus dem Nichts aufgetaucht. Aber wie? Darauf hatte sie keine Antwort, jedenfalls noch nicht. Ihre Forschung war also nicht schlüssig und die Finanzierung wurde eingestellt. Aber sie setzte ihre Forschung privat fort und hatte einige interessante Erkenntnisse über die Interaktion zwischen Mensch und Kuh, beispielsweise wie eine Kuh von menschlichen Emotionen beeinflusst wurde. Wenn man eine tiefe, fürsorgliche Beziehung zu einer Kuh entwickelte, würde sich dies direkt auf die verschiedenen Chemikalien in ihrem Körper auswirken und die Produktion der bestmöglichen Milch bewirken, die wiederum die Person, die sie trinkt, auf die nahrhafteste Art und Weise nähren würde. Dies würde unabhängig von der Qualität des Futters und den Lebensbedingungen geschehen. Trotz substanzieller Beweise aus Fallstudien hatte sie keine Unterstützung, nur weil sie es nicht wissenschaftlich beweisen konnte.

Vielleicht wussten auch die Hindus davon, weshalb sie das Töten oder Essen einer Kuh fast als einen Akt des Kannibalismus betrachteten. Schließlich ist es die „heilige Kuh" und sie wurde angebetet. Außerdem stellten diverse Forschungsergebnisse fest, dass verschiedene Herzkrankheiten und Krebserkrankungen durch den Verzehr von Kuhfleisch verursacht wurden.

Das war genau das, was das Team brauchte. Sie war das fehlende Glied in seinem Team. Er kontaktierte Anneleen, nachdem er sich über ihre Arbeit während ihres Aufenthalts in Belgien informiert hatte. Nach sechs Monaten schrieb sie schließlich 2014 zurück und nahm seine Einladung an, dem Team beizutreten. Das einzige Problem war, dass Anneleen nie pünktlich war.

Das dritte Teammitglied war Friedrich. Er entschied sich für Friedrich wegen seiner Zuverlässigkeit und seines umfassenden Wissens in vielen Bereichen, ein Tausendsassa. Als er am Max-Planck-Institut zu promovieren begann, hatte er bereits mit 22 Jahren zwei Master-Abschlüsse in zwei völlig unterschiedlichen Bereichen - Biotechnologie und Alte Geschichte. Dies zeigte, wie vielfältig seine Interessen waren und er war ein Experte auf beiden Gebieten. Ein Wunderkind.

Er war jemand, dem Chad vertrauen konnte. Sie waren beide seit 10 Jahren in der Abteilung für Genetik tätig. Sie begannen als Studenten, promovierten und blieben für immer besessen von der Molekulargenetik und dem Klonen. Friedrich wusste genau, was Chad tat und umgekehrt.

Nun wünschte Chad Melissa mit einer schnellen Umarmung „Alles Gute zum Geburtstag und Danke für den Kuchen." Sie wusste, dass er nur deshalb wusste, dass sie Geburtstag hatte, weil er den Apfelkuchen sah. Aber aus Höflichkeit sagte sie: „Ah, Sie erinnern sich,

Danke Chad." Er wusste, dass sie nur versuchte, nett zu ihm zu sein; schließlich brauchten sie einander im Team. Chad war stolz auf seine Wahl dieser Kandidatin.

„Ist Anneleen da?" fragte er, ziemlich sicher, dass sie es nicht war. Melissa antwortete: „Ja, sie ist bereits im Labor." Chad war überrascht. Als er gerade sprechen wollte, summte das Telefon. Es war Anneleen.

„Dr. Schmidt?" Sie war neben den Master-Studenten die einzige, die ihn beim Nachnamen nannte und sie bestand darauf.

„Ja, Anneleen, ich hörte, Sie sind..."

Sie unterbrach ihn: „Bitte kommen Sie sofort ins Labor, ich bin in 1010."

„Aber das ist nicht unser Labor!", antwortete er.

„Ja, aber wir haben nie versucht, die Genstämme in die Vakuumkammer zu bringen und zu sehen, wie sie miteinander reagieren. Ich werde es Ihnen erklären, bitte kommen Sie hierher, sobald Sie die Anlage erreicht haben."

„Ich bin bereits im Gebäude, mit Melissa in der Küche."

„Perfekt, bringen Sie sie auch mit", sie legte auf.

Chad informierte Melissa und sie begannen, auf das Labor 1010 zuzugehen.

Melissa: „1010 wurde seit Monaten nicht mehr benutzt, warum sollte sie die Stämme dorthin verlegen wollen?"

„Ich bin mir nicht sicher, aber sie schien sich über etwas zu freuen."

„Ist Friedrich mit ihr im Labor?", fragte Melissa.

„Ich hoffe es, aber ich habe seit zwei Tagen nichts von ihm gehört."

Melissa öffnete die Tür zum Labor 1010. Dort saß Anneleen auf einem hohen Hocker und starrte durch ihr Digitalmikroskop, das mit der riesigen Vakuumkammer verbunden war. Ohne den Blick vom Mikroskop abzuwenden, winkte sie mit der Hand, um ihnen zu verdeutlichen, näher zu kommen,

Die Vakuumkammer war eine riesige zylindrische, doppelschichtige Glasstruktur. Zwischen den beiden Glasschichten der Kammer wurde Flüssigkeit mit hoher Viskosität in Strahlströmen mit erhöhter Geschwindigkeit umhergeschleudert, wodurch eine statische

Ladung rundum und ein 99,9%-iges Vakuum in der Mitte entstand; 100% vibrations- und schalldicht.

Anneleen schaute auf, ihre Augen glühten, „Schauen Sie mal" sagte sie und ging zur Seite. Chad lehnte sich vor, um zu sehen, worüber sie sich so sehr freute. Der Autofokus brauchte ein paar Sekunden, um sich an seine Sicht zu gewöhnen und dann sah er es. Die Chromosomen verhielten sich sehr instabil. Sie hatten begonnen, sich ineinander zu verschmelzen und bestimmte Gene auszutauschen. Sie waren buchstäblich lebendig.

Anneleen: „Sie haben begonnen, miteinander zu kommunizieren."

Er schaute Anneleen ungläubig an: „Dies ist ein Vakuum, es sollte keine Bewegung geben."

Anneleen: „Genau, eines der Grundprinzipien des Vakuums ist...?"

Melissa schaute in das Mikroskop und sagte: „Es blockiert alle Arten von Vibrationen und Geräuschen."

Anneleen: „Schumann-Resonanz."

Dann traf es Chad. Die Schumann-Resonanz bewieß, dass es die elektromagnetische Ladung der Erde und die Frequenzen waren, die das grundlegende Gleichgewicht in der Natur erhielten. „Diese Kammer funktioniert also in Wirklichkeit genau entgegengesetzt zu den elektromagnetischen Ladungen der Erde", rief er aus.

Anneleen: „Das ist genau das, was sie tut."

Melissa: „Wann haben Sie über den Einsatz der Vakuumkammer nachgedacht?"

Anneleen: „Gestern Abend fand ich diesen alten Artikel, in dem es darum ging, wie sich die ersten Astronauten bei den ersten Weltraummissionen verhielten. Sobald sie die Erdatmosphäre verließen, fingen ihre Gehirne und Zellen an, sich seltsam zu verhalten. Einige von ihnen gerieten sogar in einen Schock und wurden psychisch instabil. Aber nach der Rückkehr zur Erde stabilisierten sich ihre Körper wieder. Bei den nächsten Missionen schufen die Ingenieure also ein künstliches elektromagnetisches Feld um die Raumschiffe und die Helme, die die Astronauten benutzten. Ich fragte mich, ob das der Grund dafür war, dass unsere Chromosomen sich weigerten, miteinander zu interagieren."

„Die Resonanzen hielten sie also im Gleichgewicht! Die Vibrationen erlaubten keine artenübergreifende genetische Infusion", sagte er.

Melissa: „Welche DNS-Stränge haben wir hier drin?"

Anneleen: „Eine Maus und eine Eidechse!"

„Erstaunlich, das ist der Durchbruch, auf den wir gewartet haben", sagte Melissa aufgeregt.

Anneleen: „Noch nicht ganz, wir haben immer noch keine menschlichen Chromosomen mit einer Echse getestet. Wir wissen nicht sicher, ob das genauso erfolgreich wäre."

„Und falls dies erfolgreich wäre, wissen wir nicht, ob es an einem echten lebenden Menschen funktionieren würde", fuhr er mit seinen Überlegungen fort. Forscher aus der ganzen Welt waren besessen von dem Versuch, das Echsen-Gen in den Menschen zu integrieren, damit einem Menschen ein verlorenes Glied wieder nachwachsen kann.

Melissa: „Sollen wir Dr. Riedl informieren?"

„Nein, noch nicht. Wir können auch den leitenden Lehrkörper nicht informieren. Wir brauchen erst noch schlüssigere Daten."

Melissa und Anneleen nickten zustimmend.

Kapitel 2:

Die Tragödie von Hamad

$\mathfrak{F}$ast 4500 Meilen entfernt überprüfte Professor Dr. Hamad Al-Hassan, ein Mitte 4o Jahre alter Physiker, sein Telefon - 32 verpasste Anrufe. Er fragte sich, wie spät es war. Seine jüngste Verwicklung in die US-Armee und die Terroristen beschäftigten ihn so sehr, dass er die Grundbedürfnisse von Schlaf und Essen vergessen hatte. Seine lebenslange Besessenheit von Zeitplänen und Zeitmanagement war in den letzten vier Jahren nicht aufrechtzuerhalten gewesen.

General Damian Phillips vom US-Militär versuchte, Miss Jessica Shillings als Assistentin von Dr. Hamad einzusetzen. Miss Shillings war eine erstklassige Archäologin aus Minnesota, die gerade aus Griechenland zurückgekehrt war. Sie war auf Münzen und Schriften spezialisiert. Aber Hamad lehnte das Angebot des Generals ab. Er zog es vor, allein zu arbeiten. Warum Dr. Hamad und seine Forschungen sehr wichtig waren, war für die Wissenden kein Geheimnis. Er war ein afghanischer Staatsangehöriger, der im Land geboren und aufgewachsen war. Nachdem er Physik in London studiert hatte, ging er später zur Metaphysik über. Er war ein Experte in Philosophie und in den intellektuellen Kreisen Afghanistans gut bekannt.

Dr. Hamad lebte nun in einer kleinen Wohnung außerhalb Kabuls und trauerte. Vor einigen Tagen war seine Familie, seine Frau und zwei Töchter, entführt worden. Seine Forschungen auf dem Gebiet der Wissenschaft hatten ihm mehr als nur Aufmerksamkeit und Anerkennung gebracht, sie brachten ihm auch Feinde. Die Extremisten nahmen seinen Artikel über die „Alte Astrophysik in Indien" nicht gut auf und entführten seine Familie als Warnung. Er hatte einen Brief erhalten, in dem er aufgefordert wurde, öffentlich seine Worte zu widerrufen und zu erklären, dass der Artikel nichts anderes als ein Narrengeschwätz sei.

Dr. Hamad lehnte dies ab und veröffentlichte weitere Beweise zur Unterstützung seines Artikels. Das machte die Extremisten wütend. Am nächsten Tag fand Dr. Hamad ein Kurierpaket vor seiner Tür. Aus Angst, es könnte explodieren, weigerte er sich, es zu öffnen. Er rief die Polizei, um nachzufragen, ob sie seine Frau und seine Kinder schon gefunden hatten. Leider hatten sie noch keine Hinweise.

Das Paket lag noch auf seinem Schreibtisch. Er bemerkte, dass die Adresse des Absenders fehlte. Dr. Hamad hat den Kurierdiensten in Afghanistan ohnehin nie vertraut. Frustriert beschloss er, es zu öffnen. Als er es aufhob, bemerkte er einen seltsamen Geruch. Seine Hände begannen zu zittern, seine Knie wurden schwach. Hamad wusste blitzschnell, was er zu befürchten hatte. Er starrte auf die Kiste, viele Minuten vergingen.

Aber was wenn es nicht das wäre, was er dachte? Was, wenn es nur ein Sprengstoff war... Ironischerweise spürte er einen Hoffnungsschub, vielleicht war es *nur* eine Bombe. Irgendwie war es beruhigend zu denken, dass die Kiste eine tickende Bombe enthielt, so dass seine Familie vielleicht noch irgendwo sicher war.

Er zog seinen Autoschlüssel heraus und versuchte, die Kiste aufzubrechen. Ein kurzer Schlag und die Kiste öffnete sich. Er fand eine Plastiktüte mit einer Menge Eis. Das meiste davon war durch die Hitze draußen bereits geschmolzen.

Eine hellrote Flüssigkeit begann herauszulaufen, als er mit seiner Hand hineinfuhr und versuchte, den Inhalt zu fühlen. Dies war definitiv keine Bombe. Es war viel weicher. Der Geruch wurde stärker, die rote Farbe wurde heller. Am Boden der Plastiktüte befanden viele weiche, blasse, papierdünne, gummiartige Blätter. Hamad zog eines davon vorsichtig heraus. Die Blätter waren zart und lang. Es waren keine Blätter, wie er plötzlich mit Schrecken feststellte, sondern große Fetzen menschlicher Haut. Auf einem von ihnen erkannte Hamad eine Tätowierung. Es war die seiner Frau, eine Tätowierung, die sie auf einer ihrer Reisen nach Frankreich erhalten hatte...So viel Haut...so viel Blut... Sie war bei lebendigem Leib gehäutet worden!!!

Hamad fühlte sich, als habe er einen Herzinfarkt. Er wurde auf dem Boden ohnmächtig, während er die Haut seiner Frau hielt.

Kapitel 3

Zurück in Molgen

𝕯ie drei Forscher beschlossen, schnell ihre Vorgänge im Labor 1010 abzuschließen und alle Daten in den Aufzeichnungen zu protokollieren. Chads Telefon klingelte wieder, es war Friedrich. „Hey Friedrich, lebst du noch? Ich habe eine Überraschung für dich", sagte er scherzhaft.

„Du wirst nicht glauben, was passiert ist", antwortete Friedrich.

„Moment, was? Wo bist du? Wo bist du gewesen?"

Friedrich: „Als ich das letzte Mal im Labor war, habe ich einiges über das Klonen recherchiert, das offenbar schon vor Tausenden von Jahren existierte. Wir hatten keinen Erfolg bei der Anwendung der modernen Methoden, warum also nicht die Arbeit aus der Antike überprüfen, dachte ich. Es könnte uns helfen."

Chad: „Aber das ist nur ein Mythos! Gaubst du wirklich, dass es so etwas geben könnte? Damals hatten sie keine Forschungseinrichtungen, nicht einmal eine Mikrosonde, um Himmels willen!"

Friedrich lachte laut auf: „Chad, du vergisst, dass ich ein Mann der Wissenschaft und der Geschichte bin. Ich habe auch einen Abschluss in Altertumsgeschichte, weißt du noch?"

Das war in der Tat typisch Friedrich. Wie konnte Chad vergessen, dass er immer versuchte, die moderne Wissenschaft mit den alten Kulturen zu verbinden. Er war es leid, ihn zu überzeugen, aber Chad wollte nicht aufgeben. „Also, noch einmal: Wo bist du?"

„Ich komme gerade aus Wien zurück und sitze noch im Zug", antwortete er.

„Was, warum?" Er bemerkte nun die Zuggeräusche im Hintergrund.

„Ich musste einen Blick auf die vedischen Transkriptionen werfen. Ich erfuhr, dass sie einige in der Bibliothek des Habsburger Museums hatten. Zum Glück sind sie nicht in einem Tresor eingeschlossen. Es ist komisch, wie diese alten Texte überhaupt erst hierher gekommen sind und hier liegen sie ungeschützt. Kannst du dir vorstellen, dass sie bis 14.000 v. Chr. zurückgehen und einige ihrer Übersetzungen auch einfach nur so da liegen?"

„Warum hast du mir das nicht einfach gesagt, bevor du gegangen bist?", fragte Chad.

„Ja, klar, als ob du mir einfach ein Zugticket kaufen und mich gehen lassen würdest", kicherte er.

„Ha ha, du kennst mich zu gut, mein Freund. Aber ich verspreche dir, ich werde es jetzt in Betracht ziehen. Schließlich haben wir vielleicht einen Durchbruch erzielt", rief Chad aus.

„Ach ja, du sagtest, du hättest eine Überraschung, was ist passiert?" Auch Friedrich war neugierig.

Chad erläuterte ihm kurz ihre neuen Erkenntnisse. Friedrich sagte, dies sei bereits in den Veden erwähnt worden. Das Klonen von Kreuzungsarten unter Bedingungen, die denen der Erde genau entgegengesetzt seien. Wenn man die Auswirkungen unseres Planeten auf die Materie, ob lebendig oder nicht lebendig, entferne, würden sich ihre Eigenschaften verändern. Diese Tatsache sei den Menschen bereits seit den letzten zwei Jahrhunderten bekannt.

Wer hätte gedacht, dass die Veden vor 16.000 Jahren auch davon gesprochen haben? War es einfach ein Zufall? Und wie kommt es, dass wir nie daran gedacht haben, die Vakuumkammer für die Hybridisierung der beiden Chromosomen zu verwenden, fragte er sich.

In der Zwischenzeit waren Anneleen und Melissa damit beschäftigt, die Daten einzugeben. Chad informierte sie über sein Gespräch mit Friedrich.

Am nächsten Tag kam Friedrich mit seinen Entdeckungen herein. Er erinnerte Chad an ein kleines Kind, das endlich das Spielzeug bekommt, das es sich immer zu Weihnachten gewünscht hatte! Er sprach davon, wie die alten Inder das Klonen versucht hatten und erfolgreich waren. Sie hatten Menschen geklont, nachdem sie sie mit bestimmten Spezies gekreuzt hatten. Anscheinend hatten sie sogar eine ganze übermenschliche Soldatenarmee erschaffen. Auch die Kauravas, 100 Männer desselben Alters und mit demselben Aussehen, waren außerhalb des Mutterleibs aufgewachsen und hatten später sogar einen Krieg geführt.

Friedrich führte aus: „Die Kauravas entstanden durch die Teilung eines einzelnen Embryos in 100 Teile und das Wachsen jedes Teils in einem separaten *Kund* oder Behälter. Es heißt, dass eine Frau namens Gandhari nicht in der Lage war, auf natürliche Weise Kinder zu gebären und ihr Mann die Hilfe der Götter anrief, um eine Armee zu schaffen. Die Götter halfen ihnen, indem sie die Eizelle entnahmen und sie in dafür vorgesehenen Töpfen mit besonderen, unbekannten Eigenschaften künstlich befruchteten."

Anneleen sagte: „Das bedeutet also, dass sie nicht nur die Wissenschaft hinter den Reagenzglasbabys und der Embryonenspaltung kannten, sondern auch die Technologie hatten, um menschliche Föten außerhalb des Körpers einer Frau zu züchten, was der modernen Wissenschaft bis heute nicht vollständig bekannt ist."

„Für mich ist dies nur ein Flug der Fantasie. Die Veden mussten nicht beweisen, dass die Technologie existiert. Es ist einfach eine fantastische Geschichte", kommentierte er herablassend.

Melissa benutzte ihr Smartphone, um diese Informationen schnell zu überprüfen. Sie bestätigte erstaunt, dass es bereits mehrere Artikel und Diskussionen zum gleichen Thema wie Friedrichs Entdeckungen gegeben hatte.

Schließlich war Chad an der Reihe, Friedrich zu zeigen, was sie entdeckt hatten. Friedrich schien davon überzeugt, dass dies vielleicht auch etwas war, das die alte Zivilisation erreicht hatte. Anneleen war nun auf seiner Seite, sie glaubte jedes Wort, das Friedrich sprach, sie fügte sogar ein wenig über ihre eigenen Forschungen über Kühe hinzu.

Irgendwie hatte Chad das Gefühl, dass sie von ihrer eigenen Forschung weit entfernt waren. Friedrich fuhr fort: „Ok, hier steht es also!" Er blätterte eine deutsche archäologische Publikation von 1895 durch, die er aus der Bibliothek des Museums kopiert hatte. „Eine Person namens Hanuman war eine der Testpersonen, er war ein Nephilim."

„Ein was?", fragte Chad, als er von seinem Stuhl aufsprang. „Willst du mir sagen, dass er halb Mensch, halb Gott war? Das ist reine Fantasie, Fred, wir sind Menschen der Wissenschaft, hier gibt es keinen Raum für übernatürliche Kräfte", fügte er eindringlich hinzu.

Anneleen versuchte, ihn zu beruhigen: „Lassen Sie ihn ausreden, Doktor."

Melissa war immer noch skeptisch gegenüber der ganzen Sache, obwohl sie die Artikel auf ihrem Telefon überprüft hatte. Sie stand über Friedrichs Schulter gebeugt und versuchte zu sehen, was er gerade las. „Nur zu", sagte sie.

Friedrich: „So fand ich heraus, dass es mehrere wissenschaftliche Aufzeichnungen gibt, die im alten Indien geschrieben wurden und die Shastras und die Veden genannt werden. Jede von ihnen beschreibt die Wissenschaft eines bestimmten Gebietes, ähnlich wie die heutigen Wissenschaften wie Medizin, Biologie, Botanik und sogar Astronomie."

„Unglaublich! Und du sagst, das ist über 200 Jahrhunderte her?"

„Grob gesagt, ja", sagte Friedrich und nickte.

Chad beschloss, sich wieder auf seine Chromosomenstämme zu besinnen. Er dachte immer wieder über ihre Diskussion nach und sagte sich schließlich, dass all dies keinen Sinn ergebe. Klonen und Nephilims im alten Indien, das konnte niemals wahr sein.

„Freddy, ich weiß die Informationen zu schätzen, aber Leute", er wandte sich Anneleen und Melissa zu: „wir müssen jetzt wieder an die Arbeit gehen. Außerdem, habt ihr überlegt, wie die Investoren darauf reagieren würden?"

Aber irgendwie konnte Chad nicht aufhören, darüber nachzudenken. Er wusste, dass er Friedrich nie überzeugen konnte. Er war und würde immer ein Mann der Wissenschaft und der Geschichte sein, ironischerweise.

Kapitel 4:

Kommissar Mirza

Das Eis war inzwischen vollständig geschmolzen und Wasser tropfte auf den Hinterkopf von Hamad. Er wachte mit einem Schock auf. Es war kein Alptraum, wie er gehofft hatte. Der seltsame Geruch, den er zuvor bemerkt hatte, war stärker geworden und erfüllte den Raum. Alle Zeitungsartikel über ähnliche Vorfälle in jüngster Zeit hatten ihn nicht auf diesen Horror vorbereitet. Er ging hinüber, um das Paket noch einmal zu überprüfen, es war nichts anderes drin. Plötzlich spürte er einen Hoffnungsschub, zumindest könnten seine Kinder noch am Leben sein.

Hamad nahm den Telefonhörer in die Hand und rief die örtlichen Behörden an. Er setzte sich hin und vermied es, auf die Haut auf dem Boden zu schauen, wo er ohnmächtig geworden war. Anschließend stolperte Hamad in die Küche. Seine Hände hörten nicht auf zu zittern. Er fing an, mit seinen Fäusten auf den Küchentresen zu schlagen und diesen schließlich zu durchzubrechen, aber er konnte nicht aufhören.

Es klingelte an der Tür. Als er sie öffenete stand ihm dort Kommissar Mirza gegenüber. Hamads Popularität in den wissenschaftlichen Kreisen sorgte dafür, dass die Polizei seinen Anruf sehr ernst nahm. Der Kommissar selbst kam in sein Haus, um die Angelegenheit zu untersuchen. Hinter ihm standen zwei Polizisten und ein vierköpfiges Forensikteam. Mirza verlor keine Zeit. Schließlich war dies nicht die Zeit für formelle Begrüßungen. Nur eine kurze Einführung und alle strömten in das Wohnzimmer, wo das Paket lag. Die Haut war inzwischen zu lange der trockenen Luft ausgesetzt und sah wie ausgetrocknetes Rohleder aus. Der Karton hatte das ganze geschmolzene Eis aufgesaugt und der Plastikbeutel lag schlaff darin. Es gab sonst nichts mehr zu untersuchen.

Das Forensikteam war dafür nicht ausgebildet; eigentlich hatten sie kaum eine Ausbildung, da sie vor Beginn des Krieges zwischen den Taliban und den US-Soldaten in Afghanistan hauptberuflich Schneider waren. Aber es gab keine entsprechenden Einrichtungen mehr. Die meisten waren bei Bombenangriffen zerstört worden. Einige dieser Arbeitslosen waren umgehend von der Polizei rekrutiert worden.

Der Anblick war für alle ein Schock. Dr. Hamad stand sprachlos da, während Herr Mirza und sein Team die Untersuchung fortsetzten. Sie konnten keine Fingerabdrücke oder Hinweise erkennen. Mirza befahl seinen Polizisten, den Kurierboten ausfindig zu machen. Die beiden Polizisten eilten hinaus. Er wies das Forensikteam an, sich zum Stützpunkt der US-Armee zu begeben und General Phillips zu treffen. Mirza hatte bereits den Assistenten des Generals angerufen, um ihm mitzuteilen, dass er das örtliche Forensikteam schicken würde, da sie Hilfe bei dem Fall benötigen würden. Er wusste, dass der General der richtige Mann war, da dieser Fall mit den Taliban in Verbindung stehen und so dem General die richtigen Hinweise geben könnte, nach denen er gesucht hatte.

Die Polizisten spürten den Kurierjungen schnell auf. Sie brauchten erstaunlich wenig Zeit, wenn man bedachte, dass es in und um Kabul kaum Überwachungskameras gab. Doch der arme Kerl geriet in die Hände der Medien, als er mit einer Überwachungsdrohne der US-Armee erwischt wurde, nachdem diese auf dem Maranjan-Hügel in Ostkabul abgestürzt war. Die Kamera und die GPS-Verfolgung der Drohne waren noch immer im Netz. Die Polizei in Kabul arbeitete in Abstimmung mit der Armee und konnte Informationen über den Aufenthaltsort von Personen erhalten.

Der unglückselige Junge wurde Herrn Mirza in der Wohnung von Hamad vorgestellt. Mirza sah den mageren 12-Jährigen an und war überrascht, dass er ein potentielles Taliban-Mitglied war. Er begann auf ihn zuzugehen, um sofort mit der Befragung zu beginnen, aber Hamad schob Mirza zur Seite und rannte auf den Jungen zu. Mirza versuchte, Hamad aufzuhalten, aber seine rasende Wut war zu groß, als dass er sie kontrollieren konnte. Die Polizisten stürzten sich ebenfalls auf Hamad, aber es war zwecklos. Der dünne Junge bekam einen harten Schlag direkt auf seinen kleinen Kopf. Sein Kiefer war fast ausgerenkt. Auch Hamad fiel nach dem Schlag auf alle Viere. Schließlich wurde er von den Polizisten zurückgehalten. Der arme Junge wurde hochgehoben und in einen Stuhl gestoßen. Innerhalb von Sekunden hatte sich die ganze Situation umgekehrt. Der potenzielle Komplize der Taliban saß auf einem Stuhl, während der Ehemann des Opfers gefesselt war und auf dem Boden lag.

Mirza sprach: „Dr. Hamad, ich verstehe Ihrem Schmerz, aber Sie verstehen nicht, worum es geht. Das hier ist nur ein Kind. Denken Sie eine Sekunde lang nach, ob dieser Junge das vielleicht getan haben könnte?" Er zeigte auf die blutige Sauerei am Esstisch. Dr. Hamad saß gefesselt auf dem Boden und starrte den Jungen an. Kein einziges Wort.

Mirza wandte sich an den Jungen, um seine Befragung fortzusetzen. Es stellte sich heraus, was er erwartet hatte - der Junge war nur ein Bote, der Pakete und Briefe in das Kriegsgebiet brachte. Als einzig noch lebendes männliches Familienmitglied sei er zwangsläufig der Ernährer geworden und unterstütze seine beiden Schwestern und seine Mutter. Sein Vater sei vor kurzem in einer Schuhfabrik gestorben, die bombardiert worden sei, sagte er. Ein Niedriglohnarbeiter, der in einer Exportschuhfabrik mit rund 200 Beschäftigten gearbeitet hatte. Die Produkte wurden in westliche Länder exportiert, wo sie fast zum fünffachen Preis verkauft wurden.

Mirza wandte sich ungeduldig an den Professor. Hamad sprach schließlich und fragte den Jungen: „Wer hat dir dieses Paket gegeben?" Der Junge antwortete vorsichtig und sah ängstlich aus: „Zwei Männer kamen heute um 9 Uhr in einem alten schwarzen Toyota-Lieferwagen zu meinem Haus. Sie hatten Masken auf."

Hamad unterbrach: „Verarsche mich nicht, ich glaube nicht, dass du ein Paket von zwei maskierten Männern genommen hast. Sage mir die Wahrheit. Du weißt, wer sie sind." Er versuchte wütend aufzustehen.

Mirza schaute das Kind mit einem Stirnrunzeln an. Der Junge sprach: „Heutzutage hält jeder sein Gesicht bedeckt, mich interessiert nur, was er mir bezahlt."

Mirza: „Woher wussten sie, wo du wohnst? Woher wussten sie, dass du Pakete auslieferst?"

Der Junge antwortete: „Nach der Evakuierung der Slums sind nur wenige Menschen zurückgeblieben. Jeder hat diese maskierten Männer gesehen und sie wissen, wo ich wohne. Ich habe es ihnen selbst gesagt. Ich habe schon früher Pakete für sie ausgeliefert."

Mirza erkannte, dass dies eine Sackgasse in der Untersuchung war. Die Täter hatten alle Trümpfe in der Hand. Die Pakete konnten geliefert werden, wann und wo immer sie wollten. Sie hatten genug solche Kinder und sie waren entbehrlich.

Mirza befahl den Polizisten, Hamad loszubinden. Er stand langsam auf und starrte das Kind immer noch an. Mirzas Funkgerät summte. Es war General Phillips: „Kommissar, hier spricht der General."

Mirza ging in ein Zimmer, das aussah wie ein Kinderzimmer. Ihm wurde klar, dass dies das Zimmer der vermissten Kinder war. Als er auf dem Walkie-Talkie sprach, bemerkte er, dass an der Wand Skizzen von Kindern klebten, die wie eine Schule aussahen. Ein bedauerlicher Anblick, wenn man bedachte, dass die Schule völlig dem Erdboden gleichgemacht worden war. Nur noch eine Schaukel stand dort. Auf einer der Skizzen erkannte er die Schaukel mit dem Logo der Schule. Sehr detailliert für eine 6-Jährige, dachte er. Zwei Mädchen saßen auf der Schaukel, wahrscheinlich die vermissten Schwestern. Er bemerkte ein Foto der Mädchen auf dem Schreibtisch, in Schuluniform, am ersten Schultag. Das Foto war wahrscheinlich von Hamad aufgenommen worden.

Das Gespräch mit dem Walkie-Talkie war kurz und präzise. „Sir, ich hoffe, meine Männer konnten genug sammeln...", begann er.

Phillips unterbrach: „Ja, aber ich fürchte, wir haben eine schlechte Nachricht." Er hielt inne: „Wir haben gerade die Information erhalten, dass zwei Leichen im Stadtzentrum, neben dem al-Qureshi-Krankenhaus, gefunden wurden. Fahren Sie sofort dorthin. Mein Team wird das Gebiet nach möglichen Fallen und Scharfschützen durchsuchen, bevor Sie dort ankommen. Sie werden Sie dort treffen."

Mirza: „Sir, aber..."

General: „Herr Kommissar, es ist vielleicht die Familie von Hamad! Kommen Sie dorthin, dann werden Sie es verstehen!"

Kapitel 5:

Reagenzglas-Babys

Melissa kehrte vom Labor 1010 zurück. „Wenn wir versuchen, zwei ganze Spezies zu klonen, brauchen wir eine viel größere Vakuumkammer. Diese ist viel zu klein", erklärte sie. Ihre Augen glühten vor Aufregung.

Chad bemerkte erneut die beiden Farben, Blau und Grün, er konnte nie genug davon bekommen. „Wir müssen vielleicht sogar mit dem Bau einer drei Mal so großen Anlage beginnen. Die Kammer muss in der Lage sein, alles zu handhaben, was wir hineinlegen."

„Wenn man die Möglichkeit einiger Misserfolge bedenkt, müssen wir den Behälter mit vielen DNS-Strängen füllen", stimmte sie ihm zu.

Chad machte schnell ein paar Anrufe, da er wusste, dass Melissa recht hatte.

„Nehmen wir an, wir erschaffen erfolgreich einen Embryo mit Stämmen von zwei verschiedenen Arten. Wie wollen wir ihn erfolgreich außerhalb einer Leihmutter züchten?", fragte Anneleen.

Chad lachte: „Wir werden eine Leihmutter verwenden. Es gibt keine andere Möglichkeit. Tatsächlich sollten wir dasselbe Subjekt verwenden, aus dem der Stamm extrahiert wurde."

Friedrich fügte hinzu: „Und implantieren die Stammzellen in den Embryo in der Leihmutter, um das Wachstum zu katalysieren."

„Perfekt!" Chad wollte gerade dasselbe vorschlagen.

Chad erhielt bald einen Rückruf mit der Genehmigung zum Bau einer größeren Vakuumkammer, nur dass diese die Hälfte der beantragten Finanzierung kosten sollte. Aber Chad war zuversichtlich, denn der schwierigste Teil war bereits erledigt. Sie hatten jetzt den Schlüssel.

Chad kehrte zu seinem Team zurück und erklärte: „Die Kammer muss alle Eigenschaften des Planeten, auf dem sie sich befindet, umkehren. Geothermische Energien, Strahlungen, Schumanns Resonanz und magnetische Kräfte. Sie sollte viel stärker sein als die Erste, nur um sicher zu sein, dass es nicht nur ein Zufall war."

Chad loggte seine Daten ein und bemerkte die Ausdrucke auf Anneleens Tisch. In der Erwartung, dass es sich um ihre Protokolle handelte, holte er sie sich, aber es waren die Abschriften, die Friedrich aus dem Habsburger Museum angefertigt hatte. Er blätterte die Seiten mit einem Seufzer durch. „Was für eine Zeitverschwendung", sprach er laut zu sich selbst. Er war allein im Labor. Gerade als er die Papiere wieder auf den Tisch werfen wollte, fiel ihm ein Satz ins Auge:

> „*Rig Veda 7-33-13: Vasistha und Agastya waren Reagenzglasbabys, die in einem Gefäß namens Vasatiwara von Mitra und Varuna hergestellt wurden.*"

Er sah sich die Seiten nochmals mit neuem Interesse an. Keine Einzelheiten darüber, wer dies getan hatte. Er blätterte den Text durch und fand eine weitere Erklärung:

> „*Drei Brüder, die Rubhus, haben ein Pferd aus einem anderen Pferd und eine Kuh aus der Haut einer Kuh hergestellt.*"

Dies erinnerte ihn an das Lamm, das vor einigen Jahren vom Euter eines Schafes geklont worden war. Er las weiter, tauchte nun tiefer in die Protokolle ein. Plötzlich existierte Zeit für ihn nicht mehr, da er mehr verblüffende Informationen fand:

> „*Eine befruchtete Eizelle wurde in vier Teile geteilt, die sich aus einer einzigen Zygote oder befruchteten Eizelle zu vier Tieren entwickelte.*"

In der Stille rasten seine Gedanken. Er begann laut zu lesen. Immer und immer wieder. *Das war zu weit hergeholt, selbst für reine Fantasie*, dachte er. Der Text war vor fast einem Jahrhundert übersetzt worden. Das konnte unmöglich wahr sein! Er wandte sich seinem Laptop zu und suchte im Internet nach dem, was er gelesen hatte. Als er über den Suchtreffern brütete, fand er einen interessanten Artikel über einen Gott oder, in seinem Kopf, einen artenübergreifenden Klon, Garuda, ein halb Vogel-, halb Menschenwesen, das im alten Ägypten auch Horus genannt wurde. Er wurde auch in Indonesien, Thailand, Burma und Kambodscha mit ihm gewidmeten Statuen erwähnt.

Chad wollte etwas über das Gerät namens Vasatiwara wissen, mit dem das Klonen durchgeführt wurde, fand aber nicht viele Informationen. Er überprüfte die Abschriften, auch dort war nichts zu finden. Trotzdem war er überzeugt, dass dies der Schlüssel zum neuen Vakuumkammerdesign sein könnte. Er rief Friedrich an. Es war fast 2 Uhr morgens. Nach mehrmaligem Klingeln antwortete Friedrich: „Was ist los, Chad? Stimmt etwas nicht?" Er klang besorgt, seine Stimme schläfrig.

„Fred, ich muss etwas wissen", sagte Chad in einem ernsten Ton.

„Ja klar, was ist los?"

„Sage mir alles, was du über dieses Vasatiwara weißt!"

„Was? Ist das dein Ernst? Das ist es, was du wissen willst? Ich dachte, es geht um Melissa. Ich dachte, du wolltest ihr vielleicht einen Antrag machen oder so etwas", kicherte er.

„Fred, bitte, das könnte genau das sein, was wir suchen."

„Ich dachte, du glaubst nicht an all das", lachte Friedrich noch immer.

„Fred, ich habe die letzten vier Stunden damit verbracht, dies zu recherchieren, ich mache keine Witze."

„Sicher, Mann, aber kann das nicht bis morgen warten? Es ist eindeutig kein Notfall." Friedrich täuschte am Telefon ein Gähnen vor.

„Bitte hilf mir und du kannst dir morgen frei nehmen", zeigte sich Chad überzeugend.

„Oh, ok, du meinst es ernst. Ich wusste nicht, dass das so wichtig für dich ist. Warum kommst du nicht vorbei?"

Fred wohnte auf dem Campus, so dass es nur 15 Minuten zu Fuß zu seiner Wohnung waren. Die nächsten Stunden verbrachten sie damit, bis zum frühen Morgen über das Vasatiwara zu sprechen. Es gab nicht viele Informationen darüber. Fred holte alle seine Bücher über das alte Indien aus seinem Keller. Immer noch nichts.

Friedrich rief schließlich aus: „Was auch immer für Informationen ich dort finden kann, nur eine Person kann helfen. Der berühmte Indologe Prof. Herbert Bauer, Sohn von Ernst Hermann Himmler, Bruder des berüchtigten Heinrich Himmler."

Chad: „Du meinst den Himmler aus dem Dritten Reich? Den Führer der SS, der Schutzstaffel?"

„Ja! Die Nazis waren immer von den Veden und dem alten Indien besessen. Niemand kannte die Veden und alle Elemente, die sie umgeben, so gut wie sie." Er fuhr fort: „Es stellte sich heraus, dass dieser Neffe Himmlers den Nachnamen seiner Frau, Margrit Bauer aus Sachsen, nach ihrer Heirat angenommen hat. Vielleicht wollte er sichergehen, dass er sich zurückhaltend verhält und keine ungewollte Aufmerksamkeit wegen seiner Verbindung zu dem berüchtigten Himmler erhält. Die Medien glauben, dass er absolut keine Verbindung zu Himmler hat, aber die meisten Wissenschaftler wissen über sein Erbe Bescheid."

Die beiden beschlossen, einen Termin zu vereinbaren und erhielten innerhalb weniger Stunden gute Hinweise auf Bauer. Seine Popularität auf dem Gebiet der Indologie hatte seinen Stammbaum mehr als wettgemacht. Die Menschen wussten kaum etwas davon. Er war nicht leicht zu erreichen, aber Friedrichs Verbindungen zu einigen namhaften Historikern ergaben die Kontaktinformationen von Prof. Bauers Assistentin. Außerdem war sie bereit, sie in den Terminkalender des Professors aufzunehmen.

Als der Professor von ihrem Interesse erfuhr, bot er ihnen prompt an, ihr Treffen auf denselben Tag vorzuziehen und lud sie zu sich nach Hause, in die Nähe von Dresden, ein.

Kapitel 6:

Zwei Körper

Auf Befehl des Generals wies der Kommissar einen der Polizisten an, den Wagen zum Eingang des Wohnhauses zu fahren. Er verschwand nach einem kurzen, gehorsamen Kopfnicken aus der Tür. Mirza befahl dem zweiten Polizisten, das Botenkind zu der behelfsmäßigen Polizeistation zu bringen, die sich neben dem deutschen Armeestützpunkt befand und nur wenige Kilometer von der US-Armeebasis entfernt war. Auch dieser nickte und ging.

Hamad blickte den Kommissar an, der in seinem Haus Befehle erteilte. „Herr Mirza, die toten Überreste meiner Frau sind im Haus und Sie gehen weg, nur weil ein VIP Sie anfunkt und Ihre Aufmerksamkeit fordert? Was zum Teufel denken Sie...“

Mirza unterbrach: „Sir, das ist wichtig und Sie müssen mitkommen.“

Hamad: „Zur Hölle mit Ihnen! Ich nehme von niemandem Befehle entgegen.“

Mirza: „Das betrifft Sie...“

Hamad starrte Mirza verwirrt an. Mirza erkannte, dass Hamad einige Antworten brauchte und dass er ohne sie nicht nachgeben würde. Aber für Details blieb keine Zeit.

Mirza: „Der General sagt, Ihre Kinder könnten gefunden worden sein, aber wir wissen nicht, ob sie noch leben.“

Hamad rief aus: „Ya Allah, was ist dieser Test!“ Die Tränen begannen ihm die Wangen herunterzulaufen. Er fragte wütend: „Was haben diese Monster mit ihnen gemacht? Sind sie verletzt?“

Mirza hatte keine Antwort. Er zuckte mit den Schultern.

Hamad packte Mirza verzweifelt bei den Schultern. „Bringen Sie mich dorthin, sofort", forderte er.

Die Autos rasten durch die mit Trümmern übersäten Straßen der Stadt, die immer noch ein Kriegsgebiet war. Der Polizist war ein ausgezeichneter Fahrer, der geschickt Betonpfähle und mögliche scharfe Sprengfallen umfuhr. Kommissar Mirza saß neben dem Fahrer vorne und Hamad hinten, mit geballten Fäusten und Angst in den Augen.

Hamad rief von hinten: „Ist der General auch da?"

Mirza drehte sich um, um zu antworten, aber ein plötzliches Rechtskurvenmanöver des Fahrers warf ihn fast aus der Tür. Er ergriff das Armaturenbrett und zog sich wieder hinein, um Hamads Frage zu beantworten. „Der General ist dabei, die Täter zu finden, Sir. Aufgrund der Beweise, die die Forensiker gefunden haben, hat er wohl einige Hinweise bekommen."

Hamad rief einige unfreundliche Kommentare über den General aus, die in den lauten Geräuschen der Trümmer unter den Reifen nicht zu hören waren. Sie erreichten einen Kontrollpunkt mit einem großen, rot markierten „STOP"-Schild. Zwei deutsche Soldaten näherten sich ihnen und riefen „Halt!" Mirza erkannte sie an den schwarz-rot-goldenen Abzeichen auf ihren Schultern. Einer der Soldaten ging zur Linken des Wagens, während der andere an der Barrikade Wache stand. Mirza winkte mit seinem Ausweis aus dem Fenster. Der Soldat rief seinem Kameraden zu: „Lass' sie rein!"

Mirza erklärte Hamad, dass es das Standardprotokoll sei, dass die Soldaten jedes Auto und die verantwortliche Person überprüften, obwohl dieses Fahrzeug den Terrorismusbekämpfern gehörte. Aber Hamad schien ihn weder zu hören, noch sich darum zu kümmern.

Noch ein paar Kilometer und sie erreichten das Zentrum, das ungesicherte Niemandsland. Das gefährlichste Gebiet in Afghanistan. Niemand wagte es, dieses Gebiet zu betreten. Es war noch voller Landminen und Granaten, die bei der ersten Suche nicht ausgegraben worden waren.

Mirza befahl dem Fahrer, einige hundert Meter von der vorgesehenen Stelle entfernt anzuhalten. „Das könnte eine Falle sein", warnte er. Hamad stieg aus dem Auto aus und begann wütend auf den offenen Platz zuzuschreiten. Mirza wies den Fahrer an, für den Fall, dass die Sache schief ging, Verstärkung zu rufen. Er instruierte ihn, sie durch das Fernglas, welches sich im Handschuhfach befand, im Auge zu behalten.

Mirza schrie: „Hamad, Sir, bitte hören Sie auf mich, Sie könnten in eine Falle tappen." Er begann, ihm nachzulaufen. Zu seiner Überraschung sah er mehrere andere Menschen auf das Gelände zugehen. Das war vielleicht doch keine Falle! Er sah, wie Hamad über eine eingestürzte Mauer kletterte. Mirza versuchte, ihn schnell einzuholen. Ein paar Leute waren bereits auf einem kleinen Trümmerhaufen und schauten etwas an. Er sah einige der Männer des Generals und US Soldaten der Marine Seals auf den Dächern der Gebäude, genau wie der General gesagt hatte.

Hamad verschwand plötzlich aus dem Blickfeld, gerade als Mirza die zerstörte Mauer erreichte. Von dem Hügel aus konnte er in der glühenden Sonne schwach etwas sehen. Er bemerkte ein Stromkabel, das etwa 10 Meter über dem Boden hing, etwa 20 Meter von seinem Standort entfernt.

Er hörte jemanden schreien: „Nein! Nein! Nein! Nein! Nein! Ya Allah!" Es war die Stimme von Hamad.

Eine kleine Gruppe von Marinesoldaten versuchte, Hamad zurückzuhalten. Mirza rannte auf sie zu. Langsam stellten sich seine Augen auf die Helligkeit ein und dann konnte er das Zentrum der Aufmerksamkeit aller sehen. Zwei kleine, völlig verkohlte, unidentifizierbare Körper hingen kopfüber an dem Stromkabel, die Handgelenke mit Metallketten hinter dem Rücken zusammengebunden und bis auf die Knochen verbrannt. Die Kleidung war kaum sichtbar. Sie war mit dem Fleisch verschmolzen. Auch waren keine Haare erkennbar. Es war ein schrecklicher Anblick. Zwei Schaulustige, die gerade angekommen waren, übergaben sich direkt neben ihnen.

Hamad schrie immer noch aus vollem Halse, sein gequältes Wehklagen war ohrenbetäubend. Tränen kullerten ihm die Augen herunter, als er sich durch die Marinesoldaten hindurchkämpfte, die versuchten, ihn zu bändigen und zu beruhigen. Mirza stand erschüttert da, unfähig, sich zu bewegen.

Das Forensikteam traf einige Minuten später am Standort ein. Mirza forderte sie auf, die Leichen abzuhängen, die Fesseln zu lösen und ihre Identität festzustellen.

Mirza nahm eine Feldflasche von einem der Marines und öffnete sie, zwängte sich durch die Ansammlung der Soldaten, um sie Hamad anzubieten. Hamad schlug sie weg. Die Feldflasche fiel auf den Boden.

Langsam setzte die Müdigkeit ein. Hamad fiel auf die Knie und fluchte in Urdu. Die Marinesoldaten entspannten sich und traten einen Schritt zurück. Mirza ging zu Hamad und holte die Feldflasche, die jetzt halb leer war. Er bot sie Hamad erneut an. Hamad nahm sie an, vermied es, das Forensikteam anzuschauen, das versuchte, die Leichen herunterzuholen. Das Team aus zwei Mitgliedern durchtrennte erfolgreich die Ketten an den Füßen der ersten, der kleineren der beiden Leichen.

Gerade als sie soweit waren, die Leiche herunterzuholen, während einer von ihnen die Schultern und der andere die Füße fest hielt, riss das geschwächte Stromkabel und der zweite Körper fiel mit einem sanften Aufprall, wie ein Holzblock, zu Boden und wirbelte Staub auf. Ein Bein schnappte beim Aufprall wie ein Zweig vom Körper weg.

Mirza schrie: „Seien Sie vorsichtig, Idioten."

Die Marinesoldaten eilten zur Hilfe. Schnell lösten sie Ketten der Handgelenke.

Hamad stöhnte inzwischen und rief „Allah", den Kopf in den Händen. Er ließ die Feldflasche fallen und fiel auf alle Viere auf den Boden, keuchte und schlug mit seinen Knöcheln auf die Trümmer ein.
Mirza sprach sanft: „Sir, wir müssen bald aufbrechen. Es ist zu gefährlich, hier lange zu bleiben." Er schaute in Richtung der Dächer der Gebäude. Die Forensiker berichteten Mirza, dass die Leichen weiblich waren, beide unter 10 Jahre alt, die zweite Leiche etwas kleiner als die erste, was auf die Beschreibung der vermissten Kinder von Hamad passte. Die Leichen waren verbrannt, nachdem sie aufgehängt worden waren. Sie waren genau hier, kopfüber, an den Füßen hängend, verbrannt worden. Die Ketten an ihren Füßen und das elektrische Kabel deuteten darauf hin.

Hamad hob schließlich den Kopf und setzte sich auf die Knie: „Bitte machen Sie einen DNA-Test", bat er. Er drehte sich zu Mirza um und wiederholte: „Bitte machen Sie einen DNA-Test der Leichen. Sie müssten mit meiner DNA übereinstimmen, erst dann werde ich es glauben", er wischte sich die Tränen ab.

Mirza wies sein Team an, dies zu tun und ihm dann sofort Bericht zu erstatten. Er zog Hamad an seinem Arm hoch und brachte ihn zum Auto zurück. Der Fahrer beobachtete sie durch das Fernglas, sah sie durch die Trümmer gehen und eilte Mirza zu Hilfe, der Hamad fast getragen hatte. Sie setzten ihn auf den Rücksitz. Hamad stöhnte und brach auf dem Sitz zusammen.
Hamad: „Wann werden wir es wissen?"

Mirza wusste, dass er nach den DNA-Berichten fragte. „Es könnte ein paar Stunden dauern. Wenn die Forensiker ihre Untersuchung abgeschlossen haben, werden sie Ihre Blutprobe benötigen", antwortete Mirza. Er funkte den General an, um ihm mitzuteilen, dass das Forensikteam zum Armeestützpunkt zurückkehren und das Labor erneut benutzen müsse. Mirza sagte dem Fahrer, er solle direkt zum Haus von Hamad fahren. Er wollte ihn nicht belästigen, indem er ihn zum Labor brachte.

Kapitel 7:

Dr. Bauer

Chad wollte Melissa und Anneleen beschäftigen und entschied sich deshalb, ihnen vorübergehend die Leitung des Labors zu übertragen. Er bat sie, alle Einzelheiten ihrer Arbeit einzuloggen, damit er bei seiner Rückkehr einen Überblick habe. Somit wollte Chad sichergehen, dass alles noch in Ordnung war, für den Fall, dass seine Schatzsuche zu nichts führte. Aber jetzt war er besessen von dieser Möglichkeit, was er sich vor ein paar Tagen noch nicht hätte vorstellen können.

Auf dem Weg nach Dresden dachte Chad immer wieder darüber nach. Noch vor zwei Tagen lehnte er Ideen über die antike Zivilisation und Götter ab, die mit der Genetik zu tun hatten und jetzt schien er mit ihnen einverstanden zu sein.

Friedrich war am Steuer. Niemand außer ihrem Team wusste von dem Treffen. Friedrich brach das Schweigen, „Scheißwetter", und deutete auf den starken Regen, als hätte Chad es bis jetzt nicht bemerkt. „Aber ich bin froh, dass du es endlich verstehst."

Chad: „Verstehen?"

„Du akzeptierst jetzt, dass in der Vergangenheit etwas passiert ist, das sich nicht sehr von dem unterscheidet, was wir heute erreichen wollen", antwortete Friedrich.

Chad: „Ich muss dir die Schuld dafür geben. Ich weiß nicht, ob ich das Richtige tue, vielleicht verliere ich meinen Fokus. Was tue ich? Ich versuche, ein paar alte Artefakte zu jagen?"

Friedrich: „Du tust das Richtige, Chad. Deine Vermutung könnte richtig sein, dies könnte uns zu den Antworten führen, die wir gesucht haben."

Das GPS unterbrach ihr Gespräch mit der Ansage: „In 300 Metern biegen Sie rechts ab. Ihr Ziel befindet sich auf der rechten Seite."

Sie sahen ein barockes Herrenhaus, das Chad an seine Universitätsbibliothek erinnerte. Es gab ein kleines Tor und eine lange niedrige Mauer an der Vorderseite, über die man leicht springen konnte. Dort gab es keine Sicherheitskameras. Seltsam für eine Person, die möglicherweise der Neffe von Himmler war, aber andererseits ging es darum, sich zurückhaltend zu verhalten.

Friedrich bemerkte einen Briefkasten mit einem Knopf an der linken Seite der Wand. Er lehnte sich aus dem Autofenster und drückte den Knopf. Bevor er etwas sagen konnte, sagte eine Frauenstimme am anderen Ende: „Ja, bitte kommen Sie herein, die Sicherheitsleute werden Ihnen das Tor öffnen." Chad erkannte die Stimme, es war die gleiche Stimme, mit der er beim Ausmachen des Termins gesprochen hatte.

Friedrich und Chad tauschten verwirrte Blicke aus. Sie sahen keine Sicherheitsleute um sich herum. Sie fragten sich, warum ein Professor einen Sicherheitsdienst haben sollte. Er war kein Politiker oder eine Berühmtheit.

Sie hörten Schritte, die sich von hinter dem Tor näherten. Ein Mann in einem großen Regenmantel mit Kapuzenpulli kam in Sichtweite und sprach mit einem Walkie-Talkie. Er öffnete das Tor. Friedrich lächelte, als er sich wieder zum Lenkrad drehte und Chad zuflüsterte: „Gruselig!" Er bedankte sich bei dem Sicherheitsmann und fuhr durch. Chad sah im rechten Rückspiegel, dass der Sicherheitsmann das Tor schloss und sich eine Zigarette anzündete.

Chad: „In der Tat, ziemlich seltsam. Es scheint, als ob sie ein größeres Interesse an uns, als wir an ihnen haben würden", reagierte er schließlich auf Friedrichs früheren Kommentar, während er noch in den Spiegel schaute.

Als sie auf die Hauptveranda hinauffuhren, fielen ihnen die schönen Gärten zu beiden Seiten auf. Zwei prächtige Brunnen und eine Nachbildung der Statue von Rodins „Der Denker" standen am Eingang der Veranda.

Friedrich: „Ich schätze, es heißt: *Denk nach, bevor du eintrittst*", und lachte laut.

Chad murmelte: „Ah." Er bewunderte das Anwesen. „Man muss kein Genie sein, um herauszufinden, wie ein Professor sich all das leisten kann. Entweder heiratete er eine superreiche Dame aus einer adligen Familie, oder er kam aus einer solchen."

Friedrich: „Jeder weiß, wo er herkommt. Ich denke, die Medien tun nur so, als ob sie es nicht wüssten."

Friedrich bemerkte ein blaues Schild mit einem großen „P" und hielt den Wagen an. Er dachte sich, dass die Gäste dort ihre Autos parken sollten. Eine etwa fünfzig Jahre alte Dame mit kurzen grauen Haaren, die einen Regenschirm hielt, näherte sich dem Auto von den Stufen der Veranda. Sie trug eine Wildlederjacke und Jeans. *Ziemlich lässig für einen so imposanten Ort*, wunderte sich Chad. Als sie auf sie zuging, sprach sie aus ein paar Metern Entfernung lauthals „Hallo! Willkommen!" Als sie näherkam, bot sie ihre Hand an. „Dr. Schmidt, Herr Krieger, ich bin Jeanette Penn", lächelte sie, als wäre sie stolz auf ihren Namen. „Und das Wetter tut mir leid." Sie bot ihnen einen zweiten Regenschirm an, den sie mit sich trug.

Friedrich: „Nein, es tut mir leid, dass ich es aus Berlin mitgebracht habe!" Friedrich war nicht so lustig, wie er dachte. Aber Chad war daran gewöhnt. Er lachte höflich, genau wie Jeanette. Sie bat sie, ihr in das Arbeitszimmer zu folgen, wie Professor Bauer ihr aufgetragen hatte.

Jeanette hielt kurz an der Studiotür an, bevor sie sie öffnete und sprach leise mit den Gästen. „Das Enkelkind des Professors ist heute hier. Sie sind im Studienraum."

„Oh, ich hoffe, wir stören sie nicht", sagte Chad.

Jeanette: „Oh nein, keine Sorge, sie wird in Kürze abreisen."

Ein recht interessanter Anblick begrüßte sie. Der Professor kniete auf dem Boden mit einem vierjährigen Mädchen, das ihm gegenübersaß. Er war so in das Spiel, das sie spielten, vertieft, dass er sie nicht bemerkte, bis Jeanette mit einem Lächeln sprach: „Die kleine Prinzessin bekommt hier alle Aufmerksamkeit, die sie will!"

Der Professor stand auf und nahm seine Enkelin auf den Arm. Sie machte ihn stolz. Er bot den beiden Gästen einen Handschlag an und stellte sich und seine Enkelin vor. Er übergab sie Jeanette und bat sie, sie nach oben zu bringen.

Professor: „Ich passe jeden Mittwoch auf meine Enkelin auf. Ihre Mutter sollte jeden Moment hier sein, um sie abzuholen. Möchten Sie einen Kaffee?"

Chad und Fred antworteten unisono: „Ja, bitte."

Der Sicherheitsbeamte, der das Tor geöffnet hatte, kam mit dem Kaffee herein.
Chad: „Haben wir Sie nicht gerade am Tor gesehen?"

Bauer: „Oh, dafür ist er eigentlich nicht verantwortlich, aber wir hatten heute kein Personal, also hilft Richard hier nur aus." Er zeigte auf den Butler.

„Ich bin so froh, dass Sie etwas Zeit für uns haben", sagte Chad.

„Oh ja, ich kenne Ihre Investoren und bin sehr an Ihrer Forschung interessiert, deshalb muss ich Ihnen beiden für Ihr Kommen danken", sagte er, während er einen Schluck seines Kaffees trank. „Also, meine Herren, wie kann ich Ihnen helfen?"

Chad bemerkte den Ring, den Professor Bauer an seiner rechten Hand trug. Dieser hatte ein seltsames Symbol, das ihm bekannt vorkam, aber er konnte es nicht sofort identifizieren. Die drei sprachen ausführlich über ihre Forschung. Chad berichtete von dem Vasatiwara-Gefäß, über das er kürzlich gelesen hatte, von seiner eigenen Vakuumkammer und davon, dass mehrere Dinge perfekt aufeinander abgestimmt zu sein schienen. Er sagte Bauer, dass er weder im Internet, noch in den von Friedrich mitgebrachten vedischen Transkriptionen, weitere Informationen finden könne.

Bauer sprach leise, als ob dies ein Geheimnis sei, das die konservativen Hindus nicht hören sollten. „Sie müssen verstehen, Dr. Schmidt, 99,9 % des in den *Veden* geschriebenen Wissens ist nie leicht zu finden."

Chad: „Wie sieht es in Indien aus?"

Friedrich: „Die meisten der ursprünglichen und frühen Interpretationen der Veden wurden von der *Vril-Gesellschaft* aus Indien weggenommen, nur wenige Versionen sind erhalten geblieben."

Chad: „Die *Vril-Gesellschaft*? Ich habe nie von ihr gehört!"

Prof. Bauer: „Ja, genau deshalb können wir das meiste nicht finden. Die Vril-Gesellschaft ist eine esoterische, okkulte Gesellschaft, die sich lange vor der Entstehung des nationalsozialistischen Deutschlands gebildet hatte. Die Gesellschaft begann etwa zur gleichen Zeit wie die *Thule-Gesellschaft*, als Karl Haushofer die *Brüder des Lichts* gründete. Die Organisation wird manchmal auch als "Leuchtende Loge" bezeichnet. Diese Gruppe wurde schließlich in *Vril-Gesellschaft* umbenannt, da sie an Bedeutung gewann und drei große Gesellschaften vereinte. Sie waren: die *Herren des Schwarzen Steins*, die 1917 aus dem Deutschen Orden hervorgingen, die *Schwarzen Ritter* der *Thule-Gesellschaft* und die *Schwarze Sonne*, die später als die Elite der *SS* von Heinrich Himmler identifiziert wurde. Während sich die *Thule-Gesellschaft* schließlich vor allem auf materialistische und politische Ziele konzentrierte, widmete die *Vril-Gesellschaft* der anderen Seite volle Aufmerksamkeit."

Friedrich: „Die andere Seite bedeutet Spiritualität, spirituelle Medien, Veden..."

„Und Arier", unterbrach Chad.

Friedrich: „Genau."

Bauer rief Jeanette über die Sprechanlage und wies sie an, sie nicht zu stören, wenn seine Tochter seine Enkelin abholen würde. Er bat Richard, die Tür zum Arbeitszimmer zu schließen. Er fuhr fort: „Mir sind einige sehr wichtige Unterlagen anvertraut worden, die ich nie jemandem offenbart habe. Die Aufzeichnungen enthalten alle Einzelheiten der Operation der Schwarzen Sonne." Bauer hatte seine Beziehung zu dem berüchtigten Himmler nie bestätigt, so dass sie für Spekulationen offenblieb.

Er erklärte: „Hitler und Himmler waren beide sehr stark in die altindische Geschichte involviert und studierten ausgiebig die Veden und die Bhagavad Gita, die heilige Bibel der Hindus." Er stand müde auf, wobei er sein Gewicht auf die Armlehnen des Stuhls stützte. Als er zu seinem Tisch hinüberging, öffnete er ein Geheimfach. „Ich hatte das Gefühl, dass wir das brauchen könnten und so habe ich es heute in mein Arbeitszimmer verlegt. Es wurde seit Jahrzehnten nicht mehr herausgenommen." Er öffnete ein ziemlich einfaches, aber uralt aussehendes Buch, das fast zerfiel.

„Das sieht aus, als gehöre es in ein Museum", kommentierte Chad.

„Ganz im Gegenteil, das ist etwas, das unsere Welt nicht kennen darf. Die Menschen müssen glauben, dass dies heute keine Bedeutung hat. Aber ich kann es nicht loslassen." Bauer antwortete, indem er vorsichtig die Seiten seines Buches umblätterte, ein wertvolles, unbezahlbares Erbe. „Während des Krieges wurde jedes Dokument und jede Aufzeichnung zerstört. Wenige Tage vor Kriegsende gab mir mein Onkel das hier, es ist ein Familienerbe. Dies ist das einzige Tagebuch der *Vril-Gesellschaft*."

„Ihr Onkel?" fragte Chad.

„Ja, seine Familie sammelte solche Artefakte."

„Wurden noch andere Dokumente erhalten?" fragte Chad nach.

„Ja, Hitler und Himmler gelang es, an streng geheime vedische Literatur zu gelangen, von der die meisten Inder heute nicht einmal wissen, dass sie existiert. In den letzten Kriegstagen befahl er, einige an das Habsburger Museum zu schicken, während einige an einen sehr geheimen Ort transportiert wurden."

„Das ist sehr verwirrend! Warum sollte er alles andere als die vedische Literatur zerstören? Warum hat er ihnen eine solche Bedeutung beigemessen?" forderte Chad.

„Das, mein Freund, sollten Sie gut wissen", antwortete Bauer ruhig.

Chad und Friedrich sahen verwirrt aus.

„Er hat darin Antworten gefunden, genau die Art von Antworten, nach denen Sie suchen. Sie sind hierher gekommen, um Informationen über das zu finden, was Sie gelesen haben.

Sie waren ein Ungläubiger, bis Sie nur ein paar Zeilen gelesen haben und jetzt sind Sie hungrig nach mehr... Er war nicht anders."

Für Chad begann es Sinn zu ergeben.

Friedrich: „Aber wie hat er sie überhaupt bekommen?"

„Die Schwarze Sonne waren nicht nur Okkultisten, sondern auch Esoteriker, Wissenschaftler und einige sogar Geheimagenten. Eine Mischung der brillantesten Köpfe jener Zeit. Stellen Sie sich einen Raum voller vieler Einsteins vor! Sie reisten häufig nach Asien, hatten Kontakte zu allen religiösen Oberhäuptern des Hinduismus, wurden von ihnen unterstützt und lernten sogar Sanskrit. Aber all das in absoluter Geheimhaltung, weil Indien damals unter britischer Herrschaft stand und sie nicht wollten, dass die Briten es erfahren. Zu ihrem Vorteil wurden die Veden und die altindische Literatur von den Briten nicht beachtet und für nicht wichtig empfunden. Das hat für die Schwarze Sonne sehr gut funktioniert. Außerdem gab es während des Zweiten Weltkriegs einen Inder namens Subhash Chandra Bose, der zur gleichen Zeit für die Freiheit Indiens kämpfte, als Hitler gegen die Briten kämpfte. Denselben Feind zu haben, machte es Hitler leicht, sich mit Bose anzufreunden. Er half Bose im Kampf gegen die Briten und im Gegenzug half Bose Hitler bei der Übersetzung und dem Erwerb der Schriften."

Friedrich: „Erstaunlich, wenn man bedenkt, dass sie tatsächlich dafür gesorgt haben, dass es so bleibt, ein Geheimnis."

Bauer: „Ja und das muss auch so bleiben! Können Sie sich das Chaos vorstellen, das herrschen würde, wenn die Welt davon erfährt, geschweige denn die Inder?"

Chad: „Die Schwarze Sonne hat also in diesen Veden etwas gefunden, das selbst die damaligen religiösen Oberhäupter nicht gesehen haben?"

Bauer: „Es ist fast unmöglich, diese Frage zu beantworten, aber lassen Sie es mich so sagen. Die Mitglieder der Schwarzen Sonne sahen das wahre Potenzial der Veden und wollten sie für eine gefährliche Sache nutzen."

Chad fiel das Symbol auf der ersten Seite des Buches auf, als Bauer darin blätterte. Unter dem Symbol waren die Worte „Symbol der schwarzen Sonne" geschrieben.

Er erkannte, dass dies dem Symbol auf Bauers Ring sehr ähnlich sah. Er fragte sich, ob er zur Vril-Gesellschaft gehöre und unterbrach Bauer plötzlich: „Das ist dasselbe Symbol wie auf Ihrem Ring", und zeigte auf die Seite.

Bauer schaute auf seinen Ring und lachte: „Ja, Sie haben ein scharfes Auge, aber das ist das Rad von der indischen Flagge. Sehen Sie genau hin, das Rad hat im Gegensatz zum Wewelsburg-Symbol, dem Symbol der schwarzen Sonne, vertikale Speichen. Dieses wurde mir von der indischen Regierung für meine Forschungsarbeit über die Indologie geschenkt. Keine Sorge, die Vril-Gesellschaft und ihre Mitglieder gibt es nicht mehr."

Bauer fuhr fort: „Die Mitglieder der Vril-Gesellschaft waren Männer der Symbole. Sie sammelten mehrere Symbole, die einen historischen Hintergrund hatten, Symbole der Macht. Symbole, die nicht nur religiös waren, sondern auch eine größere Bedeutung hatten. Der *Führer* glaubte, dass bestimmte Symbole ihm übernatürliche Kräfte verleihen würden und sie wurden sogar zur Kommunikation verwendet." Er hielt inne: „Lassen Sie mich erklären." Er zog ein Blatt Papier aus dem Zeichenmaterial seiner Enkelin und einen auf dem Boden liegenden Farbstift heraus. „Nehmen Sie zum Beispiel das SS-Symbol. Sie setzten ein S senkrecht und das zweite waagerecht, so dass die Buchstaben in einem bestimmten Format geschrieben waren, was es dem einfachen Menschen schwer macht, die Bedeutung hinter dem Symbol zu entziffern." Zu ihrem Erstaunen stellten sie fest, dass die beiden SS ein Hakenkreuz bildeten.

Friedrich: „Unglaublich!"

Bauer: „Das Symbol der Schwarzen Sonne hat genau zwölf SS spiegelbildlich in einem Hakenkreuz an die SS geschrieben. Ähnlich das zerbrochene Sonnenkreuz." Er zeichnete ein weiteres Symbol.

„Im Allgemeinen war jedes von den Nazis verwendete Symbol eine Variation des Hakenkreuzes."

Friedrich: „Hitler sagte, er habe nicht die Symbole gestohlen, sondern nur das geliehen, was ihm rechtmäßig wegen seiner Vorfahren, den Ariern, gehörte."

Bauer: „In der Tat! Das Hakenkreuz war ursprünglich ein Symbol, das von den Ariern verwendet wurde. Wir wissen jedoch nicht, warum und was genau es darstellt, abgesehen davon, dass es Macht symbolisiert."

Friedrich: „Nicht nur Hitler, sondern auch die Thule-Gesellschaft war von den arischen Theorien besessen. Die Thule-Gesellschaft wurde 1911 von Walter Neuhaus gegründet und konzentrierte sich in erster Linie auf die Behauptung des Ursprungs der arischen 'Rasse'.“

Bauer: „Sie haben völlig recht, Friedrich. Die Hüter der Stammbäume für den *Germanenorden*, die Wichtigkeit der Abstammung.“

Chad: „Und Hitler glaubte, die Deutschen seien Arier?“

Bauer wollte gerade sprechen, als Friedrich aufgeregt unterbrach: „Darf ich?“

Bauer: „Sicher.“

„Ok, er hatte also nicht ganz Unrecht, aber er hat den Ursprung, den eigentlichen Start verpasst. Schau', wie die meisten Historiker glaubte auch Hitler, dass die Arier aus dem Nordwesten kamen und in die älteste der Menschheit bekannte Zivilisation eindrangen, die Zivilisation des Indus-Tals in Mohenjo-daro, im heutigen Indo-Pakistan. Die Historiker glaubten, dass die Arier extrem mächtig gewesen sein müssen, da sie mit Gewalt eine bestehende komplexe Zivilisation gestürmt haben, was sie glauben ließ, dass sie die überlegenste 'Rasse' der Erde seien. Doch erst vor kurzem entdeckten Archäologen, dass alle Toten in Wirklichkeit in den unteren Ebenen in Mohenjo-daro begraben waren. Das bedeutet, dass sie alle eines natürlichen Todes gestorben sein müssen. Außerdem fanden sie keine Anzeichen von Widerstand, kaum Kriegswaffen, nur Waffen für die Jagd“, beendete Friedrich seine Erklärung mit einem Schlusspunkt.

Chad: „Das heißt, die Arier stürmten nicht in den Mohenjo-daro, sondern sie waren die Mohenjo-Darianer?“

Bauer: „Genau! Die Arier waren keine Menschen aus dem Nordwesten, sondern die Menschen aus dem Südosten.“

Chad: „Das widerlegt also Hitlers Theorie, richtig?“

Bauer: „Überhaupt nicht! Die Arier im Industal gediehen auf dem hochfruchtbaren Land rund um den Fluss Saraswati. Im Laufe der Zeit vertrocknete der Fluss und das Land wurde unfruchtbar, was sie zum Umsiedeln zwang. Sie teilten sich in zwei große Gruppen auf, die erste Gruppe ging weiter nach Osten und ließ sich schließlich am heutigen Ganges nieder, wodurch Indien zu einem Land mit zwei großen Volksgruppen wurde, den Ariern und den Draviden, die es in Indien schon lange vor all dem gab. Und die zweite Gruppe von Ariern zog nach Nordwesten, bis in das heutige Europa.“

Der Mund von Chad war weit offen: „Unglaublich!“

Bauer und Friedrich zuckten mit den Achseln, grinsten selbstgefällig und genossen ihre Verbreitung von Weisheit. Für Chad machte das alles immer mehr Sinn. Er verstand nun die Ähnlichkeit zwischen den indogermanischen Sprachen, die klimatische Anpassung, die Inder und Deutsche so unterschiedlich aussehen ließ, obwohl sie den gleichen Ursprung haben. Die Kontinentalverschiebung des indischen Subkontinents von Afrika aus, Südindinder, die eine völlig andere DNA haben als die Nordinder. Für ihn ergab jetzt alles einen Sinn.

Die Diskussionen dauerten bis in die frühen Morgenstunden, fast bis zum Sonnenaufgang. Dr. Bauer sagte Chad und Friedrich, dass, obwohl die meisten Veden in Deutschland und Österreich verfügbar seien, die meisten Informationen über das alte Klon-Gefäß, das Vasatiwara, fehlten.

Dr. Bauer schlug ihnen vor, sich mit einem guten Freund in Indien zu treffen, Shashank. Ein Indologe und ein Archäologe, der an den Ausgrabungen einer versunkenen Stadt, dem legendären Dwaraka, arbeitete. Die älteste der Menschheit bekannte Zivilisation, jetzt unter Wasser. Shashank hatte einmal mit Bauer über die Klon-Theorie gesprochen und er dachte, er könnte die richtige Person sein, um ihnen zu helfen.

„Es gibt in keinem der Texte schriftliche Informationen über das Gefäß. Glauben Sie mir, ich habe sie alle gelesen. Aber vielleicht gibt es einige physische Beweise", schlug Bauer vor. „Ich werde Shashank sagen, dass er Sie beide empfangen soll."

Chad und Friedrich stimmten dem Vorschlag Bauers zu. Sie würden jetzt nicht aufgeben, schließlich war es nur ein 10-Stunden-Flug nach Indien.

Kapitel 8:

Der Bauernmarkt

Die Forensiker brachten die Leichen mit Hilfe der Marinesoldaten ins Labor. Einer von ihnen arbeitete weiter an der Entnahme der DNA-Proben, während der zweite zu Hamads Haus fuhr, um seine Blutprobe zu holen.

Hamad lag auf dem Bett, die Augen geschlossen. Mirza saß auf einem Holzstuhl an seiner Seite. Der Fahrer war zum Auto zurückgekehrt, um Wache zu halten. Als der Gerichtsmediziner durch die offene Tür eintrat, bat er Mirza um die Erlaubnis, Hamads Blutprobe zu entnehmen.

Mirza sprach sanft zu Hamad: „Sir?"

Keine Antwort von Hamad.

Mirza versuchte es noch einmal: „Herr Hamad?"

Immer noch keine Antwort.

Mirza schaute genau hin und erkannte, dass Hamad ohnmächtig geworden war. Er bat den Gerichtsmediziner, fortzufahren. Ein kurzer Stich mit der Nadel. Hamad zuckte nicht einmal mit der Wimper, nichts. Er lag einfach nur da wie ein Steinblock.

„Wie schnell kann ich die Ergebnisse sehen?", fragte Mirza den Forensiker.

„Da es sich um eine direkte Blutprobe handelt, könnten wir die Wiederaufbereitung überspringen. Sobald wir das DNA-Profil erhalten haben, wird der DNA-Analytiker die Beweisstücke mit den Referenzproben vergleichen, um zu sehen, ob Übereinstimmungen oder Ausschlüsse festgestellt werden können. Mit der Ausrüstung, die wir im Labor haben, wird das mindestens zwölf Stunden dauern!"

Mirza blickte auf seine Uhr, es war 18 Uhr, er hatte noch Zeit für ein Abendessen und ein Nickerchen. „Dann sehe ich Sie am frühen Morgen im Labor. Gehen Sie los", befahl Mirza ihm.

Der Gerichtsmediziner nickte und ging hinaus. Mirza folgte ihm nach draußen und schloss die Tür hinter sich. Es war bereits dunkel. Vom Fenster aus konnte er seinen Fahrer sehen, der im Auto wartete. Er bat ihn, ihn nach Hause zu bringen.

Die Straßen waren absolut still, keine Explosionen, keine Schießereien, es schien so friedlich. Mirza merkte, dass er den ganzen Tag nichts gegessen hatte und fragte sich, ob Hamad oder der Fahrer etwas gegessen hatten. Wahrscheinlich nicht. Ihre Familien zu Hause waren besorgt und beteten jeden Tag für ihre sichere Rückkehr. Mirza hoffte, dass all dies bald enden würde und fragte sich, ob Kabul jemals zu seinen glorreichen Tagen mit seinen geschäftigen Straßen und Basaren voller Leben zurückkehren würde. Er erinnerte sich an seine Kindheit, als sie an einem der Bauernmärkte vorbeifuhren, die er mit seiner Mutter jeden Sonntagmorgen für ihre wöchentlichen Einkäufe besucht hatte.

Sein Vater war ein Imam in der größten Moschee der Stadt. Mirza wuchs mit einem starken religiösen Glauben und guter Erziehung auf. Er hatte seinen Vater bei einem Bombenanschlag auf die Moschee verloren. Seine Mutter lebte nun mit ihm zusammen, zusammen mit seiner Frau und seinem Sohn.

Mit Blick auf den zerstörten Bauernmarkt fragte sich Mirza, ob er und seine Mutter jemals wieder dorthin zurückgehen könnten, wenn das alles vorbei war. Hoffnungsvoll stellte er sich vor, dass der Markt wieder in seinem früheren Glanz erstrahlte. Er vermisste ihn. Er vermisste die Moschee, in der sein Vater gepredigt hatte. Er vermisste seine Freunde, von denen er die meisten weder gesehen noch von ihnen gehört hatte, nachdem der Krieg begonnen hatte. Sein einziger Freund war nun der Fahrer, mit dem er sich gelegentlich beiläufig unterhielt. Stolz nannte er sie „die glorreichen Tage". Mirza hatte sein Land nie verlassen und er stellte sich vor, dass der Rest der Welt nicht viel anders sei, damit er sich nicht schlechter fühlen würde. Er erzählte seinem Sohn sogar, dass die ganze Welt so sei, ein imaginärer Dritter Weltkrieg.

Sie erreichten den Kontrollposten des Basislagers. Er beschloss, die restliche Strecke zu Fuß zurückzulegen und den erschöpften Fahrer für den Tag nach Hause zurückkehren zu lassen. Zweieinhalb Kilometer entfernt, quer durch die Kaserne und das Soldatenquartier, war seine behelfsmäßige Zwei-Zimmer-Hütte. Aber er war dankbar dafür. Mirza und seine Familie standen unter dem Schutz der US-Regierung und wohnten in einem Nebengebäude des Basislagers.

Mirza stieg aus dem Auto aus, sagte dem Fahrer, er brauche ihn heute nicht mehr und er solle ihn am nächsten Tag um 7 Uhr morgens vom Labor abholen. „Ji saab", sagte der Fahrer, während er das Auto parkte.

Als Mirza auf seine Wohnung zuging, sah er in der Armeekantine Soldaten verschiedener Nationalitäten und Dienstgrade miteinander verkehren. Es war ein Sonntag. Sie aßen sonntags alle zusammen. Viel Gelächter und Gespräche. Eine schöne Pause von den Stunden harter Arbeit in der Sonne, dem Zelten, der Überwachung und der ständigen Lebensgefahr. Als Mirza auf das Labor zuging, rief einer der Soldaten von außerhalb des Kantinenzeltes: „Herr Kommissar, haben Sie Lust auf einen Drink mit uns?"
Mirza erkannte an seinem Akzent, dass er einer der britischen Soldaten war. „Ich trinke nicht, aber Danke", antwortete er mit einem Lächeln. Ihm wurde klar, dass die Straßenlaternen im Inneren des Geländes nicht hell genug waren, damit der Soldat sein Lächeln sehen konnte, selbst aus wenigen Metern Entfernung.

„Oh, Entschuldigung! Wenn Sie möchten, können wir Ihnen ein Stück Kuchen anbieten", sagte der Soldat.

„Vielleicht ein anderes Mal. Ich muss nach Hause gehen, meine Familie macht sich vielleicht Sorgen", antwortete Mirza.

„Sicher, das verstehe ich", der Soldat rollte seine Zigarette und verschwand im Zelt.

Nachdem er mit seiner Familie zu Abend gegessen hatte, stellte Mirza den Wecker und ging direkt ins Bett. Doch der Schlaf entzog sich ihm. Sein Geist war hellwach mit Gedanken an Hamad und seine Töchter. Er betete für ein negatives Ergebnis des DNA-Abgleichs.

Der Wecker der Uhr piepte. Es war 6 Uhr morgens. Mirza stellte fest, dass er es geschafft hatte zu schlafen, obwohl er immer noch schläfrig war. Er eilte durch die morgendliche Routine und eifrig weiter zum Labor, immer noch im Schlafanzug. Es war leer, obwohl das Licht an war. Das Personal hatte den Bericht beendet und verließ nach der Nachtschicht, auf Anweisung des Feldmarschalls, umgehend das Labor.

Mirza fand die Berichte in einem versiegelten Umschlag mit einem Vermerk „Vertraulich: Nur für Mirza." Er ignorierte ihn, riss das Siegel auf und warf einen Blick auf den Bericht. Ein Lächeln erhellte sein Gesicht, als er die Ergebnisse sah. Die DNAs stimmten nicht überein.

Er wollte Hamad sofort anrufen, aber er hatte nur ein Funkgerät mit großer Reichweite dabei. In Kabul benutzte heutzutage jeder ein Walkie-Talkie. Aber einige wichtige Leute wie Hamad hatten ein paar besondere Privilegien wie ein Mobiltelefon. Einige der Mobiltelefontürme funktionierten noch, aber es war immer riskant.

Mirzas Handy blieb fast immer beim Fahrer, der auch sein persönlicher Assistent war. Er stürmte aus dem Labor und fand seinen Fahrer 30 Minuten zu früh draußen, der mit anderen afghanischen Fahrern sprach, die im Basislager arbeiteten. Sie waren überrascht, Mirza in seinem Pyjama zu sehen, aber er war zu aufgeregt, um sich daran zu stören. Mirza bat seinen Fahrer, Hamad anzurufen. Er wählte schnell.

Keine Antwort.

Hamad war wahrscheinlich immer noch bewusstlos, aber sein Telefon war eingeschaltet, weil sie ein Freizeichen anstelle einer automatischen Sprachnachricht erhielten. Er versuchte erneut anzurufen. Immer noch keine Antwort. Mirza beschloss, direkt zu Hamads Haus zu gehen, bat aber seinem Fahrer, ihn zuerst zu seiner Wohnung zu bringen. Er zog sich um, betete und verabschiedete sich von seiner Familie, eine Tradition, der er seit seiner Kindheit gefolgt war. Dann steckte er sein Hemd in die Hose und fuhr zu Hamads Wohnung.

Kapitel 9:

Die versunkene Stadt

Chad und Friedrich gingen am nächsten Tag zu einem letzten Besuch ins Labor, bevor sie sich auf die Suche nach dem Klon-Gefäß, dem Vasatiwara, machten. Sie vertrauten Melissa und Anneleen ihre Mission an und baten sie, absolute Geheimhaltung zu wahren. Chad war besorgt, dass sie die Investoren verlieren könnten, weil sie bei dieser Suche vom Kurs abgekommen waren. Ihre Vorgesetzten und Professoren an der Universität würden es wahrscheinlich als lächerlich bezeichnen. Außerdem wollten sie keine Aufmerksamkeit erregen und besonders nicht die Medien involvieren. Zu ihrem Vorteil hatte etwas, das seit Jahrhunderten existierte, aus welchen Gründen auch immer, nie die Aufmerksamkeit der Welt erregt und Chad wollte es so belassen.

Chad hatte Melissa und Anneleen genug Aufgaben übertragen, um sie in ihrer Abwesenheit zu beschäftigen. Er wies sie an, der Fakultät zu sagen, dass sie, falls Fragen auftauchen sollten, damit beschäftigt seien, nach einer Technologiefirma zu suchen, die ihnen beim Bau der großen Vakuumkammer helfen würde und dass sie innerhalb eines Monats zurückkehren würden. Sie dachten, dass sie sich seit mehreren Monaten in einer Sackgasse befanden und dass es sich lohnen würde, einen Monat zu investieren, um den Code zum Klonen mit einer 90%-igen Wahrscheinlichkeit zu knacken. Die einzige Frage war, würden Sie überhaupt etwas finden?

Am nächsten Morgen nahmen Chad und Friedrich ein Taxi zum Flughafen *Berlin-Schönefeld*. Friedrich schaute um 5.30 Uhr auf seine Uhr. Er überprüfte den Flugstatus auf seinem Telefon. Der Flug war pünktlich. Bisher verlief alles wie geplant. Er entschied sich, Herrn Shashank anzurufen, um ihn auf dem Laufenden zu halten. *In Indien müsste es 10 Uhr morgens sein, also sollte Shashank wach sein,* dachte er sich. Das Telefon klingelte und eine Stimme antwortete: „Guten Morgen, hier ist Shashank."

„Herr Shashank, das ist Friedrich, Dr. Bauers Freund", antwortete Friedrich.

„Oh ja, wie geht es Ihnen? Ich komme persönlich zum Flughafen, um Sie abzuholen. Ist alles in Ordnung?", sprach Shashank in seinem üblichen höflichen Ton.

Friedrich: „Ja, ich wollte Sie nur wissen lassen, dass alles wie geplant läuft und wir voraussichtlich pünktlich ankommen werden."

„Ich weiß, ich habe den Flugstatus online verfolgt", antwortete Shashank. Friedrich fühlte sich dumm, als er sich eingestehn musste, dass es natürlich in Indien Internet gab.

Shashank: „Ich habe für Sie eine Hotelreservierung vorgenommen. Wir werden gleich morgen früh nach Dwarka aufbrechen. Es ist eine sechsstündige Fahrt und ich dachte, wir könnten uns unterwegs unterhalten und uns gegenseitig auf den aktuellen Stand bringen. Bauer hat mir gesagt, was Sie suchen, ich glaube, ich weiß, was helfen könnte", Shashanks Stimme war voller Aufregung.

Friedrich bemerkte, dass sie den Flughafen erreicht hatten und das Taxi hielt am Abflugterminal seitlich an. Er antwortete schnell: „Vielen Dank, Herr Shashank, bis bald", und legte auf.

Sie durchliefen den Check-in-Prozess und gingen an Bord ihres Lufthansa-Fluges, zufrieden damit, wie zuverlässig und pünktlich er war. In dem Moment, als Friedrich sich auf seinen Sitz setzte, döste er ein. Das Aufwachen um 4 Uhr morgens, um einen Flug um 7 Uhr morgens anzutreten, war nicht sein Ding. Chad war froh, dass er pünktlich erschienen war, als er ihn abholte!

Auf dem Flug studierte Chad die Pläne der aktuellen Vakuumkammer, in der sie ihre erste Entdeckung gemacht hatten und auch seinen neuen Entwurf für die größere Kammer. Er vertiefte sich in sie, verglich und überprüfte die Messungen, schaute sich die verschiedenen Module an und machte sich Notizen über die notwendigen Modifikationen an den Entwürfen. Nach drei Stunden wachte Friedrich auf und sah Chad mit seinen Blättern beschäftigt. Er räusperte sich: „Ist dir klar, dass, wenn wir etwas finden, der gesamte Entwurf möglicherweise geändert werden muss?" Er griff nach dem Orangensaft auf dem ausklappbaren Tisch vor ihm.

Chad zuckte erschrocken zusammen und drehte sich um: „Wow, du hast mich erschreckt! Ich hatte nicht erwartet, dass du vor der Landung aufwachen würdest."

Friedrich lachte und schaltete das Kabinenoberlicht für Chad ein, damit er besser sehen konnte. Sie diskutierten weiter, waren aber bemüht nicht zu laut zu spechen.

Nach einem 10-stündigen Flug und einem 2-stündigen Zwischenstopp in Abu Dhabi erreichten sie schließlich Neu-Delhi. Das Wetter war angenehm, sogar ein bisschen warm. Friedrich war froh, dass er ein paar kurze Hosen mitgenommen hatte.

Außerhalb des Terminals wurden sie von Shashank begrüßt, der ein Schild mit ihren Namen hochhielt. Sie gingen auf ihn zu und stellten sich vor. Shashank sagte, sie würden zuerst zum Taj-Hotel fahren und er würde sie am Morgen abholen. Sie müssten mit einer lokalen Fluggesellschaft nach Ahmedabad fliegen und dann weiter nach Dwarka fahren.

Am nächsten Tag kam Shashank mit seiner Assistentin und einem Fahrer in einem Minivan, um sie abzuholen. Shashank stellte seine Assistentin, Miss Geeta, vor. Sie trug eine große, dunkle Brille, hatte schwere Ordner auf ihrem Schoß und einem Rucksack zu ihren Füßen. Geeta hatte drei Jahre lang mit Shashank an verschiedenen Standorten in Indien gearbeitet. Nach einem weiteren Flug und einer weiteren Fahrt erreichten sie schließlich die Stadt Dwarka. Chad und Friedrich waren überrascht von dieser unscheinbaren Vorstadt, den chaotischen Straßen mit Verkehr und Menschenmassen.

Shashank: „Bevor wir zu der Stätte gehen, müssen wir zur örtlichen Archäologie-Behörde gehen, um die Genehmigungen für Sie beide zu erhalten."

Chad: „Eine Erlaubnis, die historische Stätte zu besuchen?"

Geeta lachte: „Dr. Chad, ich glaube, Sie vergessen hier etwas!"

Chad und Friedrich tauschten verwirrte Blicke aus.

Geeta: „Dwarka, die Stadt, in der wir uns jetzt befinden, ist nur eine Erweiterung des Dwarka, zu dem wir gehen müssen, die Stadt mit der archäologischen Bedeutung. Sie liegt unter Wasser!"

Chad erinnerte sich an das, was Bauer ihm gesagt hatte. Damals hatte er es nicht registriert, jetzt traf es ihn schwer.

Friedrich sah besorgt aus: „Chad hat panische Angst vor Wasser. Er würde nie freiwillig in die Nähe von Wasser gehen, geschweige denn unter Wasser."

Shashank und Geeta sahen sich an, während Chad sich die plötzlich verschwitzten Handflächen rieb.

Friedrich: „Hoffentlich sind Ihre U-Boote luftdicht. Chad ist eine Katze, wenn es um Wasser geht."

Geeta: „Sie sind lustig! U-Boote? Tauchen, das ist der einzige Weg hinein. Sie sind in Indien, denken Sie daran!"

Chad diskutierte mit Geeta und Shashank und versuchte, alle möglichen Wege zu finden, um nicht ins Wasser zu müssen. In der Zwischenzeit kamen sie im Archäologieministerium an.

Die Archäologische Universität befand sich direkt neben dem Ministerium und Geeta führte sie kurz herum, während Shashank mit den Pässen der Besucher in das Büro des Ministeriums ging. An der Universität sahen Chad und Friedrich mit Erstaunen einige der Ausgrabungen aus der verlorenen Stadt. Artefakte, die auf fast 30.000 v. Chr. zurückgingen! Sie waren Wissenschaftler, konnten aber nicht glauben, was sie sahen und hörten. Beweise mit Kohlenstoff-Isotopen-Datierungen, komplizierte Handarbeiten, Keramik, Münzen, Schmuck und Bildhauereien. Als sie durch die verschiedenen Räume gingen, konnten sie sehen, wie die Studenten skizzierten und versuchten, zerbrochene Teile von Gegenständen zusammenzufügen. In einigen Räumen saßen die Schüler vor großen Monitoren, arbeiteten an CAD-Software und versuchten, die verlorene Dwarka-Stadt zu rekonstruieren.

Geeta sprach plötzlich aufgeregt: „Lassen Sie mich Ihnen etwas sehr Interessantes zeigen", und führte sie zu einigen Objekten in Glasgehäusen. „Alle Artefakte, die über 14.000 v. Chr. hinausgehen, wiesen kaum noch Anzeichen von göttlichen Wesen auf. Erst nach 14.000 v. Chr. begannen die Menschen, Götter und Religion in ihrer Kunst und ihrem Handwerk darzustellen. Wir glauben, dass die frühen Bewohner sich der Götter oder irgendeiner Religion nicht bewusst waren oder nicht an sie glaubten."

Die beiden stellten fest, dass die Töpferwaren, Statuen und Spielzeuge nur aus Tieren, Kindern, Bäumen und anderen Elementen der Natur bestanden, aber keine Anzeichen von Göttern oder irgendwelchen Fantasiewesen, wie z.B. halb Mensch und halb Tier oder Menschen mit vielen Händen oder Köpfen usw. aufwiesen. „Ziemlich faszinierend", riefen Chad und Friedrich aus. Friedrich fotografierte einige Artefakte mit seinem Handy.

Geetas Telefon klingelte. Es war Shashank, der mit den Genehmigungen zurückkam und draußen im Wagen wartete. Sie stiegen wieder ins Auto und fuhren weg. Auf dem Weg passierten sie den Dwarka-Tempel, der viel später gebaut wurde, nachdem die alte Stadt versunken war. Shashank erklärte, dass der Tempel den Tempeln in der versunkenen Stadt ähneln solle. Er zeigte ihnen Bilder von Tempeln, die untergegangen waren und sagte, dass sie alle den heutigen Tempeln ähnlich seien. Des Weiteren erklärte er, dass der obere Teil des Haupttempelgebäudes *Vimana Gopuram* genannt wurde, was soviel wie Flugzeugkuppel bedeutet. Er lachte: „Es wird Flugzeug genannt, aber offensichtlich kann es sich nicht bewegen oder fliegen! Die frühen Architekten der ersten Tempel entwarfen es, um eine *Vimana* zu replizieren. Eine Fantasie-Flugmaschine. Sie glaubten, dass die Götter darin reisten."

Chad und Friedrich studierten die Bilder. „Aber das sieht nicht wie ein Flugzeug aus. Es hat nicht einmal Flügel", sagte Chad.

Shashank: „Nun, wenn die Götter Flugzeuge hätten, würden sie nicht so primitiv aussehen wie die, die wir heute haben, nicht wahr? Aber wir müssen verstehen, dass dies damals nur ein Hirngespinst der Menschen war. Ich bin sicher, dass niemand wirklich geflogen ist."

Sie diskutierten weiter über die versunkene Stadt und erreichten schließlich den Ort, an dem sie von einigen Tauchern empfangen wurden, die auf einem kleinen Boot warteten.

Shashank: „Ich hatte die Taucher gebeten, sich bereitzuhalten. Sie müssten das Boot mit der Ausrüstung für uns beladen haben."

Chad: „Ist es in Ordnung, wenn ich nicht mit Ihnen tauche? Ich bleibe lieber hier am Ufer."

Friedrich klopfte ihm auf den Rücken: „Warum wartest du nicht wenigstens auf dem Boot? Du musst nicht tauchen, aber du kannst uns helfen, unsere Ausrüstung anzulegen. Wer weiß, vielleicht finden wir da unten wirklichv etwas."

Nach viel Überzeugungsarbeit stimmte er schließlich zu, auf das Boot zu steigen. Shashank stellte die Taucher vor. „Das ist Jonathan aus Australien. Er leitet das Team, er ist Taucher und auch Archäologe. Jonathan arbeitet hier bereits seit 10 Jahren."

Chad schaute Jonathan an. Dieser war ein Mann, der größer und stärker als er selbst war und stolz in einem Taucheranzug vor ihnen stand. „Muss ich wie Sie sein, um zu tauchen? Ich habe nicht die Hälfte der Muskeln, die Sie haben", sagte Chad und versuchte, einen unbeschwerten Ton anzuschlagen.

Jonathan grinste: „Kumpel, Sie brauchen nicht die Muskeln, sondern Lungen, starke Lungen."

Chad erkannte nicht nur, dass er hydrophob war, er müsste auch durch ein Rohr atmen. Geeta bemerkte, dass seine Beine zitterten und neckte ihn: „Ich habe noch nie jemanden bei 38 Grad Sonne in Indien zittern sehen!" Sie versuchte, ihr Lachen zu kontrollieren und es verpuffte zu einem unbeholfenen Lächeln.

Jonathan und Shashank unterhielten sich kurz und Jonathan startete das Boot. Shashank saß neben ihm und schob eine große Kiste mit Taucheranzügen nach hinten, wo der Rest von ihnen stand. „Nehmen Sie Platz und ziehen Sie die Anzüge an. Sie könnten etwas eng anliegen, ich kannte Ihre Größen nicht", rief Jonathan von vorne, über den lauten Lärm der brüllenden Doppelmotoren.

Chad sah das Boot vom Ufer ablegen und fühlte einen starken Drang, zurück ans Ufer zu springen. Er konnte seine Augen nicht von dem Ufer abwenden, das mit jeder Sekunde kleiner und kleiner wurde, je weiter sie sich von ihm entfernten. Chad sehnte sich danach, wieder festen Boden unter den Füßen zu haben. Er erinnerte sich an die Schreie seines besten Freundes, als sie Kinder waren...

Friedrich legte einen der Anzüge auf die Schulter von Chad. „Was zum..." Er drehte sich überrascht um. „Das Ding ist schwer, Mann", sagte er, als er es herunterzog und mit weit geöffneten Augen vor sich hielt.

„Ohne Scheiß, Sherlock", sagte Geeta, als sie sich hinsetzte und sich ihren Anzug über die Beine zog. Chad bemerkte ihr feines langes schwarzes Haar, das bis jetzt zusammengebunden war. Ohne die Brille war ihr Gesicht endlich sichtbar. Sie war strahlend. Nachdem Geeta sich den Anzug über ihre Schultern und Arme gezogen hatte, stopfte ihr langes schwarzes Haar in den Rücken des Anzugs. Danach stülpte sie sich die Kapuze über und setzte sich die Taucherbrille auf die Stirn, bereit. Der kurze Blick auf ihr schönes Haar und ihr Gesicht war verschwunden, verdeckt durch den Anzug und die Taucherbrille. Chad fühlte sich atemlos. Er merkte, dass er nicht einmal unter Wasser war. Geeta war eine Schönheit, die sich hinter ihrer Brille versteckte und dies war der erste Blick, den sie erlaubt hatte. Chad konnte dieses Bild nicht aus dem Kopf bekommen und saß sprachlos da. Friedrich bemerkte die Ablenkung von Chad und erkannte, was gerade geschehen war. Auch er hatte die strahlende Schönheit der Geeta bemerkt.

Für einen Moment vergaß Chad die Hydrophobie und hatte ein Lächeln im Gesicht. Eine plötzliche Welle traf das Boot, so dass Friedrich das Gleichgewicht verlor. Geeta lachte vergnügt wie ein kleines Mädchen, das sich selbst am Boot festhielt.

Friedrich hatte sich wieder gefangen. Verärgert und verlegen trat er den Tauchanzug in Richtung Chad. „Zieh' ihn jetzt an, es reicht."

Chad versuchte, das Thema zu wechseln: „Brauchen Menschen normalerweise nicht zumindest eine Grundausbildung zur Akklimatisierung, bevor sie einen vollwertigen Tauchgang unternehmen können?"

Geeta, die Friedrichs Verlegenheit nicht bemerkte, antwortete unschuldig: „Dr. Chad, das ist Ihre Grundausbildung! Dies ist Indien, wir haben nur einen Versuch für alles. Hier proben und trainieren wir nicht im Voraus."

Shashank schloss sich an: „Ha ha, Ihnen ist klar, dass wir hier kaum reguläre Schulen haben, geschweige denn eine Tauchschule, die Sie ausbilden kann?"

Chad fühlte sein Herz sinken: „Sie machen wohl Witze."

Das Boot wurde langsamer. Shashank lief auf das Heck des Bootes zu, um eine Eisbox zu öffnen. Er zog einige Wasserflaschen heraus. „Letzte Chance für einen Schluck Wasser", sagte er, als er begann, sie herumzureichen. Dann griff er nach dem Anker und ließ ihn ins Meer fallen.

Friedrich machte ein paar Bilder von der Wasseroberfläche und der Umgebung. Chad und Shashank waren die einzigen, die keine Anzüge trugen. Shashank fragte: „Dr. Schmidt, warum sind Sie nicht ausgerüstet?"

Chad konterte: „Warum sind Sie es nicht?"

Shashank sah verwirrt aus. „Ich habe nie gesagt, dass ich tauchen werde, zumindest nicht mit diesem dicken Bauch", kicherte er und zeigte auf seinen Bauch. „Außerdem, wer wird auf dem Boot Wache halten, während Sie weg sind?"

Chad: „Warum halte ich nicht Wache und Sie machen weiter?"

Shanshank: „Sir, ich bin nicht fit genug, ich habe ein Herzleiden. Ich kann mit dem Druck nicht gut umgehen."

Friedrich war fertig mit der Vorbereitung und Geeta half ihm die Sauerstoffflasche auf seinem Rücken zu befestigen. Er sah Chad an: „Was zum Teufel machst du da? Es sind 40 Grad hier oben. Spring' rein, es wird schön kühl sein. Wolltest du nicht unbedingt die untergetauchte Stadt sehen? Vielleicht entdecken wir Atlantis, man weiß ja nie!"

Irgendwie motivierten diese Worte Chad, obwohl die Suche nach dem Vasatiwara weit hergeholt schien. Er dachte, selbst wenn es existierte, könnte es umwachsen sein von Seepocken, Pflanzen und Rost. Aber er wusste, dass dies seine große Chance war. Ein einziger Tauchgang und es könnte seine gesamte Forschung verändern, vielleicht. Er hob den Anzug auf und zwängte seine Beine in ihn hinein. Jonathan sah, wie er sich abmühte und kam herüber, um ihm zu helfen. Geeta brachte ihm die Schutzbrille und die Sauerstoffflasche.

Shashank sah traurig aus: „Dort unten ist die verlorene Stadt, die älteste Zivilisation ... die den Göttern gehörte, die dieses Land durchwandert haben. All das ist genau dort und ich kann es selbst nicht sehen."

Jonathan tauchte zuerst ins Wasser, gefolgt von Friedrich. Geeta hielt die Hand von Chad und half ihm über die Steuerbordseite. Sie zwang ihn, sich mit dem Rücken zum Meer auf die Kante des Bootes zu setzen. Sofort zog Friedrich ihn an seiner Sauerstoffflasche nach unten und er fiel wie ein Amboss ins Wasser und trieb wie ein Delfin herum, der nicht schwimmen gelernt hatte. Er schnappte nach Luft, als Jonathan versuchte, ihn zu beruhigen und ihn bat, durch das Mundstück zu atmen. Der Rest von ihnen brach in Gelächter aus. Chad versuchte, wieder auf das Boot zu klettern, aber Geeta ergriff seine Hand und hielt ihn auf. Shashank schaute vom Boot aus zu und nippte entspannt an seiner Wasserflasche, als würde er einen Film sehen.

Es dauerte fast eine halbe Stunde, bis sich Chad akklimatisiert und an das Wasser angepasst hatte. Friedrich stellte die Befestigung der Taucherbrille von Chad richtig ein. Jonathan erklärte, dass er anfangen würde, die Luft in seinen Zylindern freizulassen, so würden sie langsam beginnen, nach unten zu sinken. Er ermahnte Chad, weiterhin durch den Mund zu atmen. Chad hatte keine Wahl, sie waren zu weit gekommen, um zurückzugehen, ohne das zu beenden, was sie begonnen hatten.

Jonathan sagte: „Da dies Ihr erster Tauchgang ist, gibt es einige wichtige Zeichen, die Sie sich merken müssen." Er zeigte ihnen ein paar Handzeichen, da sie unter Wasser weder sprechen noch etwas hören konnten. Sie müssten mit den *Daumen-hoch, OK* und *Daumen-runter* Zeichen kommunizieren. Er überprüfte noch ein letztes Mal die Geräte und den Luftpegel an den Messgeräten, die sie sich um die Handgelenke geschnallt hatten und begann, die Luft aus dem Luftpolster von Chad zu befreien. Der Rest folgte.

Langsam sanken sie auf den Meeresgrund. Chad wurde von der plötzlichen Stille überwältigt. Nach und nach stellten sich seine Augen auf die Dunkelheit ein und er sah einen riesigen Schwarm grauer Fische. Chad erkannte einen Seebarsch und dann einige Schildkröten. Er erinnerte sich an das Aquarium in Berlin, das er als Kind mit seinen Eltern besucht hatte. Danach hatte er sich keine Zeit genommen, Tiere zu beobachten. In seiner Aufregung vergaß er fast seine Angst vor dem Wasser. Jonathan fragte ihn mit einer Geste, ob es ihm gut gehe und Chad antwortete mit einem Daumen nach oben. Er hatte die Bedeutung der Handzeichen vergessen. Jonathan dachte, er wolle wieder nach oben tauchen, an die Oberfläche. Er gab Chad erneut ein Zeichen zur Bestätigung, diesmal zeigte er mit dem Finger nach oben. Chad merkte, dass er das falsche Zeichen gemacht hatte und korrigierte sich selbst. Friedrich legte seine Hand auf die Schulter von Chad und sah ihn an, um zu prüfen, ob es ihm gut gehe und bestätigte Jonathan, dass alles in Ordnung sei.

Sie sanken immer tiefer. Geeta war nicht mehr in Sicht. Friedrich schaute sich um, sie war nirgends mehr zu sehen. Jonathan hielt sich immer noch an der Airpack-Düse von Chad fest und schien nicht beunruhigt zu sein. Er wusste, dass Geeta eine gute Taucherin war und auf sich selbst aufpassen konnte.

Friedrich bemerkte einen Gegenstand, der etwa 20 Meter schräg nach unten schwamm und wies Jonathan aufgeregt darauf hin. Jonathan sah die Panik in Friedrichs Gesicht und Körpersprache und erkannte, dass Friedrich dachte, es sei ein Hai. Aber Jonathan kannte diesen Ort. Es gab hier keine Haie. Er versuchte, ihn zu beruhigen. Chad hatte keine Ahnung, was vor sich ging, er war in seiner eigenen Welt.

Ein helles gelbes Licht erschien von unten und sie konnten das Objekt nun klar erkennen. Es war Geeta, die unten auf dem Meeresboden schwamm und den Ort mit einer leistungsstarken LED-Unterwasserlampe beleuchtete. Sie stellte eine zweite ein paar Meter entfernt auf und dann eine dritte, fast in einem gleichseitigen Dreieck.

Und dann sahen sie es, etwa 15 Meter unter ihnen. Die verlorene Stadt Dwarka. Erstaunlicherweise schien sie ziemlich intakt zu sein, zusammengesetzte Mauern, ein Straßennetz, sogar Straßenlampenmasten. Jonathan wies Friedrich an, seine Luftaustrittsdüse auszuschalten und er stabilisierte sich sofort. Er schloss die Düse an Chads Luftpolster und auch an seinem eigenen. Sie waren nun alle stabil und sanken sehr langsam, wie in Zeitlupe. Nur einen Zentimeter pro Sekunde. Als sie zum Meeresboden hin tiefer sanken, wurde die Stadt immer klarer. Sie sahen Aquädukte und Straßen mit einem offenen Abflusssystem, Ziegelhäuser und zerbrochene Dächer, größere Gebäude, die wie Tempel aussahen, einige zerbrochene Säulen, die auf dem Boden verstreut waren und andere, die sich wie der Turm von Pisa neigten. Chad und Friedrich konnten nicht aufhören, dieses alte Wunderwerk anzustarren. Sie begannen zu ersticken, als sie vergaßen, aktiv durch ihre Mundstücke zu atmen und korrigierten umgehend ihre Atmung. Als sie sich auf dem Boden niederließen, machten Geeta und Jonathan einige Handzeichen, die Friedrich und Chad nicht verstanden und sie kümmerten sich auch nicht um sie. Sie wollten die verlorene Stadt erkunden.

Chad fiel es äußerst schwer, sich mit den Flossen zu bewegen, aber seine Akklimatisierung während der letzten Stunde half ihm, sich langsam im Wasser zu bewegen. Der Druckunterschied war kein Thema mehr, jetzt, da er sah, was vor ihnen lag. Jonathan zog eine etwa vier Meter lange Kette um seine Taille und befestigte sie an beiden Seiten der Taille von Chad. Die anderen Enden befestigte er an seiner eigenen Taille. Er begann zu schwimmen und Chad merkte, dass er im Tandem mitgerissen wurde. Als Jonathan sich bewegte, bewegte auch er sich mühelos.

Sie betraten die Ruinen durch einen Durchbruch in den Mauern. Chad konnte nicht widerstehen, sie zu berühren. Friedrich fühlte sich wie in Aquamans Königreich. Er erinnerte sich an all die Comics, die er über Aquaman gelesen hatte. Eine unterirdische Stadt mit großen Fischen, die um sie herum schwammen. Sie entfernten sich von dem erleuchteten Dreieck, das Geeta gemacht hatte. Jonathan und Geeta schalteten ihre Stirnlampen ein, während Friedrich im Hintergrund versuchte, in der Dunkelheit mitzuhalten. Chad schaffte es, seinen Scheinwerfer einzuschalten und gab Friedrich ein Zeichen, wie er es tun sollte.

Sie sahen Götterfiguren und zerbrochene Tonwaren, die nun die Heimat kleinerer Fische waren. Einige Tonspielzeuge von Kühen und Schafen ließen vermuten, dass sie den jüngeren Bewohnern dieser Stadt einst gehört hatten. Als sie sich auf das Zentrum der Stadt zu bewegten, erschien eine riesige monolithische Pyramidenstruktur, deren Spitze fast bis zur Wasseroberfläche reichte. Sie war gigantisch, aber um etwa 30 Grad geneigt. Auch das Fundament war nicht flach, so dass die gesamte Struktur wie eine schiefe Pyramide von Dwarka aussah. Sie hatte auf der Oberfläche komplizierte Bildhauereien, darunter Skulpturen mit menschlichen und tierischen Figuren. An den Seiten befand sich etwas, das wie riesige Räder aussah, ähnlich wie ein Wagen. Die Kuppel verjüngte sich nach oben hin.

Chad bemerkte, dass die Struktur vier Seiten hatte, genau wie die Chichen-Itza-Pyramide in Mexiko. Geeta zeigte auf das Relief auf den Ruinen, aber Chad verstand nicht, was sie ihm zeigte. Als er genauer hinsah, verstand er es. Das Relief war nicht mehr so fein, wie es vielleicht früher war, was die Lesbarkeit erschwerte, aber er sah etwas, das wie eine dreidimensionale Darstellung einer Geschichte aussah. Es gab einen König, eine Königin und zwei Söhne, die um ein Königreich kämpften. Einer davon hatte fünf und der andere über hundert Söhne. Die Mutter der fünf Söhne wurde in einer Entbindungsszene gezeigt. Die Mutter der hundert Söhne wurde jedoch neben etwas dargestellt, das wie riesige Eier aussah. Zwischen den Eiern und der Mutter war ein sternförmiges Objekt sichtbar, das vielleicht das entnommene weibliche Ei darstellte. Unten befanden sich einige Inschriften. Die riesige Tür an der Vorderseite, dick und hoch, schien aus mehreren Tonnen Eisen gemacht worden zu sein, war aber beschädigt worden und lag nun in zwei Teilen da. Es gab keine Möglichkeit, sie zu öffnen und einzutreten.

Geeta zeigte Jonathan den Daumen hoch. Sie fanden sich nun auf dem Weg nach oben wieder. Hier konnten sie ein größeres, dreidimensionales Detail dieser eierähnlichen Strukturen sehen, aber nur ein Exemplar der zehn Eier, die sie unten gesehen hatten. Die Struktur schien eine Art Gebärmutter zu sein mit etwas, das aussah wie eine schlecht geformte, künstlerische Version eines Embryos. Fast halb Mensch, halb Schlange.

Friedrich machte einige Fotos mit der Unterwasser-HD-Kamera von Geeta. Geeta zeigte auf eine Öffnung in der zerbrochenen Turmspitze des Tempels. Eine der Säulen ragte durch die Wand und ließ einen Spalt frei, der groß genug war, um von oben in das Allerheiligste zu gelangen. Als sie die unteren Ebenen erreichten, sahen sie etwas, das wie die Bastion einiger seltener bunter Fische aussah. Der Ort im Inneren war in einem relativ besseren Zustand als von außen. Es gab einige beschädigte Bildhauereien und zerbrochene Reste der fehlenden Säulen, die über den ganzen Boden verstreut waren. Eine massive grüne Statue lag schräg dort, grün durch Oxidation, wahrscheinlich aus Bronze. Geeta war wiederum die erste, die den Boden erreichte. Sie befand sich nun unter der fast zehn Meter hohen Bronzestatue. Diese hatte eine weibliche Form mit mehreren Armen, von denen einer gebrochen war und einige Meter entfernt lag. Friedrich zählte insgesamt sechs Arme. Die Statue war perfekt in ihrer Symmetrie und ihren Verhältnissen.

Danach machte Friedrich einige Bilder von einem Platz, der wie ein einfaches Quadrat aussah. Jede Seite hatte einen Spalt von etwa einem Drittel der Breite der Wand selbst und war genau in der Mitte der Wand positioniert. In der Mitte des Tempels, direkt über der Statue, machte er ein Foto des *garbha griha*, des sanctum sanctorum. Er bemerkte ein weiteres interessantes architektonisches Wunder. Jede einzelne Ebene war ein Stern im heidnischen Stil, dessen Innenseite offen war und sich nach oben hin verjüngte. Somit wurde er mit jeder Ebene kleiner und endete schließlich oben mit dem kleinsten Stern, der nach innen platziert wurde. Sie konnten direkt durch den Sterntunnel nach oben schweben und den letzten geprägten Stern berühren.

Um diese Riesensterne herum befanden sich Strukturen wie Rosenblätter, die die Sterne an ihrem Platz hielten. Die Blütenblätter sahen so zart aus, dass es ein Wunder war, dass sie das Gewicht der schweren, mehrfach sternförmigen Kuppel tragen konnten. Friedrich ging näher heran und bemerkte winzige Fische, die durch den Spalt zwischen den Blütenblättern und den Wänden der äußeren Struktur eintraten, was zeigte, wie winzig und zart die Bildhauereien waren, um den Fischen das Eindringen durch die Spalten zu ermöglichen. Er schwamm um den gesamten Umfang herum und machte ständig Fotos, damit er sie später untersuchen konnte und bemerkte eine weitere riesige kreisförmige Schicht. Die einzige Möglichkeit, nach oben zu gelangen, war durch die Öffnung in den oberen Ebenen, durch die sie eingedrungen waren. Als er wieder nach oben schwamm, sah er etwas

Erstaunliches. Es gab nicht nur eine kreiszylindrische Wand zwischen den Rosenblatt-Ritzungen und den Außenwänden, sondern tatsächlich vier. Mehr Fotos! Die Batterie der Kamera war nun fast leer und er wollte schnell noch mehr aufnehmen, bevor sie völlig leer war. Von oben bemerkte er, dass die zylindrischen Wände nur oben existierten und nicht auf der letzten unteren würfelförmigen Ebene, wo die Riesenstatue stand.

Währenddessen untersuchte Chad die Spalten in der unteren Ebene. Als Jonathan merkte, dass er alleine schwamm, fühlte er sich sicher, löste die Ketten von Chad und ließ ihn frei. Chad betrat die Öffnungen und sah auf beiden Seiten schmale Ausbuchtungen, eine weitere Verlängerung. Hier gab es nicht genug Platz für mehr als zwei Personen, Schulter an Schulter. Am Ende der engen Kammern sah er eine humanoide Statue kniend. Sie hatte Flügel auf dem Rücken und einen Vogelschnabel im Gesicht, ihre Handflächen waren gefaltet und sie schaute zur Seite. „Der Vogelmann!", flüsterte fast zu sich selbst. Chad drehte sich um, um zu sehen, was der Vogelmann betrachtete. Am anderen Ende des Korridors stand ein Sockel, auf dem etwas fehlte. Chad schwamm näher herran, konnte aber nichts finden. Nur ein etwa zwei Meter hohes Podest. Er dachte, da der gesamte Tempel nun geneigt und gekippt war, müsse das Objekt, das einst auf diesem Sockel saß, irgendwo heruntergefallen sein. Er sah sich um, nichts.

Jonathan kam von hinten herein und zog den Arm von Chad zu sich heran, um seinen Luftdruck zu überprüfen. Er war bis auf die orangefarbene Ebene heruntergekommen, nur noch zwölf Minuten, bevor er auf Rot schlug. Er vermutete, dass Chad in der anfänglichen Panik die Hälfte der Luft in seinem Tank abgesaugt hatte. Er gab ein Hubschrauberrotorsignal und dann den Daumen hoch, was bedeutete, dass er wollte, dass sich alle versammeln, zusammenpacken und gehen sollten. Chad weigerte sich, schüttelte widersprechend den Kopf und zeigte mit dem Zeigefinger an, dass er noch eine weitere Minute benötige. Jonathan stimmte dem nicht zu, aber Chad zwängte sich an ihm vorbei und schwamm davon, um die Korridore in den Lücken der anderen Wände zu überprüfen. Jonathan drehte sich um, um ihm zu folgen, bemerkte aber plötzlich, wie Geeta mit etwas unter der riesigen Statue kämpfte. Aus irgendeinem Grund war sie unter die Statue getaucht.

Chad sah, dass jeder Korridor an jedem Ende eine andere Kreatur hatte. Das erste war der Vogelmann, dann ein sitzender Stier, ein Schwan und ein stehender Mensch in Rüstung, aber alle Sockel waren leer. Er sah Friedrich herumschweben, in der Nähe der Spitze wie ein Vogel. Vogelmann! Er bemerkte, dass Jonathan mit etwas unter der riesigen Statue kämpfte. Er schwamm näher heran und bemerkte, dass ihm das Atmen schwer fiel. Er blickte auf den Luftdruckmesser an seinem Handgelenk. Das Zifferblatt leuchtete hellrot auf, der Zeiger war flach ans Ende gepresst. Es sah aus wie die Tankanzeige in seinem Auto. Er bemerkte, dass keine Luft mehr vorhanden war.

Dies ignorierend schaute er Jonathan an und sah, wie Geetas Flosse unter der Statue herausragte. Jonathan hielt sich an ihrem Knöchel fest. Der Rest von Geeta war unter der Statue in der Dunkelheit verschwunden. Chad schwamm zu ihnen, um zu helfen. Er zerrte auch an ihrem Knöchel und schrie: „*Frrooooodddrrrrroooossshhhh!*" Während er schrie, sprudelte ihm Wasser in den Mund. Er erkannte, dass Friedrich von dort oben nichts hören oder sehen konnte. Sie zerrten und zogen ohne Glück. Chad würgte, hustete und fühlte sich zu schwach, um sich zu bewegen. Er fühlte sich, als würde er eine Tonne wiegen. Erschöpft holte er den letzten Atemzug aus seiner Luftversorgung. Sein Kopf fühlte sich an, als würde er implodieren und seine Augen sprangen ihm fast heraus. Er trieb wie eine schwimmende Marionette, als seine Lungen begannen, sich mit Wasser zu füllen.

Unten auf dem Meeresgrund kämpfte Jonathan immer noch darum, Geeta unter der Statue zu befreien. Er sah, was sie blockierte. Der Zylinder ihres Airpacks war mit den Konturen der Statue verkeilt. Es gelang ihm, ihn zu lösen und schließlich war Geeta frei. Daraufhin sah er, dass sie etwas in der Hand hielt. Als sie es in ihren Versorgungsbeutel steckte, bemerkte sie, wie Chad schwebte. Ohne einen Augenblick zu zögern schwamm sie auf ihn zu und tauschte sein Mundstück mit ihrem. Sie schüttelte ihn heftig, als sie ihm durch Betätigung des Knopfes am Mundstück mit hohem Druck Luft direkt in seine Lungen einströmen ließ. Jonathan nahm seine Kette auf, befestigte sie wieder an Chad und entfernte das Mundstück, um es an Geeta zurückzugeben. Dankbar saugte sie gerade noch rechtzeitig Luft ein.

Jonathan drängte sich mit aller Kraft nach oben und zog das tödliche Gewicht von Chad mit sich. Geeta folgte ihm. Auf dem Weg nach oben trafen sie sich mit Friedrich und verließen den Tempel durch dasselbe Loch in der Wand, durch das sie ursprünglich eingedrungen waren.

Jonathan schwamm wie ein Fisch so schnell er konnte und trieb sich mit den Beinen an. Chad schwebte immer noch wie eine Stoffpuppe, Arme und Beine zogen an seinem schlaffen Körper entlang. Geeta und Friedrich folgten ihm. Geeta erinnerte sich an den dreieckigen LED-Leuchtaufbau, den sie zuvor platziert hatte, aber es blieb keine Zeit, für sie zurückzuschimmen.

Jonathan erreichte die Oberfläche und zündete seinen Leuchtstab an. Shashank sah die rote Fackel aus etwa 250 Metern Entfernung, warf seine Teetasse weg und raste mit dem Motorboot auf sie zu.

Kapitel 10:

Die Zoroastrier

Mirza erreichte die Wohnung von Hamad ohne Probleme. *Vielleicht ein weiterer kriegsfreier Tag*, hoffte er.

Hamad war wach, benommen und verwirrt und wünschte sich, der letzte Tag wäre nur ein böser Traum gewesen. Er fühlte sich schwach und durstig und taumelte in die Küche, um sich etwas Wasser zu holen, gerade als Mirza an die Tür klopfte. Hamad öffnete die Tür und Mirza ging hinein.

„Wenn sie meine Arbeit nicht mochten, warum haben sie nicht einfach mich genommen, warum meine Familie?" Dies waren die ersten Worte von Hamad.

„Ich wünschte, ich wüsste es, Sir, aber wir haben gute Nachrichten", kündigte Mirza an.

„Ich weiß", grunzte Hamad, als er etwas Wasser trank.

„Was? Wie?", fragte Mirza überrascht.

„Meine Mädchen trugen keine goldenen Armreifen. Ich sah die Hände der Mädchen, sobald sie losgekettet waren. Beide hatten goldene Armreifen um ihre Handgelenke", erklärte Hamad. „Deshalb bat ich um den DNA-Test."

„Sie haben uns nichts gesagt!" Mirza blickte ihn überrascht an.

„Ich musste sicher sein", sprach Hamad mit tiefer Stimme, atmete schwer und seufzte. „Alhamdulillah!"

„Wir wissen nicht, wer diese Mädchen sind. Leider gibt es heutzutage keine Zeugen, wir wissen nicht, warum sie verbrannt wurden und wie sie in all dies verwickelt sind", sagte Mirza.

„Verstehen Sie nicht, sie wollen mir nur Angst machen, sie warnen mich. Wenn ich nicht in die Öffentlichkeit gehe und sage, dass ich ein plappernder Narr bin, werden sie weiterhin das Leben solch unschuldiger Kinder nehmen", sagte Hamad.

Mirza: „Wie kommen Sie darauf, dass sie Ihren Kindern nicht schaden werden?"

Hamad: „Sie wissen wahrscheinlich, dass sie, wenn sie ihnen etwas antun, niemals in der Lage sein werden, mich oder meine Artikel aufzuhalten."

Mirza wusste, dass Hamad recht hatte. Sie konnten den Geiseln nichts antun, wenn ihre Forderungen nicht erfüllt würden. Sie benutzten sie als Sicherheit, sie waren zu viel wert, um getötet zu werden. Hamad sprach mit blutunterlaufenen Augen: „Aber ich will, dass diese Söhne Satans am Leben bleiben. Ich will, dass sie zehnmal so viel leiden müssen." Der Rachedurst von Hamad war zu einer eigenen Entität geworden. Er sah sich nach den Überresten seiner Frau um und vergaß dabei, dass die Forensiker bereits die ganze Wohnung ausgeräumt hatten. Alles, was sie im Zusammenhang mit dem Paket in die Hände bekommen konnten, war eingetütet, beschriftet und mitgenommen worden. Hamad befürchtete, dass seine Mädchen zwar noch am Leben sein könnten, sie aber traumatisiert sein mussten. Er wollte sie zurückhaben und Mirza wollte das auch.

Mirza: „General Phillips wird diese Typen nicht entkommen lassen, Herr Hamad. Ihre Mädchen werden bald zurück sein, das verspreche ich Ihnen."

Hamad meinte, er könne Mirza vertrauen, aber er wollte die Dinge beschleunigen. Er war verzweifelt und konnte das Leid seiner armen Mädchen spüren. „Ich will den General sehen", forderte er.

Mirza: „Ich verstehe Ihre Qualen, Sir, aber General Phillips ist bereits dabei. Er wird diese Kerle bald schnappen."

Auf der anderen Seite der Stadt hatte General Phillips einen Anruf von seinen militärischen Spähern erhalten. Sie hatten von den Einheimischen gehört, dass sich einige unidentifizierte Fahrzeuge in Richtung Nordwesten von Kabul bewegt hätten. Ein Ort des Nichts, ohne Wasser, ohne Vegetation. Dort war ein Überleben unmöglich, aber anscheinend gab es in der Gegend eine geheimnisvolle Höhle. Die Einheimischen sagten, die Höhle sei ein verbotener Ort, niemand, der sie je betreten habe, sei lebend zurückgekehrt. Die Höhle lag etwa 200 Kilometer von Kabul entfernt. Da die Geschichte der Höhle jedoch eine urbane Legende war, waren einige Leute in die Höhle geschickt worden, um sie zu untersuchen. Sie hatten einige unlesbare Schriften an der Wand gefunden, wahrscheinlich ein lokaler Dialekt. Die Schrift war weder Urdu noch Arabisch, sie sei anders, sagten die Leute.

Der General befahl seinen Männern, Nachforschungen anzustellen. Dies könnte das Versteck der Taliban sein, nach dem sie suchten. Vielleicht wurden die Mädchen dort festgehalten.

Mehrere Stunden später erhielt der General die Mitteilung, dass ihnen in den umliegenden Dörfern niemand helfen konnte, die Schrift an den Wänden zu entziffern. Phillips kannte die beste Person für diese Aufgabe, seinen zuverlässigsten Afghanen, jemanden, der bereits mit dem Fall der vermissten Mädchen und der ermordeten Ehefrau zu tun hatte, Kommissar Mirza. Phillips rief Mirza an und dieser nahm den Auftrag sofort an. Phillips gab ihm die genauen Koordinaten. Mirza tippte sie in sein GPS-Handgerät, informierte Hamad und machte sich auf den Weg.

Nach einer etwa dreistündigen Fahrt durch schmale, felsige Straßen und staubige Winde erreichten sie ein Tal. Dort endete die Straße. Der Fahrer sagte, es gebe keinen Weg, auf dem das Auto weiterfahren könne. Mirza konnte sehen, warum. Jenseits dieses Punktes gab es nichts mehr, so dass die Regierung keine Straßen angelegt hatte. Die Straße endete, als sie um die Ecke des halbkreisförmigen Tals führte. Dem GPS zufolge befand sich die Höhle auf der anderen Seite. Kein Wunder, dass sich die Menschen kaum darum kümmerten.

Mirza holte sein Fernglas heraus und blickte durch den Sucher in Richtung der Höhle. Er bemerkte ein provisorisches Zelt und einige Armeespäher. *Wenn dies die Höhle war, in der sich die Taliban verstecken könnten, warum sollten sie dann ein Zelt direkt vor der Höhle aufstellen? Warum ein solches Risiko eingehen?*

Der Kommissar versuchte, sie auf dem Standardkanal anzufunken und hörte nichts als Rauschen. Daraufhin beschloss er, zum Zelt zu gehen. Mirza schaffte es in 25 Minuten, indem er einem ausgetrockneten Flussverlauf folgte. Fluchend kletterte er zum flachen Ufer hinauf, wo das Zelt stand. Die Späher sahen, wie er sich abmühte und halfen ihm auf. Der größte der Soldaten sprach, als er Mirza an der Hand hochzog: „Sie müssen der Kommissar sein, der General hatte uns Bescheid gegeben. Ich bin der Anführer und dies ist mein Team."

Mirza: „Warum zum Teufel haben Sie hier ein Zelt aufgestellt? Warum wollen Sie Aufmerksamkeit erwecken? Was wäre, wenn..."

Ein weiterer Soldat unterbrach Mirza: „Herr Kommissar, bitte entspannen Sie sich! James und ich haben persönlich den gesamten Zwei-Meilen-Radius ausgekundschaftet." Er zeigte auf James. Mirza erkannte, dass James eine Überwachungsdrohne der NASA war. Mit eingebauten wärmesuchenden Sensoren und Radardetektoren gab es nichts, was James nicht sehen konnte. Die Aufklärer zeigten Mirza den Monitor und die Bedienelemente, mit denen James bedient wurde.

„Ein wirklich hochmoderner kleiner Freund, nicht wahr", sagte der britische Scout aus dem Zeltinneren und knabberte an einem Proteinriegel.

„Warum funktioniert das Funkgerät nicht, ist es wegen James?", fragte Mirza nach.

„Nein, das ist eine Sache, die James nicht tun kann. Sein Störsender wurde letzte Woche zerstört. Wir haben die Schaltung entfernt und sie noch nicht ersetzt. Irgendetwas stört unseren Funk. Wir konnten dieses Rätsel noch nicht lösen. Sehen Sie, die Frequenzen, auf denen wir James betreiben, unterscheiden sich von denen, die unsere Walkies benutzen. Was auch immer unsere Walkies stört, es stört nicht das Signal von James. Dies kann nur aufgrund eines bestimmten Magnetfeldes geschehen, das eine bestimmte Bandbreite blockieren kann. Da James eine höhere Bandbreite benutzt, kann es das Signal nicht stören", antwortete der Scout.

Mirza: „Wo könnte es herkommen?"

„Wir haben das gesamte Gebiet mit Ausnahme der Höhle durchkämmt", sagte der Späher und zeigte auf den Eingang der Höhle.

Mirza blickte zum Eingang und bemerkte die anderen sechs Mitglieder des Teams, die mit an ihren Waffen befestigten Taschenlampen die Wände abtasteten. „Ich würde gerne die Inschriften sehen, die Sie gefunden haben", bat Mirza.

Es war ein unheimliches Gefühl, als er die Höhle betrat. Schon nach wenigen Metern konnten sie die Kritzeleien an den Wänden auf beiden Seiten sehen. Mirza erkannte die Sprache sofort, aber er runzelte die Stirn und sah verwirrt aus.

Der Anführer der Späher fragte: „Stimmt etwas nicht?" Er richtete die Taschenlampe auf sein Gesicht. Mirza schob sie beiseite: „Richten Sie das Ding nicht auf mich!" Wütend blinzelnd wandte er sich wieder den Inschriften zu. „Ich kenne diese Sprache, aber sie ist nicht von hier, nicht einmal in der Nähe, niemand spricht sie überhaupt noch."

Der Späher fragte neugierig: „Was ist das? Was steht drin? Sagt es etwas über den Verbleib der Taliban aus?" Die anderen sahen sich um und blinkten mit ihren Lichtern an den Wänden.

Mirza: „Oh, nein. Das hat definitiv nichts mit den Taliban zu tun. Es ist eine alte vorpersische Sprache, die zu den Zoroastriern gehört. Die Taliban würden niemals in dieser Sprache schreiben. Tatsächlich verachten sie diese Sprache und diese Religion."

„Und was steht da?", fragte einer der Späher.

Mirza las vor: „Der rechtmäßige Besitzer dieser Maschine ist der Prophet Zarathustra."

„Was zum Teufel bedeutet das?", fragten zwei der Männer unisono.

Mirza schwieg und versuchte, dem Text einen Sinn zu geben.

„Herr Kommissar, sind Sie sicher, dass es das ist, was da steht? Wir haben keine Zeit zu verlieren", sagte der Anführer ungeduldig.

Mirza ging auf den Anführer zu und antwortete streng: „Meine Mutter kommt aus dem Iran. Als Kinder mussten meine Schwester und ich diese Sprache lernen und ich verspreche Ihnen, dass es in diesem Land nicht mehr als fünf Menschen gibt, die diese Inschriften lesen, oder diese Sprache auch nur identifizieren können."

Der Anführer nickte entschuldigend mit dem Kopf und holte einen Notizblock mit einem anhängenden Stift aus seiner Versorgungstasche. Er begann, sich Notizen über das zu machen, was Mirza erklärte, übersetzte und entschlüsselte. Mirza fuhr fort: „Zarathustra ist der Prophet des Zoroastrismus, der einst eine sehr mächtige Religion war, aber es gibt in dieser Gegend kaum noch Menschen, die dieser Religion folgen. Die meisten von ihnen sind vor Jahrhunderten nach Indien geflohen und ihre Zahl ist seither stetig gesunken. Ich kann nicht verstehen, wie das möglich ist!"

Anführer: „Vielleicht geschah dies vor einigen Jahrhunderten, als es die Zoroaster noch gab?"

Mirza: „Zoroastrier!"

Anführer: „Was?"

Mirza: „Sie sind als Zoroastrier und nicht als Zoroaster bekannt."

Anführer: „Ja, ja, aber Sie sagten, eine große Zahl von ihnen sei aus Persien nach Indien geflohen. Vielleicht kamen sie hier durch, oder?"

Mirza: „Das ist eine Möglichkeit, aber dieser Ort liegt kaum auf dem Weg nach Indien."

Anführer: „Das ist also eine Sackgasse. Wir haben hier keine Hinweise auf die Taliban. Ich schätze, wir sollten dem General Bericht erstatten." Er wandte sich an sein Team und signalisierte mit einer Geste, dass sie aufbrechen sollten.

Mirzas Blick fiel auf eine Bildhauerei und er studierte sie sorgfältig: „Warten Sie, diese Bidhauerarbeit spricht von einer Maschine!"

Anführer: „Das ist nicht mehr unsere Aufgabe, Herr Kommissar."

Mirza wusste, dass der Anführer recht hatte. Sie mussten die Kriminellen fassen, die die Mädchen entführt hatten. Hamad wartete verzweifelt aber er hatte keine Zeit, dieses Rätsel jetzt zu lösen.

Gerade als sie hinausgehen wollten, verfing sich eine Tasche des Spähers in einem Vorsprung an einer Höhlenwand und verdrängte dabei versehentlich einen großen Haufen Steine, die übereinander gelegt worden waren. Felsbrocken stürzten auf den Boden. Eine riesige Staubwolke stieg auf und nahm ihnen für eine Minute die Sicht. Alles, was sie hören konnten, war ihr gegenseitiges Husten. Nichts war zu sehen.

Die Spähertruppe und der Kommissar staubten sich ab und sahen sich um. Als sich der Staub legte und die Steine nicht mehr herunterfielen, konnten sie den Eingang der Höhle sehen, durch die sie gekommen waren. Die an den M16 befestigten Taschenlampen funktionierten noch immer. Mirza rannte plötzlich aus der Höhle, schaute auf den Eingang und stürzte wieder hinein. Er sprach lebhaft: „Dies ist keine natürliche Formation, diese Höhle wurde absichtlich angelegt!" Es wurde schnell allen klar, dass er recht hatte. Der Eingang und der gesamte Hohlraum der Höhle waren glatt, als hätte jemand die Bergwand bombardiert, oder wäre mit einem Fahrzeug in sie hineingefahren, wodurch eine Höhle entstanden war.

Der Anführer befand sich an dem Steinhaufen, den der Späher versehentlich in Bewegung gesetzt hatte. Mirza schloss sich ihm an und schob die Steine zur Seite. Ihnen wurde klar, dass die Höhle dort nicht endete. Die heruntergefallenen Felsen gaben eine Art von anderem Raum frei. Der Anführer begann, Mirza beim Aufräumen der Trümmer zu helfen und der Rest des Trupps folgte ihm. Als die Trümmer weggeräumt waren, konnten sie sehen, wie sich die Höhle immer weiter vertiefte. Obwohl einige der Felsen zu groß und schwer waren, um sie mit der Hand zu bewegen, gab es nun einen Spalt, durch den sie sich hineinzwängen konnten. Mirza zögerte nicht und kroch direkt hinein, indem er sich durch die Öffnung hineinzog. Es war dunkel, aber er konnte stehen und sich ein wenig bewegen. Er dachte, es sei eine Kammer. Der Anführer folgte ihm mit seiner M16 und bat sein Team, draußen zu warten, falls die Höhle in sich zusammenstürzen würde.

Mirza: „Geben Sie mir schnell Ihre Taschenlampe", und streckt dem Anführer seine offene Hand entgegen.

Der Anführer löste die Taschenlampe von seiner M16 ab und übergab sie Mirza.

Ein paar Meter entfernt konnte er eine weitere geschwungene Wand sehen, nur war diese nicht Teil eines Berges, sondern kalt und fühlte sich wie Metall an. Der Anführer bemerkte in einem überraschten Ton: „Das fühlt sich synthetisch an, wie etwas von Menschenhand Geschaffenes. Das ist weder Fels noch Erde!"

Mirza: „Faszinierend, sehen Sie sich das an!" Seine Hand glitt über die Metalloberfläche und er richtete die Taschenlampe darauf, so dass das Licht seiner Hand folgte.

Der Anführer kam näher, um einen Blick darauf zu werfen: „Was zum Teufel? Wie hat das jemand hier reingetan?" Er berührte die Metalloberfläche mit seiner Hand.

Es war sehr staubig und mit winzigen Fels- und Steinfragmenten bedeckt, aber die Oberfläche war glatt und scheinbar endlos. Auch gab es komplizierte Einkerbungen auf der Oberfläche, aber es war schwer zu sagen, ob es sich um Meißelarbeiten oder eine Art Nieten handelte. Sie versuchten, die gesamte Oberfläche zu betrachten, aber sie war zu groß. Die Hälfte der hinteren Struktur des fremden Objekts steckte immer noch im Fels, wie von einem massiven Einschlag. Der Anführer rief sein Team, um ihnen zu helfen, den Eingang zu dieser Kammer freizumachen, während Mirza versuchte, auf das Objekt zu klettern. Er fand eine große runde Platte ohne Griffe. Als er versuchte, darauf zu drücken fiel sie in einen Hohlraum der Metallstruktur. Der Sturz verursachte einen lauten Aufprall und schüttelte noch mehr Staub vom Dach ab, der auf sie fiel. *Was immer gerade herunterfiel, muss mindestens 100 Kilo gewogen haben*, dachte Mirza.

Der Anführer rief: „Was zum Teufel war das", und hob seine M16 auf.

Mirza: „Ich bin mir nicht sicher. Etwas ist gerade heruntergefallen, aber ich glaube nicht, dass Sie es mit Ihrer Waffe bekämpfen können, falls es angreifen will."

Der Anführer starrte Mirza an: „Hm?"

Mirza: „Es sah aus wie eine Tür. Ich drückte drauf und sie fiel einfach runter", erklärte er ungerührt.

Er verengte seine Augen, um in den Hohlraum zu blicken.

Kapitel 11

Die Intensivstation

Chad wachte auf, erschrak durch klimpernde Geräusche und sah eine Krankenschwester neben ihm stehen, die seine Infusion kontrollierte. Das klimpernde Geräusch kam von ihren goldenen Armreifen. Sie hatte einen dunklen Teint und einen hellen zinnoberroten Punkt zwischen ihren Augenbrauen. „Hallo, Dr. Chad, willkommen zurück", lächelte sie, als sie sah, dass er wach war.

Chad: „Wo bin ich? Was ist passiert?"

Krankenschwester: „Sie sind auf einer Intensivstation in einem Krankenhaus in Dwarka. Sie waren in einem Hypoxie-Trauma und hatten fast einen Herzstillstand. Sie hatten auch ein schweres Lungenödem. Wir mussten mit der Reanimation beginnen und eine nasogastrische Sonde legen."

Chad bemerkte einen Schlauch, der aus seiner Nase ragte und wusste, dass dieser dort war, um das Wasser aus seiner Lunge herauszuziehen und ihm frische Luft zuzuführen. Er versuchte, den Schlauch mit seinen Händen zu ertasten. Die Krankenschwester schob seine Hände weg.

„Das hätten Sie nicht tun sollen. Sie haben die Götter erzürnt, sie haben Sie bestraft."

„Ha ha Ma'am, Sie scheinen mit der falschen Person zu sprechen", sagte Chad amüsiert über ihren Kommentar.

Krankenschwester: „Sie waren in Dwarka, der verlorenen heiligen Stadt unter dem Wasser, richtig?"

Chad: „Woher wissen Sie das?"

Krankenschwester: „Ihre Freunde brachten Sie gestern Nachmittag ins Krankenhaus. Sie trugen einen Taucheranzug und sie erzählten dem Arzt, was passiert war."

Chad erkannte, dass es eine dumme Frage war, die er gestellt hatte. Aber er sah die Krankenschwester immer noch mit einem verwirrten Gesichtsausdruck an.

Krankenschwester: „Dwarka ist eine Stadt der Götter. Wir sind nicht befugt, sie zu betreten. Es ist den Menschen verboten, diesen heiligen Boden zu betreten."

Chad: „Boden? Er ist unter Wasser! Ich glaube, Sie wissen nicht, wovon Sie sprechen, Ma'am."

Krankenschwester: „Sie ist unter Wasser, denn so entschied Lord Krishna. Er hat sie außerhalb unserer Reichweite platziert, weg von den Dämonen in uns. Er wollte nicht, dass wir sie finden. Sie ist viel zu heilig für niedere Seelen wie uns. Wenn der Herr gewollt hätte, dass wir sie betreten, hätte er es uns erlaubt, indem er sie auf der Eroberfläche gelassen hätte."

Chad fehlten die Worte. Sie hatte eine Theorie, über die er noch nicht nachgedacht hatte. Er bemerkte eine Kette mit einem Anhänger um ihren Hals. Dieser stellte ein Baby auf einem riesigen Blatt dar.

„Ist das Krishna?" Er zeigte auf den Anhänger.

„Ja, das Gotteskind von Dwarka", antwortete sie, hob es auf und schaute es an.

„Sie sagen mir also, dass der Grund dafür, dass meine Luftzufuhr zu Ende ging, dieser Baby-Gott war? Ich habe da unten keine Babys gesehen!" In dem Moment, als er es sagte, hatte er das Gefühl, er könnte sie beleidigt haben, da sie sehr religiös zu sein schien, aber zu seiner Überraschung lächelte sie und sagte: „Krishna war ein sehr schelmischer Junge, aber er wurde immer erwischt, weil er zu offensichtlich war, wie das, was er Ihnen angetan hat."

Chad: „Okay, ich schätze, ich muss noch viel über Ihren Krishna lernen, aber zuerst brauche ich meine Freunde. Sind sie da?"

Die Krankenschwester lächelte und nickte, als sie den Raum verließ. Einige Minuten später kamen Geeta und Friedrich herein.

„Oh, Gott sei Dank", rief er fröhlich aus.

„Chaaaaaad, wir haben dich dort einen Tag lang vermisst. Willkommen zurück, Mann", sagte Friedrich, als er auf eine Umarmung zu ihm kam. Geeta schloss sich ihm in einer warmen Gruppenumarmung an.

„Arghhh", schrie Chad vor Schmerz. „Pass' auf den Schlauch auf!" Er zuckte zusammen, als seine beiden Freunde sich schnell entfernten und merkten, dass sie auf seinen Nasensonde drückten.

„Entschuldigung", errötete Geeta vor Verlegenheit.

„Was ist das Letzte, woran du dich erinnerst, Chad?" fragte Friedrich.

Chad: „Das Letzte, woran ich mich erinnere... Ich habe versucht, Geeta unter der Statue herauszuziehen."

Geeta: „Dafür bin ich verantwortlich. Wäre ich nicht dort unten eingesperrt gewesen, hätte Jonathan Sie etwas früher an die Oberfläche gebracht und Sie wären nicht erstickt."

Chad: „Was haben Sie da unten eigentlich gemacht?"

„Shhh", den Finger für eine kurze Sekunde an die Lippen gelegt, sprach Geeta: „Wir können hier nicht darüber reden. Wir haben jetzt viele Augen auf uns gerichtet. Anscheinend hat Shashank nie eine Erlaubnis für den Tauchgang erhalten und das Tauchen in Dwarka ist seit fünf Jahren eingeschränkt. Wir haben heute Morgen herausgefunden, dass wir die ersten waren, die den Tempel jemals betreten haben. Es war auch für mich das erste Mal, dass ich den Tempel betreten habe. Aber darüber können wir jetzt hier drin nicht reden."

Chad: „Okay. Können wir zurück zum Hotel gehen? Hier stinkt es nach Desinfektionsmitteln, schlimmer als in unserem Labor in Berlin. Ich brenne darauf, einige dieser wunderbaren Samosas zu essen, die es hier gibt."

Friedrich: „Chad, während du bewusstlos warst, haben sich einige merkwürdige Entwicklungen vollzogen. Wir befinden uns hier in einem Lockdown. Shashank und Jonathan sind verhaftet worden, draußen stehen Polizisten rund um die Uhr. Wir werden nirgendwo hingehen, wenn die deutsche Botschaft nicht eingreift."

Geeta: „Shashank war im allerersten Team, das von einem Herrn Rao geleitet wurde, der Dwarka als Erster entdeckt hatte. Wenige Wochen nach der Entdeckung wurde den Menschen verboten, in die Tiefsee zum Hauptteil der Unterwasserstadt zu gehen. Herr Rao ist seit mehreren Jahren vermisst und jedes Mitglied von diesem Team ist ebenfalls verschwunden. Wir haben keine Ahnung, wo sie sind. Der einzige, der von der ursprünglichen Gruppe übrig geblieben ist, war Shashank. Er hat all dies geheim gehalten, ich habe es erst heute Morgen erfahren."

„Warum wurden die Forschungen in Dwarka gestoppt?", fragte Chad und runzelte die Stirn.

Friedrich: „Das ist das Rätsel. Sie wurden nicht nur gestoppt, sondern die gesamte Mannschaft, mit Ausnahme von Shashank, verschwand, unauffindbar. Niemand kann uns sagen, warum und wo sie derzeit sind."

Chad sah benommen aus: „Das ist alles ein bisschen zu viel für mich, um es zu begreifen." Er rieb sich verwirrt die Stirn und sagte: „Am ersten Tag, als wir ankamen, ging Shashank zum Archäologieministerium, um die Genehmigungen einzuholen, richtig?"

Geeta: „Das ist es, was er uns denken ließ! Offenbar ist er einfach reingegangen, hat aber nie eine Genehmigung für unsere Expedition erhalten. Vor ein paar Wochen ging ich zum ersten Mal mit Jonathan hinunter. Rückblickend betrachtet, da es ein kurzer Tauchausflug war, hatten wir Glück und wurden nicht erwischt. Sieht aus, als hätte diesmal jemand der Polizei einen Tipp über uns gegeben", seufzte sie.

„Aber, Chad, du wirst nicht glauben, wie viele Informationen wir gesammelt haben und was Geeta von dort unten geborgen hat", flüsterte Friedrich.

Chad: „Ich brenne darauf, es zu erfahren. Aber zuerst müssen wir von hier verschwinden. Wie können wir das tun?"

Geeta: „Ich fürchte, wir sitzen hier fest, bis die Polizei beschließt, uns gehen zu lassen. Wir sollten froh sein, dass sie uns nicht verhaftet haben. Ich warte lieber hier drinnen als auf der Polizeiwache."

Chad: „Nein, nein, das wird nicht passieren. Ich kann es kaum erwarten, dass die deutsche Botschaft kommt und uns freilässt. Außerdem weiß niemand zu Hause von unserem Besuch in Indien. Das war unser kleines Geheimnis." Er schaute Friedrich an. „Ich kann unsere Arbeit nicht gefährden, wir könnten sogar unsere Investoren verlieren und unsere Klonforschung könnte zu einem Ende kommen, wenn all dies herauskommt."

Friedrich wusste, dass Chad recht hatte. Er blickte aus dem Fenster. Mehrere Polizeiautos und Sicherheitskräfte standen draußen auf der Straße.

Sie wurden durch ein Klopfen an der Tür aufgeschreckt. Es war der Arzt, der gekommen war, um nach Chad zu sehen. Der Arzt lächelte sie an und überprüfte die Unterlagen, die er in der Hand hielt. „Alle Lebenszeichen scheinen in Ordnung zu sein, aber Sie müssen noch zwei weitere Tage hier bleiben. Wir müssen ein Auge auf Sie haben."

Chad: „Herr Doktor, wir sind hier auf einer Forschungsreise aus Deutschland, Friedrich und ich haben keine Ahnung, was hier vor sich geht. Wir müssen unsere Arbeit dringend fortsetzen, wir haben nur noch 12 Tage Zeit. Hier zu warten, würde uns viel Zeit kosten."

Doktor: „Dr. Chad, Sie haben eine schwere Beeinträchtigung der Atemwege und beinahe einen Herzstillstand erlitten. Sie sollten froh sein, dass Sie innerhalb von 24 Stunden Ihre

Augen geöffnet haben. Dass Ihre Vitalfunktionen jetzt in Ordnung sind, bedeutet nicht, dass sie auch so bleiben, wenn Sie sich anstrengen."

„Aber ich fühle mich gut und wir haben etwas sehr Wichtiges zu erledigen", argumentierte Chad.

Friedrich: „Kumpel, selbst wenn er dich gehen lässt, die Bullen draußen werden dich nicht durchlassen." Der Arzt verschwand aus der Tür und sie hörten draußen Stimmen, die in der Landessprache sprachen.

Geeta: „Es sieht so aus, als ob sich die Polizisten nach Ihrem Wohlbefinden erkundigen", sagte sie scherzhaft. Die Tür öffnete sich, ein Polizist spähte kurz hinein und schloss die Tür schnell wieder.

Chad: „Das ist lächerlich, warum werden wir für etwas beschuldigt, für das wir nicht verantwortlich sind. Wir müssen raus und..."

„Seht euch das an!" unterbrach Friedrich. Er kam näher, nahm sein iPad heraus und zeigte Chad einige Fotos, die er am Tag zuvor aufgenommen hatte. „Ich konnte die Bilder von Geetas Kamera heute Morgen schnell hochladen, bevor sie die Kamera konfiszieren konnten. Keine Sorge, bis dahin hatte ich alles von der Kamera gelöscht. Zum Glück haben sie mein iPad nicht bemerkt."

Er erklärte alles, was er gesehen hatte, die äußeren und inneren Strukturen des Tempels, das eiförmige Motiv, das sie auf dem Relief außen sahen und das ein möglicherweise antikes Klonen zeigte. Friedrich benutzte seine App zur Umwandlung von 3D in 2D, um alle Fotos in Skizzen zu verwandeln. Vom Boden bis zur Spitze des Sanctum Sanctorum des Tempels hatte er eine Reihe von Fotos aufgenommen.

Von außen sah es aus wie eine 3D-Version von innen!

Geeta erklärte, was das Bild war. Es handelte sich um ein *Shri Yantra*, eines der beliebtesten Symbole der Hindu-Religion, obwohl niemand viel über seinen Ursprung oder seine Bedeutung wusste. Dennoch glaubte man, dass es sehr mächtig sei. „Dank Friedrichs Darstellung wissen wir heute, dass die antiken Architekten diesen Tempel auf der Grundlage dieses *Shri Yantras* entworfen haben", sagte sie.

Friedrich: „Ein mathematisches Genie erschuf ihn! Wenn man genauer hinschaut, sind die Sterne ebenfalls seitlich und können auch in einer zunehmenden Folge, von kleinen bis zu großen Dreiecken, wie eine symbolische Darstellung der Fibonacci-Folge visualisiert werden. Jedes Dreieck bildet weitere Dreiecke, wenn es sich mit anderen Dreiecken schneidet. Wenn wir die Dimensionen von zwei der kleineren Dreiecke addieren, erhalten wir die genaue Dimension des größeren Dreiecks. Die Dreiecke selbst repräsentieren auch die Pythagoräische Theorie. Ich habe das den ganzen Morgen lang überprüft und kann es selbst nicht glauben. Es ist definitiv kein Zufall. Dinge mit solchen Details sind erst nach Jahren des Entwerfens und Planens möglich."

Geeta: „Ich schwöre, wir haben nie etwas davon gehört oder gelesen, obwohl ich Inderin bin."

Chad: „Leute, ich glaube, wir kommen vom Weg ab. Wir sind nicht hier, um über Architektur zu diskutieren, wir sind wegen des Vasatiwaras hier!"

Geeta: „Schhh! Gott! Nicht so laut." Sie sah sich um, als ob sich eine unsichtbare Person im Raum befände, die ihr Gespräch hören konnte.

Friedrich war zu aufgeregt: „Höre zu, das ist der beste Teil. Was wir gestern gesehen haben, war nicht nur ein architektonisches Wunderwerk, es symbolisierte viel mehr, etwas von weitaus größerer Bedeutung. Da es größtenteils aus Stein war, glaube ich, dass es keine Maschine war, wahrscheinlich nur eine 1:1-Darstellung von etwas anderem, vielleicht mehr als nur ein Tempel."

Geeta: „Die Einheimischen glauben, dass die Götter selbst die ganze Stadt unter Wasser gesetzt haben. Einige Versionen besagen, dass ein riesiger Meteor in den Indischen Ozean einschlug und einen gewaltigen Tsunami verursachte, der wiederum die gesamte Stadt versenkte."

Chad: „Wow! Und sagt uns die riesige gefallene Götterstatue in der Mitte etwas?"

Geeta: „Nun, da dies das erste Mal war, dass ich das Sanctum Sanctorum betrat, war ich neugierig darauf, die Götterstatue selbst zu sehen. So etwas habe ich noch nie zuvor gesehen. Es handelte sich offensichtlich um die Darstellung einer Göttin - Durga, Shakti oder Kali, je nachdem, in welchem Teil Indiens Sie sich befinden. Aber diese Statue hatte nur sechs Arme, während alle Darstellungen dieser Göttinnenformen in der Welt acht Arme haben. Und hier ist der merkwürdigste Teil. Ihr linker Zeigefinger der zweiten Hand zeigte in eine Richtung. Jede Darstellung eines Gottes oder einer Göttin hätte eine offene linke Handfläche, wobei alle Finger auf den Bodeng zeigten. Aber der Finger dieser Statue zeigte auf etwas. Ich bemerkte es erst, als ich darunter hindurchschwamm. Als ich dort war, sah ich, dass der Ellbogen eines Armes eine Lücke im Boden geschaffen hatte, wahrscheinlich beim Aufprall, als er herunterfiel. Es war genug Platz für mich vorhanden, um die obere Hälfte meines Körpers hinenzudrücken. Dort habe ich etwas gefunden!" Sie sah sich noch einmal um, um zu sehen, ob jemand mithören konnte. „Und da blieb ich stecken und Sie mussten mich rausziehen."

Friedrich: „Und wir können es kaum erwarten, es dir zu zeigen!"

Chad: „Wenn Sie Ihr Leben dafür riskiert haben, Geeta, möchte ich es wirklich sehen. Aber zuerst müssen wir hier raus!" Als er sprach, versuchte er, aus dem Bett aufzustehen, fiel aber wieder zurück, atemlos und schwach. „Ah, warum kann ich mich nicht bewegen?"

Geeta: „Entspannen Sie sich, legen Sie sich zurück, Sie sind zu schwach, um sich zu bewegen, Sie brauchen ein paar Tage Ruhe."

Chad: „Ich habe nicht ein paar Tage Zeit!"

Friedrich nickte: „Er hat recht. Wir müssen los."

Geeta: „In Ordnung, lassen Sie mich nachdenken."

Friedrich: „Warten wir, bis die Sonne untergeht und sehen wir, ob die Polizei draußen ihre Position ändert." Er schaute aus dem Fenster.

Geeta: „Das bezweifle ich. Außerdem ist ein Ausstieg durch das Fenster keine Option, wir sind im dritten Stock!"

Chad rieb sich frustriert an den Schläfen: „Es muss einen anderen Weg geben."

Geetas Kopf ruckte auf. „Es könnte einen Ausweg geben! Auf dem Weg zur Damentoilette bemerkte ich eine Umkleidekammer auf dieser Etage. Ich sah, wie Ärzte und Krankenschwestern sie betraten, bevor sie heute Morgen ihre Schicht wechselten. Es ist weit hergeholt, aber vielleicht könnte ich mich hineinschleichen und ein paar Ausweise und Kittel stehlen."

Friedrich sprach aufgeregt: „Der Aufzug fährt in ein Zwischengeschoss, dort befindet sich die Krankenhauskantine. Von dort aus könnten wir vielleicht durch die Hintertür der Küche rauskommen?" Er sah Chad um Zustimmung ersuchend an.

Chad: „Brillant, aber was, wenn uns jemand erkennt? Wir sehen nicht indisch aus."

Geeta: „Wir müssen nur hoffen, dass die Kittel, Kopfbedeckungen und Gesichtsmasken uns gut bedecken."

Chad: „Und wie kommen wir durch die Küche heraus?"

Geeta: „Das ist der heikle Teil. Wir wissen es nicht."

Friedrich: „Aber das ist der einzige Ausweg, der einzige Ort, den die Bullen wahrscheinlich nicht bewachen, wo sie uns am wenigsten erwarten."

Chad: „OK, ich bin zu allem bereit."

Geeta drehte sich zu Friedrich um und legte ihre Hand auf seine Schulter. „In Ordnung, ich werde jemanden Zuverlässigen bitten, uns von hier abzuholen. Ich werde ihm sagen, er soll hinter dem Gebäude warten, wo die Catering-Transporter entladen werden."

Friedrich: „Gut! Machen wir eine kurze Erkundung des Ortes."

Geeta und Friedrich machten sich auf den Weg, um den Fluchtweg, die Kantine, die Ausgangstüren und den Parkplatz der Catering-Transporter zu überprüfen. Sie bemerkten ein paar Polizisten, die in den Gängen herumgingen. Sie warfen ihnen verdächtige Blicke zu, schenkten dem Duo, das vorgab, Kaffee aus der Kantine zu holen, aber nicht allzu viel Aufmerksamkeit. Sie sahen sich schnell um und kehrten in das Zimmer von Chad zurück.

Geeta öffnete die Tür, während Chad auf positive Nachrichten wartete. Sie sagte: „Ich kann nicht glauben, dass sie uns bisher nur einmal in 24 Stunden rausgelassen haben. Meine Familie macht sich große Sorgen und jetzt habe ich die ganze Zeit Augen auf mich gerichtet. Ich kann hier nicht mehr bleiben", seufzte sie laut, als sie hereinkam.

Friedrich: „Ja, wir stehen unter ständiger Überwachung und dürfen nirgendwo alleine hingehen. Sie haben uns eine Stunde lang zu ihr nach Hause begleitet und uns gleich wieder hierher zurückgebracht. Sie beobachten uns ständig." Er tauschte Blicke mit Geeta aus.

Chad stimmte zu: „Während Sie draußen waren, kam der Polizeichef. Er sagte, der örtliche Generalinspektor werde morgen kommen und unsere Aussage aufnehmen. Ich habe ein sehr schlechtes Gefühl bei der Sache, Leute."

Geeta: „Heilige Scheiße, die scheinen uns außerhalb der Reichweite der deutschen Botschaft zu halten. Vielleicht sind unsere Nachrichten auch nicht bei der Botschaft angekommen. Sie dürfen keine Zeugenaussagen aufnehmen, es sei denn, die Botschaft stimmt dem zu. Wir müssen weg, bevor dieser Kerl kommt und uns verhaftet."

Friedrich: „Uns verhaften? Das lasse ich auf keinen Fall zu!"

Geeta: „Lassen Sie uns zuerst von hier verschwinden. Wir können zu meinen Eltern gehen. Dort sollte es sicher sein."

Sie beschlossen, um 22.00 Uhr zu gehen, sobald die Kantine geschlossen war und die Polizisten ihre Schicht wechselten. Als die Korridore leer waren, schlich sich Geeta in den unverschlossenen Umkleideraum, schnappte sich drei lange weiße Kittel und einige Operationsmasken und kehrte unbemerkt in Chads Zimmer zurück. Die drei zogen schnell ihre Verkleidungen an. Chad und Friedrich lächelten über die Ironie, die das Tragen von Kitteln, wie damals in ihren Laboren, mit sich brachte.

Geeta spähte hinaus und bemerkte, dass sich eine Krankenschwester dem Raum näherte. Sie schloss die Tür und alarmierte die Männer mit einem Flüstern. Sie und Friedrich schlüpften in die angeschlossene Toilette und schlossen die Tür, gerade als die Krankenschwester eintrat. Sie fand Chad im Bett unter der Decke und sagte, sie müsse eine Injektion verabreichen. Chad weigerte sich, wobei er den Arztkittel, den er über dem Patientenkittel trug, vor ihr versteckte. Sie sagte, es handele sich nur um ein entzündungshemmendes Mittel, aber wenn er keine Beschwerden habe, sei es nicht notwendig.

Chad fragte, ob noch jemand anderes zu ihm kommen würde. Die Krankenschwester erklärte, dies sei die letzte Visite und nur ein Bereitschaftsarzt sei jetzt für Notfälle im Krankenhaus. Chad sagte ihr, dass er schlafen wolle und niemand ihn stören solle. Die Krankenschwester fragte nach seinen Freunden. Er sagte, sie seien hinuntergegangen, um sich etwas aus dem Automaten zu holen. Er bat sie, auch den Polizisten zu sagen, dass sie ihn nachts nicht stören sollten. Die Krankenschwester lächelte mit einem seitlichen Kopfschütteln im indischen Stil und ging.

Kapitel 12:

Vimana Shastra

Das Team musste auf die andere Seite des Tals zurückkehren, um über Funk um Verstärkung zu bitten. Diese traf drei Stunden später ein. Der General selbst kam, nachdem er von der Entdeckung gehört hatte. Zwei Hubschrauber landeten auf dem schmalen Felsvorsprung neben der Höhle, zehn Männer kamen aus ihnen heraus, darunter der General. Die mitgebrachten schweren Maschinen, wie handgeführte Bulldozer-Bohrmaschinen und Bagger, setzten sie schnell in Bewegung und räumten die Trümmer weg. Dort fanden sie die beiden Männer im Inneren, die das große Metallobjekt untersuchten und versuchten, seine Funktion und seinen Ursprung zu verstehen.

Am nächsten Tag wurden einige Archäologen hinzugezogen, aber auch sie konnten nicht herausfinden, was es war. Mirza schlug dem General vor, dass die richtige Person Professor Hamad, das Genie der Metaphysik, sein könnte. Der General war sich nicht sicher, ob Hamad inmitten seiner eigenen Tragödie zu ihnen kommen würde, aber er wusste, dass dies Hamads Stärke war und er wahrscheinlich für sie die beste Chance war, einige Antworten zu finden. Außerdem fragte sich der General immer noch, ob dies etwas mit der Entführung zu tun hatte, eine schwache Chance... Schließlich war dies die Richtung, in die die Terroristen geflohen waren.

Der General begab sich persönlich in die Wohnung von Hamad, um festzustellen, dass auch Hamad verzweifelt versucht hatte, mit ihm Kontakt aufzunehmen. Nachdem der General ihm die Situation erklärt und viel Überzeugungsarbeit geleistet hatte, gelang es ihm, Hamad dazu zu bewegen, einem Besuch vor Ort zuzustimmen.

Inzwischen war das gesamte Tal zu einem wissenschaftlichen und militärischen Stützpunkt geworden, in dem über fünfzig Personen herumschwirrten. Hamad sah Menschen in die Höhle hinein- und hinausgehen. Archäologen brachten kurzfristig hochkarätige Männer und Frauen aus der ganzen Welt mit. Hamad erhielt eine Führung durch den Ort. Sie stellten die Theorie auf, dass das seltsame Objekt dafür verantwortlich sein könnte, dass alle

Funksignale gestört wurden. Wahrscheinlich wurde es von den Taliban zur Vertuschung oder einfach nur als Köder benutzt.

Mirza zeigte Hamad das heruntergefallene Panel und Hamad betrat den Hohlraum. Er bemerkte, dass das Innere des Objekts vollständig beschädigt war. Es gab auch Anzeichen eines möglichen Feuers. Ringsum war eine seltsame Flüssigkeit. Diese Flüssigkeit identifizierte er sofort als Quecksilber. Es gab nur eine einzige kugelförmige Kammer. Der Raum im Inneren konnte nicht mehr als drei Personen auf einmal aufnehmen. Die Archäologen bestätigten auch, dass alles, was sich darin befand, verbrannt war, so dass es nicht viel zu untersuchen gab. Der einzige größere Gegenstand, der noch übrig war, war etwas, das wie eine Konsole in der Mitte aussah, vielleicht das Hauptschaltpult. Ihm fielen viele Scherben auf, die zum Bedienfeld zu gehören schienen. Ein Stück erregte besonders seine Aufmerksamkeit. Obwohl es durch das Feuer stark verkohlt war, waren seine Form und sein Design Hamad irgendwie vertraut und es schien ihm ein wichtiger Hinweis zu sein. Er wollte es aufheben, aber allen war gesagt worden, nichts zu bewegen oder zu berühren. Mirza war besorgt, dass sie bald abreisen würden, um jedes Risiko einer Quecksilbervergiftung zu vermeiden.

Als alle anfingen, aus der Lücke zu klettern, verweilte Hamad, bis er als Letzter übrig war. Er hob das Stück auf und wischte es ab. Unter dem schwarzen Kohlenstoff schien es relativ intakt und glänzend. Es schien weder gebrochen, noch schien es Teil des Hauptobjekts zu sein. Er stellte fest, dass dieses Objekt überhaupt nicht hierher gehörte. Niemand hatte es bemerkt, der schwarze Ruß hatte es verdeckt. Aber es war verkohlt, was bedeutete, dass dieses Objekt sich zum Zeitpunkt des Absturzes und des Feuers im Inneren des Hohlraums befunden haben musste. Er drehte es in seinen Händen und dann bemerkte er sie - Symbole. Schlüsselsymbole aus einer völlig anderen Religion. Definitiv kein Zoroastrismus.

„Kommen Sie raus, Professor, Sie sollten nicht zu lange in der Nähe des Quecksilbers bleiben", rief Mirza und schaute in den Hohlraum. Hamad steckte das Objekt schnell in seine Tasche. Niemand hatte gesehen, wie er es nahm. Er fühlte sich erleichtert.

Hamad bat einen der Archäologen, die gesamte Kammer sowie das Innere und Äußere des Objekts aus den herumliegenden Bruchstücken zu rekonstruieren. Hightech-CAD-Software machte die Aufgabe schnell und einfach. Das Projekt der Rekonstruktion und Identifizierung der Quelle und des Zwecks des Quecksilbers war eine Herausforderung, aber sie kamen zu einigen vorläufigen Schlussfolgerungen. Hamad stellte fest, dass das Objekt mit überlegenen fortschrittlichen Technologien funktionierte. Ihm widersprechend sagten die Archäologen, dass dies unmöglich sei, da eine vorläufige Datierung des Alters des Metalls zeigte, dass es mehr als tausend Jahre alt war. Zu Hamads Verwunderung schienen beide Theorien richtig zu sein. Er wollte zusätzliche Tests und Studien durchführen, aber die Höhle machte dies unmöglich. Sie mussten es extrahieren und in ein Labor bringen.

„Ich habe alle in diesem Stadium möglichen Berechnungen durchführen lassan. Wir müssen es in einem Labor weiter untersuchen. Aber es ist unmöglich, das Objekt herauszunehmen, ohne die gesamte Höhle zum Einsturz zu bringen", sagte er dem General mutlos.

General: „Aber wissen wir, was es ist?"

Hamad: „Es mag schwer zu glauben sein, aber basierend auf den Rekonstruktionen, ist die Höhle ist eigentlich ein Zeitschloss,", er hielt inne, um das Softwareprogramm zu starten, das für die Rekonstruktion verwendet wurde und zeigte es dem General. „Dieses Objekt befindet sich seit über tausend Jahren in der Höhle, aber es verfügt über Technologien, die die Welt heute noch nicht entdeckt hat." Er umriss die äußere Form des Objekts und fuhr fort: „Die Objekte aus den anderen Teilen der Höhle wurden wieder an ihren ursprünglichen Standort zurückgebracht. Bei den meisten der zerbrochenen Gegenstände scheint es sich um Rotoren zu handeln. Auf dem Objekt befindet sich ein riesiges halbkugelförmiges Segment, das anfangs schwer zu identifizieren war, da das gesamte Objekt tatsächlich auf dem Kopf stand. Aber wir haben festgestellt, dass es sich um den oberen Teil handelt. Es hat komplizierte innere Metallrohre und Zylinder, die alle miteinander verbunden sind. Dies war ein fortgeschrittenes Vakuum, eine Vorrichtung, die die gesamte Struktur nach vorne gezogen haben muss..."

Der General unterbrach, verwirrt: „Englisch, Professor?"

Hamad: „Mit anderen Worten, anstatt das Objekt vorwärts zu treiben, wurde es mit Hilfe dieser Vakuumtechnologie tatsächlich nach vorne gezogen."

„Wollen Sie damit sagen, dass dies eine Art Flugzeug war?", fragte der General verwirrt.

Hamad: „Ich bin froh, dass Sie das verstanden haben, ich war mir nicht sicher, wie ich es ausdrücken sollte."

General: „Aber wie wurde es angetrieben?"

Hamad: „Das Quecksilberleck in der Kammer deutet darauf hin, dass das Flugzeug mit Quecksilber angetrieben wurde."

General: „Quecksilber? Das ist verrückt!"

Hamad: „Ich weiß, wie das klingt, aber Quecksilber ist eine starke Energiequelle und eine winzige Menge könnte genug Energie liefern, damit das Flugzeug vom Nord- zum Südpol fliegen kann, ohne aufzutanken. Am wichtigsten ist aber, dass das Flugzeug so konstruiert wurde, dass es nur mit Quecksilber betrieben werden kann."

General: „Wir sollten den Leuten bei der NASA sagen, dass sie eines von diesen Flugzeugen für uns entwerfen sollen."

Hamad: „Ja, es ist möglich, sie jetzt zu replizieren, aber ich kann nicht verstehen, wie jemand das vor tausend Jahren hätte tun können."

General: „Dr. Hamad, ich danke Ihnen für Ihre bisherige Hilfe. Ich verstehe, dass wir vom Hauptthema, um das es hier geht, Ihre Familie, abgewichen sind. Wir werden es von hier an weiterführen. Lassen Sie mich Sie nach Hause bringen und wir werden den Verbleib dieser Terroristen weiter untersuchen", er bot Hamad seine Hand an, aber Hamad ignorierte sie.

Hamad: „Als ich mich geweigert hatte, hierher zu kommen, haben Sie mich überzeugt zu kommen und jetzt, da ich viele unterstützende Fakten für meine Forschung über alte indische Zivilisationen gefunden habe, bitten Sie mich, nach Hause zu gehen! Sie denken, dass es dabei nicht um diese Terroristen geht, aber das tut es. Wenn sie meine Kinder nicht zurückbringen, werde ich meine Forschungen und Veröffentlichungen nicht einstellen. Ich werde nicht aufgeben. Ich werde meine eigenen Artikel und Forschungen nicht verleugnen oder erklären, dass sie nur das Geschwätz eines Narren waren. Tatsächlich hat diese Entdeckung gerade erst eine völlig neue Perspektive in meine Forschung gebracht."

Mirza hörte das Gespräch mit und sagte: „Dr. Hamad, Sie haben es hier mit gefährlichen Leuten zu tun, sie könnten Sie verletzen..."

Hamad unterbrach ungeduldig: „Das ist Ihre Aufgabe, Herr Kommissar! Uns zu beschützen. Wollen Sie diese Verbrecher nicht fangen? Sie könnten sehr wohl meine Hilfe brauchen."

Der General stimmte zu: „Er hat recht." An Mirza gewandt sagte er: „Dies könnte der nächste globale Durchbruch bei wichtigen Entdeckungen sein. Wir können nicht all dies und die Arbeit von Hamad nur wegen dieser Bastarde zerstören." Er wandte sich an Hamad: „Ich habe Ihnen versprochen, dass ich sie fangen werde und ich verspreche Ihnen erneut, dass ich Ihre Mädchen sicher nach Hause bringen werde. Ich werde mit dem US-Minister sprechen und wir werden mehr Verstärkung bekommen. Ich bin sicher, dass der Präsident an diesem neuen Fund interessiert sein wird. Wir könnten von diesem Wissen sehr profitieren."

Mirza: „Sir, Sie sagten, dies könnte Ihre Forschung über alte indische Zivilisationen voranbringen. Wie hängt das damit zusammen?"

Hamad: „Meine Forschung umfasst auch fliegende Objekte, die im alten Indien dokumentiert wurden. Sie werden *Vimanas* genannt. Die Dokumente wurden Vimana Shastra genannt, wobei *Vimana* Flugzeug und *Shastra* Wissenschaft bedeutete."

Mirza und der General standen nahe bei Hamad, die Arme verschränkt und hörten ihm aufmerksam zu. Auch einige Archäologen schlossen sich der Gruppe an, um zu hören, was er zu erklären hatte. Hamad schlug ihnen vor, in das Zelt zu gehen, weg von der sengenden Hitze.

Als er im Zelt ankam, schenkte er sich eine Tasse Tee ein und erklärte: „Da einige von Ihnen meine Artikel gelesen haben, wissen Sie, dass ich mich mit alten Veden oder Schriften aus Indien befasse. Es gab mehrere Berichte über antike Waffen und Flugmaschinen. Anfangs habe ich sie, wie viele andere Forscher und Historiker auch, außer Acht gelassen, aber als ich diese Schriften, die *Shastras,* tiefer studierte, fand ich detaillierte Beschreibungen über den Bau von Flugzeugen und Waffen. Sie sind so detailliert, dass sogar die Verwendung von Helmen und die Kleidung für die Piloten beschrieben wurden. Nach weiteren Nachforschungen erfuhr ich, dass die Flugzeuge unterschiedliche Konstruktionen und Zwecke hatten. Der erste Bericht über die *Vimanas* geht auf fast 14.000 v. Chr. zurück. Was wir heute hier sehen, ist eines der fortgeschritteneren *Vimanas.*"

„Die Rekonstruktion dieses *Vimanas* zeigt, dass sie der Architektur der heutigen Tempel in Indien ähnlich waren, was nur bedeuten kann, dass die Menschen, die diese Flugzeuge damals gesehen hatten, sie als Inspiration für den Bau der Tempel nahmen. Lokale Historiker sagen, dass sie glaubten, dass das allgemeine Volk jener Zeit sie als Fahrzeuge betrachtete, in denen ihre Götter reisten. Ähnlich verhält es sich mit dem Entwurf der Hindu-Tempel, auf deren Spitze sich ein Gegenstand befindet, der entweder halbkugelförmig oder oval ist, wie das Flugzeug in der Höhle. Bis heute habe ich nie den Zweck dieser halbkugelförmigen Struktur erkannt, aber jetzt wissen wir, dass sie benutzt wurde, um das Flugzeug vorwärts zu ziehen. Das ist eine wirklich erstaunliche Technologie."

Hamad schloss sein Smartphone an den Projektor im Zelt an und zeigte ihnen ein paar Bilder, die er gesammelt hatte:

(Vimana Gopuram eines Tempels)

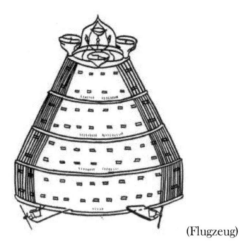

(Flugzeug)

„Aber warum wurde Quecksilber verwendet?", fragte einer der jungen Archäologen.

Hamad sah ihn anerkennend an: „Gute Frage! Quecksilber ist, wie ich dem General sagte, eine sehr mächtige Energiequelle. Dies wurde auch in der *Vimana Shastra* erwähnt. Was ich jedoch nicht beantworten kann, ist, woher sie das wussten, woher sie all das wussten, wie sie Quecksilber extrahierten und woher... keine Ahnung", zuckte Hamad mit den Achseln.

Eine andere Stimme fragte: „Warum glauben Sie, dass diese Struktur oben für den Rückwärtsantrieb des Flugzeugs verwendet wurde?"

Hamad: „Lassen Sie es mich Ihnen zeigen." Er fragte nach dem Laptop, auf dem die Rekonstruktion gemacht wurde, tauschte den Laptop mit seinem Smartphone-Anschluss an dem Projektor aus und zoomte auf den fraglichen Teil:

„Sehen Sie sich die gewundene Schale als innere Struktur an. Das sieht aus wie eine riesige Muschel, nicht wahr? Beachten Sie nun die riesige kreisförmige Scheibe darunter. Diese wurde mit hohen Geschwindigkeiten mit Hilfe der aus dem Quecksilber erzeugten Energie gedreht. Die Luft wurde nicht aus dieser Schale nach außen geschoben, sondern die Drehung gegen den Uhrzeigersinn saugte die Luft von außen in sich hinein."

Der junge Archäologe, der die Frage gestellt hatte, fügte aufgeregt hinzu: „Dies erzeugte einen Strudel!"

„Heureka! Sie sind ein Genie. Wie ist Ihr Name, junger Mann?"

„George, Sir, aus Schweden", antwortete er.

„Nun George aus Schweden, stellen Sie sich einen großen Zentralmotor vor, der tatsächlich diese ganze Metallscheibe dreht. Gedreht von einem Labyrinth von Zahnrädern wie ein Uhrwerk, die alle von einem winzigen Quecksilbertropfen angetrieben werden. Er erzeugt einen Unterdruck, der das Flugzeug tatsächlich in den Himmel zieht."

Ein bewunderndes Raunen der Ehrfurcht ging durch das Zelt, als das gesamte Publikum, einschließlich des Kommissars und des Generals, über Hamads kurze, aber brillante Präsentation staunte. Der General fragte: „Wenn sich das Flugzeug nur mit Hilfe der Hülle und der Scheibe, die Sie beschrieben, in der Luft befand, welche Funktion hatten dann die Rotoren?"

„Die beiden Rotoren wurden an den Seiten platziert", Hamad zoomte die Rekonstruktion der Rotoren in der CAD-Software heran und zeigte auf sie, „diese wurden nur zur Richtungssteuerung verwendet."

General: „Was ist mit dem Gleichgewicht, wie wurde eine so massive Struktur ausgeglichen?"

„Gyroskope, Selbstausgleich", konterte Hamad. „Sie hatten ein großes Gyroskop in den unteren Ebenen, das ihm die nötige Balance gab, aber leider stürzte das Flugzeug in dieses Tal ab und beschädigte das Gyroskop. Dann kam es zu einer gewaltigen Implosion, die den größten Teil des Innenraums beschädigte."

Kommissar: „Warum glauben Sie, dass es abgestürzt ist?"

„Das ist leicht zu erkennen. Die Höhle war keine natürliche Formation, das erkennt man an der Symmetrie des Eingangs, der nicht tief ist und dort endet, wo das Flugzeug endet. Aber das Flugzeug wurde aus einer Gold-, Bronze- und Titanlegierung hergestellt, die die Metallurgen bereits identifiziert haben. Dies machte es extrem stark. Um eine solche Wirkung zu erzielen, dass es so tief in diesem felsigen Berghang stecken blieb, muss es mit über 500 Stundenkilometern geflogen sein. Die Quecksilberbehälter oder Treibstofftanks müssen beim Aufprall zerbrochen und das Quecksilber in die Kammer ausgetreten sein. Ich glaube, es gab eine chemische Reaktion des brennbaren Dimethylquecksilbers, das die Implosion verursachte. Deshalb können wir immer noch nicht feststellen, wie dieses Flugzeug tatsächlich kontrolliert wurde. Es gibt keine Beweise mehr."

„Warum hat das Flugzeug dann keine goldene Farbe?", fragte eine andere Stimme aus dem Publikum.

„Das Quecksilber reagierte mit dem Gold und gab ihm ein graues Aussehen", antwortete eine andere eifrige Stimme, bevor Hamad reagieren konnte.

„Wenn dieses Handwerk, wie Sie sagen, indischen Ursprungs ist, warum steht dann in den Schriften, dass es zu Zarathustra gehört? Schließlich stammt Zarathustra aus Persien, dem heutigen Iran!"

„Das ist eine sehr gute Frage, auf die ich im Moment keine Antwort habe. Daran arbeite ich noch. Allerdings wird Zarathustra immer so dargestellt, als würde er aus einem fliegenden Vogel aufsteigen. Ich vermute, dieses *Vimana* ist das, was diesen fliegenden Vogel ausmacht."

Er öffnete ein Google-Suchfenster auf dem Laptop und tippte 'Zoroaster' ein. Er klickte auf den ersten Bildtreffer und wartete auf sein gespanntes Publikum, um die Projektion an der Zeltwand zu sehen.

Nachdem er allen Zeit gegeben hatte, das Bild zu betrachten, fuhr er fort: „Im Allgemeinen stellen die meisten Religionen Götter und Halbgötter als halb Mensch, halb Tier oder vogelähnlich dar, aber die Darstellung des Zarathustra ist immer anders gewesen. Sie zeigt ihn nicht als halben Vogel, wie manche Leute glauben. Wenn man genau hinschaut, erhebt er sich nur aus ihm heraus, genauer gesagt aus einem Kreis, ähnlich wie die Maschiene, die wir gefunden haben. Beachten Sie auch, dass Zarathustra ein kreisförmiges Objekt in seiner rechten Hand hält, das vielleicht ein Steuergerät oder ein Schlüssel war, wenn Sie so wollen."

Eine Welle des Flüsterns ging umher, als die Menschen begannen, über diese erstaunlichen Enthüllungen zu diskutieren, erfreut darüber, ein Teil davon zu sein. Der Anführer der Soldaten fragte: „Irgendeine Ahnung, warum unsere Radiosignale gestört wurden?"

„Ja, einfach! Sehen Sie, die schwere Scheibe im Flugzeug ist magnetisch geladen." Der General erklärte weiter: „Aufgrund der massiven Größe und Rotation wurde es offensichtlich elektrisch aufgeladen und dies erzeugte ein mildes Magnetfeld um diese Seite des Tals."

„Ein Magnetfeld mit einem Radius von zwei Meilen und Sie nennen es mild", kommentierte ein anderer Soldat lachend.

Hamad fuhr mit seinen Ausführungen fort: „Da es zu diesem Zeitpunkt keine menschlichen Überreste in oder um die Höhle herum gibt, können wir nur spekulieren, dass die Wesen in dem Flugzeug überlebt haben. Eines von ihnen schrieb vor dem Verlassen der Höhle an die Wand: "Der rechtmäßige Besitzer ist der große Prophet Zarathustra" vielleicht mit der Absicht, es zu einem späteren Zeitpunkt wieder an sich zu nehmen, was sie offensichtlich nie getan haben. Dank Kommissar Mirza haben wir die Schriften entziffern können."

Was Hamad jedoch nicht erwähnte, waren die Symbole und Markierungen, die er auf dem Flugzeug selbst gefunden hatte. Diese waren auch auf dem Gegenstand, den er eingesteckt hatte. Er hielt sie für zu wichtig, um sie diesen Leuten zu verraten. Er konnte niemandem diese Informationen anvertrauen.

Hamad ging an diesem Abend in seine Wohnung, in Gedanken versunken über das Ausmaß dieser Entdeckung und seiner geheimen Beute.

Kapitel 13

Die große Flucht

Friedrich begann, den intravenösen Katheter und die nasogastrische Röhre von Chad zu entfernen. „Das könnte weh tun, Kumpel", warnte er. Chad biss die Zähne fest zusammen, als der Schlauch herauszukommen begann. Er blickte auf den Schlauch: „Hole ihn sofort raus, Mann, er sieht aus wie eine Schlange, die aus meiner Nase kommt. Zieh ihn schnell heraus", sein ungeduldiger Tonfall verriet seine Schmerzen und sein Unwohlsein.

Geeta schaute vom Fenster herab und flüsterte, dass die Luft rein sei. Sie forderte die beiden auf, ihr aus dem Raum zu folgen. Sie zogen ihre Operationsmasken über das Gesicht und blickten durch die Glastüren auf den Flur. Die Krankenschwester sprach mit der Polizei. „Entweder sagt sie ihnen, dass sie uns gegenüber misstrauisch ist, oder sie sagt ihnen wirklich, sie sollen dich nicht stören", sagte Friedrich.

Die Korridore waren mit gelegentlichen Hustengeräuschen und gedämpften Gespärchen gefüllt, aber nichts Beunruhigendes. Friedrich schnappte sich sein iPad und sie schlüpften an den Überwachungskameras vorbei, in der Hoffnung, dass niemand etwas bemerken würde, da sie ihre Masken aufhatten. Gerade als sie den Aufzug betreten wollten, kam eine Krankenschwester angerannt.

Friedrich passte sofort seine Mütze an und versuchte, sein blondes Haar zu verstecken. Er und Chad wandten sich einander zu und gaben vor, eine ernsthafte medizinische Diskussion zu führen. Die Krankenschwester ging auf Geeta zu und sprach atemlos: „Frau Doktor, haben Sie Bereitschaft? Der Patient in Zimmer 312 hat einen weiteren Schlaganfall, das EKG ist fast ohne Befund."

Geeta wusste, dass es keine Möglichkeit zur Ablehnung gab, da dies Verdacht erregen würde, also signalisierte sie den beiden Männern, ohne sie weiterzumachen. Diese hatten keine andere Wahl, als weiterzugehen. Chad sah etwas aus dem Augenwinkel. „Das ist meine Tasche", sagte er und zeigte auf den Aufzug, während Geeta der Krankenschwester in die andere Richtung folgte. „Sieht aus, als hätte die Wache unsere Habseligkeiten in Eile zurückgelassen", sagte Friedrich und griff nach der Tasche, als sie den Aufzug betraten.

„Was zur Hölle ist gerade passiert, Mann?" sagte Chad und versuchte, sich zu beruhigen. Friedrich schwieg und drückte den Knopf für das Zwischengeschoss. Chad sagte: „Was ist, wenn Geeta erwischt wird? Sie ist keine Ärztin. Was, wenn wir es jetzt nicht schaffen, hier rauszukommen?"

Friedrich war verzweifelt: „Ich habe keine Ahnung. Ich hoffe nur, dass ihr Bekannter hier ist, um uns abzuholen und dass wir nicht erwischt werden. Geeta ist eine Einheimische, sie kommt zurecht", sagte er, als er sein iPad in die Tasche von Chad steckte.

Chad: „Siehst du nicht, sie hat sich einfach geopfert."

Friedrich: „Immer mit der Ruhe, mache keinen Augenkontakt, die Kantine ist vielleicht nicht leer." Glücklicherweise war sie leer, keine einzige Seele. Sie hörten einen lauten Tumult aus dem Erdgeschoss, vielleicht hatten die Polizisten etwas über Geeta oder die verschwundenen Deutschen herausgefunden. Aber es blieb keine Zeit, sich Sorgen zu machen. Sie eilten auf die Kantine zu, das Drehkreuz war verschlossen, also sprangen sie über den Tresen und rannten zur Tür der Küche. Chad versuchte sein Bestes, um mit seinem Freund mitzuhalten, aber er stöhnte, als er versuchte, sich zu beeilen. Gerade als Friedrich die Tür öffnen wollte, öffnete sie sich von der anderen Seite und ein Mann in einer Catering-Uniform kam herein. Alle standen schockiert still, Sekunden vergingen. Friedrich wollte den Coolen spielen, aber der Mann erkannte sie. Gerade als er einen Alarm auslösen wollte, kam Geeta angerannt. Der Mann war erstaunt, sie zu sehen. Sie erfasste die Situation sofort und zog schnell Friedrichs Brieftasche aus der Tasche seiner Jeans, nahm etwas Bargeld heraus und legte es auf den Tresen neben dem Mann. Er verstand, steckte das Geld in seine Tasche und verschwand.

Friedrich schnappte sich seine leere Brieftasche zurück. „Du bist schnell zurückgekommen", sagte Chad, sehr erleichtert, sie zu sehen.

Geeta: „Als ich den Patienten erreichte, war der eigentliche Bereitschaftsarzt bereits drinnen und führte eine HLW durch. Ich hörte Schritte und bemerkte die Wachen und die Polizei, die die Treppe hinaufliefen und auf das Zimmer von Chad zusteuerten. Sie haben mich nicht bemerkt, also schlich ich mich in den Aufzug und entkam."

Sie flohen aus der Hintertür der Küche. Wie Geeta versprochen hatte, wartete draußen in der Gasse neben einem Catering-Van ein dunkelblauer Ford Explorer, dessen Licht ausgeschaltet war. Als der Fahrer das Trio sah, stieg er aus und öffnete die hinteren Türen. Sie sprangen hinein, wobei Geeta vorne und die Männer hinten saßen. Der Fahrer fuhr den Wagen schnell rückwärts aus der Gasse heraus und schoss auf die Hauptstraße.

Geeta gab dem Fahrer einige Anweisungen und stellte ihn den anderen kurz vor. Chad lehnte sich nach vorne zu Geeta. „Woher wussten Sie, dass es funktionieren würde, den Kerl in der Kantine zu bestechen?"

Geeta: „Ich konnte mir keinen anderen Weg vorstellen. Abgesehen davon, dass dies Indien ist, funktioniert die Bestechung der kleinen Leute hier in neun von zehn Fällen, aber sollten Sie mir nicht danken?"

Chad: „Natürlich bin ich froh, dass wir rausgekommen sind."

Friedrich: „Ich dachte für einen Moment, wir hätten Sie dort verloren, ich war so froh, Sie zu sehen. Sie haben uns gerettet, wieder einmal."

Chad: „In Ordnung, jetzt sagen Sie mir, worüber Sie vorhin gesprochen haben."

Geeta lachte: „Sie werden es bald sehen." Genau in diesem Moment hörten sie hinter sich eine laute Sirene. Irgendwie war ihnen die Polizei schon auf den Fersen. Der Fahrer wich nach links aus und versuchte verzweifelt, sie abzuhängen. Sie fuhren auf einen überfüllten Basar. Der Fahrer hupte wiederholt und versuchte, die Menge zur Seite zu bewegen.
Chad: „Heilige Scheiße, es gibt keinen Ausweg, wir sind verdammt."

Friedrich: „Es ist 23 Uhr, warum ist der Basar noch offen?"

Der Fahrer: „Es ist Freitag! Ich hab's vergessen. Das ist ein Nachtbasar, geöffnet bis Mitternacht."

Geeta drehte sich um, um zu sehen, ob die Polizisten hinter ihnen waren und sah, dass auch sie auf den Basar fuhren. Deren Auto war nur wenige Meter von ihrem entfernt. Einige der Polizisten öffneten die Tür und machten sich bereit, sie zu Fuß zu verfolgen. Geeta suchte nach ihrer Handtasche und merkte, dass sie sie im Krankenhaus vergessen hatte. Sie bat die Männer um Bargeld. Friedrichs Brieftasche war leer, aber er hatte die Tasche von Chad aus dem Krankenhaus, die eine gemischte Währung, Euro und Rupien, enthielt. Der Fahrer hatte ein paar Rupien mehr. Geeta stieg aus dem Auto aus und sah, wie sich die Menge hinter ihrem SUV wieder zusammenzog, nachdem der Fahrer durch sie hindurchgefahren war. Sie kletterte auf den langsam fahrenden SUV und rief: „Leute, es regnet Geld!"

Die Polizisten sahen sie und riefen: „Bleiben Sie stehen!" Sie mühten sich ab, an den Menschen vorbei zu ihnen zu gelangen. Geeta lächelte und warf mit einem Schwung beider Hände das Geld in die Luft. Die Brise blies das Geld in alle Richtungen und verstreute es zwischen ihr und der Polizei. Die Menschenmenge stürzte auf das Geld zu, als es herumflog. Weitere Leute aus den Läden schlossen sich ihnen an. Es herrschte Chaos. Obwohl es sich kaum um eine Handvoll Scheine handelte, schien die Menge froh darüber zu sein, und darum zu kämpfen, sodass die Polizei in dem Chaos stecken blieb.

Sie stieg wieder ins Auto. Chad sprach, immer noch überrascht: „Hinter jedem armen Mann steht eine gütige Frau. Sie haben heute Abend einfach alle unsere Taschen geleert!"

Geeta: „Ich bin überrascht, dass Sie Ihre Brieftasche noch bei sich hatten. Vor einer Stunde lagen Sie in einem Krankenhausbett in einem Krankenhauskittel."

Friedrich: „Wir fanden einige unserer Sachen in der Nähe des Fahrstuhls, sorglos von einer Wache zurückgelassen. Ich schnappte mir die Tasche von Chad."

Chad suchte in der Tasche nach seinem Telefon und zog es heraus. „Verdammt! Mein Telefon ist tot und meine Brieftasche ist leer", sagte er enttäuscht. Er schaute Geeta an und klopfte ihr von hinten an die Schulter: „Ist Ihr Handy aufgeladen? Können Sie Dr. Bauer anrufen und ihm sagen, was passiert ist?"

Geeta antwortete, ohne sich umzudrehen: „Es ist besser, das nicht zu tun, Dr. Bauer hat selbst nach einigen dieser Dinge gejagt und wenn Shashank in diesem Schlamassel war und ungenehmigte Forschung betrieb, dann vielleicht auch Dr. Bauer. Sie standen oft in Kontakt miteinander. Der berühmteste Indologe in Deutschland und der berühmteste Archäologe in Indien!" Ihre Augen waren immer noch auf den Außenspiegel auf ihrer Seite gerichtet.

Friedrich: „Ich verstehe das nicht. Er wollte etwas. Das ist klar, aber warum uns helfen?"

Geeta: „Es ist noch zu früh, um zu Schlussfolgerungen zu kommen, aber ich glaube nicht, dass es klug wäre, Bauer davon zu erzählen."

Der Fahrer schaffte es schließlich, sie aus dem Bazar herauszumanövrieren und fuhr in eine Parallelstraße ein. Die Polizisten steckten in der Menge fest und am anderen Ende der Straße war keine Verstärkung in Sicht.

Einige Minuten später fuhren sie mit ausgeschaltetem Scheinwerferlicht vorsichtig auf die Wohnung von Geetas Eltern über einen „Nur für Fußgänger"-Weg zu, von dem ausschließlich die Koloniebewohner wussten. Doch leider war die Polizei vorbereitet und einige Polizisten standen bereits vor dem Gebäude.

Der Fahrer bemerkte die Polizisten, bevor diese sie sehen konnten und schaltete umgehend die Zündung aus. „Was geht hier vor?", fragte Friedrich. Der Fahrer zeigte auf die Polizisten und sprach mit Geeta auf Hindi. Geeta sah sich um, um zu überprüfen, ob jemand ihr Auto bemerkt hatte.

„Mist, wir können nicht reingehen. Sie werden auch vor allen Hotels in der Nähe auf uns warten. Wenn wir erwischt werden, werden wir auf jeden Fall verhaftet", sagte sie und wischte sich den Schweiß von der Stirn.

Geeta forderte den Fahrer auf, umzukehren und die Stadt zu verlassen. Sie sprachen einige Minuten lang in Hindi und kamen zu einer Entscheidung. Geeta drehte sich zu ihnen um und sagte: „Vielleicht hätten Sie Berlin gar nicht erst verlassen sollen."

Friedrich zuckte die Achseln und schaute entspannt aus dem Fenster, als ob er auf all das vorbereitet gewesen wäre. Geeta bemerkte seine Zuversicht, verkniff sich aber eine entsprechende Nachfrage.

Chad: „Wohin fahren wir jetzt? Was ist mit dem Ding, das Sie mir zeigen wollten?" Geeta sprach mit dem Fahrer und wandte sich wieder den beiden zu. „Ist hinten eine große Tasche drin?" Chad drehte sich zum Kofferraum des Wagens um und bestätigte dies mit einem Kopfnicken. „Ja", er griff danach. Geeta sagte: „Nein, nein, öffnen Sie sie noch nicht."

Sie hielten an einer diskreten *Dhaba* an, einer kleinen schäbigen Trucker-Haltestelle auf der Autobahn. Geeta bat den Fahrer höflich, sie zu verlassen, da sie nicht mehr wollte, dass er sich weiterhin in Gefahr begebe. Er stimmte zu, verabschiedete sich und ging. Chad beobachtete ihn beim Weggehen: „Können wir ihm vertrauen? Ich hoffe, er informiert niemanden über uns."

Geeta: „Im Moment gibt es niemanden, dem ich mehr vertraue als ihm. Er ist praktisch wie ein Bruder für mich, ich kenne ihn seit Jahren. Außerdem, warum sollte er sich die Mühe machen, uns bei der Flucht zu helfen, wenn er uns verraten wollte? Tatsächlich war er derjenige, der diese Tasche seit gestern bewacht hat. Gleich nachdem Shashank und Jonathan verhaftet wurden, bat ich ihn, sie zu nehmen und zu verstecken und heute bat ich ihn, sie mitzubringen."

Friedrich: „Ich hoffe, die Scheibe ist noch in der Tasche."

Chad: „Die was?"

Geeta drehte sich um und schaute durch die Windschutzscheibe hinaus. „Öffnen Sie die Tasche und schauen Sie nach", sagte sie, kaute an ihren Nägeln und hielt immer noch Ausschau nach neugierigen Passanten. Chad sah Friedrich an, der selbstgefällig grinste und holte die Tasche aus dem Kofferraum. Er legte sie auf seinen Schoß, öffnete den Reißverschluss und fand darin eine goldene Scheibe, etwa 20 Zoll im Durchmesser und 5 Zoll dick. Er zog sie neugierig heraus und untersuchte sie.

Chad: „Wow... wunderschön! Das war unter der Statue?" Er drehte sie um und schaltete die Innenbeleuchtung des Wagens ein. Das Licht offenbarte komplizierte Details auf der Scheibe. „Sie ist erstaunlich, schön... aber sie ist schwer, wie haben Sie..."

Geeta antwortete: „Sie fühlte sich unter dem Wasser viel leichter an. Erst nach dem Auftauchen wurde mir klar, wie schwer sie war." Sie kaute immer noch an ihren Nägeln und sah sich um.

Chad blickte Friedrich an, der geschwiegen hatte und bemerkte sein seltsames Lächeln. „Du siehst aus, als ob du mehr wüsstest! Weißt du, was das ist?" Er versuchte das Gewicht der Scheibe mit den Händen abzuschätzen.

Geeta drehte sich um und betrachtete die Scheibe. „Ich glaube, dies ist ein *Sudarshana-Chakra,* eine göttliche Waffe, von der angenommen wird, dass sie von den Göttern benutzt wurde. Es wird beschrieben, dass sie zehn Millionen Stacheln in zwei Reihen hat, die sich in entgegengesetzte Richtungen bewegen, um ihr einen gezackten Rand zu geben. Wie diese." Sie zeigte auf das Armaturenbrett des Autos, auf dem eine winzige Götterstatue eines Hindu-Gottes montiert war, die eine ähnliche Scheibe hielt.

Friedrich: „Das ergibt Sinn, aber ich habe gelesen, dass die Scheibe dem Gott Vishnu gehört."

Geeta: „Ja, das ist wahr und die riesige Statue, unter der sie stand, könnte die anthropomorphe Darstellung der Waffen gewesen sein. Das beantwortet die Frage, was die Götterfigur da unten gewesen sein könnte. Aber der Legende nach schuf der Architekt der Götter, *Vishwakarma* genannt, unter Verwendung der Sonnenenergie drei göttliche Objekte. Das erste war das Luftfahrzeug *Pushpaka Vimana,* das zweite war der *Trishul* oder der Dreizack von Lord Shiva und das dritte war das *Sudarshana-Chakra* oder die tödliche Killerscheibe von Vishnu. Wir haben die Scheibe gefunden, ich frage mich, wo die beiden anderen sind?"

Chad: „Warten Sie eine Sekunde, ich glaube, ich weiß, was die Gegenstände, die oben auf den Sockeln fehlten, gewesen sein könnten."

Geeta und Friedrich tauschten verwirrte Blicke aus. Friedrich: „Hat dein Ersticken da unten eine Halluzination erzeugt, Chad? Von welchen Sockeln sprichst du?"

Chad: „Als ihr woanders wart, sind mir auf jeder der vier Seiten des Raumes vier Nebenräume im Haupt-Heiligtum des versunkenen Tempels aufgefallen. Sie alle hatten eine Götterstatue, wie ein halb Mensch, halb Vogel, auf einem Knie kniend und mit geschlossenen Handflächen auf das andere Ende des Raumes starrend. Auf drei der Sockeln gab es eine sitzende Kuh, einen Schwan und einen stehenden Menschen in Rüstung, komplett mit Helm. An einem Ende befand sich ein leerer Sockel, auf dem damals möglicherweise ein Gegenstand lag."

Geeta: „Toll, ich habe diese Räume nicht bemerkt. Sind Sie sicher, dass die heruntergefallenen Gegenstände nicht einfach nur herumlagen?"

Chad: „Nein, ich habe überall nachgesehen, nichts, zumindest keine wie diese Scheibe."

Friedrich: „Du hinterhältige kleine Ratte! Ich wusste nicht, dass du dich so wohl fühltest, dass du tatsächlich allein auf Erkundungstour gegangen bist. Du wolltest gar nicht erst da runter und später machst du Extratouren!"

Chad: „Ja, etwas kam über mich, ich war so fasziniert und überwältigt, dass ich meine Angst vor Wasser völlig vergaß."

Friedrich stieß Chad lächelnd mit dem Ellbogen an. Geeta unterbrach: „Chad, waren die Nebenräume alle gleich? Hatten sie alle Sockel?"

Chad: „Ja, ich ging im Uhrzeigersinn und endete wieder bei der ersten. Sie waren die exakten Kopien der anderen."

Friedrich: „Hmm, Klonräume."

Geeta streichelte ihr Kinn, als ihr die Gedanken durch den Kopf schossen und sprach: „*Vishwakarma*, der die Waffen für die Heilige Dreifaltigkeit der Götter herstellte, stellte nur drei göttliche Objekte her. Die Kreaturen, die Sie sahen, wurden mit der Dreifaltigkeit in Verbindung gebracht: Der Schwan gehörte Brahma, dem Schöpfer, der Vogelmann Vishnu, dem Bewahrer und der Stier Shiva, dem Zerstörer." Sie blickte aus dem Fenster, um sich von den anderen abzugrenzen. Sie sprach zu sich selbst, fast im Flüsterton: „Wozu war der vierte Raum da?"

Friedrich: „Sie sagten, die drei göttlichen Objekte seien ein Flugzeug, ein Dreizack und eine Scheibe, aber Sie sagten nicht, für wen das Flugzeug war... War es für Brahma?"

Niemand antwortete. Alle waren still, in Gedanken versunken. Chad begann monoton zu singen, als ob ein Grammophon in einer Schleife stecken würde: „Vishwaa, Karmaa, Vishwaa, Karmaa..."

Geetas Verstand überschlug sich: „Ja! Leute, Sie sind Genies, das ist es!"

Das Grammophon von Chad kam zum Stillstand. „Hm? Was? Was? Wer?"

Geeta: „*Vishwakarma* sind eigentlich zwei Worte, *Vishwa* und *Karma*, das bedeutet alles-erfüllend oder der Schöpfer von allem. Brahma, der erste der Dreifaltigkeit, ist auch bekannt als der Schöpfer, der Erschaffer der ganzen Schöpfung. Sogar im Rigveda 10-81 wird er als der Schöpfergott erwähnt. Man glaubte, er habe Dwarka über Nacht erbaut, was bedeutet, dass der Tempel, den wir unter Wasser sahen, von ihm erbaut wurde. Offensichtlich stellte er also seine eigenen maßstabgetreuen Modelle in den Tempel, denn er war der Schöpfer."

Friedrich: „Das ergibt natürlich vollkommen Sinn! Ein Architekt baut nie etwas für sich selbst, kein Wunder, dass er keine ihm gewidmeten Tempel hat. Ich erinnere mich, dass ich die Legende gelesen habe, er war verflucht, dass er keine Kultstätte für sich selbst haben würde. Wenn er nun derjenige war, der die Tempel baute, hat er offensichtlich nie einen für sich selbst gebaut."

Geeta: „Genau, genau wie ein Schuster, der nie Schuhe für sich selbst machen würde."

Chad schüttelte den Kopf: „Äh, ich glaube, ich übersehe hier etwas."

Geeta klatschte vor Aufregung leise in die Hände und erklärte: „In Ordnung, Sie haben mir also eine sehr wichtige Frage gestellt. Hat *Vishwakarma* das Flugzeug für Brahma gebaut? Ich spielte es in meinem Kopf wieder und wieder ab. Ich habe die Veden viele Male gelesen. Nirgendwo wird erwähnt, dass er etwas für Brahma gemacht hat. Aber da er drei göttliche Objekte schuf und die primäre Dreifaltigkeit die drei Götter waren, erhielten die beiden letzteren, Vishnu und Shiva, zwei der drei Objekte. Die Hindus nahmen an, das dritte sei für den dritten Gott, Brahma. Aber Brahma war der Schöpfer, also brauchte er nicht noch jemanden, der ihm etwas schuf. Brahma und *Vishwakarma* sind also ein und dasselbe. Mit anderen Worten: *Vishwakarma* ist nur ein anderer Name für Brahma."

Die Männer versuchten, ihrem Gedankengang zu folgen. „Ok, wie erklären wir also den fehlenden Gegenstand im vierten Raum oder den stehenden Menschen in Rüstung?", fragte Chad, nicht ganz überzeugt. „Ja, was hat es damit auf sich?" Friedrich schloss sich an und hob eine Augenbraue.

„Das, meine Freunde, ist der letzte Beweis, der zeigt, dass Brahma und *Vishwakarma* ein und dieselbe Person sind." Sie hielt inne, um ihre erstaunte Mimik zu betrachten und fügte hinzu: „Das vierte Objekt ist die mächtigste Waffe, die es je gegeben hat, die Waffe, die von Brahma selbst geschaffen wurde. Der Name dieses Objekts selbst sagt es schon, das Brahmastra, *Brahma* sein Name und *Astra* bedeutet Waffe. Was die stehende menschliche Form betrifft, so ist sie lediglich eine Darstellung des Lebens." Sie zuckte mit den Achseln.

Friedrich: „Ich habe einiges über das Brahmastra gelesen. Es gilt als die zerstörerischste Waffe in der Mythologie. Einmal losgelassen, droht dem Ziel die totale Vernichtung, ein Gegenangriff ist niemals möglich."

Chad: „Das klingt wie eine Atomwaffe!"

Friedrich: „Witzig, dass du das sagst, denn Dr. Oppenheimer, dem Entwickler der Atombombe und Experte für alte Sanskrit-Literatur, wurde einmal die Frage gestellt: 'War die Bombe, die in Alamogordo während des Manhattan-Projekts explodierte, die erste, die gezündet wurde?' Darauf antwortete er: 'Nun... ja. In der Neuzeit, natürlich.' Und die ersten Worte, die Oppenheimer nach der Detonation der Bombe sprach, waren Zitate aus dem Hindu-Epos, dem *Mahabharata*: 'Wenn das Licht von tausend Sonnen am Himmel plötzlich bräch' hervor, das wäre gleich dem Glanze dieses Herrlichen und ich bin der Tod geworden, Zertrümmerer der Welten.' Diese Worte wurden direkt aus dem heiligen Buch der Hindus, der Bhagavad Gita, entnommen."

„Ich bin beeindruckt", sagte Geeta bewundernd.

Chad: „Aber die Atombombe war etwas völlig Neues für die moderne Wissenschaft."

Friedrich: „Ja, aber selbst in der vedischen Literatur sind die Beschreibungen der Nachwirkungen solcher Waffen auf unheimliche Weise denen der modernen Atombomben ähnlich. Es war bekannt, dass die Ziele intensiv verstrahlt wurden. Man sagte, dass Bäume in Flammen aufgingen, ein Explosionsradius, der mehrere hundert Kilometer umfasste! Nach der Explosion verloren die Überlebenden anscheinend ihre Haare und ihre Nägel fingen an, herauszufallen. Das ist genau das, was wir bei Strahlenvergiftungen wie in Hiroshima und Tschernobyl gesehen haben."

Geeta: „Nun, die Bhagavad Gita wurde um das 5. bis 2. Jahrhundert v. Chr. geschrieben und enthält Geschichten über diese Waffen, die mindestens 5000 Jahre vor der mesopotamischen Zivilisation, die als die älteste bekannte Zivilisation galt, eingesetzt wurden."

Chad: „Aber wenn es damals solche Nachwirkungen gab, gäbe es dann nicht Beweise dafür?"

Geeta: „Tatsächlich gibt es sie! Haben Sie von Mohenjo-daro gehört?"

Chad: „Ja, Dr. Bauer und Fred waren so freundlich, mir einen langen Vortrag darüber zu halten, aber offenbar wurden dort keine Anzeichen eines Kampfes gefunden. Ich glaube, die Leichen wurden einfach begraben gefunden. Die einzige Frage war, ob die Arier diese Zivilisation angegriffen haben, was sie anscheinend nicht getan hatten. Es gab keinen Hinweis auf irgendwelche nuklearen Nachwirkungen."

Geeta lächelte und antwortete: „Zuallererst, haben Dr. Bauer oder Fred Ihnen gesagt, was Mohenjo-daro eigentlich bedeutet?" Sie bemerkte den verwirrten Blick auf ihren Gesichtern. „Das habe ich mir gedacht." Sie hielt eine Sekunde inne und erklärte: „Wir wissen immer noch nicht, wie der ursprüngliche Name des Ortes lautete, aber Mohenjo-daro bedeutet, wie in den alten Schriften erwähnt, 'Totenhügel'. Die Leichen, von denen Sie sprechen, befinden sich auf den unteren Ebenen, sie wurden traditionell begraben. Aber zunächst fand man 44 Leichen, die nicht begraben worden waren... auf den oberen Ebenen in etwas, das wie Straßen aussah, was darauf hindeutet, dass sie aus einer späteren Zeitperiode stammten als die Leichen aus den unteren Ebenen. Diese Leichen wurden mit dem Gesicht nach unten liegend gefunden, einige sogar an den Händen haltend, mit einem einzigen Schlag durch etwas Unnatürliches ausgelöscht. Alle 44 starben zur gleichen Zeit, ein plötzlicher gewaltsamer Tod. Obwohl sie zu den ersten gehörten, die gefunden wurden, glaubten Archäologen zunächst, dass sie nicht zur selben Zivilisation gehörten. Die Leichen, oder besser gesagt Skelette, wurden später nach Indien überführt, wo Dr. Rao vom Dwarka-Forschungsteam sie untersuchte und bestätigte, dass sie tatsächlich derselben Zivilisation angehörten und während ihrer Blütezeit in Mohenjo-daro lebten. Aber ihre Formen haben sich verändert, vielleicht durch Strahlungseffekte."

Chad: „Das bedeutet also, dass die erhöhten Strahlungswerte in Mohenjo-daro, von denen wir wissen, vielleicht nicht wegen seiner geologischen Lage, sondern wegen der Nachwirkungen einer Atombombe zustande gekommen sind?"

Geeta: „Hundert Prozent! Dadurch trocknete auch der Fluss Saraswati aus und die Überlebenden wanderten nach Osten, in Richtung Ganges, ab."

Chad seufzte: „Aber ein Experte wie Dr. Bauer würde das wissen, oder?"

Geeta: „Er tut es und er missbilligt es. Er glaubt, die Arier seien die reinste 'Rasse', die Auswirkungen der Strahlung würden die Reinheit der 'Rasse' in Frage stellen. Denken Sie darüber nach."

Friedrich: „Das erklärt auch das Vorhandensein von Glas in Mohenjo-daro. Wahrscheinlich verursacht durch Verglasung, das Schmelzen der Steine zu Glas, nur war dies nicht von Menschenhand gemacht, sondern die Auswirkungen einer Atomwaffe."

Geeta: „Ja, genau das ist in der Wüste in New Mexico nach der ersten Atombombenexplosion passiert."

Während sie sprachen, legte Chad die Scheibe spielerisch auf seinen Finger und versuchte, sie mit der Daumenspitze zu drehen. Er entdeckte darin eine seltsame Art von Bewegung und hörte ein Klicken.

Friedrich hörte es auch. „Mach' es nicht kaputt!", schrie er.

Chad: „Das werde ich nicht tun! Dieses Ding ist eine Million Jahre alt, bildlich gesprochen, aber es scheint eine seltsame Bewegung darin zu geben, vielleicht ist es noch funktionsfähig."

Geeta nahm die Scheibe aus Chads Hand und versuchte, den Rost wegzukratzen und die Schmutzschicht zu entfernen. Sie bemerkte, dass der Mechanismus tatsächlich so aussah, wie sie ihn beschrieben hatte. Zwei Sätze von Stacheln, die sich in entgegengesetzte Richtungen bewegten, aber mit sehr wenig Spiel. Wahrscheinlich war dies aufgrund des Salzwassers und der Alterung passiert. Sie ruckelte ein paar Mal kräftig daran, aber die Scheibe drehte sich kaum einen Viertelzoll weiter und rastete ein. Geeta: „Das sieht aus wie ein maßstabsgetreuer Modellprototyp, der tatsächlich funktioniert."

Friedrich: „Nun, es ist sowieso zu alt, um zu arbeiten."

Geeta: „Ja, aber..."

Es gab ein plötzliches Klopfen auf der Fahrerseite der Tür. Sie drehten sich in Richtung des offenen Fensters und bemerkten einen Jungen, etwa 10-11 Jahre alt, klein, so dass nur seine Augen durch das Fenster zu sehen waren. Er ging auf die Zehenspitzen, um sich ein paar Zentimeter größer zu machen, so wurde seine Nase sichtbar. „Möchten Sie etwas zu essen oder zu trinken?", fragte er auf Hindi.

Geeta: „Oh ja, wir hätten gerne etwas *Chai*, bitte drei *Chais*", sagte sie ihm. „Und ein paar Samosas, wenn du welche hast", rief Chad vom Rücksitz aus.

Der Junge hielt drei Finger hoch und sagte: „Drei Portionen?", als er versuchte, die hinteren Passagiere des Wagens anzuschauen. „Ja, bitte", antwortete Chad und das Kind verschwand.

Geeta fummelte weiter an der Scheibe herum. Chad sah sie an: „Ich frage mich, wie eine Scheibe als Waffe hätte verwendet werden können. Das ist sicher eine interessante Erfindung der Fantasie und es war offensichtlich ein in Arbeit befindliches Werk, das auf diesem Entwurf basierte."

Geeta: „Sie wurde mit dem Finger ausgelöst, zumindest habe ich das gelesen."

Das Kind kam mit einem Tablett mit Samosas und Teetassen zurück. Geeta sah, wie er sich abmühte, ihnen das Tablett zu geben und stieg aus dem Auto aus, um ihm zu helfen. Doch sie hatte die Scheibe auf ihrem Schoß vergessen. Diese rutschte hinunter, fiel zu Boden und zerbrach.

„Vorsicht, die Scheibe", rief Friedrich.

Geeta rief aus: „Oh Scheiße, was habe ich getan, oh nein." Sie bückte sich, um sie aufzuheben. Chad sprang aus dem Auto und ging zu ihr, als das Kind sie mit verwirrter Miene anstarrte.

Friedrich unterdrückte seinen Frust und Verzweiflung und half, die Stücke aufzusammeln und in den Wagen zu legen. Chad sah Friedrich an und fragte sich, was seinen Wutausbruch verursacht hatte. Plötzlich wurden sie durch einen lauten Ton abgelenkt, der Fernseher lief in der *Dhaba*. Jemand hatte gerade die Lautstärke erhöht. Ein Reporter sprach von der Polizei, die nach zwei deutschen Wissenschaftlern suchte, begleitet von einer indischen Archäologin. Der Bildschirm war nicht sichtbar, aber ihre Stimme verriet genug Informationen, um sie in Panik zu versetzen.

Chad: „Wir wollen keine Aufmerksamkeit, wir müssen los. Lassen Sie uns einfach das Kind bezahlen und sofort verschwinden."

Friedrich steckte seine Hand in die Tasche und stellte fest: „Scheiße, wir haben kein Geld mehr."

Geeta zitterte immer noch vor dem, was gerade geschehen war: „Ich habe mein Leben dafür riskiert und jetzt habe ich es zerstört."

Chad fand einige lose Münzen im Aschenbecher des Autos, drückte sie dem Kind in die Hand und griff nach einer Samosa. Friedrich saß auf dem Rücksitz und hielt die Scherben der Scheibe vorsichtig fest. Chad startete den Wagen und fuhr auf die Autobahn.

Kapitel 14:

Inspektor Karan

Der Junge, der ihnen Tee serviert hatte, hatte gehört, wie der Fernsehjournalist von dem vermissten Trio sprach. Nachdem sie weggefahren waren, rannte er zurück in die *Dhaba* und berichtete dem Besitzer, dass die Personen, die er gerade im Auto bedient hatte, auf die Beschreibung passten.

Da es sich um eine kleine Hütte auf der Autobahn handelte, gab es keine Überwachungskameras, um zu bestätigen, was das Kind berichtet hatte. Der Besitzer war nicht geneigt, ihm zu glauben, aber der Junge bestand darauf. Ihre Unterhaltung wurde laut und geräuschvoll, was eine Aufregung verursachte, wobei sich wütende, hungrige Gäste und einige Passanten versammelten. Schließlich war der Dhababesitzer überzeugt, dass der Junge die Wahrheit sagte. Er rief die Polizei und gab ihnen eine kurze Beschreibung dessen, was der Junge ihm gerade erzählt hatte. Da es sich um die einzige Spur handelte, die sie seit der Nachrichtensendung erhalten hatten, trafen die Polizisten ohne weitere Rückfragen schnell ein.

Inspektor Karan vom CBI, dem Zentralen Ermittlungsbüro Indiens, leitete das Team, das mit dem Fall betraut war. Es war Karan, der seine Männer geschickt hatte, um das Trio zu jagen, als sie aus dem Krankenhaus geflohen waren. Der Dhaba-Junge erzählte Karan alles, was er gesehen und gehört hatte, die Richtung, in die sie aufgebrochen waren, die Metallscheibe, die er gesehen hatte, die Panik, die er miterlebt hatte, als sie zu Boden fiel und wie sie gleich danach gepackt hatten und verschwunden waren. Karan befahl seinen Männern, die Gegend nach weiteren Hinweisen zu durchsuchen, aber sie fanden nichts als Autoreifenspuren, die mit der Beschreibung des Fahrzeugs übereinstimmten, in dem sie zuletzt gesehen wurden. Die Polizei notierte sich die Ankunfts- und Abfahrtszeit, was sie bestellt hatten und die Anzahl der Passagiere im Auto. Karan machte einen Kreis um die Zahl. Ein Mann, der dabei gewesen war als sie zuletzt gesehen worden waren, fehlte nun, bemerkte er.

Er rief die CBI-Zentrale an, um zu prüfen, ob sie die vermisste Person ausfindig gemacht hatten, dies war jedoch nicht geschehen. Eine Gesichtserkennung war nicht möglich, da niemand das Gesicht des fliehenden Fahrers gesehen hatte. Auch hatte es keine der Sicherheitskameras aufgenommen, eine Sackgasse. Karan wusste, dass es eine sinnlose Verfolgungsjagd sein würde, die sie zu viel Zeit kosten könnte. Er würde lieber die Hauptverdächtigen jagen. Er gab dem Jungen ein Trinkgeld für seine Hilfe und fuhr mit seinem achtköpfigen Team in zwei Polizeijeeps in dieselbe Richtung, in die das Trio geflohen war.

Vom Jeep aus funkte er die Polizei in allen Dörfern und Städten an, die in der Richtung, in die sie fahren wollten, stationiert waren und warnte sie, wachsam zu sein und auf die Verdächtigen zu achten. Die Jeeps quietschten, als die Fahrer durch den Straßenverkehr rasten und sich zwischen die Fahrzeuge quetschten. Ihre Sirenen heulten auf. Innerhalb weniger Minuten erhielten sie über Funk einen Rückruf aus einem Dorf namens Dholka. Man teilte ihnen mit, dass ein blauer Geländewagen mit hoher Geschwindigkeit an dem Ort vorbeigefahren sei, jedoch konnten die Insassen nicht identifiziert werden. Karan wies die beiden Fahrer an, den Ort schnell zu erreichen, da er sich sicher war, dass er auf der richtigen Spur war.

Kapitel 15:

Reiseziel Vadodara

Als Friedrich die beiden Stücke der zerbrochenen Scheibe hielt, bemerkte er etwas an ihren Innenseiten. „Leute, das ist eine Blaupause. Ich glaube, beim Aufprall ist der ganze Dreck und Schmutz davon abgefallen. Es scheint innen einige Markierungen zu geben, wie Messungen", rief er aus.

Geeta nahm Friedrich die Scheibe ab, entfernte etwas *Kajal* von ihren Augen und schmierte ihn auf die Innenflächen. Dann legte sie die beiden Scheiben wie eine Schablone auf ein Stück Papier, das sie im Handschuhfach gefunden hatte. Die Markierungen waren deutlich sichtbar. „Heilige Scheiße!" sagten Friedrich und Geeta unisono, während Chad sich auf das Fahren konzentrierte. Er konnte nicht langsamer werden, aber er warf einen kurzen Blick auf den Zettel. Obwohl die Markierungen zu sehen waren, konnten sie nicht entziffern, was wie eine Schrift in einer fremden Sprache aussah.

Geeta: „Ich werde jemanden anrufen, der uns helfen kann. Sie ist in Vadodara und ist vielleicht die einzige, die dies entziffern kann."

Chad: „Wer ist das?"

Geeta: „Meine Schwester, sie ist eine vedische Mathematikerin, eine Expertin in antiker Mathematik. Noch wichtiger ist, dass ich ihr vertrauen kann."

Friedrich: „Das ist sehr gut." Er schien jedoch ein wenig besorgt zu sein. „Aber wie können wir sie erreichen?"

Geeta: „Halten Sie im nächsten Dorf an und lassen Sie uns von einer Telefonzelle aus telefonieren." Chad entdeckte einige Geschäfte vor ihnen und hielt an. Geeta stieg aus und ging zu einer Telefonzelle an einem Süßigkeiten-Kiosk. Sie rief ihre Schwester an und berichtete ihr von ihrer Ankunft. Ihre Schwester bat Geeta sofort vorbeizukommen. Geeta stieg wieder ins Auto und sah, wie Chad und Friedrich auf das Radio starrten. Die Stimme im Radio sprach in Hindi über sie. Sie konnten jedoch nur ihre Namen und das Wort „Polizei" verstehen.

Geeta übersetzte: „Die Polizei wurde entlang dieser Autobahn alarmiert. Auch alle umliegenden Dörfer und Städte wurden alarmiert."

Friedrich: „Wir müssen die Landstraßen nehmen. Wir müssen die Autobahn verlassen und dieses Auto und diese Kittel loswerden."

Geeta: „Und machen Sie ein schnelles Make-up."

Chad fragte verdutzt: „Meinen Sie Verkleidungen?" Geeta nickte.

Friedrich lachte Chad aus: „Ich muss dich aus diesem hässlichen Patientenoutfit herausholen."

Nach einem kurzen Stopp zum Auftanken des Autos verließen sie die Hauptstraße und fuhren durch mehrere Nebenstraßen, um ungesehen in die Stadt Ahmedabad zu gelangen. Sie hielten den Wagen in einer ruhigen Straße neben einer Bank an und Chad vergewisserte sich, dass es keine Sicherheitskameras dort gab. Er hob am Geldautomaten so viel Geld ab, wie er konnte. Sie gingen in ein Kaufhaus und kauften frische Kleidung, Lebensmittel und Wasser. Als sie zum Auto zurückgingen, bemerkten sie, dass einige Leute sie anstarrten, aber sie schienen nicht übermäßig neugierig zu sein. Friedrich sammelte ihre Kittel ein und warf sie in einen öffentlichen Mülleimer. Mit Geeta am Steuer schafften sie es diesmal, wegzufahren, bevor die Leute zu misstrauisch wurden.

Kapitel 16:

So nah

Karan erhielt einen weiteren Anruf, als er Dholka, das Dorf, in dem der blaue Geländewagen des Trios zuletzt gesichtet worden war, erreichte. Die örtliche Polizei hatte den Geländewagen in Vadodara gefunden und suchte nach den Flüchtigen. Karan informierte seinen Fahrer und sie erreichten den Ort innerhalb weniger Stunden. Er inspizierte den Geländewagen, der genau zur Beschreibung passste.

Es war ein Passagier im Auto. Die örtliche Polizei hatte den Wagen angehalten und den Fahrer angewiesen, bis zur Ankunft des Inspektors im Fahrzeug zu bleiben. Einer der Beamten bestätigte Karan, dass die Nummernschilder mit der Beschreibung des Fahrzeugs der Flüchtigen übereinstimmten. Aber der verwirrte Insasse passte nicht zur Beschreibung. Er war Inder, männlich und etwa 40 Jahre alt. Der Mann sagte Karan, er habe keine Ahnung, was vor sich gehe. Er behauptete, dass sein eigenes Auto fehle und dieses Auto in der Nähe parkte, unverschlossen und mit dem Schlüssel darin. Als er gerade zur Polizei gehen wollte, sei er festgenommen worden.

Sein Auto, so sagte er, sei ein weißer Ford mit Schrägheck. Er vermutete, dass die Verdächtigen sein Auto gestohlen und das Ihre zurückgelassen hatten. Als er kurz vor einem Geschäft anhielt, um die Toilette zu benutzen, hatte er vergessen, sein Auto abzuschließen und den Schlüssel in der Zündung stecken gelassen. Immer wieder verfluchte er dabei seine Vergesslichkeit, die sich wegen seiner Dringlichkeit ereignet hatte.

Es gab keine Sicherheitskameras auf der Straße, aber einige Augenzeugen berichteten, dass zwei Ausländer mit eine jungen indischen Frau im blauen Geländewagen ankamen und wenige Minuten später in dem weißen Ford, hinter dem sie geparkt hatten, wieder abfuhren.

Die Polizei fand die weißen Krankenhauskittel in einem nahe gelegenen Mülleimer. Karan untersuchte sie und stellte fest, dass sie aus dem Krankenhaus stammten, aus dem sie geflohen waren. Dies konnte er an dem Logo des Krankenhauses, das auf die Vordertaschen gestickt war, erkennen.

Karan schlug frustriert gegen die Autotür: „Jetzt haben sie sogar ein Auto gestohlen", rief er laut aus. Er beschwerte sich bei der örtlichen Polizei, dass sie nicht die richtigen Leute erwischt hatten und drängte sie, die Verdächtigen umgehend ausfindig zu machen und herauszufinden, was sie in Vadodara taten. Wenige Augenblicke später erhielt er einen Bericht über ihre Kreditkartenaktivitäten, Bargeldabhebungen am Geldautomaten und Einkäufe in einem örtlichen Geschäft für Kleidung und Verpflegung. Die einzige Rückverfolgungsinformation, die sie hatten, war die Kreditkartenaktivität von Chad. Karan wies sein Team an, die deutsche Botschaft nicht zu informieren, da sie möglicherweise keine Verhöre ihrer Wissenschaftler zulassen würde.

Kapitel 17:

George

Hamads Telefon klingelte eindringlich und schreckte ihn aus seinem Bett auf. Es war der General. „Dr. Hamad, wir haben eine weitere Leiche gefunden. Er wurde als George aus Schweden identifiziert."

Hamad: „Was? Auf der Baustelle?"

General: „Nein, hier in der Stadt. Jemand hat ihn auf der Straße zurückgelassen, ohne Hemd. Sie haben eine Nachricht hinterlassen, diesmal ist sie...direkter."

Hamad: „Eine Botschaft?"

gGeneral: „Mit etwas Scharfem in die Haut geritzt."

Hamads Augen wurden weit, sein Herz klopfte. Er holte tief Luft, bevor er sagte: „Ich verstehe nicht, wie ist George in all das verwickelt?"

General: „George war ein hochrangiger Archäologe und ein Gelehrter des Hinduismus, vielleicht ist das der Grund. Aber die Botschaft... äh... wir verstehen sie nicht. Sie lautet: "Der Schlüssel für deinen Diamanten und deine Perle, Dschihad". Dies wurde mit einem Messer in seinen Rücken in Urdu eingraviert. Was halten Sie davon?"

Hamad erkannte sofort, dass jemand wusste, dass er das Objekt aus der Höhle mitgenommen hatte. Der „Schlüssel" war ein Hinweis auf das, was er gestohlen hatte. Jemand hatte ihn also gesehen, wer konnte das sein? War jemand von den Taliban vor Ort? Das Wort „Dschihad" bedeutete, dass dies das Werk der Taliban war.

General: „Sind Sie noch da, Dr. Hamad?"

Hamad: „Ich glaube, die Taliban versuchen, das alte Flugzeug zu zerstören, das wir gefunden haben, so wie sie auch die Buddha-Statuen in Bamiyan zerstört haben. Es gefällt ihnen nicht, dass es auf islamischem Boden etwas gibt, das einer fremden Religion angehört."

General: „Aber was ist es, was sie wollen und über welche Diamanten und Perlen reden sie?" Seine Stimme klang verwirrt.

Hamad wusste, was das bedeutete. Er ging hinüber und holte den Gegenstand aus dem Regal, in dem er ihn versteckt hatte. Ihm war danach, den Leuten, die seine Töchter damit gefangen hielten, die Schädel zu zertrümmern. Der Diamant und die Perle waren seine Töchter, er nannte sie immer *Heera* und *Moti*, Urdu für Diamant und Perle. Aber nur seine Familie wusste das... Das bedeutete, dass die Personen, die hinter all dem steckten, ihn seit Jahren beobachtet hatten. Sie wussten alles über ihn.

Der Gegenstand in seiner Hand gab ihm das Gefühl, mächtig, vielleicht sogar unbesiegbar zu sein. Er war sich nicht ganz sicher, was es war, aber er wusste, dass es ein sehr bedeutender Fund war, vielleicht sogar mehr als das Flugzeug selbst. Hamad sprach erneut und ignorierte die Frage des Generals, „Ich muss die Leiche sehen", seine Stimme zitterte.

General: „Sicher, sie ist im Labor und ich bin es auch. Sie kennen den Ort. Die Gerichtsmedizin beendet gerade die Autopsie, wir werden bald wissen, wie er getötet wurde. Ich schicke Mirza, um Sie abzuholen." Er legte auf.

Mirza traf wenige Augenblicke später mit seinem vertrauten Fahrer ein und holte Hamad ab. Sie fuhren zurück zum Labor. Der General wartete dort und sprach mit den Gerichtsmedizinern. Hamad ging direkt auf die Leiche zu, die auf dem Tisch untersucht wurde. Die Leiche lag mit dem Gesicht nach unten, der Rücken war entblößt.

„Er wurde erwürgt, seine Luftröhre wurde völlig zerquetscht und das Genick gebrochen", sagte der General mit verschränkten Armen.

Hamad betrachtete den nackten Rücken des Körpers, bleich und blau. Die Hitze ließ den Leichnam schneller verfallen. Der Geruch war so unerträglich wie der Anblick selbst. Hamad fühlte sich, als ob er sich übergeben müsste, als Mirza an die frische Luft ging, unfähig, den Geruch auszuhalten. Hamad fühlte einen Moment überwältigender Emotionen, vor weniger als 48 Stunden hatte er mit George gesprochen. Er hatte seine Frage beantwortet und jetzt lag er kalt und leblos vor ihm. Die Ironie war, er wurde wahrscheinlich getötet, weil er genau diese Frage gestellt hatte!

Die Urdu-Worte waren sehr deutlich zu erkennen: „Der Schlüssel für deinen Diamanten und deine Perle, Dschihad." Die Botschaft war für Hamad klar, aber nur für Hamad. Es schien, als hätten die Terroristen in einem öffentlichen Chatroom eine private Nachricht an ihn geschickt. Jeder konnte sie lesen, aber nur Hamad konnte sie verstehen. Der leitende Forensiker erklärte, was mit George passiert sein könnte, aber Hamad registrierte seine Worte nicht. Er starrte die blutige Nachricht an und atmete schwer. Ihm wurde klar, dass er niemandem mehr vertrauen konnte. Er hatte das Gefühl, von allen Seiten ständig beobachtet zu werden. Wenn sie wussten, was er aus einer archäologischen Stätte gestohlen hatte, in der es nur einige handverlesene Archäologen, Physiker und das Militär gab, musste es jemand sein, der sehr eng mit ihm zusammenarbeitete.

Der General unterbrach Hamads Gedankengang: „Also, Dr. Hamad, was denken Sie?"

„Der Schlüssel ist meine Forschung, mein Schlüssel zur Aufdeckung der Wahrheit über alte Zivilisationen und der Diamant und die Perle sind meine Töchter", antwortete Hamad und fühlte zu seiner Verteidigung, dass er nicht wirklich eine Lüge erzählte. Schließlich wollte die al-Qaida auch, dass er seine Forschungen aufgab und öffentlich erklärte, dass er nichts als ein Narr sei.

Der Leiter des Forensikteams trat auf Hamad zu und reichte ihm ein chirurgisches Metalltablett. „Wir fanden diese im Rachen des Opfers. Sie waren hineingezwängt worden. Er wurde erstickt und dann erwürgt. Können Sie diese Gegenstände identifizieren?"

Hamad schaute sie an, der eine war ein Ohrring und der andere ein Fingerring. Hamad war nun in Tränen aufgelöst. „Ja", zitterte seine Stimme, „sie gehören meinen Kindern."

General: „Sind Sie sicher?", fragte er mit Blick auf Hamad.

Hamad weinte jetzt, die Tränen flossen unkontrolliert. Er konnte nicht sprechen.

Der General sprach: „Die al-Qaida wird alles zerstören, was gegen ihren Glauben verstößt, so wie sie, wie Sie erwähnten, die Buddha-Statuen in Bamiyan zerstört haben. Der jüngste Flugzeugfund und Ihre Forschungen stehen zweifellos auf ihrer Abschussliste. Wir wissen, dass wir einige schwere Maschinen brauchen, um das Flugzeug aus der Höhle herauszuholen, wir werden bald mit der Arbeit beginnen und den Ort räumen, bevor irgendwelche terroristischen Bombenanschläge die Zivilisten dort töten und das Ding zerstören. Aber Sie müssen mit Ihrer Forschung vorsichtig sein, Dr. Hamad, Ihre Töchter sind jetzt noch mehr in Gefahr", warnte er vorsichtig.

Hamad schrie den General in einem Wutanfall an. „Sie... Sie haben mir versprochen, sie lebend zurückzubringen, Sie sagten, Sie werden diese Verbrecher finden." Er blickte den General wütend an.

General: „Ich weiß und es tut mir leid, dass ich bisher nicht erfolgreich war, aber ich habe selbst Kinder zu Hause und ich kann mir nicht vorstellen, ihr Leben zu riskieren. Daher mein bescheidener Rat."

Hamad: „Ich gebe nicht auf! Meine Forschung ist im Moment meine einzige Waffe gegen sie", sagte er, den Schmuck in seiner Faust fest umklammernd.

Kapitel 18:

Die Stimme

Die drei Flüchtigen erreichten Vadodara in dem gestohlenen Ford Focus. Der Besitzer hatte sogar sein Telefon im Auto gelassen, ein Glücksfall!

Chad beschloss, Bauer anzurufen, gegen den Willen von Geeta. Das Telefon klingelte und eine Person antwortete: „Dies ist der Prophet der neuen Welt", sagte die unbekannte Stimme.

Chad war verwirrt: „Dr. Bauer?"

Die Stimme antwortete: „Nein, das ist der Prophet, Dr. Bauer ist tot", die Stimme wurde lauter und tiefer.

Am Lenkrad bemerkte Geeta die Verwirrung im Chad: „Was ist los, Chad?"

Chad antwortete, während das Telefon noch eingeschaltet war: „Ich habe vielleicht eine falsche Nummer gewählt, diese Person..."

Die Stimme unterbrach: „Nein Chad, Sie haben die richtige Nummer gewählt. Danke für Ihren Anruf, wir haben auf Ihren Anruf gewartet."

Chad zog das Telefon von seinem Ohr weg und starrte auf den Bildschirm. Friedrich beugte sich über die Schulter und fragte ihn, was los sei, aber Chad antwortete nicht. Als er es stumm anstarrte, berührte sein Finger den Lautsprecher des Telefons und er ging an. Die Stimme sprach wieder: „Hallo, Chad, sind Sie noch da?" Die Stimme schien tiefer zu werden.

Friedrich rief von hinten: „Wer zum Teufel sind Sie?"

Die Stimme: „Nennen Sie mich den Propheten, die Götter haben mich gesandt, um diese Welt zu retten, um eine neue Welt zu schaffen."

Nun nahm auch Geeta an der Unterhaltung teil: „Wo ist Dr. Bauer?"

Die Stimme: „Das ist jetzt unwichtig, die Säuberung hat begonnen, kranke Pflanzen müssen entwurzelt werden, bevor sie das ganze Feld infizieren und zerstören."

Geeta: „Was zum Teufel?" Sie wandte sich an Chad: „Legen Sie auf, Chad, dieser Kerl ist einfach ein Irrer."

Die Stimme ertönte: „Geeta, oh Geeta, warum so eilig, Sie sind nur die Letzte auf meiner Liste."

Geeta war alarmiert: „Er kennt meinen Namen?" Sie schaute auf das Telefon. „Woher zum Teufel kennen Sie meinen Namen?", verlangte sie.

Die Stimme antwortete: „Die Prophezeiung ist allwissend und der Prophet sieht alles." Die tiefe Stimme hatte nun einen Anflug von Stolz: „Ich wusste, Sie würden Ihre Suche nicht abbrechen, wenn ich Sie darum bitte, also nahm ich es auf mich, Anneleen zu überzeugen... Sie erinnern sich doch an sie, oder?"

Chad: „Anneleen? Was zum...? Wagen Sie es nicht, sie anzufassen, Sie verdammter..."

Der Prophet lachte teuflisch: „Aha, der Herr sagt: "Du sollst verdammt werden, weil du ein Wort des Teufels gesprochen hast." Ich wäre an Ihrer Stelle sehr vorsichtig mit meiner Wortwahl, Dr. Schmidt."

Geeta, immer noch am Steuer, versuchte verwirrt, sich auf die Straße zu konzentrieren.

Der Prophet sprach wieder: „Was habe ich also gesagt? Ah ja, Anneleen, sehr kooperativ. Sie lieh uns Teile ihres Körpers, ha ha! Meine Anhänger dachten, dass Sie im Labor Fingerscan-Biometrie verwenden. Es sind die Filme, die sie sehen. Dies ist der Grund für ihren Mangel an Fantasie. Meinen Anhängern war nicht klar, dass Ihr Labor nur mit einem RFID-Gerät betreten werden kann, das allen älteren Mitgliedern, die im Labor unbegrenzten Zugang haben, implantiert wurde. Erst als sie ohne Erfolg zurückkehrten und die nächste Methode ausprobierten, Netzhautabtastungen, befahlen wir ihnen, nach einem RFID-Chip zu suchen." Er lachte wieder: „Komisch, aber keine Sorge, sie lebt, wir haben den Chip gefunden! Sie hat viel Blut verloren, aber keine große Sache."

Stille trat ein, als die Stimme zu Ende sprach. Ihr Verstand rang noch immer mit dem Ausmaß dessen, was sie gehört hatten. Chad fand seine Stimme: „Sie verdammtes Stück Scheiße, was zum..."

Der Mann unterbrach: „Aha, hatte ich Ihnen nicht gesagt, auf Ihre Wortwahl zu achten!"

Friedrich: „Sie nennen sich einen Propheten, welcher Prophet verletzt Menschen, welcher wahre Gott will das", rief er.

Prophet: „Wie ich sagte, um ein Pflanzenfeld zu retten, müssen die verfaulten Pflanzen entwurzelt und vernichtet werden, sonst stirbt die ganze Ernte ab. Das ist die Natur, eine von Gottes wunderbaren Lektionen."

„Sie werden als Prophet sterben, ich rufe die Polizei", sagte Chad und biss wütend die Zähne zusammen.

„Ha ha Sie Schwachkopf, wer hat Sie promovieren lassen? Ist Ihnen klar, dass Sie vor der Polizei weglaufen, während wir hier reden?"

Friedrich streckte die Hand aus und deckte das Mikrofon des Telefons ab. Er flüsterte von hinten: „Woher zum Teufel weiß er von uns? Was ist mit Melissa? Hat er sie auch?"

Chad hielt einen Moment inne, um nachzudenken: „Wenn er es getan hätte, hätte er sie erwähnt. Wir wollen ihm keine weiteren Informationen geben."

„Sie fragen sich, wo Anneleen jetzt ist, ob man sich um sie kümmert, wie wir überhaupt zu ihr gekommen sind und so weiter und so fort. Dies wird Ihnen im zweiten Teil offenbart, sobald ich davon überzeugt bin, dass Sie bei mir sind, wenn wir gemeinsam in die neue Welt reisen", sagte der Prophet und legte auf.

Chad starrte auf den Bildschirm des Telefons, hielt es fest und fragte sich, was gerade passiert war. Geeta fuhr weiter aggressiv durch den dichten Verkehr und versuchte, ihre Konzentration auf die Straße zu fokussieren, um eine Panikattacke zu verhindern. Chad warf das Telefon in einem Wutanfall gegen die Windschutzscheibe: „Verdammter * * * *!"

Friedrich: „Glaubst du wirklich, dass er Dr. Bauer getötet hat, ist das möglich? Dr. Bauer lebte praktisch in einer Festung, er hatte Wachen. Wir müssen die Nachrichten überprüfen!" Er zog reflexartig sein Tablette aus der Tasche. Ihm wurde klar, dass er kein Internet hatte, auch kein WLAN. Er wandte sich an Geeta: „Wie lange dauert es, bis wir bei Ihrer Schwester sind?"

Geeta: „Wir sind schon da, ich versuche nur, einen guten Platz zu finden, um dieses Auto zu verstecken, irgendwo weit weg von ihrer Wohnung, dann nehmen wir eine Auto-Rikscha."

Sie fand ein einsames Fleckchen abseits der belebten Straßen von Vadodara, wo sie sich nach Überwachungskameras umsah. Sie nahmen eine Rikscha und versicherten sich, dass keine Augen oder Kameras auf sie gerichtet waren. Unterwegs wandte sich Geeta an die beiden: „Die einzige Möglichkeit, warum dieser Prophet unseren Aufenthaltsort kennen könnte, ist, wenn die Polizei ihm hilft. Vielleicht sind sie von ihm gekauft worden."

„Ja, außer den Polizisten und den Krankenhausleuten weiß noch niemand von unserem Verschwinden", stimmte Friedrich zu, der durch ihr offenes Fahrzeug auf die Bäume schaute.

„Das Personal, das mir das Leben gerettet hat? Keine Chance, es sind definitiv die Polizisten", antwortete Chad.

Nach ein paar Minuten einer klapprigen und beengten Auto-Rikscha-Fahrt erreichten sie schließlich die Wohnung von Geetas Schwester.

Kapitel 19:

Hochzeitsjubiläum

Karan nippte im hellen Tageslicht von Ahmedabad an einer heißen Tasse Tee. Die Verdächtigen waren seit über neun Stunden verschwunden und sein Team konnte sie nicht aufspüren. Er wurde im Laufe der letzten Stunden immer wütender, aber er versuchte, sich mit seinem Tee und seinen Zigaretten zu beruhigen. Schließlich öffnete er die Wagentür des Autos, in dem der Mann immer noch saß, bat einen Polizisten, dem Mann die Handschellen abzunehmen und ihm etwas Tee zu bringen. Er nahm ihn dankbar an und fragte höflich: „Kann ich bitte meine Sachen zurückbekommen, Ihre Kollegen haben all meine Habseligkeiten konfisziert."

Karan nickte und wies einen Polizisten an, dies zu tun. Dieser brachte die Plastiktüte, in der sie seine Habseligkeiten deponiert hatten. Der Mann zog eine Zigarettenschachtel heraus und suchte nach dem Feuerzeug unter seinen Sachen. Ray-Ban-Sonnenbrille, Kaugummi, Kleingeld, einen Stift. Er zog die Gegenstände einen nach dem anderen heraus und bemerkte plötzlich etwas: „Oye! Wo sind mein Handy und meine Brieftasche?"

Der Polizist brüllte: „*Harami kutta* (dreckiger Hund)! Beschuldigen Sie mich des Diebstahls?"

Karan schob den Polizisten beiseite, „Vorsicht!", sagte er und zeigte drohend mit dem Finger in sein Gesicht. Er drehte sich zu dem Mann um und sagte: „Sir, meine Männer sind sehr ehrlich, sie stehlen nie und lügen nie. Ich kenne sie seit vielen Jahren, versuchen Sie sich zu erinnern, wo die fehlenden Gegenstände sein könnten."

„Ich weiß, was ich sage! Ich habe meine Sachen immer bei mir", antwortete der Mann irritiert.

„Ja? Nun, das haben Sie bewiesen, indem Sie Ihren Autoschlüssel vergessen haben", rief Karan sarkastisch und mit hochgezogener Augenbraue aus.

Der Mann wurde still und trank den letzten Tropfen seines Tees aus.

„Versuchen Sie sich zu erinnern und erzählen Sie mir genau, was passiert ist und zwar in chronologischer Reihenfolge. Sie kamen hierher, benutzten die Toilette und dann?" fragte Karan in einem beruhigenden Ton.

Der Mann holte tief Luft und sprach: „Heute ist mein Hochzeitstag. Ich ging in dieses Geschäft, um Blumen für meine Frau zu kaufen. Sie mag Nelken, sie haben die besten Nelken. Ich hatte mir den Tag von der Arbeit freigenommen und wollte ein paar Blumen holen und meiner Frau eine Überraschung bereiten. Ich wollte sie zum Brunch ins Taj ausführen. Aber ich musste erst auf die Toilette, danach ging ich direkt in den Laden."

„Halt, haben Sie die Blumen gekauft?" fragte Karan.

„Nein, denn als ich bezahlen musste, merkte ich, dass ich meine Brieftasche im Auto vergessen hatte. Da kam ich zurück und stellte fest, dass mein Auto weg war."

Karan gab dem Mann Zeit, sich bewusst zu werden, was er gerade gesagt hatte: „Verdammt!", er holte tief Luft. „Ich habe auch mein Telefon vergessen und deshalb konnte ich nicht die Polizei rufen. Scheiße, tut mir leid", seine Stimme war tief und peinlich berührt.

Karan schaute auf den Boden und sagte zu dem Mann: „Gehen Sie nach Hause!" Er wandte sich ab und ging auf sein eigenes Auto zu. Karan ignorierte den Mann, der hinter ihm schrie: „Was ist mit meinem Auto? Werden Sie es finden und mir zurückgeben? Heute ist mein Hochzeitstag! Ich muss mit meiner Frau ausgehen!"

Karan stieg in seinen Polizeijeep und schaltete die Klimaanlage auf Hochtouren ein. Er forderte einen der Polizisten auf, die Handynummer des Mannes aufzunehmen und seine Geolokalisierung in Auftrag zu geben. Während er sich entspannt auf seinem Sitz zurücklehnte, kehrte der Constable mit dem Standort des Mobiltelefons zurück. Die SIM-Karte war auf den Namen des Mannes registriert und bestätigte die Richtigkeit seiner Angaben. Das Handy schien sich in Vadodara zu befinden, war aber seit einer halben Stunde ausgeschaltet.

Karan wurde klar, dass der letzte bekannte Aufenthaltsort des Trios in Dholka drei Stunden zurücklag und viel Zeit vergangen war. Sie müssen schon viel weiter gefahren sein, oder die Müdigkeit hat sich bemerkbar gemacht und sie gezwungen, in Vadodara eine Pause einzulegen. Was auch immer es war, er musste dorthin.

Karan wies die Fahrer an, beide Jeeps zu mobilisieren und nach Vadodara zu fahren.

Kapitel 20:

Roter Fiat 500

Die Nachrichten über das fliehende Trio und über den Tod von Dr. Bauer waren auf allen Fernsehkanälen zu sehen. Geetas Schwester Sheela wartete sehnsüchtig auf ihre Ankunft. Geeta stellte Sheela ihren neu gefundenen Freunden vor. Für einen Moment dachte Chad, er sehe doppelt. Sheela war ein Zwilling von Geeta, aber sie hatte kurzes Haar, sehr kurzes Haar. Im Gegensatz zu Geeta trug sie Kontaktlinsen statt einer Brille. Das waren die einzigen Unterschiede.

Sheela bot ihnen einige Snacks und Kaffee an. Sie waren froh, etwas zu essen und zu trinken zu haben, sich zu waschen und ihre Glieder zu strecken. Friedrich schlief sofort auf dem Sofa ein, als er mit dem Essen fertig war und Chad tat es ihm auf dem anderen Sofa gleich. Geeta erzählte Sheela alles, was bisher geschehen war. Sie zeigte ihr die zerbrochene Scheibe und entfaltete vorsichtig den improvisierten Kajal-Druck der Innenseite der Scheibe. Sheela scannte ihn mit ihrem High-Definition-Scanner ein und verwendete einige Filter in ihrer Computersoftware, wodurch das Bild scharf und klar wurde. Das war etwas, womit Sheela vertraut war, sie bestätigte, dass es sich um vedische Mathematik handelte. Die Schrift war Brahmi, älter als Sanskrit.

Sheela sprach aufgeregt: „Dies ist das erste Mal, dass ich tatsächliche Beweise für die fast prähistorischen mathematischen Formeln sehe! Sie wurden in den *Ganita-Sutras* erwähnt, gingen aber völlig verloren, um dann im 18. Jahrhundert durch die Veden von einem Heiligen namens Bharati Krishna Tirthaji wiederentdeckt zu werden. Aber alle Mathematiker dieser Zeit taten sie als bedeutungslos ab, da ihnen Beweise fehlten. Der Heilige glaubte, dass die gesamte universelle Mathematik auf diesen sechzehn *Sutras* oder Wortformeln basierte. Viele Teile dieser Mathematik gingen in der Übersetzung verloren und die meisten Teile konnten sowieso nicht übersetzt werden."

„Ich verstehe nicht, wenn die Mathematik der Welt darauf basiert, wie kann sie dann verloren gehen? Hat sie nicht jeder benutzt?" fragte Geeta.

„Lasse es mich so sagen: Wenn du einmal ein Handy hast, wie oft benutzt du dann ein Münztelefon?"

Sie lächelten und tauschten Blicke aus und Sheela fuhr fort: „Die vedische Mathematik wurde so konzipiert, dass die Menschen keinen Taschenrechner brauchten. Jeder, der sprechen, lesen und schreiben konnte, war in der Lage, komplexe Gleichungen innerhalb von Sekunden zu berechnen, ohne auch nur ein Blatt Papier oder einen Stift zu benutzen. Die Menschen schrieben also kaum etwas auf, alles wurde mit Hilfe der vedischen Mathematik im Kopf gemacht. Mit der Zeit zerstörten einfache Taschenrechner diese Fähigkeit. Ich bin wirklich überrascht, dass einige dieser Formeln darin eingeschrieben wurden, wie eine Blaupause für etwas viel Größeres, ein Prototyp oder ein maßstabsgetreues Modell."

Geeta schnippte mit den Fingern und warf ein: „Das ist genau das, wofür wir es halten."

Sheela holte einige Bücher aus ihrem Regal und blätterte die Seiten um, wobei sie einige Artikel mit den Inschriften auf der Scheibe auf ihrem Monitor gegenüberstellte. „Unglaublich! Dies ist der Rosetta-Stein der vedischen Mathematik. Wenn ich recht habe, dann haben wir dank Ihrer Entdeckung mindestens 80% der richtigen Übersetzungen. Ich muss die Universität anrufen und es meinen Professoren sagen", sagte sie und wandte sich an Geeta.

„Nein, denk' nicht einmal daran."

„Was? Warum?"

Geeta berichtete über das gesamte Gespräch mit dem Mann, der sich selbst als Prophet bezeichnete. Nachdem sie die furchterregende Geschichte gehört hatte, seufzte Sheela: „Das ist zu wichtig, vielleicht sogar die wichtigste Entdeckung des 21. Jahrhunderts. Ich werde sie auf keinen Fall in die falschen Hände fallen lassen."

„Exakt! Kannst du dir die Welt ohne den Stein von Rosetta vorstellen? Wir wären nie in der Lage gewesen, die ägyptischen Schriften zu entziffern und die Pyramiden zu verstehen. Die Bedeutung dieser Scheibe ist nicht geringer."

„Das könnte sogar noch größer sein, lass' es mich dir zeigen", sagte Sheela und holte ein weiteres Buch aus dem Regal, 'Vedische Mathematik und das Universum'. Sie blätterte durch die Seiten und legte ihren Finger auf eine Zeile eines unbekannten Autors und las sie laut vor:

„Wenn wir die vergessene vedische Mathematik verstehen könnten, wären wir in der Lage, eine Weltraumrakete direkt in unseren Garagen zu bauen.“

Sie blätterte einige Seiten um und las eine weitere Zeile vor:

„Die Macht, die man ihnen zuschrieb, hat den alten Indern geholfen, die planetarische Bewegung zu verstehen.“

Sie zog ein weiteres Buch 'Vedische Kosmologie' heraus und las erneut vor:

„Die vedische Mathematik hat zu astronomischen Messungen geführt, die älter sind als das, was die griechischen und ägyptischen Astronomen der Antike erwähnten. Die Zeitskalen entsprechen der modernen Kosmologie. Die Bewegungen der Sterne sind im Vergleich zu den heutigen Tabellen auf die Minute genau.“

Überrascht bedeckte Geeta ihren Mund mit der Hand und sprach durch ihre Finger: „Heilige Scheiße, also was das *Rigveda* über den Ozean und die maritime Aktivität erwähnt, muss auch mit der vedischen Mathematik berechnet worden sein!“

„Ja, du hast gerade die Scheibe entdeckt. Bis jetzt hatten wir noch nicht die Formeln, um zu verstehen, wie die alten Mathematiker diese Tabellen erstellt haben.“

„Und wir können der Welt immer noch nichts davon erzählen.“

„Die Wahrheit! Wir müssen sie zum Wohle der Welt geheim halten, oh, diese Ironie“, klagte Sheela.

Geeta blickte an Sheela vorbei gegenüber auf die beiden Männer, die auf den Sofas schliefen. „Jetzt steht unser Leben auf dem Spiel, die Polizei ist hinter uns her, ein Verrückter hat ihre Freundin als Geisel. Wahrscheinlich ist er auch hinter uns her“, sie zuckte mit den Achseln.

Sheelas Augen folgten denen von Geeta: „Wir müssen das gesamte *Ganita-Sutra*, alle Formeln neu erstellen und die Scheibe verstecken. Ich weiß, wo wir anfangen können.“

„Wo?“, fragte Geeta.

„Der Ort, an dem diese Formeln praktisch verwendet wurden. Wir haben den Theorieteil, wir müssen sehen, wie er neu erstellt wurde und jede einzelne von ihnen überprüfen.“

„Willst du damit sagen, wir müssen nach...“

Sheela zwinkerte: „Ja, die Ajanta-Höhlen, der perfekt geschaffene Höhlensatz mit perfekter Symmetrie, alle berechnet und entworfen auf der Grundlage der vedischen Mathematik."

„Ja, jetzt erinnere ich mich. Man sagt, die Details sind so perfekt, dass sogar Archäologen glauben, dass sie wahrscheinlich nicht von Menschenhand gemacht wurden!"

Sheela lächelte: „Du hast meine Gedanken gelesen." Sie stand auf und ließ versehentlich die Bücher, die sie auf ihrem Schoß hatte, fallen. Eines davon landete auf der Fernbedienung des Fernsehers, die auf dem Boden lag. Der Fernseher erwachte sofort zum Leben und die laute Lautstärke weckte Chad und Friedrich auf.

Eine Nachrichtenreporterin sprach aus einem Fernsehstudio mit einer deutschen Flagge an der virtuellen Wand hinter ihr: „Namaste und willkommen bei den 8-Uhr-Nachrichten von NDTV. Vor etwa 12 Stunden, am frühen Morgen, wurde der weltberühmte Indologe Dr. Bauer tot in seinem Haus gefunden. Wir haben gerade einige Details zu dieser sich entwickelnden Geschichte erhalten, unsere Feldreporterin ist jetzt vor Ort... rüber zu Tanuja."

Die Reporterin stand dort mit einem Regenschirm und trug eine Windjacke. Nach der üblichen Übertragungsverzögerung begann sie, in die Kamera zu sprechen. Mit einem Finger auf ihrem drahtlosen Kopfhörer sagte sie: „Danke, Richa. Wie Sie sehen können, haben wir hier sehr schlechtes Wetter. Ich stehe vor der Villa von Dr. Bauer, wo er heute Morgen von seiner Sekretärin tot aufgefunden wurde. Sie hat der Polizei einen detaillierten Bericht vorgelegt. Bei mir ist gerade Herr Müller, der in diesem Fall ermittelt. Herr Müller, bitte sagen Sie uns, was Sie bisher wissen", sie bewegte das Mikrophon und die Kamera bewegte sich nach rechts und fokussierte auf einen großen Mann mit einem Regenmantel.

Der Mann räusperte sich und begann: „Heute Morgen gegen 6.30 Uhr rief Frau Penn die Polizei an, um sie über den Tod von Dr. Bauer zu informieren. Wir kamen um 7:00 Uhr morgens am Tatort an. Zuerst fanden wir keine Anzeichen eines Kampfes, aber eine Decke bedeckte die untere Körperhälfte. Er lag auf dem Bett, wobei die Matratze fehlte. Eine vorläufige Autopsie ergab einige beunruhigende Tatsachen. Seine Eingeweide waren vollständig aufgelöst und es gab Spuren von Salzsäure im Inneren des Körpers. Als wir die Decke entfernten, stellten wir fest, dass auch seine Beine vollständig mit der gleichen Säure verätzt waren. Wir wissen nicht, wer das getan haben könnte, aber wir haben einige Hinweise und sind zuversichtlich, dass wir die Täter bald fassen werden."

Er ging eilig weg und die Reporterin fuhr fort: „Wir durften das Haus noch nicht betreten. Wie Sie sehen können, wird das Haupttor bewacht. Nur enge Freunde und Familienangehörige haben beschränkten Zugang erhalten." Die Kamera zeigte ein paar teuer aussehende Autos, die durch den schwer bewachten Eingang in das Haus einfuhren, wobei die Wachen und die Polizei die Ausweise sorgfältig überprüften, bevor sie sie hereinließen. Die Studio-Reporterin übernahm wieder das Kommando und ging zu anderen Nachrichten über.

Friedrich ließ den Kopf fallen und holte tief Luft. Er murmelte vor sich hin und blickte auf den Fernseher: „Levitikus 1:9.“

„Was?“, fragte Chad.

Geeta und Sheela gingen zu den Sofas hinüber, auf denen Chad und Friedrich saßen.

Friedrich: „Er sagte, er wolle die Welt reinigen und eine neue Welt beginnen.“ Seine Stimme war immer noch unruhig.

„Alter, was sagst du da?“

Friedrich rieb sich die Stirn und blickte Chad an: „Ach ja, richtig, du hast ja nie die Bibel gelesen. Levitikus 1:9 sagt: Du sollst die inneren Organe und die Beine mit Wasser waschen und der Priester soll alles davon auf dem Altar verbrennen. Es ist ein Brandopfer, ein Speiseopfer, ein Duft, der dem Herrn gefällt. Sieht aus, als hätte dieser Verrückte es wörtlich genommen“, antwortete Friedrich und griff nach der Wasserflasche.

Sheela wandte sich wieder dem Fernsehen zu, die Studioreporterin sprach gerade über sie. „Es hat auch in Indien eine Entwicklung gegeben, die mit diesem Fall zusammenhängen könnte. Die Polizei ist immer noch auf der Jagd nach den beiden vermissten deutschen Wissenschaftlern, die von einer indischen Frau begleitet werden. Sie wurden als Dr. Chad Schmidt, Herr Friedrich Krieger und Frau Geeta Sharma identifiziert. Ihre beiden Komplizen, Mr. Shashank Verma und Mr. Jonathan Berg, wurden in Gewahrsam genommen. Aber die Polizei sagt, dass sie bisher keine große Hilfe waren. Inspektor Karan Pandey ist dem Fall betraut und den Flüchtigen auf der Spur. Unsere Reporter haben ihn zuletzt beim Betreten von Vadodara gesehen, aber wir konnten ihn bisher noch nicht interviewen. Wir werden auf diese sich entwickelnde Geschichte zurückkommen, sobald wir Neuigkeiten haben. Vielen Dank, dass Sie die 8-Uhr-Nachrichten von NDTV gesehen haben, gute Nacht, *shubh ratri.*“

Sheela klickte auf die Fernbedienung und schaltete den Fernseher aus. „Scheiße, sie werden jeden Moment hier sein“, sagte sie und massierte ihren Nacken.

„Packen Sie zusammen, wir müssen los“, sagte Geeta und packte ihre Tasche.

Chad: „Aber wohin können wir gehen? Wir können nicht weiter rennen, früher oder später werden wir bei Shashank und Jonathan landen.“

Geeta vereinte die beiden Teile der Scheibe sorgfältig miteinander: „Wir fanden die Bedeutung der Inschrift heraus, während Sie beide schliefen. Jetzt wissen wir, wo wir weitere Antworten erhalten können, in Aurangabad. Wir können jetzt nicht aufgeben“, sagte sie, während sie die zusammengefügte Scheibe in ihre Tasche legte.

Sheela: „Ja und wir haben nicht viel Zeit."

Friedrich: „Ich werde Ihnen etwas Zeit verschaffen." Er nickte mit dem Kopf, als sich in seinem Gehirn ein Plan zu entfalten begann. „Sie gehen jetzt."

Chad: „Was sagst du da, du kommst mit uns, Mann!"

Friedrich: „Inspektor Karan holt schneller auf, als wir unseren nächsten Schritt planen können. Bei diesem Tempo wird er hier sein, bevor wir von diesem Sofa aufstehen können."

„Aber wenn Sie erwischt werden, stecken Sie monatelang im Papierkram fest und wir müssen das Rätsel ungelöst lassen", sagte Geeta aufgeregt.

Friedrich blickte von Geeta zu Chad, legte seine Hand auf die Schulter von Chad und sprach direkt zu ihm. „Denke an das Klon-Gefäß, das wir suchen, wir können uns jetzt von niemandem aufhalten lassen."

Sheela sah, wie ihre Schwester verzweifelt ihre Tasche packte. „Leute, uns läuft die Zeit davon, ich habe unten ein Auto, wir müssen sofort los!" Sie stopfte ihre Tasche mit einigen lebensnotwendigen Dingen wie Essen, Wasser, Taschenlampen, Handy und Batterien voll.

Friedrich räusperte sich: „Ja, gehen Sie jetzt!" Er streckte Chad seine Hand entgegen und zog ihn mit Gewalt vom Sofa hoch. Chad wusste, dass es keinen anderen Weg gab, jemand musste zurückbleiben, um die Polizei abzulenken. Er wollte Friedrichs Platz einnehmen, aber er wusste, dass dieser sich nicht rühren würde, der störrische Ochse, der er war. Sie umarmten sich fest und die beiden Schwestern fuhren zusammen mit Chad in dem kleinen roten Fiat 500 davon.

Kapitel 21:

Nachricht von einem Baum

Nach einer hitzigen Diskussion zwischen ihm und dem General verließ Hamad das Labor. Der General sagte, er habe ein paar dringende Angelegenheiten, die seiner Aufmerksamkeit bedürften und bot seine Hand für einen kurzen Abschied an, aber Hamad weigerte sich, die Hand zu schütteln, da er über den Vorschlag des Generals, die Angelegenheit fallen zu lassen, verärgert war. Der General war enttäuscht. Seblst sein jahrelanges Training zur Bekämpfung von Emotionen half nicht viel. Er ging niedergeschlagen weg.

Hamad stand reglos vor dem Labor. Mirza kam an und begrüßte ihn nur, um eine lustlose Reaktion zu erhalten, ohne Worte, ohne Augenkontakt. Mirza wollte ihm etwas Raum geben, um seine Situation verarbeiten zu können. Außerdem hatte der General ihn gebeten, zu einer Besprechung zu kommen. Offenbar etwas Dringendes. Alles, was er wusste, war, dass ein deutscher Professor ermordet worden war. Der General fragte sich, ob es sich dabei um eine Tat der al-Qaida handeln könnte.

Hamad stand lange Zeit einfach nur da. Die kühle Brise war ein Balsam gegen die Brutalität der brennend heißen Sonne. In Gedanken verloren blickte er auf einen großen Baum mit großen Blättern. Unschuldig und harmlos, wiegte er sich in der Brise. Er akzeptierte seinen Zweck und bewegte sich gehorsam nach den Anweisungen des Windes. Ab und zu fielen ein paar Blätter zu Boden. Hamad spürte, dass der Baum versuchte, mit ihm zu kommunizieren. Welche Botschaft versuchte er zu vermitteln?

Der Blick auf den Baum half ihm, sich zu beruhigen. Wer könnte ihm die Nachricht auf Georges Rücken geschickt haben? Gab es irgendwelche Hinweise auf den Täter? Er wollte noch einmal einen Blick auf die Leiche werfen und ging zurück ins Labor. Das Forensikteam hatte es unverschlossen gelassen. George lag da, ein großes weißes Tuch bedeckte seinen Körper. Die Leiche zersetzte sich schnell, der Geruch wurde immer schlimmer. Die begrenzten Ressourcen machten es schwierig, eine Leichenhalle mit Gefriertruhen einzurichten. Er ging auf Georges Leiche zu und zog das weiße Tuch von dem leblosen Körper. Die eingeritzten Worte starrten ihn an:

„Der Schlüssel zu Ihrem Diamanten und Ihrer Perle, Dschihad"

Die Botschaft war klar, aber wer hatte sie übermittelt? War es al-Qaida? In diesen Tagen war es bequem geworden, anzunehmen, dass alle unangenehmen Ereignisse von der berüchtigten Terrorgruppe durchgeführt wurden. Hamad wollte sichergehen. Der beabsichtigte Empfänger war klar, die Botschaft war klar, aber was war mit dem Absender? Irgendwelche Anhaltspunkte, fragte er sich.

Er schaute auf Georges Gesicht, das zur Seite gedreht war. Dann sah er es, etwas, das wie ein Kratzer auf Georges Stirn aussah. Schwach geschrieben, nicht eingeritzt, zu fein, um mit bloßem Auge wahrgenommen zu werden. Genau zwischen den Augenbrauen, fast in die Falten übergehend. Kein Wunder, dass das Forensikteam es nicht bemerkt hatte. Es war nur ein leichter Kratzer, gemacht mit etwas Scharfem, aber nicht scharf genug, um die Haut zu schneiden. Hamad suchte im Schreibtisch in der Nähe nach einer Taschenlampe und fand etwas Besseres, ein Schwarzlicht. Er steckte es in eine nahe gelegene Steckdose und es erwachte zum Leben. Hamad richtete es auf Georges Stirn und ein paar Sekunden später, nachdem sich seine Augen angepasst hatten, sah er es.

Seine Vermutung war richtig. Georges Stirn war absichtlich zerkratzt worden. Hamad erkannte es sofort. Es waren Zahlen aus der Devanagari-Schrift des Sanskrits. Er nahm einen Notizblock und einen Bleistift, die auf dem Schreibtisch lagen und schrieb sie auf;

„ २०:१५ "

20:15 in der Devanagari-Schrift.

Sein Verstand raste, er versuchte, die Bedeutung dieser Zahlen zu ergründen. War es eine Zeit? Koordinaten? Aber ihm fiel nichts aus den Hindu-Schriften ein. Die Zahlen 20 und 15 hatten nach Hamads Wissen im Hinduismus keine besondere Bedeutung.

Dann fiel es ihm doch ein... Wenn die Kritzeleien auf der Rückseite eine für ihn bestimmte Nachricht waren, dann könnten die auf der Stirn für George selbst sein. Hamad dachte lange nach. Es traf ihn wie ein Blitz. Es konnte nur eines sein. Der Koran 20:15 *(Surah Ta-Ha)*:

„Jeder wird für seine Mühe belohnt."

Wer immer George getötet hatte, hatte ihm eine Nachricht für das Leben nach dem Tod hinterlassen! Allerdings, hatte George sich offensichtlich nie selbst bemüht. Könnte es für

Hamad sein? Wurde er für die Mühe, die er sich gemacht hatte, gewürdigt? Aber das ergab keinen Sinn. Das stünde im Widerspruch zu der auf der Rückseite eingravierten Botschaft!

Hamad wusste, dass sie absichtlich auf Sanskrit geschrieben war, da er derjenige war, der diese Sprache erforschte und beherrschte. Das Forensikteam hätte das natürlich nie erwartet oder verstanden. Sie waren Einheimische und hatten keine Ahnung, wie Sanskrit aussah. Zahlen, die auf einer Sprache geschrieben wurden und die Botschaft selbst auf einer anderen. *Wer auch immer das getan hatte, war kein gewöhnlicher Mensch, er war unglaublich gelehrt und wusste über mehrere Sprachen und Religionen Bescheid*, dachte er.

Hamad verließ das Labor mit seinen Notizen über die Zahlen und die Botschaft, die auf der Leiche gefunden worden waren. Er sah einen geparkten Jeep neben der Armeekantine gegenüber dem Labor und beschloss, ihn zu nehmen, da er zum General musste. Hamad verbarg bereits die Wahrheit hinter „dem Schlüssel" und jetzt brauchte er die Hilfe des Generals.

Als er in den Jeep stieg, rief ein US-Militärpolizist aus der Kantine: „Sir, suchen Sie etwas?"

„Ich habe etwas, das der General sucht. Ich muss eine Botschaft überbringen", antwortete Hamad.

Der Soldat warf ihm einen zweifelnden Blick zu, entschied sich aber, ihm zu folgen. Er fuhr Hamad zusammen mit Mirza und einigen anderen zum Besprechungsraum, wo sich der General befand. Der General zeigte der Gruppe einige Dias von einem Tatort. Er sprach über einen Dr. Bauer, einen Indologen aus Deutschland, der in Sachsen lebte. Hamad hatte von ihm gehört und einige Artikel über seine Arbeit gelesen.

Die Dias zeigten Bilder von Dr. Bauer auf einem Bett ohne Matratze. Äußerlich sah der Körper unversehrt aus, einzig die Beine, waren völlig verätzt. Der General sagte, dass die inneren Organe vollständig durch Salzsäure zerfressen seien. Die jüngsten Ereignisse um George aus Schweden, die beiden verbrannten Mädchen im Stadtzentrum und nun Dr. Bauers seltsamer Mord... Alles schien irgendwie zusammenzuhängen, meinte der General. Grausame Todesfälle, die obskure Botschaften übermittelten, die teilweise sogar direkt in die Körper der Opfer eingraviert waren...

Der deutsche Geheimdienst hatte die Nachricht über den Tod Dr. Bauers an alle weltweit stationierten Einheiten weitergeleitet. Die in Afghanistan stationierte deutsche Einheit war einer der Empfänger, die ihrerseits den General darüber informierte, was kurzfristig zu diesem Treffen mit den Offizieren und dem Kommissar von Kabul führte. Bislang konnten weder die deutsche Polizei noch die Soldaten und Polizisten in Kabul irgendwelche Hinweise auf den Verdächtigen geben.

Der General teilte auch Informationen über eine Nachricht mit, die er von der indischen archäologischen Abteilung über eine kürzliche Entdeckung erhalten hatte. Nachdem sie das antike Flugzeug in den afghanischen Höhlen gefunden hatten, informierten sie die indische archäologische Abteilung darüber und erhielten im Gegenzug Informationen über ein tief in den Höhlen eines Tempels in Indien gefundenes Objekt. Ein leichtes Erdbeben hatte eine unterirdische Stadt in der Nähe der Ellora-Höhlen freigelegt. An den Wänden waren Bildhauereien zu sehen, die dem Flugzeug ähnelten, das sie hier in Afghanistan entdeckt hatten. Der General zeigte einige Dias der Bilder, die sie von der indischen archäologischen Abteilung erhalten hatten.

Hamad stand wie hypnotisiert da. Einige der Bilder deuteten auf eine bisher unbekannte Zivilisation hin, Bildhauereinen und Botschaften, die den Menschen bisher unbekannt waren. Er vergaß fast seine eigene Entdeckung der Zeichen auf Georges Stirn.

Der General bemerkte, dass Hamad am hinteren Ende des Besprechungsraums stand und lud ihn ein, nach vorne zu kommen, um sein Wissen über das Flugzeug, das sie entdeckt hatten, mit ihnen zu teilen. Doch Hamads Aufmerksamkeit lag auf den Dias, die der General gezeigt hatte. Er wollte sofort nach Ellora gehen! Hamad sagte dem General und Mirza, dass er sie unter sechs Augen sprechen müsste. Sie betraten einen Nebenraum, wo Hamad über die Markierungen auf Georges Stirn berichtete.

Der General stimmte zu, dass der Anführer dieser Terrorgruppe ein hochintelligenter Gelehrter sei, der sich in mehreren Sprachen und Religionen auskenne. Hamad beharrte darauf, dass er jetzt nicht aufhören könne. Die Bildhauereinen, die er auf den Dias dieser unterirdischen Stadt in Ellora bemerkt hatte, könnten mehr Informationen über die Quelle des Flugzeugs enthalten. Er musste schnell dorthin gelangen.

Der General versuchte, Hamad vom Gegenteil zu überzeugen, aber er wusste, dass Hamad wahrscheinlich der einzige war, der das Rätsel hinter dem Flugzeug lösen konnte. Außerdem musste er sich auf die Terroristengruppe konzentrieren und die Person, die hinter all diesen unnatürlichen Ereignissen steckte, gefangen nehmen. Falls Hamad nicht mehr dort wäre, würde das Flugzeugproblem auf Eis liegen. Mirza hatte jedoch eine Bedingung, nämlich dass Hamad seine Uhr mit der Uhr, die Mirza trug, tauschen musste. Eine taktische GPS-Uhr, die mehrere Tage Standby-Zeit hatte, so dass sie ihn immer verfolgen konnten. Der General stimmte ihm zu und überzeugte Hamad, dass dies zu seiner eigenen Sicherheit sei. Anschließen trafen sie Vorkehrungen für die Abreise von Hamad.

Kapitel 22:

Klopf Klopf

𝕱riedrich wartete in Sheelas Wohnung, er fühlte sich wie ein Verbrecher, der seine letzten Minuten zählte, bevor er an den Galgen gebracht wurde.

Karan und sein Team hatten das gestohlene Auto aufgrund von Hinweisen örtlicher Informanten gefunden. Eine kurze Befragung der Augenzeugen über den Verbleib der Passagiere ergab die Richtung, in die das Trio geflohen war. Die Informationen führten zu einem bekannten Wohnhaus. Sie erkundigten sich in dem Wohnkomplex und näherten sich schließlich Sheelas Wohnung. Karan befahl seinem Team, unten zu warten und den Balkon im Auge zu behalten. Er ging zu ihrer Wohnung hinauf. An der Tür hing eine winzige Figur des Gottes *Ganesha*. Auch standen dort Blumentöpfe und ein Schuhregal voller Damenschuhe. Er hatte das Gefühl, dass sie alle noch drinnen waren.

Schließlich ein Klopfen an der Tür. Genau wie Friedrich es erwartet hatte. Unter dem Sofa versteckte er seinen Tablet-PC mit allen Bildern, die sie unter Wasser aufgenommen hatten. Er wollte so viel Zeit wie möglich für die Flucht der anderen erkaufen und wartete lange genug, bis das Klopfen in lautes Klopfen überging. Das Klopfen hörte auf und eine Stimme sprach von der anderen Seite: „Wir wissen, dass Sie da drin sind. Ich bin Officer Karan. Ich bin hier, um mich mit Ihnen zu unterhalten. Ich habe nicht die Befugnis, Sie zu verhaften."

Friedrich ging auf die Tür zu und öffnete sie immer noch nicht. „Es gibt nichts zu reden und ich glaube Ihnen nicht", antwortete er.

Karan holte tief Luft, um sich zu beruhigen. Es handelte sich nicht um einheimische Kleinkriminelle, sondern um Ausländer. Er musste klug, aber vorsichtig im Umgang mit ihnen sein: „Sir, selbst in Indien brauchen wir einen Haftbefehl, um jemanden tatsächlich zu verhaften."

Friedrich hielt absichtlich ein paar Sekunden inne: „Wir haben das Gesetz gebrochen, wir sind ohne Genehmigung nach Dwarka gegangen, natürlich haben Sie einen Haftbefehl!"

Karan: „Ich hätte einen Durchsuchungsbefehl bekommen, wenn ich einen gewollt hätte, aber ich habe es nicht getan. Ich weiß, dass Sie verwirrt sind. Glauben Sie mir, ich bin hier ganz allein, mein Team ist unten. Ich will ehrlich zu Ihnen sein, ich bin wahrscheinlich der einzige, der versucht, Ihnen zu helfen."

Friedrich war verwirrt, aber er war neugierig zu erfahren, warum Karan ihnen helfen wollte, also öffnete er die Tür. Karan sah Friedrich an und bot ihm ein angenehmes Lächeln und einen Händedruck an. Friedrich blickte den Korridor entlang und vergewisserte sich, dass Karan alleine war, bevor er ihn hereinließ. Karan suchte die Räume schnell nach den anderen ab. „Ihre Freunde?", fragte er.

„Dazu kommen wir noch. Sie sagten, Sie seien wahrscheinlich der einzige, der versucht, uns zu helfen", antwortete Friedrich.

„Oh ja, deshalb bin ich hier. Ich habe mein Team unten gelassen, damit ich vertraulich mit Ihnen sprechen kann."

„Sie spielen nur den Unterhändler, versuchen mich dazu zu bringen, mit Ihnen zu kommen und... bumm, ich werde inhaftiert!"

„Ha ha, ich glaube, deutsche Filme unterscheiden sich nicht von Bollywood-Filmen", lachte Karan.

Friedrich wirkte teilnahmslos. „Das war ein abgekartetes Spiel. Shashank und Bauer haben uns das eingebrockt. Man sagte uns, wir hätten Genehmigungen", erklärte er bereitwillig.

„Darum geht es nicht, das glaube ich Ihnen und ehrlich gesagt, das ist mir egal."

Die letzte Bemerkung überraschte Friedrich. Gab es neben dem Tauchgang in Dwarka ein größeres Verbrechen, das sie begangen hatten? Wusste dieser Mann, was Geeta vom Meeresboden gestohlen hatte? War das das Verbrechen? Friedrichs Gedanken wurden von Karan unterbrochen: „Ich glaube, Sie haben mit dem Propheten gesprochen."

„Sie Sohn einer... Sie stecken mit dem Propheten unter einer Decke? Sie wagen es, Anneleen zu verletzen!" Friedrich packte Karan am Kragen.

Karan war verblüfft: „Was, wer, nein, nein. Ich kenne den Kerl nicht und ich kenne auch Anneleen nicht. Der Mann droht, auch meiner Familie etwas anzutun."

Friedrich löste seinen Griff, war aber immer noch misstrauisch und starrte Karan bedrohlich an. Karan sprach ruhig: „Dafür, dass Sie einen Polizisten in Uniform angegriffen haben, könnte ich Sie verhaften lassen."

Friedrich lehnte sich auf dem Sofa zurück und fühlte ein Gefühl der Reue über seinen Ausbruch. Karan saß auf dem benachbarten Stuhl und erklärte: „Dieser Prophetentyp hat mich gestern angerufen. Er kannte alle Interna und erzählte mir von Ihnen, wollte, dass ich Sie alle lebendig erwische... er sagte, er habe Pläne mit Ihnen. Ich sagte ihm, ich nehme keine Befehle von ihm an, ich arbeite für mein Land und für die Wahrheit, nicht für irgendeinen Idioten, der sich selbst 'Prophet' nennt. Er hat einen Akzent, einen europäischen. Er hat gedroht, meine Familie zu töten, wenn ich seinen Befehlen nicht gehorche." Karan öffnete die Tür wieder, um sich zu vergewissern, dass niemand da war. „Ich habe das Gefühl, dass es in meinem Team einen Maulwurf gibt, der ihm diese Information weiterleitet."

„Einen Maulwurf in Ihrem Team?", fragte Friedrich überrascht.

Karan sah niedergeschlagen aus: „Ja, ein Spion, der uns sabotiert."

„Wie kommen Sie darauf, dass wir nicht zum Propheten gehören", köderte Friedrich Karan.

„Terroristen trainieren, um zu schießen, Flugzeuge zu fliegen oder Computer zu hacken. Sie betreiben keine DNA-Forschung und tauchen nicht in Dwarka", sagte Karan und versuchte, Friedrichs Gedanken zu lesen.

„Glauben Sie, Shashank könnte ihm helfen?"

„Im Moment können wir niemandem trauen, ich traue meinem eigenen Team nicht, wie ich schon sagte. Soweit sie wissen, versuche ich nur, mit Ihnen dreien zu verhandeln, mit mir auf die Polizeiwache zu kommen." Karan wartete auf die Antwort von Friedrich, aber er bekam nur einen sardonischen Blick. „Ich frage Sie noch einmal: Wo sind Ihre Freunde?"

„Ihnen kann ich wohl auch nicht trauen", sagte Friedrich und blickte Karan an.

Karans Wut flammte auf: „Haben Sie noch andere Optionen? Wir werden beobachtet, ist Ihnen das klar?"

„Ihnen geht es nur darum, ihm das zu geben, was er will, nämlich uns drei", argumentierte Friedrich und versuchte zu sehen, ob Karan zu zweifen beginnen würde.

„Ich werde Sie nicht zu ihm bringen. Es war ein Fehler des Propheten, mir zu sagen, wonach Sie suchen. Ich werde Sie nicht davon abhalten, es zu finden. Meine Vorfahren haben die alte Hindu-Religion jahrhundertelang hochgehalten und bewahrt und Sie sind im Begriff, dieser sterbenden Religion zu helfen, ihren verlorenen Ruhm zurückzugewinnen. Ich werde nicht zulassen, dass sich Ihnen jemand in den Weg stellt."

„Was? Sie verstehen nicht. Wir versuchen nur, Informationen darüber zu erhalten, wie eine alte Klontechnologie wiederbelebt werden kann."

Karan beugte sich vor: „Oh ja, das weiß ich sehr gut. Sie wissen, dass die alten Inder an die Wissenschaft glaubten und dass ihre alte Religion auf der Wissenschaft beruhte. Das ist es, was wir seit Ewigkeiten versucht haben, der Welt zu sagen."

Friedrich hielt inne, um nachzudenken. Karan schien es ernst zu meinen, aber konnte er ihm glauben? „Interessant, ich dachte, die Religion sei introvertierter und geheimnisvoller."

„Zum Teil, aber nur, um uns selbst zu schützen. Tempel werden seit Jahrhunderten von Eindringlingen aus der ganzen Welt angegriffen, nur weil es dort eine Wissenschaft gab, auf die andere neidisch waren, Geheimnisse der Evolution, die Urknalltheorie, Planetenbewegungen, Flugmaschinen und sogar Klonmaschinen. Was sagt Ihnen das alles?"

„Diese alte Religion baute Tempel, um die Wissenschaft zu feiern? Die Wissenschaft war Gott?"

Karan nickte, als ein Lächeln auf seinem Gesicht erschien: „Sie sind ein kluger Mann!"

„Dieser so genannte Prophet will also genau das tun, die Wissenschaft der indischen Tempel zerstören, damit er sie später wieder offenbaren und eine eigene Religion für seine so genannte neue Welt gründen kann", sagte Friedrich.

Sie waren jetzt beide auf derselben Seite. Karan meinte, er habe nun Friedrichs Vertrauen gewonnen. „Wir müssen hier raus, aber ich muss wirklich wissen, wo Ihre Freunde sind. Sie könnten in großer Gefahr sein, wie meine Familie. Ich habe meine Familie an einen geheimen Ort gebracht. Die einzige Person, die von diesem finsteren Plan weiß, bin ich und jetzt Sie. Ich vertraue Ihnen und ich möchte, dass Sie mir vertrauen."

„Aber was, wenn..." Noch bevor Friedrich zu Ende sprechen konnte, begann Karans Telefon zu surren. Karan zeigte Friedrich das Display, eine blockierte Nummer. Er antwortete und schaltete den Lautsprecher des Handys an. Eine Stimme sprach: „Inspektor, ich glaube, Sie haben meine Freunde getroffen. Ich habe überall Augen, wissen Sie! Waren sie entgegenkommend und kooperativ? Sie brauchen ein wenig Überzeugungsarbeit, aber irgendwann werden sie auf Sie hören."

Karan sah, dass Friedrich im Begriff war zu sprechen und hob seine Handfläche, um ihn zum Schweigen zu bringen. Er sprach zu dem Propheten: „Ja, ich tue genau das, was Sie mir gesagt haben, aber ich brauche mehr Zeit."

„Vergessen Sie nicht, ich brauche sie lebend."

„Ich verstehe. Aber wo treffe ich Sie? Wo sind Sie jetzt?"

„Ich werde Sie anrufen, sobald ich sicher bin, dass Sie alle drei haben. Ich bin dort, wo ich in diesem besonderen Moment sein sollte."

Karan und Friedrich tauschten frustrierte Blicke aus. Friedrich kritzelte schnell auf ein Post-it, das auf dem Tisch lag, damit Karan es am Telefon laut vorlesen konnte: „Wie lautet Ihr richtiger Name?"

„In der neuen Welt wird es keine Namen geben. Namen trennen Menschen, Namen bringen uns dazu, uns gegenseitig zu bekämpfen oder zu fürchten, wir sind nicht dazu bestimmt, Namen zu haben. Wie die Tiere, frei und gleich, werden wir Gottes Kinder genannt werden, alle werden Gottes Kinder sein."

Karan blieb hartnäckig und versuchte, mehr Informationen zu erhalten: „Warum nennen Sie sich dann Prophet und nicht Gottes Kind?"

„Gute Frage! Sehen Sie, sogar Tiere wählen einen Anführer, beispielsweise eine Kuhherde, oder Elefanten, sogar Löwen. Jemand, der die Fackel hält und ihnen den Weg zeigt. Meine Brüder sind gekommen, von Gott gesandt, um Ihnen den Weg zu zeigen. Aber hin und wieder verirren Sie sich und jetzt ist es an der Zeit, den Kindern Gottes wieder einmal den richtigen Weg zu zeigen. Der Prophet ist also gesandt worden. Ich habe keinen Namen, nur eine Bezeichnung." In seiner Stimme gab eine stählerne Intensität.

„Wenn ich die drei Flüchtigen ausliefere, versprechen Sie dann, meine Familie zu verschonen?"

Der Prophet legte den Hörer auf.

Friedrich schlug mit den Fäusten auf die Armlehnen des Sofas und starrte auf das leere Display von Karans Telefon. „Sie sagten, Sie haben genau das getan, was er Ihnen gesagt hat. Alles, was Sie zu mir sagten, hat er Ihnen gesagt, dass Sie das sagen sollen?"

„Ich gab vor, gehorsam zu sein, um Sie und meine Familie zu schützen. Er ist klug, er wusste, dass er über einen Lautsprecher sprach und er stellte sicher, dass Sie es auch hörten. Er wird uns nicht verschonen, wenn er erfährt, dass die beiden anderen verschwunden sind. Aber ich werde diesem Bastard niemals helfen."

„Was, wenn ich so tue, als würde ich Sie als Geisel nehmen und wir fliehen", schlug Friedrich vor.

„Einen Inspektor als Geisel zu nehmen, erregt zu viel Aufmerksamkeit, mein Vorgesetzter wird sein ganzes Team auf uns hetzen."

„Was ist, wenn wir mit dieser Nachricht zu Ihrem Vorgesetzten gehen?"

„Glauben Sie, dass ich diese Option nicht in Betracht gezogen habe? Aber denken Sie darüber nach. Eine Person wie der Prophet könnte Freunde wie meinen Chef selbst haben. Wir können niemandem trauen."

Friedrich blickte an die Decke und holte tief Luft: „Verdammt, Sie haben recht."

„Es gibt jedoch einen Weg", hielt Karan inne, bevor er langsam weitersprach, „wir müssen für Ablenkung sorgen."

Bevor Friedrich etwas fragen konnte, öffnete Karan die Balkontür und ging hinaus. Er schaute hinunter, wo der Rest seines Teams wartete und rief aus: „Das ist ein Trick! Sie sind unterwegs zum Flughafen und planen, in einem Privatjet zu fliehen! Los, Sie alle eilen ihnen hinterher! Ich werde hier bleiben und den Eigentümer dieser Wohnung weiter befragen. Lassen Sie meinen Jeep hier, nehmen Sie den anderen, gehen Sie! Schnell!"

Während des Befehls beobachtete Karan sorgfältig, ob einer der Polizisten zögerte, oder etwas verriet und versuchte zu erraten, wer dem Propheten half. Aber niemand zögerte. Sie alle reagierten auf die gleiche gehorsame Weise. Wer auch immer es war, er schien sehr gut ausgebildet zu sein. Er wartete, bis jeder einzelne von ihnen gegangen war, wandte sich an Friedrich und sagte ihm, er solle sich auf die Flucht vorbereiten. Sie warteten ein paar Minuten, um sicher zu sein, dass die Luft rein war. Karan nahm einen von Sheelas Schals, um Friedrichs Kopf zu bedecken und legte ihm Handschellen an, nur für den Fall, dass sie jemand sah, um seine Behauptungen gegenüber dem Propheten glaubwürdiger zu machen. Karan machte einen letzten Kontrollblick und sie fuhren mit dem Polizeijeep los, der draußen wartete.

Kapitel 23

Ajanta

Chad, Geeta und Sheela erreichten die Ajanta-Höhlen kurz vor Geschäftsschluss. Es war 18 Uhr. Einer der Fremdenführer näherte sich ihnen eifrig: „Sir, die Höhlen werden bald geschlossen, aber ich kann Ihnen eine kurze Führung geben. Ich kenne die Sicherheitsleute, ich schaffe das schon, kommen Sie. Nur fünfzig Rupien."

Chad wandte sich an die beiden Schwestern mit der Bitte um Zustimmung, aber die Frauen hatten bereits begonnen, dem Fremdenführer zu folgen. Sheela lächelte Chad an, während er zögerte: „Wir können nicht einen Tag verlieren. Sie haben den Guide gehört, der Ort wird bald geschlossen."

Chad hatte keine andere Wahl, als ihnen zu folgen. Der Fremdenführer hielt am Eingang an und flüsterte dem Sicherheitsmann zu. Sie hörten das Wort „Ausländer". Er kam zu ihnen zurück und sagte: „Sie wollen hundert Rupien, Sir, sie werden uns für eine Stunde hineinlassen."

„Bestechung und Indien!" murmelte Chad.

Sheela griff in ihren winzigen Geldbeutel: „So erledigen wir die Dinge hier auf unsere Art und Weise", sagte sie, als sie an Geeta vorbeiging und dem Guide einen Hundert-Rupien-Schein in die Hand drückte, der ihn diskret dem Sicherheitsmann übergab.

Der Fremdenführer führte sie durch den Haupteingang, erklärte ihnen die Zeit, in der er erbaut wurde und berichtete über die Menschen, die ihn errichtet hatten. Verglichen mit dem, was Chad in Dwarka gesehen hatte, war dies aus einem moderneren Zeitalter, zumindest etwas aus der Zeit nach Christus. Der Guide sagte, die Existenz der Höhlen sei erst bekannt geworden, als sie von einem britischen Offizier namens John Smith entdeckt wurden, während er außerhalb des Dorfes Ajanta Tiger jagte. Niemand wusste bis dahin von diesem Schatz.

Er führte weiter aus, dass der Ajanta-Komplex aus 25 aufwändigen Höhlentempeln bestand, die möglicherweise um 200 v. Chr. erbaut wurden und den Waghora-Fluss überblickten.

Um das 7. Jahrhundert n. Chr. begann der Buddhismus zu schwinden und die Höhlen wurden aufgegeben. Moderne Architekten waren immer noch verblüfft, wie die Menschen sie vor all den Jahrhunderten durch 70 Fuß hohen Granitfelsen gehauen hatten. Alles wurde aus ein und demselben Stück Stein, einem einzigen Stück Fels, in die Wand des Berges gehauen. Sie wurden von den Buddhisten gebaut, aber später aufgegeben. Niemand wusste wirklich warum, aber eine Theorie lautete, dass wahrscheinlich die Moghul-Kaiser den Ort überfallen und das meiste davon zerstört hatten.

Zur Überraschung von Chad waren die Höhlen relativ intakt. Überall waren schöne Wandmalereien und Skulpturen zu sehen. Chad studierte die Malereien in einer der ersten Höhlen sehr genau. Der Fremdenführer erklärte, dass sie eine Göttin darstellten, die den Architekten beim Bau dieses Höhlenkomplexes half. Eine Aufgabe von solcher Komplexität, dass es für einfache Menschen unmöglich war, sie ohne schwere Maschinen zu bewältigen. Mehr als 400.000 Tonnen Fels hatten entfernt werden müssen, um die Höhlen zu schaffen. Sie waren aus der Wand eines Berges herausgeschnitten worden.

Der Guide wiederholte, dass selbst ein einziger Fehler, ein winziger Fehler, irgendwo im gesamten Komplex bedeutet hätte, dass sie ihn aufgeben und einen anderen Ort finden hätten müssen, um von vorne anzufangen. Aber das war hier nicht geschehen. Sie hatten Perfektion erreicht. Jeder Pfeiler, jede Bidlhauerei jedes Gemälde, die Decke und die Statuen waren hundertprozentig perfekt. Als Zeichen der Anerkennung hatten die Mönche die Geschichte gemalt, wie die Götter herabkamen, um ihnen zu helfen, nur geschah dies einige Jahre nach der Fertigstellung der Höhlen. Ursprünglich war dies nur ein Komplex mit Bildhauereiarbeiten, die Malereien kamen später.

Im weiteren Verlauf der Tour erreichten sie die Höhle Nr. 19. Geeta war noch aufgeregter als damals, als sie als Kind ihr erstes Fahrrad bekommen hatte. Sie konnte es kaum erwarten, die Aufgabe des Reiseleiters zu übernehmen und zu erklären, was sie darüber wusste.

Sheela unterbrach den Guide mit den Worten: „Lassen Sie mich Ihnen etwas zeigen, das Sie davon überzeugen wird, dass das gesamte Projekt in einem Rutsch erledigt wurde. Die Ingenieure hatten nur einen Versuch. Kein Platz selbst für einen Fehler von 0,0001%. Ich glaube, es lag an einer genauen Kenntnis der Astronomie."

Geeta strahlte vor Freude und Aufregung: „Ja, ja, ja", sie blickte Chad an, ihre Augen glühten.

Chad konnte nicht anders, als über ihren kindlichen Enthusiasmus zu lächeln, aber er war begierig darauf, dass Sheela enthüllte, was sie zu zeigen versuchte. Sheela lieh sich den Laserpointer des Fremdenführers aus und benutzte dessen Strahl, um zu zeigen, wie perfekt die Symmetrie war. Alles hatte perfekte geometrische Dimensionen, nicht einen einzigen Fehler, wie das Herausnehmen eines Objekts aus einem Gipsabdruck. Die *Stupa* oder das zentrale Hauptobjekt war zylindrisch, aber der Laserpointer zeigte keine Anzeichen von

Fehlern, er war fein wie eine Feder. Der Laser leuchtete die ganze Pracht der antiken Skulpturen aus. Sein Licht wanderte entlang der Oberfläche bis ganz nach oben, als sie ihn parallel platzierte. Chad schnappte sich den Laserpointer und richtete ihn auf die gesamte Länge der *Stupa*, die umliegenden Bildhauereien und die Wände in der Nähe des Haupteingangs. Alles war gerade und rechtwinklig, während die gekrümmten Flächen und Kuppeln perfekte Halbkreise bildeten.

„Chad" rief Sheela, aber er war zu beschäftigt.
Der Reiseführer beobachtete Chad, wie er herumlief, mit dem Laser spielte und alles berührte: „Ich kann sehen, dass Herr Chad erstaunt über den mustergültigen Architekten ist, der diesen markellosen Ort entworfen hat."

Sheela und Geeta tauschten ein Lächeln aus, als sie Chad beobachten, der wie ein neugieriges Kind den Ort erkundete. Schließlich kehrte er zu der Gruppe zurück: „Wunderbar, ich konnte keinen Fehler finden, wie haben sie...? Wie hat jemand vor 2000 Jahren diesen Grad an Perfektion erreicht?"

Der Guide antwortete: „Sir, das ist Nichts. Diese Höhle hat noch ein anderes Wunder."

Chad schaute ihn erstaunt an, da war noch mehr? Der Fremdenführer fuhr fort: „Diese Höhle, Höhle Nummer 19, stellt den Beginn der Wintersonnenwende dar. Am ersten Tag der Wintersonnenwende dringt die Morgensonne durch diese Fassade, um die *Stupa* zu beleuchten." Er zeigte auf die Fassade, auf die er sich bezog. Es war ein schöner Bogen mit einem herrlichen Fenster, eine perfekte Ellipse, mit drei Speichen, die im Inneren einen Rahmen bildeten.

Er fuhr fort: „Wir glauben, dass sie früher mit Glasscheiben verkleidet und vielleicht sogar bemalt war. Am Tag der Wintersonnenwende scheint die Sonne durch dieses Fenster und richtet sich perfekt auf diese *Stupa* aus", der Fremdenführer wandte sich um, um auf die *Stupa* mit einer Buddha-Statue darin zu zeigen.

„Sobald das Sonnenlicht durch diesen Bogen des Fensters eintritt, fällt es direkt auf die *Stupa*. Dies geschieht nur am Tag der Wintersonnenwende. An jedem anderen Tag ist es nur normales Licht, das von der *Stupa* reflektiert wird."

Chad stellte sich das schöne helle Sonnenlicht vor, das von oben in den Bogen eindrang, auf die Füße der *Stupa* fiel und sich seinen Weg nach oben bahnte. Seine Augen folgten dem Weg des Sonnenstrahls und er bemerkte die feinen Details auf der *Stupa*. Er ging näher heran und fand sie noch faszinierender. Die mehrfachen Ebenen der Struktur, die sich zur Spitze hin verjüngten, erinnerten ihn an etwas, das er kürzlich im Fernsehen gesehen hatte. „Eine Rakete?", fragte er sich, sprach aber laut genug, damit die anderen es hören konnten.

Geeta schaute Sheela scharf an und sah auch sie lächeln. Der Guide hatte keine Ahnung, was vor sich ging, „Madam? Sir? Eine Rakete?"

Sheela bewegte sich auf die *Stupa* zu und streichelte sie: „Sie haben das vielleicht noch nie gehört, aber das ist nichts anderes als die Darstellung einer Flugmaschine", sagte sie dem verwirrten Fremdenführer, der ihr einen ungläubigen Blick zuwarf.

Chad starrte immer noch auf die *Stupa,* ohne zu wissen, was um ihn herum geschah. Geeta glättete ihr Haar und ging auf ihn zu: „Wir hatten gehofft, dass Sie das sehen und erkennen würden. Dr. Bauer und Shashank haben dies auch erkannt, aber es wurde vom Ministerium für Tourismus und Archäologie in Indien nie akzeptiert. Sie dachten, es würde den Tourismus beeinträchtigen, da die Menschen diesen Ort nicht mehr als religiösen Schrein betrachten würden. Sie wissen schon, Flugapparate, Science-Fiction, all diese Sachen."

Chad streichelte sein Kinn, tief in Gedanken versunken: „Das glaube ich nicht. Sie haben es die ganze Zeit vor ihren Augen gehabt und niemand hat auch nur daran gedacht?"

Sheela stritt immer noch mit dem Guide, der ihre Theorie nicht akzeptieren wollte. Sie belauschte das Gespräch zwischen Chad und Geeta und beendete ihre Diskussion abrupt. Der Fremdenführer hörte ebenfalls ihr Gespräch mit, war jedoch immer noch skeptisch.

„Die speerförmige Form dient der Aerodynamik, die verschiedenen Oberteile, die gleichzeitig Treibstoffbehälter sind, dienen zum Abheben und die Unterseiten zum Schub... Es ist ein perfektes Design, so sind die Götter herabgestiegen", sprach Chad und gestikulierte aufgeregt mit den Händen.

Geetas Augen begannen zu leuchten: „Ja, absolut, können Sie sich vorstellen, dass so etwas nur Zufall oder Einbildung ist? Etwas, das so perfekt konstruiert ist, dass es alle Elemente enthält, die eine moderne Flugmaschine heute haben würde. Das muss eine Tatsache sein."

„Der Mann, der darin steht, Buddha, wie sie glaubten, stellt einen Astronauten dar", sagte Chad.

Der Guide seufzte: „Suchen Sie etwas Bestimmtes, vielleicht kann ich Ihnen helfen?"

Chad zögerte, aber Geeta nahm eifrig die Scheibe aus Dwarka heraus und zeigte sie dem Fremdenführer. Daraufhin flüsterte Chad Geeta durch zusammengebissene Zähne zu: „Was machen Sie da?" Geeta nickte ihm beruhigend zu und reichte dem Guide die Scheibe. Dieser nahm sie in seine Hände und warf ihnen einen überraschten Blick zu. Er sah sich die Scheibe genau an und versuchte, ihren Zweck zu verstehen. Es schien, als ob in seinem Kopf etwas klickte. Er begann zügig zu gehen und bat sie, ihm zu folgen.

Sie erreichten die Höhle Nr. 26, die, wie der Fremdenführer erklärte, auf die Sommersonnenwende ausgerichtet war. Dort erwartete sie eine weitere große *Stupa,* ähnlich der in Höhle 19, nur dass hier die obere sich verjüngende Struktur fehlte, die auf der *Stupa* in Höhle 19 existierte.

Der Guide ging hinter eine der Säulen und schaltete einen Schalter ein. Hinter allen Pfeilern gingen die Lichter an. „Sie haben sicherlich die fehlende Struktur oben auf dieser *Stupa* bemerkt", sagte er. „Diese Höhle ist auf die Sommersonnenwende ausgerichtet. Wie in Höhle 19, treten am Tag der Sommersonnenwende die ersten Sonnenstrahlen durch das Fenster oben ein und fallen direkt auf diese *Stupa*. Wir glauben, dass den Moguln die Idee dieser Architektur nicht gefiel und sie die *Stupa* zerstörten, indem sie den sich verjüngenden Teil der Stupa gestohlen haben. Der Verbleib ist unbekannt, aber was hier interessanter ist, ist das hintere Ende der *Stupa*."

Der Fremdenführer signalisierte ihnen, ihm zur Rückseite der *Stupa* zu folgen. Dort zeigte er auf einen großen Kreis in der Mitte mit einem Loch, das ungefähr die gleiche Größe wie die Scheibe hatte. Der Guide legte die Scheibe vorsichtig in den kreisförmigen Spalt. „Es passt nicht perfekt, aber dies war wahrscheinlich für eine ähnliche Struktur gedacht", sagte er.

Sheela benutzte ihre Hände, um die Passform zu überprüfen: „Es ergibt absolut Sinn. Das *Chakra* oder die Scheibe könnte einen doppelten Zweck erfüllt haben, indem sie sowohl als Getriebe als auch als Waffe fungierte, ein einheitliches Design."

Geeta nahm die Scheibe zurück: „Tatsächlich war das fehlende Objekt wahrscheinlich auch die Darstellung einer Scheibe. Sie muss zerstört oder gestohlen worden sein."

Chad kehrte an die Vorderseite zurück und beobachtete sorgfältig jedes Detail und versuchte, die Hinweise zu verbinden. „Wunderbar, die Leute, die dies gebaut haben, waren tatsächlich von dem inspiriert, was sie gesehen oder gehört hatten. Es ist unmöglich, all dies zu erfinden." Er betrachtete die Skulptur einige Minuten, ohne zu blinzeln. „Die Person, die in dieser *Stupa* dargestellt ist, ist offensichtlich ein Astronaut, der die Rakete von innen steuert, die Füße auf etwas gesetzt, das wir Ruderpedale nennen könnten. Die Hände befinden sich in einer bestimmten Position, was auf eine Art von Handsteuerung hinweist. Er trägt sogar einen Helm." Chad legte seine eigenen Hände auf zwei kreisförmige Scheiben, die dort begannen, wo der Astronaut saß, sich über den gesamten Umfang der *Stupa* erstreckten und wieder dort endeten, wo er saß.

„Wieder einmal eine logische aerodynamische Konstruktion! Diese Kreise könnten rotierende Magnetscheiben darstellen, von denen sich eine im Uhrzeigersinn und die andere gegen den Uhrzeigersinn bewegte", erklärte er und wandte sich mit der Bitte um Reaktion an die Schwestern. Sie starrten nach oben auf die Bildhauerei auf dem inneren Umfang des Heiligtums selbst.

„Chad, sehen Sie sich das an", rief Geeta und schaute immer noch nach oben.

Chad ging auf die Frauen zu, der Fremdenführer gesellte sich ebenfalls zu ihnen. Der Guide schaute zu ihnen auf und zurück: „Das ist die ganze Geschichte dieser Höhle."

Die Reliefskulptur zeigte Menschen, die zu Göttern beteten, die vom Himmel herabstiegen, wobei die *Stupa* deutlich als Flugobjekt dargestellt wurde. Humanoide Kreaturen, einige mit Tierköpfen und einige Tierkörper mit Menschenköpfen.

Der Fremdenführer passte seine Mütze an, um besser sehen zu können und erklärte: „Die Geschichte ist genau das, was das Relief zeigt. Die Götter kamen vom Himmel herab und halfen den Menschen beim Bau dieses Tempels. Die Menschen sind kleiner dargestellt, wie Sie hier sehen können. Dies könnte eine symbolische Darstellung dafür sein, dass die Götter mächtiger sind. Wie Sie sehen können, gibt es bestimmte Symbole, die für die Menschen jener Zeit eine religiöse Bedeutung gehabt haben könnten", sagte er und zeigte auf die Bilder an der Decke.

„Nur sind es keine Symbole." Sheela biss sich auf die Lippe und antwortete. „Sie werden als Symbole missverstanden, wie dieses hier", zeigte sie auf etwas, wie eine Scheibe, ähnlich der physischen, die sie hatten. „Das waren Maschinen und Waffen der Götter, keine Symbole."

Geeta nickte: „Ja, die Menschen jener Zeit waren sehr direkt in ihrer Kunst. Sie hatten keine Symbologie oder komplexe Verschlüsselungen. Alles, was sie sahen und erlebten, stellten sie einfach dar. Sie vervielfältigten lediglich, was sie sahen." Für alle anderen war klar, dass es sich bei den Figuren auf dem Relief um wörtliche Darstellungen handelte.

Chad spielte mit seiner Armbanduhr, indem er sie um sein Handgelenk rollte. Er versuchte zu verarbeiten, was Geeta gesagt hatte. „Sie meinen sogar die tierischen Menschenklone, die wir auf den Wandmalereien auf dem Weg hierher gesehen haben?", fragte er.

„Ja! Das und all diese Steimeißelarbeiten hier, buchstäblich Botschaften und Geschichten von dem, was die Menschen sahen", antwortete Geeta.

„Wenn die Menschen nicht so weit entwickelt waren, wie konnten sie dann diesen Megalith-Komplex von Höhlen bauen, ohne Hightech-Ausrüstung? Ich meine, wenn sie massiven Fels aus dem Inneren eines massiven Felsens herausgeschnitten haben, um diesen unterirdischen Tempel zu erschaffen, müssen Sie großartige Ingenieure gewesen sein."

Sheela sprach, bevor Geeta antworten konnte: „Nun, sie waren großartige Ingenieure, aber unter der Aufsicht und Führung der Götter, wie in dem Relief, das Sie dort sehen." Sie zeigte auf das Relief auf der Oberseite, wo einige größere Humanoide verschiedene Gegenstände in ihren Händen hielten und die Menschen mit gefalteten Händen und gebeugten Köpfen zu ihnen beteten.

„Was ist das?", fragte Chad und zeigte auf ein Objekt, das von dem am größten aussehenden Humanoiden gehalten wurde.

„Das ist das *Bhaumastra*, eine Maschine, von der bekannt ist, dass sie von den Göttern gegeben wurde. Sie wurde benutzt, um Felsen zu schneiden und zu verdampfen, was diese riesige Aufgabe leicht machte", so theoretisierte Sheela.

„Das erklärt, warum wir die herausgeschnittenen Felsen nirgendwo in der Umgebung sehen", sagte Geeta.

„Korrekt, die gleiche Maschine wurde auch beim Bau der Ellora-Höhlen verwendet", fügte Sheela hinzu.

Chad war von der Analyse der Schwestern überzeugt, die sich auf alle Beweise stützte, die er gesehen hatte. Große, mit absoluter Perfektion gebaute Höhlen mit einem Fehlerwert von 0,0001%, erstaunliche Technik, Tonnen von festem Gestein, das weggeschnitten worden war und die weggeworfenen Stücke lagen nicht unordentlich in den Höhlen herum...Außerdem hatten sie genaue Kenntnis der Astronomie und der Planetenpositionen bis hin zu Kreuzarten. *Es gab diese Kreaturen, die genetisch erschaffen wurden*, dachte sich Chad und ging zurück zur *Stupa*. Bei näherer Untersuchung bemerkte er etwas anderes. Alle höheren Götter waren in menschlicher Gestalt dargestellt, aber einige andere waren es nicht. Er rief dem Fremdenführer zu: „Warum sind nicht alle Götter ganz Mensch sondern auch gemischt? Einige von ihnen sind halb Mensch halb Tier, während die anderen ganz Mensch sind. Was bedeutet das?"

Bevor der Guide antworten konnte, sprach Sheela: „Das sind die, die manche für Halbgötter halten. Es heißt, sie seien erschaffen worden, einige nennen sie *Avatare*. Man sagt, die Götter kamen in verschiedenen Formen, aber wir wissen heute, dass die zehn grundlegenden *Avatare* der alten Götter nichts anderes als Stufen der Evolution waren."

Sie drehte sich aufgeregt um, bemerkte nicht, dass ihre *Dupatta* (traditioneller Schal) von ihren Schultern flog und ging auf eine andere Wand zu, auf der zehn Formen abgebildet waren. „Man glaubt, dass alle *Avatare* eine Inkarnation des ersten Gottes, Vishnu, sind, aber in Wirklichkeit sind sie nur Stufen der Evolution. Lassen Sie es mich erklären." Sie hielt inne und betrachtete alle zehn *Avatare*.

„Von einfachen Lebensformen bis hin zu komplexeren, diese *Dashavataras,* d.h. die zehn *Avatare*, sind eine Reflexion oder eine Vorahnung der modernen Evolutionstheorie, wie sie von Charles Darwin vorgeschlagen wurde. Jeder von ihnen repräsentiert eine Stufe in einem *Yuga* oder einer Zeitperiode. Das erste ist der Fisch oder *Matsya*, die erste Klasse der Wirbeltiere, die sich im Wasser entwickelt hat. Dann kam die *Kurma*, die Schildkröte, eine amphibische Kreatur, die sowohl im Wasser als auch an Land lebt. Es folgte die *Varaha* oder das Wildschwein, ein wildes Landtier. Als nächstes *Narasimha*, halb Mensch und halb Löwe. Wesen, die halb Tier und halb Mensch sind, deuten auf die ersten Tierklonierungen hin."

„Dann kam *Vamana*, ein kleiner, prähistorischer Mensch, gefolgt von *Parasurama*, einem frühen Menschen, der in Wäldern lebte und Waffen benutzte. Dann *Rama*, stellvertretend für die in einer Gemeinschaft lebenden Menschen, was den Beginn der Zivilgesellschaft markierte, gefolgt von *Krishna*, was auf eine Zeit hindeutet, in der die Menschen Tierhaltung praktizierten, mit politisch fortgeschrittenen Gesellschaften. Dann natürlich *Buddha* als Vertreter der Menschen, die die Erleuchtung gefunden haben. Schließlich der letzte *Avatar* von *Kalki*, der letzten Stufe der Evolution, fortschrittliche Menschen mit großer Zerstörungskraft."

Chad betrachtete den letzten *Avatar* mit Erstaunen und intensiver Neugier. Der Kopf der Figur *Kalki* war seltsam, nicht von einem Menschen oder Tier, etwas völlig Fremdes.

Geeta sah seinen verwirrten Ausdruck: „Ich weiß, es ist anders als alles, was wir je gesehen haben. Das gibt es nur in bestimmten alten Tempeln und Denkmälern wie in diesen

Höhlen. Die modernere Version zeigt für *Kalki* nur einen normalen Menschen, aber wenn es die alten Zivilisationen waren, die die Evolution und all das entdeckt haben, dann ist es ihre Version von *Kalki*, die der Wahrheit nahe kommt."

Chad konzentrierte sich auf die dritte Bildhauerei von links, *Narasimha*, halb Mensch und halb Löwe. „Könnte das möglich sein, dass ein Klon von Mensch und Löwe vor der grundlegenden Evolution des Menschen selbst erreicht worden war? Nein, nein, das kann nicht möglich sein." Obwohl er daran nicht glaubte, suchte er verzweifelt nach der Antwort auf diese Frage, die ihn bereits viele Nächte wach gehalten hatte.

Sheela sah ihre *Dupatta* auf dem Boden liegen. Als sie ging, um sie aufzuheben, verstand sie plötzlich. „Nun, das muss es sein! Die Evolution ist der Menschheit erst seit hundert Jahren bekannt, aber dieser Tempel ist über 2000 Jahre alt und die Stufen sind so genau, dass selbst Darwin nicht damit argumentieren würde. Stellen Sie es sich so vor, es könnte sein, dass die Götter an allen Kreaturen Experimente durchgeführt haben, bevor sie sich für die endgültige Version eines Menschen entschieden", sagte sie, während sie die *Dupatta* um ihren Hals wickelte.

Der Guide schüttelte verwirrt den Kopf und war nicht in der Lage, diese Interpretation zu verstehen.

Chad wandte sich dem Tal zu, in dem alle Höhlen und ihre Eingänge lagen und versuchte, all dies aufzunehmen. Er fragte sich, wie er, ein Skeptiker und Ungläubiger, nun begonnen hatte, all dies zu verstehen und zu glauben. Nun, die Hinweise waren ein klarer Beweis dafür. Ein Argument, dem er nicht widersprechen konnte.

Auf der gegenüberliegenden Talseite konnte er die mächtige Sonne in ihrer ganzen Pracht langsam ins Tal gleiten sehen. Er fühlte, dass sie versuchte, ihm etwas zu zeigen. Die schöne orangefarbene Scheibe mit einem Hauch von Purpurrot strahlte ihre Pracht aus, als sie allmählich aus seinem Blickfeld glitt. Chads Augen folgten dem, was wie der Abgrund schien, in den die Sonne unterging. Die konkave Fassade des Höhlenkomplexes stand ihr gegenüber.

Etwas fühlte sich nicht richtig an.

Chad starrte den Höhlenkomplex noch einmal von dort aus an, wo er stand. Er ging zum Rand hinauf, so dass er seine gesamte Länge sehen konnte. Dort sah er, dass er sich irgendwo in der Mitte befand, wobei sich die Anordnung der Höhlen auf beiden Seiten wie zwei Flügel von ihm nach außen erstreckte. Alle Eingänge mit ihren herrlichen Bögen und Pfeilern, die perfekt wie Soldaten und Verbündete ausgerichtet waren, blickten in die gleiche Richtung wie er, Schulter an Schulter, zusammen und überblickten das Tal.

Die Frage war, was sie alle im Tal suchten. Chad versuchte, seine Gedanken zu sammeln, übersah er etwas? Er rief nach dem Fremdenführer. Dieser kam mit den Schwestern, die ihm folgten. „Wo sind all die Höhlen, auf die sie blicken, gibt es etwas im Tal, das im Dschungel versteckt ist?", fragte er und streckte den Arm in Richtung Tal aus.

„Sir, nicht wirklich. Dieses Gebiet war einst stark mit Tigern, Leoparden und Schlangen verseucht, jetzt ist es nur noch ein dichter Dschungel", sagte der Guide herablassend.

Chad war nicht überzeugt: „Aber sehen Sie sich die Höhlen an, es muss etwas geben, dem sie zugewandt waren."

Sheela ging näher an den Rand: „Das ergibt Sinn, die Eingänge zu den Tempeln zeigen immer auf etwas, in diesem Fall könnte es die Sonne gewesen sein."

Chad zupfte an seiner Uhr und schob sie sich um sein Handgelenk. „Wenn die Höhlen der Sonne zugewandt wären, müsste sich die Sonne im Epizentrum befinden."

Der Guide sah sie verblüfft an.

Chad schaute in Richtung des Talbodens hinunter. Er sah ein Stück Kalkstein zu seinen Füßen und hob es auf. Daraufhin kniete er vor Geeta auf einem Knie nieder, als wolle er ihr einen Heiratsantrag machen und begann, in den Schlamm auf dem Boden zu zeichnen. Er umriss den konvexen Höhlenkomplex, markierte die Eingänge und zeichnete von jedem der 26 Eingänge gerade Linien nach außen. Die Linien trafen sich schließlich im Epizentrum, aber als er aufblickte, sah er, dass die Sonne nicht auf dieses Epizentrum ausgerichtet war.

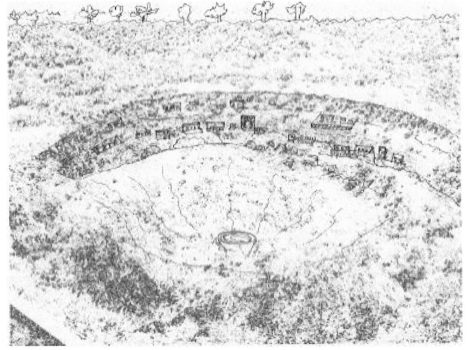

Er drehte sich zu Sheela um und schaute zu ihr hinüber: „Sehen Sie, sie schauen nicht auf die Sonne."

„Nun, die Sonne kommt nur zweimal im Jahr in dieses Zentrum", antwortete Sheela.

Chad suchte nach einer anderen Antwort und argumentierte: „Die Sommer- und die Wintersonnenwende? Aber warum ein so kompliziertes Höhlensystem nur für diese beiden Sonnentage bauen? Es gibt noch etwas anderes, das sie uns zeigen wollen, etwas viel Größeres und Großartigeres."

„Ein *Vimana*!" rief Geeta aus.

„Was? Du meinst wie in den Ellora-Höhlen?", fragte Sheela.

Chad ließ den Kalkstein aus seiner Hand fallen, fasziniert von dem, was er gerade gehört hatte.

Sheela nickte und ging langsam auf Geeta zu: „Du meinst, hier gab es einen Tempel?"

Chad war ungeduldig: „*Vimana* und Tempel sind zwei verschiedene Dinge, meine lieben Damen!"

Geeta versuchte, ihr vom Wind aus dem Tal gewehtes Haar zurückzuhalten. „Nun, ein Tempel ist nichts anderes als eine Inspiration, die dem *Vimana* entnommen ist, der Hauptstruktur, dem Epizentrum eines jeden Tempelkomplexes und nicht, dass er tatsächlich wie ein Flugzeug fliegt."

In dem Moment, als Geeta das sagte, verursachte es etwas, das sich wie eine gleichzeitige Verbrennungsreaktion in ihren Gehirnen anfühlte. Alle drei sahen sich an, der Fremdenführer wirkte wieder einmal verwirrt.

„Es ist weggeflogen!", sagte das Trio unisono.

Für sie ergab alles vollkommen Sinn, Worte waren nicht mehr nötig. Sie wussten genau, was geschehen war, die einzige Schlussfolgerung, die möglich war. Der Höhlenkomplex war in einem perfekten Halbkreis gebaut und mit Werkzeugen, die der modernen Menschheit unbekannt waren, mit einem Fehler von 0,0001% weggemeißelt worden und alle waren dem Epizentrum zugewandt, wo sich ein großes, riesiges, Ehrfurcht einflößendes *Vimana* befunden hatte. Aus der Geschichte, die durch die Wandmalereien vermittelt wurde, ergab alles einen perfekten Sinn. Die Götter kamen aus dem Himmel, um beim Bau des Höhlenkomplexes zu helfen, zusammen mit *Apsaras* oder weiblichen Engel, wie sie glaubten. Die Höhlen wurden zum Lob des *Vimana* und der Engel gebaut. Vom Aussehen her schien die Leere die Nachwirkung einer Rakete zu sein, die von ebener Erde gestartet war. Was nun davon übrig war, war ein leeres Loch, das Tal.

„Oye!", rief jemand von der anderen Seite des Höhlenkomplexes.

Alle vier blickten in Richtung des Geräusches, vier Polizisten liefen über die Simse des Höhlenkomplexes auf sie zu. Ihre Herzen stoppten für einen kurzen Moment. Chad schaute in Richtung des anderen Endes der Höhlen und suchte nach einem anderen Ausgang. Der Fremdenführer bemerkte, dass Chad verzweifelt nach einem Fluchtweg suchte: „Es gibt nur einen Weg in diese Höhlen hinein oder aus ihnen heraus, Sir, es sei denn, Sie wollen ins Tal springen." Er klang panisch.

Geeta klammerte sich an ihre Tasche, in der sich die Scheibe befand und stand sprachlos, erstarrt, wie Sheela. Chad suchte immer noch nach Möglichkeiten, der Polizei zu entkommen. Sie waren jetzt nur noch wenige Meter entfernt, weitere 30 Sekunden und sie würden sie erreichen.

„Ich werde meinen Job verlieren, ich werde meinen Job verlieren. Ich habe eine Familie zu ernähren", murmelte der Fremdenführer aufgeregt und rannte schnell weg, tief in eine der Höhlen. In einer Sekunde verschwand er aus ihrem Blickfeld. Es ging alles zu schnell, als dass der Rest folgen konnte.

Die Schwestern waren vor Schock erstarrt. Chad versuchte, die Frauen zu schütteln und in Bewegung zu bringen, indem er sie an den Handgelenken packte.

„Bleiben Sie sofort stehen!" Ein weiterer Schrei, viel lauter als der Vorherige.

Sie waren bereits nahe, sehr nahe.

Chad sah nur einen Ausweg, es war der einzige Weg. Er nahm die Frauen an den Handgelenken, als er von der Kante sprang und zog sie mit sich nach unten.

Kapitel 24:

Shirpur

Friedrich und Karan fuhren mit dem Jeep los, nachdem sie sich vergewissert hatten, dass die Luft rein und niemand in der Nähe war. Nach einigen Kilometern Fahrt rollten sie die Fenster herunter. Friedrich nahm sein Tuch ab und seufzte tief. Die kühle Brise liebkoste sein Gesicht. Jetzt konnte er frei atmen. Karan schnappte seine Zigarettenschachtel aus dem Becherhalter und zog eine Zigarette heraus. „Wir müssen Ihre Freunde finden, bevor die Polizei herausfindet, dass es keinen Privatjet oder Köder gab und dass ich sie auf eine sinnlose Suche geschickt habe. Meine Männer könnten inzwischen den Flughafen erreicht haben. Wer auch immer der Spion ist, hat vielleicht schon den Propheten informiert", sagte er und steckte sich eine Zigarette in den Mund.

Friedrich war ziemlich sicher, dass er Karan vertrauen konnte. Selbst wenn Karan versuchte, ihn aufs Kreuz zu legen, welche Optionen hatten sie, um gegen die gesamte indische Polizei und den Propheten zu bestehen? Es war ein Risiko, das er eingehen musste. Er sah Karan auf der Suche nach einem Feuerzeug, fand es neben seinen Füßen im Fußraum und hob es auf.

„Ajanta-Höhlen", sagte Friedrich, als er das Feuerzeug für Karan anschnipste.

„Was? Warum die Höhlen? Das ist kein Ort zum Verstecken!"

Als Friedrich gerade antworten wollte, klingelte Karans Telefon, genau wie er es erwartet hatte. Karan zündete sich eine Zigarette an, atmete tief ein und übergab Friedrich das Telefon, während er weiterfuhr. Friedrich nahm den Anruf entgegen und schaltete den Lautsprecher ein.

Es war der Prophet. „Karan, Karan, Mr. Karan, Sie halten sich für so schlau... Ein Köder! Brillante Idee und die Dummköpfe sind darauf reingefallen und tatsächlich zum Flughafen gefahren, um Geister zu fangen. Ha ha ha, Sie müssen wirklich bessere Constables für die Abteilung rekrutieren."

Karan blies eine Rauchwolke aus. „Mein Team ist eine Elite, sie haben nur Befehle befolgt. Disziplin und Gehorsam gegenüber Ihrem Vorgesetzten ist die Regel Nummer eins in jedem Polizeirevier und meine Männer machen mich stolz."

„Ha, unbegrenzte Ressourcen und Sie wissen einfach nicht, wie Sie sie nutzen können, Schwachköpfe! Nun, bald können Sie sich von all dem verabschieden. Die neue Welt braucht das alles nicht, keine Polizei, keine korrupten Regierungen, keinen Unsinn. Jeder wird sich an die festgelegten Regeln halten und die Welt wird eine friedliche geeinte Nation sein, ein System ohne Führer, ohne Herrscher, ohne Diktatoren... und ohne Polizei."

Karan schmunzelte: „Aber Sie brauchen immer noch meine Hilfe, welch Ironie!"

Der Prophet seufzte und fuhr fort zu sprechen: „Wie naiv, sogar niedlich. Ich brauche Ihre Hilfe nicht, Sie sind Teil der neuen Welt. Sie sind mein Laufbursche und das wird Ihnen in der neuen Welt gut dienen."

„Kommen Sie auf den Punkt Prophet, oder sollte ich sagen: Mörder", sagte Karan.

„Da haben Sie es, immer auf den Punkt gebracht. Ich habe gut gewählt, Sie sind der richtige Laufbursche. Ich weiß, Sie haben einen der Deutschen." Als Karan im Begriff war, zu antworten, sprach er erneut: „Aha, sagen Sie mir nicht, dass Sie die Frau oder, in Ihren Worten, den Eigentümer der Wohnung haben. Ich weiß, dass es Friedrich ist, meine Männer sind mindestens genauso schlau wie Sie."

Karan nahm sich Zeit, zu antworten, genoss seine Zigarette und sagte: „Ich dachte, das hätten Sie inzwischen begriffen."

„Perfekt, bringen Sie ihn zu mir und ich werde mich um den Rest kümmern", forderte der Prophet.

„Selbst wenn ich ihn zu Ihnen bringe, wie kommen Sie darauf, dass die anderen nach ihm suchen werden?"

Der Prophet sprach langsam: „Laufbursche, stellen Sie keine Fragen, tun Sie einfach Ihren Teil. Sie wissen sehr gut, was sonst mit Ihrer Familie geschehen wird."

„Ein Prophet, der droht, wie ironisch", sagte Karan, als er den Gang wechselte.

Der Prophet war wütend: „Das ist keine Bedrohung, betrachten Sie es als Anreiz, Sie zu motivieren. Sie haben sich zu sehr daran gewöhnt, nur mit Anreizen zu arbeiten. Die neue Welt wird das sowieso nicht mehr brauchen."

Karan fuhr schweigend, er konnte auf ein solches Argument nicht reagieren. Eine Drohung, die als Anreiz zu sehen ist. Ein brillantes Argument! Konnte nicht erwidert werden!

Der Prophet fuhr fort: „Ich erwartete dieses Schweigen. Da ich nun Ihre volle Aufmerksamkeit habe, lasse ich Sie wieder an die Arbeit gehen. Übrigens, vielen Dank für die Idee eines Privatjets auf dem alten Flughafen. Da er nur von VIPs benutzt wird, wäre niemand in der Nähe. Dorthin werden Sie Friedrich morgen früh, 5:45 Uhr, bringen. Es lebe die neue Welt", und er legte auf.

Karan warf seine Zigarette wütend weg, „Sohn einer...!" Friedrich unterbrach ihn mit den Worten: „Das werden Sie nicht tun, oder?"

Karan wandte sich an Friedrich: „Sie zu ihm bringen? Das geht nicht. Dafür habe ich keine 10 Jahre Ausbildung an der Polizeiakademie absolviert. Ich helfe Ihnen, weil ich an das glaube, was Sie tun."

Friedrich spielte mit dem Feuerzeug in der Hand: „Wissen Sie viel über diese Ajanta-Höhlen?"

Karan: „Natürlich! Ich weiß alles über die Höhlen, aber ich verstehe hier etwas nicht, warum die Höhlen? Sie haben zwar historische Wandmalereien und graphische Darstellungen früher entstandener Klone, aber keine wirklichen Beweise oder Details darüber, wie es gemacht wurde. Die Höhlen waren wahrscheinlich ein Tribut an die Götter, weil sie ihnen geholfen haben."

Friedrich spürte, dass es an der Zeit war, dass Karan alles wusste. Sein Bauchgefühl riet ihm, Karan zu vertrauen. Außerdem wusste er, wie wichtig es war, Karan auf seiner Seite zu haben. „Wir haben in Dwarka etwas gestohlen", sprach er mit leichtem Zögern.

Karan war erschrocken: „Hä? Sie meinen vom untergetauchten Dwarka?"

Friedrich nickte: „Und wir haben aus dem, was wir gefunden haben, äußerst wertvolle Informationen erhalten!"

Karan sah ein Schild mit dem Namen eines kleinen Dorfes, Shirpur. Er sehnte sich nach etwas Tee und einer weiteren Zigarette, aber es blieb keine Zeit. Er fuhr weiter: „Was haben Sie gestohlen?", fragte er.

„Ich weiß, dass meine Kamera leer vorgefunden wurde, aber bevor ich sie neu formatiert habe, habe ich die Bilder auf dieses Tablett übertragen." Friedrich zog es heraus. Es hatte nur noch 2% Batterieladung. Friedrich zeigte ihm schnell ein Bild der Scheibe und der Markierungen darauf. Er erklärte Karan, warum Sheela vorgeschlagen hatte, dass sie in den Höhlen von Ajanta nach Antworten suchen sollten.

Karans Eifer, Ajanta zu erreichen, eskalierte. Er trat auf das Gaspedal und fuhr mit voller Geschwindigkeit. Friedrich hielt sich an den Sicherheitsbügeln fest, als das Auto an Fahrt gewann. „Ich hoffe, wir verpassen die drei nicht."

Karan hielt das Lenkrad mit beiden Händen: „Sie haben einen Vorsprung von 3 Stunden. Ich bezweifle, dass wir sie einholen werden, es sei denn, sie untersuchen die Höhlen im Detail. Aber wir müssen es versuchen, nur so können wir erfahren, wohin sie als Nächstes gehen werden."

„Glauben Sie, der Prophet weiß, wohin wir gehen?", fragte Friedrich.

Karan war immer noch wütend über das Telefongespräch, aber er war darauf trainiert, mit provokativen Situationen umzugehen. Er hielt den Blick auf die vor ihm liegende Straße gerichtet, als er antwortete: „Er verfügt über die beste Technologie, die ihm zur Verfügung steht. Das hat er bereits bewiesen und ich bin sicher, dass er unseren Standort über das GPS meines Telefons verfolgt."

Friedrich merkte, dass er immer noch Karans Telefon in der Hand hielt: „Dann müssen wir die Sim-Karte wegwerfen."

Karan nahm Friedrich sein Telefon aus den Händen und verkeilte es in einer kleinen Rille auf dem Armaturenbrett vor ihm. „Die Sim-Karte wegzuwerfen wird nicht helfen, das war der gleiche Fehler, den Sie gemacht haben. Es war klug, sie zu wechseln, aber wir konnten Sie immer noch über die IMEI Ihres Handys verfolgen, die mit der vorherigen Sim-Karte verbunden war. Auf diese Weise wussten wir jedes Mal, wenn Sie die Sim-Karte ausgetauscht haben und wir konnten sogar alle Ihre Anrufe abhören."

Friedrich konnte das Display von Karans Handy sehen, auf dem 16 verpasste Anrufe angezeigt wurden. Karan bemerkte, dass Friedrich auf das Display blickte. „Meine Familie versucht, mich zu erreichen, ich möchte den Anruf nicht entgegennehmen, um ihren Standort nicht preiszugeben. Der Prophet könnte auch mein Telefon abhören, er hat überall Ohren, genau wie er sagte."

„Er sagte auch, dass er überall Augen hat. Was, wenn er weiß, wo sie jetzt sind?", fragte Friedrich besorgt.

Karan wurde unruhig, sein Atem wurde ungleichmäßig. „Unmöglich! Ich habe dafür gesorgt, dass sich ihr Standort ständig ändert. Und die Person, der ich auf diesem Planeten am meisten vertraue, ist für sie verantwortlich. Aber mehr Informationen kann ich Ihnen im Moment nicht geben."

Wenige Stunden später erreichten sie die Ajanta-Höhlen.

Kapitel 25

Charlie 2 3 Sierra

Obwohl Hamad das Angebot des Generals ablehnte, wurde ihm zu seiner eigenen Sicherheit ein kleines Team von drei Armeeoffizieren und ein Militärflugzeug, die Short C-2 3 Sherpa, zugeteilt, die sie direkt zu den Ellora-Höhlen fliegen sollte. Er trug ein Bild seiner Mädchen mit sich und hielt es während der gesamten Reise fest, hielt es vor seinen Augen. Keine Tränen mehr. Hamad dachte nicht ein einziges Mal daran, nachzugeben und die Niederlage zu akzeptieren. Er redete sich immer wieder ein, dass er seine Forschungen für die Terroristen nicht aufgeben könne und versprach seinen Mädchen mit Blick auf das Foto: „Ich werde kommen und euch holen, meine lieben Diamanten und ich werde sie dafür bezahlen lassen, was sie euch angetan haben."

Das Flugzeug hatte keine Fenster, so dass Hamad aus den Geräuschen und starken Vibrationen nur erkennen konnte, dass draußen ein heftiger Sturm tobte. Er schaute auf seine Uhr, 19 Uhr. Die Turbulenzen wurden schlimmer und Hamad flog fast aus seinem Sitz, wurde aber durch seine Schultergurte zurückgehalten. Die beiden Offiziere, die ihm gegenüber saßen, sagten ihm, er solle sich an den Riemen festhalten und die Kopfhörer aufsetzen. Hamad schnappte sich die hinter ihm hängenden Kopfhörer und setzte sie sich auf. Er hörte den Piloten über Funk sprechen:

„*Geräusch* *Lahore-Turm, hier ist Charlie 2 3 Sierra, wir sind gerade in einen schweren Sturm geraten.* *Geräusch* *Bitte melden. Bitte melden. Over.*"

Der Kontrollturm antwortete mit sehr vielen Nebengeräuschen:

„*Char* *Geräusch* *2 3* *Geräusch* *nicht waagerecht* *Geräusch* *Landebahn nicht waagerecht,* *Geräusch* *Sie müssen* *Geräusch* *den Kurs auf* *Geräusch* *ein ei* *Geräusch* *rra echo* *Geräusch* *setzen.*"

„*Geräusch* *Bitte wiederholen!* *War das 1 8 0 Sierra Echo* *Geräusch*" Der Pilot versuchte den Befehl zu verstehen.

Der Kontrollturm von Lahore reagierte nicht.

Erneut sprach der Pilot über die Gegensprechanlage: „Halten Sie sich fest! Wir können erst landen, wenn sich das Wetter auf der Landebahn bessert. Wir werden direkt auf unser Ziel zusteuern." Hamad steckte das Foto in seine Jackentasche, nahm noch einen letzten Schluck Wasser und schloss seine Schulterriemen. Durch Kommunikation mit dem Tower von Lahore hatte er verstanden, dass sie über Pakistan fliegen würden.

Der Sturm wurde schlimmer. Von dort, wo Hamad saß, konnte er die Piloten nicht sehen. Er konnte seine Augen kaum noch auf die beiden vor ihm sitzenden Offiziere richten, bei all dem Zittern und Rütteln. Plötzlich fiel das Flugzeug mit einem lauten Fluggeräusch gegen den schweren Sturm einige Meter ab, während es darum kämpfte, den Rumpf über Wasser zu halten. Der plötzliche Sturz ließ Hamads Hand zwischen die Gurte gleiten und zwang das Gewicht seines eigenen Körpers auf seinen Arm.

„Aaaarrgghghh!" Er stieß einen Schmerzensschrei aus. Sein Arm fühlte sich an, als stünde er in Flammen. Der Schmerz war unerträglich. Hamad erkannte, dass sein Arm wahrscheinlich gebrochen war.

Wenige Augenblicke später zog der Sturm vorbei und die Offiziere schnallten sich los, um dem verletzten Professor zu helfen. Sie taten ihr Bestes, indem sie den Erste-Hilfe-Kasten benutzten, um ihn zu stabilisieren und ihm einige Schmerzmittel zu verabreichen. Die Art und Weise, wie er im Flugzeug saß, zur Seite, verschlimmerte den Schmerz. Er versuchte, sich abzulenken, aber er hatte kein Fenster, aus dem er hinausschauen konnte und hatte keine Ahnung, wo sie jetzt waren. Der Pilot sprach über Funk und Hamad hörte aufmerksam zu.

„Kontrollturm von Aurangabad, hier ist Charlie 2 3 Sierra, der um Landeerlaubnis bittet. Bitte um Landeerlaubnis."

Der Kontrollturm antwortete:

„Charlie 2 3 Sierra, Sie haben Landeerlaubnis auf dem Militärflughafen. Stellen Sie sich in einer Reihe auf, Echo eins eins null. Over."

„Verstanden", antwortete der Pilot und schaltete die Gegensprechanlage ein, um die Passagiere zu warnen. „Landung in T minus 160, halten Sie sich fest."

Hamads Kopf drehte sich vor Schmerz und dem Adrenalinrausch. Die beiden Offiziere stellten Hamads Arm ruhig und kehrten, nachdem sie sich vergewissert hatten, dass er stabil war, zu ihren Sitzen zurück, um sich anzuschnallen. Das raue Wetter führte zu einer harten

Landung mit einem lauten Aufprall, den Hamad wegen seines entsetzlichen Schmerzes kaum registrierte. Er schaute auf seinen Arm und blickte auf seine Uhr, 21 Uhr. Das Flugzeug wurde zum Hangar umgeleitet, wo die Sanitäter Hamad einen provisorischen Gips verpassten, um seinen Arm zu stabilisieren. Er weigerte sich, zur weiteren Behandlung ins Krankenhaus gebracht zu werden.

Wenige Augenblicke später überreichte ihm einer der Mitarbeiter ein Mobiltelefon. „Sie dürfen dieses und nur dieses benutzen. Tragen Sie es immer bei sich, damit wir wissen, wo Sie sind und wir Sie sicher erreichen können", sagte der Mann und hielt das Telefon in der ausgestreckten Hand.

Hamad sah es an: „Danke, aber ich habe mein eigenes mitgebracht, es ist in meinem..."

Der Offizier unterbrach ihn: „Dieses kann nicht verfolgt werden, nur wir können es aufspüren. Der leitende Archäologe aus dem Fall Ellora hat diese Nummer bereits, seine Nummer ist auch hier gespeichert. Sir, bitte, es ist zu Ihrer eigenen Sicherheit."

Hamad nahm es ohne zu zögern an. „Gibt es Neuigkeiten vom General?", fragte er den Offizier.

„Er ist informiert worden, Sir und er wünscht Ihnen eine baldige Genesung", nickte der Offizier und ging.

Hamad wusste, dass der General keine Zeit haben würde, sich um seinen gebrochenen Arm zu sorgen. Er entsperrte sein neues Handy und ging die zuvor gespeicherten Kontakte durch. Die Namen der Offiziere und eines Mr. Lucas mit Sr. Arch. in Klammern. Hamad sah, wie einige Leute damit beschäftigt waren, Ausrüstung aus dem Flugzeug zu entladen, während andere mit dem Papierkram beschäftigt waren. Es war fast Mitternacht. Durch die Schmerzmittel, die ihm von den Sanitätern injiziert worden waren, fühlte er sich schwindlig. Er setzte sich auf einen Stuhl, der neben ihm stand und konnte selbst das Display seines Telefons nicht mehr sehen. Seine Augen verschwammen. Ein Lidschlag, fast unwillendlich und er wurde ohnmächtig.

Kapitel 26:

Die RFID

Nach zwei Tagen Bewusstlosigkeit wachte Anneleen langsam auf. Sie wusste noch nicht, dass sie in dieser Zeit sehr viel Blut verloren hatte. Als sie die Augen öffnente, fühlte sie sich desorientiert, sah sich um und fand sich auf einem Bett liegend wieder, mit einer Infusion in ihrem linken Arm.

Sofort geriet sie in Panik. „Wa... wo ist denn das, hallo?" Anneleen bemerkte, dass niemand in der Nähe war. Sie fand sich in einem ziemlich luxuriösen Raum wieder, mit teuren Gemälden, die an den Wänden hingen und verzierten Möbeln, die zur Seite geschoben worden waren, um Platz für einige Computer und Monitore zu schaffen. Anneleen konnte nicht verstehen, was vor sich ging. Sie fragte sich, ob das alles nur ein Traum war und versuchte, sich selbst aufzuwecken, aber ohne Erfolg.

Jemand kam durch die Tür herein: „Ah, schön, Sie endlich wach zu sehen!" Es war ein kleiner Mann mit einer Hakennase. Er sah sehr schwach und gebrechlich aus. Sein geöltes Haar fiel ihm auf die Stirn. Er trug einen Anzug, dessen Wäsche mehrere Monate überfällig zu sein schien und erinnerte Anneleen an eine Vogelscheuche.

„Sie können mich ... den Meister nennen", er bot ihr kurz seine rechte Hand. „Ah, fast hätte ich es vergessen. Wie unhöflich von mir", und wechselte zu seiner linken Hand.

Da bemerkte sie ihren rechten Arm.
Sie konnte ihn nicht spüren.
Sie konnte ihn nicht bewegen.
Sie sah sich entsetzt um.

Er fehlte!

Anneleen starrte den leeren Raum einige Sekunden lang an, die Augen weit geöffnet, sprachlos, bis auf die Knochen schockiert. Panisch begann sie schwer zu atmen, „Aaa..aaa..aaahh ha aaaahhhhh", schrie sie.

Das Gesicht des Meisters verzerrte sich vor Abneigung, unfähig, ihre lauten Schreie zu ertragen, drehte er sein Gesicht zur Seite. Er hielt sich die Ohren zu und sprach: „Unnötig, junge Dame, wir waren nicht in der Lage, die genaue Position des RFID-Geräts in Ihrem Arm zu finden, also mussten wir Ihren Arm Stück für Stück abschneiden, bis wir ihn schließlich ganz wegschneiden mussten. Aber das Komische ist, dass es sich eigentlich direkt über Ihrem Handgelenk befand. Irgendwie haben wir es übersehen, als wir Ihnen das erste Mal das Handgelenk aufgeschnitten haben. Nun, Sie haben Glück gehabt. Wollen Sie wissen, warum? Weil wir fast begonnen hätten, auch Ihren linken Arm abzuschneiden. Die Krankenschwester hat es gerade noch rechtzeitig gefunden. Glück gehabt Anneleen", lachte er wie ein Wahnsinniger.

Anneleen wurde ohnmächtig, bevor der Meister seinen Satz beenden konnte. „Nun, Sie ruhen sich jetzt aus. Ich komme später wieder, um nach Ihnen zu sehen", er streichelte ihr Bein leicht, indem er seine Finger über die Decke gleiten lies. Beim Verlassen des Raumes rief der Meister der Krankenschwester zu, sie solle sich um Anneleen kümmern.

Wenig später erlangte Anneleen wieder das Bewusstsein, als ein anderer Mann neben ihr stand und sie anstarrte. Er war wahrscheinlich schon einige Zeit dort gewesen. Ihr Herz begann wieder zu pochen und Tränen rollten ihr überg die Wangen.

„Immer mit der Ruhe, überanstrengen Sie sich nicht. Sie waren bisher recht kooperativ und Sie sind ein großer Gewinn; nun, Sie waren zumindest einer", schmunzelte er.

Anneleen blickte auf ihren nicht vorhandenenn rechten Arm hinunter und weinte ununterbrochen. Schluchzend versuchte sie die Realität zu akzeptieren, als ihre Hoffnung, dass all dies nur ein Traum sei, zerbrach. „Auuuuuaaaa", keuchte sie vor Schwerz, als sie unter Tränen versuchte, ihren Armstumpf zu berühren. Zitternd fiel sie zurück auf das Bett.

„Es wurde kauterisiert. Sie bluten nicht mehr. Josephine hier ist eine ausgezeichnete Krankenschwester."

Anneleen sah, wie die Krankenschwester auf der anderen Seite des Raumes stand und einige blutige Laken entfernte. „Entschuldigung, dass Sie das sehen mussten. Wir hatten keine Zeit zum Aufräumen. Wir waren ziemlich beschäftigt. Sie haben eine Menge Blut verloren und waren zwei Tage lang bewusstlos", sagte der neue Mann.

„Sie Bastard, warum, warum haben Sie mir das angetan? Wer sind Sie?", schrie Anneleen laut weinend und versuchte, sich die Nase zu putzen.

„Versuchen Sie, sich nicht aufzuregen. Ihre Freunde werden bald kommen und Sie nach Hause bringen. Bleiben Sie jetzt ganz ruhig", schlug der Mann vor und wandte sich von ihr ab.

„Was sind Sie?", fragte sie.

Der Mann blieb stehen und lächelte: „Ha ha, es sieht so aus, als hätten Sie mich als eine Art Tier kategorisiert." Er warf der Krankenschwester einen Blick zu und drehte sich dann zu ihr um: „Mir gefällt die Tatsache, dass Sie mich nicht gefragt haben, *wer* ich bin, sondern *was* ich bin." Er drehte sich wieder zu der Krankenschwester um, lächelte und zeigte mit dem Finger auf Anneleen: „Sie lernt bereits, eine Kluge, die wir hier haben. Wir sollten sie in unser Team aufnehmen, was sagen Sie dazu, Josephine?"

Josephine antwortete mit einem Nicken und sprach: „Und eine Starke, Prophet." Sie hatte einen französischen Akzent.

Der Prophet sah die tränenüberströmte Anneleen an und sprach ohne Reue: „Sie haben es gehört? Wie sie mich nannte? Ja, das ist es, was ich bin und wer ich bin."

„Was bedeutet das? Sie meinen, Sie sind von Gott gesandt?", fragte Anneleen ungläubig.

Der Prophet seufzte: „Das würde von Ihrer Definition von Gott abhängen."

„Sie sind ein Monster, fahren Sie zur Hölle", schrie sie.

„Ha ha ha, Sie werden mir noch früh genug danken, meine Liebe. Es wird alles gut, die ganze Welt wird besser werden. Sie haben ein großes Opfer gebracht und die Geschichte wird sich an Sie erinnern für das, was Sie geopfert haben", sagte der Prophet, holte tief Luft und schloss die Augen.

Anneleen versuchte, aus ihrem Bett aufzustehen, wütend über die selbstgefälligen Erklärungen des Propheten. Sie merkte, dass sie von der Taille abwärts ans Bett gefesselt war. „Was zum...? Holen Sie mich raus, lassen Sie mich gehen", zappelte sie.

Josephine eilte zu ihr, hielt sie fest und zwang sie, sich wieder hinzulegen.

Der Prophet zog einen der Monitore auf sie zu und zeigte ihr seine GPS-Ortungssoftware. „Sie sehen diese Punkte", sagte er und zeigte auf den Bildschirm. „Raten Sie, was sie sind. Ihre Freunde. Sie waren nicht leicht zu verfolgen. Ganz und gar nicht. Sie werfen ihre Handys immer wieder weg. Aber ich habe es geschafft, eines von ihnen an die Leine zu nehmen."

Er kämmte sein Haar mit den Fingern und fuhr fort: „Der Meister, er ist ein kluger Mann, genau wie Sie. Er hat das alles für mich geschaffen, er ist ein Genie. Ich glaube, Sie beide kennen sich bereits."

Anneleen bemühte sich, durch ihre Tränen auf den Bildschirm zu schauen, erkannte aber den Ort nicht. Der Prophet bemerkte ihre Verwirrung und lächelte: „Oh, lassen Sie mich Ihnen helfen." Er zoomte die Karte heraus, um deutlich zu machen, wo die roten Punkte waren. Anneleen sah den Ort jetzt, Indien. Da wurde ihr klar, wen der Prophet als ihre Freunde bezeichnete.

Die Karte von Indien erinnerte sie kurz an ihre Forschungen über die Kuh. Fassungslos und verwirrt wusste sie nicht, ob der Prophet die Wahrheit sprach. Anneleen hatte keine Ahnung, wo sie mit ihren Fragen beginnen sollte. Nichts davon ergab für sie irgendeinen Sinn. Ihr Arm fehlte. Der Prophet wusste, dass sich Chad und Friedrich in Indien befanden, sie wurde von diesem furchterregenden Mann, einer unscheinbaren Vogelscheuche, die sich „Meister" nannte, an ein Bett gefesselt. Von ganzem Herzen wünschte sie sich, dass sie in die Zeit zurückgehen könnte, in der sie noch glücklich in ihrem eigenen Bett schlief. Anneleen schloss kurz die Augen, wischte die letzte Träne ins Kissen und sagte sich, sie solle tapfer sein.

Der Prophet erhielt einen Anruf und verließ den Raum. Die Krankenschwester folgte ihm. Anneleen lag auf dem Bett und starrte auf den Monitor, ihr Verstand raste, voller Fragen. Sie fragte sich, ob sie jetzt überhaupt in Deutschland sei. Die Fenster waren von außen mit Fensterläden verschlossen. Nicht einmal Sonnenlicht konnte in den Raum gelangen. Es kam ihr alles bekannt vor. Als Kind hatte sie einmal einen alten Armeebunker besucht, der im Zweiten Weltkrieg von den Nazis genutzt wurde. Dieser sah genau gleich aus, nur die Fensterläden hatten ein Vorhängeschloss. Niemand konnte hinausschauen. Auch konnte niemand von außen hineinschauen.

Sie versuchte, den Laptop zu erreichen, den der Prophet zurückgelassen hatte, vielleicht könnte sie eine SOS-Nachricht aussenden. Kein Glück, er war natürlich passwortgeschützt. Alle ihre Versuche, ihn zu entsperren, schlugen fehl. Sie versuchte, aufzustehen, in der Hoffnung, dass die anderen Computer im Raum entschlüsselt werden könnten, stellte aber frustriert fest, dass sie immer noch festgeschnallt war.

Einige Stunden vergingen.

Kapitel 27

Der Brunnen im Tal

Chad und die Schwestern stürzten in das flache Tal hinunter, nur wenige Meter von dem Felsvorsprung entfernt, von dem er gesprungen war. Der Sturz war nicht allzu tief, ihr Fall wurde von Sträuchern abgefedert, die von der Klippe herunterwuchsen. Als ihre Körper die Klippe hinunterrollten, begannen sie etwas an Schwung zu gewinnen. Dinge bewegten sich zu schnell.

Chad bemerkte einen großen Hohlraum, wo ihr Sturz endete. Er versuchte, die Frauen zu warnen, die gefährlich nahe davor standen. Aber sie konnten nichts tun. Sie hatten keine Kontrolle und konnten ihren Sturz nicht aufhalten. Chad versuchte verzweifelt, sich an etwas festzuhalten, an irgendetwas, während er fiel. Gerade als er von einer unebenen Oberfläche abrutschte, griff seine Hand nach etwas. Sein Sturz wurde schließlich aufgehalten.

Er überprüfte, woran er sich festhielt und stellte fest, dass es sich um den Schulterriemen einer Tasche handelte, die sich in einem engen Gewirr von jungen Wurzeln verfangen hatte. Chad erkannte die Tasche wieder. Es war die von Geeta. Er hörte eine der Frauen schreien und dann die andere. Dann war alles still.

Chad zog den Beutel von der Wurzel weg und zog sich langsam bis zum Boden vor, wobei er sich an allem festhielt, was er greifen konnte. Felsen, Sträucher, Äste. Er erreichte den Rand der Öffnung und fand die beiden Frauen unten. Es war ein perfekter Kreis mit einem Durchmesser von etwa fünfzig Metern, gebaut aus gemeißelten Steinblöcken. *Jemand hat das gemacht*, dachte Chad bei sich.

Sheela stöhnte, als sie versuchte, sich dem Gewicht ihrer Schwester zu entziehen. Geeta war auf Sheela gelandet. Sie erhob sich und half ihrer Schwester auf. Als Sheela sich aufrichtete und ihre Gliedmaßen kontrollierte, bemerkte Geeta, dass ihre Tasche immer noch unter ihr lag. „Sie hat mich gerettet, aber ich glaube, das Zeug darin muss kaputt gegangen sein", sagte Sheela reumütig. Geeta öffnete den Reißverschluss der Tasche, um den Inhalt zu überprüfen. Bis auf das zerquetschte Essen und die zerdellten Plastik-Wasserflaschen schien alles in Ordnung zu sein.

„Sind Sie beide in Ordnung", rief Chad von oben.

„Ja, nur ein paar blaue Flecken, ich glaube, es ist nichts gebrochen", schrie Geeta zurück und stellte fest, dass sie am Ellenbogen leicht blutete.

„Dies scheint ein Brunnen zu sein", sagte Chad.

Sheela sah sich um. Alles war aus Stein, die Wände und der Boden. „Ja und das gefällt mir nicht", sagte Geeta und ging auf Chad zu. „Übrigens, schöne Tasche", sagte sie frech.

„Ich dachte, Sie könnten sie vielleicht brauchen", sagte Chad, als er sie auf seine Schulter schwang und sich flach auf den Rand des Brunnenrandes legte und den Arm ausstreckte.

Als Geeta danach griff, schrie Sheela: „Seht mal!"

Chad und Geeta blieben überrascht stehen und schauten Sheela an. „Sehen Sie, sehen Sie nur", sie deutete auf eine Öffnung direkt neben Geeta, fast versteckt. Geeta drehte sich zu ihr um. „Was ist das", murmelte sie und ging auf die Öffnung zu. „Es scheint ein Eingang zu sein, aber er ist verschlossen, allerdings gibt es ein Tor." Sie versuchte hineinzuschauen. „Ich glaube, es ist ein... Tunnel!"

Sheela ging auf sie zu und schaute sie an: „Chad, das müssen Sie sich ansehen, kommen Sie runter."

„Sind Sie verrückt? Wer wird uns rausholen, wenn ich runterkomme?", fragte er.

Die Schwestern waren zu sehr in ihre Entdeckung vertieft, um darauf zu antworten. Sie standen direkt unter ihm, aber er konnte nicht sehen, was sie sahen. Chgad seufzte und versuchte, die Entfernung bis zum Boden des Brunnens abzuschätzen. Er war nicht bereit für einen weiteren Sprung. Deswegen griff er nach der Kante und ließ sich herunterhängen. „Alles in Ordnung, lassen Sie los", sagte Geeta, als sie sah, wie er sich abmühte. Chad ließ sich neben ihnen fallen und ging zum Tor hinauf.

„Das jüngste Erdbeben hat diesen Ort vielleicht erschüttert", sagte Sheela, als sie in den Tunnel schaute.

„Sagen Sie mir nicht, dass Sie daran denken, hineinzugehen", fordete Chad.

„Wollen Sie wieder nach oben gehen? Wir sind wahrscheinlich aus einem bestimmten Grund hier unten gelandet", sagte Sheela.

„Dieses Tor ist auch aus einem Grund hier", sagte Chad und klopfte darauf. Kaltes Metall, aber solide für sein Alter.

„Die Bullen suchen da draußen nach uns. In dem Moment, in dem wir unsere Köpfe rausstrecken, werden sie uns schnappen", argumentierte Geeta.

„Aber wir wissen nicht, was da drin ist", sagte Chad und zeigte auf das Tor.

„Was wäre, wenn diese Typen nicht einmal echte Polizisten wären? Sie könnten für den Propheten arbeiten. Denken Sie einen Moment darüber nach", sagte Geeta, als sie ihm ihre Tasche wieder abnahm.

Er wusste, dass ihre Überlebenschancen und ihre Sicherheit besser waren, wenn sie zusammenhielten. „Ok, ok. Anscheinend haben wir keine große Wahl", sagte Chad, als er das Tor am Tunneleingang ergriff und versuchte, es zu öffnen. Es ließ sich nicht bewegen. Teile davon waren verrostet und mit der Zeit mit dem Felsen verschmolzen. Sheela hob einen großen Stein auf und zertrümmerte die Scharniere des Tores. Mit einem harten Stoß gelang es Chad, das Tor mit Gewalt zu öffnen. Das Tor schwang langsam auf und fiel dann zu Boden.

Ohne zu zögern ging Sheela herein, Geeta folgte ihr. Chad sah sich ein letztes Mal um, bevor er eintrat: „Los geht's!"

Ein paar Meter weiter stellten sie fest, dass der größte Teil des Tunnels überraschenderweise noch intakt war. Sie berührten die Decke und die Wände um sie herum. Keine größeren Schäden an seiner Struktur, kein Vandalismus, keine Anzeichen für eine kürzliche menschliche Präsenz, aber von Ratten und Spinnen, stinkend, feucht und dunkel. Je tiefer sie eindrangen, desto dunkler wurde es. Sheela holte eine Taschenlampe aus ihrer Tasche und gab sie Chad.

„Da ist noch eine drin", sagte Geeta.

„Ich weiß, aber lassen Sie uns eine nach der anderen verwenden, damit sie länger ausreichen. Nur für alle Fälle", antwortete Sheela.

Chad fand den Einschaltknopf und schaltete die Taschenlampe ein. Die Wände waren feucht und glitzerten im Licht. Der Gang war tief und am Ende des Tunnels war kein Licht sichtbar. Chad ging nach vorne und rief: „Passen Sie auf Ihre Füße auf, hier gibt es überall Ratten!"

„Der Tunnel scheint wirklich lang zu sein", sagte Geeta.

„Lassen Sie uns einfach weitergehen", antwortete Sheela.

Kapitel 28:

Lucas

Hamad befand sich auf einem Schiff, es schaukelte stark von einer Seite zur anderen. Sein ganzer Körper zitterte heftig. Er hatte keine Kontrolle darüber. Es war ein Gewitter, ähnlich dem, das er im Flugzeug erlebt hatte, aber dieses schien viel heftiger zu sein.

Jemand klopfte ihm auf die Schulter, „Sir?"

Die Stimme wurde lauter: „SIR! Aufwachen!", noch lauter.

Hamads Arm, der Schmerz kam zurück.

„Sir, bitte."

Hamad öffnete schließlich die Augen. Er sah, zu wem die Stimme gehörte. Es war der Offizier, der ihn begleitet hatte. Hamad war jetzt wach, aber er wusste immer noch nicht, was geschehen war. Er versuchte sich zu orientieren. Über die Schulter des Mannes konnte Hamad aus dem Fenster sehen. Er erblickte den klaren Himmel und die warme Sonne, die gerade aufging.

Hamad hatte geträumt. Als er sich umsah, stellte er fest, dass er sich immer noch auf dem Militärflughafen befand. Er lag in einem Behelfsbett, nicht in dem Stuhl, in dem er ohnmächtig geworden war. Durch einen Blick auf seine Uhr bemerkte Hamad, dass er während seines fünfstündigen Mittagsschlafs bewegt worden war.

„Mr. Lucas ist hier, Sir. Er wird Sie wie geplant zu der Örtlichkeit bringen. Sie weigerten sich gestern Abend, in ein Hotel zu gehen. Wir konnten Sie dazu bringen, ein paar Meter vom Hangar zu diesem Korridor zu laufen, aber Sie wurden wieder ohnmächtig. Es tut uns leid, aber wir haben hier keine Betten."

Hamad hat das meiste davon nicht registriert, bis auf eine Sache: Lucas, der leitende Archäologe, war hier. Sein Name war im Telefon gespeichert. Hamad durchsuchte seine Taschen. Das Handy war in seiner Hemdtasche und sein wertvoller Besitz war noch in seiner Jackentasche. Erleichtert versuchte er aufzustehen, fühlte sich aber, als ob er einen schrecklichen Kater hatte. Er lehnte sich zurück und signalisierte, dass er um ein Gals Wasser bat.

Der Offizier wandte sich an einen dienstbereiten Soldaten, der Hamad ein Glas Wasser aus einem Spender brachte. Hamad nahm einen Schluck und versuchte erneut aufzustehen. Mit der Hilfe des Offiziers ging er langsam auf den Ausgang zu und bemerkte einen jungen Europäer, etwa halb so alt wie er, der draußen bei den Piloten stand. Hamad sah sich nach Lucas um, aber dieser junge Mann war die einzige andere Person, die neben einem Jeep stand. Seine Kleidung sah eher wie die eines Bikers aus den sechziger Jahren aus, als die eines düsteren Archäologen. Er war stark tätowiert und kaute Kaugummi.

Hamad wandte sich an den Offizier, der ihn begleitete und zeigte auf den Mann: „Lucas?"

Der Offizier sagte: „Ja, Sir, dies ist Mr. Lucas, verantwortlich für den Standort Ellora."

Lucas ging auf Hamad zu und streckte seine Hand aus: „Herr Hamad, ich werde nicht fragen, wie Ihre Reise war, aber ich wünschte, sie wäre besser gewesen. Ich hoffe, Ihr Arm stört Sie nicht zu sehr."

Hamad schüttelte die Hand: „Oh, das tut er, aber es geht ihm langsam etwas besser."

„Ich glaube, wir haben keine Zeit, Sie jetzt in ein Krankenhaus zu bringen, vielleicht morgen. Hoffentlich ist es bis dahin nicht zu schlimm", sagte Lucas.

„Keine Sorge, ich schaffe das schon. Ich kann es kaum erwarten, zu den Höhlen zu gelangen", sagte Hamad und brachte seine Schulter in eine bequemere Position.

Lucas nickte, half Hamad in den Jeep und setzte sich auf den Fahrersitz. Die beiden Offiziere begleiteten sie in Polizeiautos. Hamad bemerkte ein Café-Racer-Bike, das mit Stangen an der Rückseite des Jeeps befestigt war. Lucas sah die Überraschung auf Hamads Gesicht.

„Sie geht überall hin, wo ich hingehe, eine Schönheit, nicht wahr?", sagte Lucas.

„Ja, das ist sie in der Tat", stimmte Hamad bewundernd zu.

Lucas startete die Zündung: „Ich bin wirklich froh, dass das Team sich wieder zusammenfindet."

„Das Team?", fragte Hamad.

Lucas fuhr los und bog schaf ab, um wieder auf die Straße nach Ellora zu gelangen. „Ja, der einzige Mann, der zum Team der Mission Dwarka gehörte, ist endlich wieder aufgetaucht. Er hat mit einer meiner Quellen Kontakt aufgenommen. Wir dachten, das gesamte Team sei nach Dwarkas Entdeckung, einer nach dem anderen für immer verschwunden."

Hamad wusste, was Dwarka war. Er hatte in der Vergangenheit einige Nachforschungen darüber angestellt. „Jetzt gibt es also nur noch eine Person, die bereit ist, Ihnen bei Ellora zu helfen?"

„Nun, er hilft uns nicht freiwillig, aber er hat keine Wahl. Vor 48 Stunden hat eine Gruppe von Menschen unter der Führung dieses Mannes, Shashank, einen ungenehmigten Tauchgang nach Dwarka unternommen. Ich glaube, es waren zwei deutsche Wissenschaftler und eine hübsche indische junge Frau beteiligt. Der Haupt-Taucher und Shashank sind verschwunden und die anderen, die jetzt als 'Das Trio' berühmt geworden sind, sind auch verschwunden. Ich versuche, mit Shashank Kontakt aufzunehmen, damit er uns in Ellora helfen kann, aber es gibt immer noch keine Neuigkeiten über den Haupt-Taucher."

Lucas drehte sich um, um zu sehen, ob die Offiziere, die sie begleiteten, hinter ihnen her fuhren. Sie waren dicht hinter ihnen. Lucas fuhr durch die belebten engen Landstraßen, während Hamad versuchte, Antworten zu bekommen: „Warum glauben Sie, dass dieser Typ Ihnen helfen kann?"

„Nun, er hat an der vielleicht ältesten modernen Zivilisation überhaupt gearbeitet, der versunkenen Stadt Dwarka. Niemand kennt sie so gut wie er, zumindest niemand, der noch am Leben ist. Ich habe dort unten in Ellora einige Dinge gefunden, die von Dwarka in seinen ruhmreichen Tagen sprechen. Nirgendwo sonst wird Dwarka so ausführlich erwähnt, außer in Büchern, aber nichts im Vergleich mit dem, was Sie hier sehen werden."

Lucas zog eine Flasche Wasser hervor und bot sie Hamad an: „Ich habe gehört, was Sie in Afghanistan gefunden haben. Sie haben das Team dort geleitet und dies könnte einige Fragen beantworten, die Sie wahrscheinlich haben."

Hamad fragte sich, ob Lucas von dem Gegenstand wusste, den er aus dem Flugzeug mitgenommen hatte und ob er sich darauf bezog.

Etwa eine Stunde später erreichten sie die Ellora-Höhlen, Polizei rundum, hohe Sicherheitsmaßnahmen. Ein behelfsmäßiges Zelt wie das, das sie auf dem Flugzeuggelände in Afghanistan hatten, mit ein paar Leuten drinnen, die fleißig an ihren Computern arbeiteten. Menschen gingen ein und aus und trugen eine Menge Hightech-Ausrüstung. Einer der Archäologen erkannte Hamad und näherte sich ihm. „Sir, Sie sind doch Professor Hamad, oder? Der berühmte Metaphysiker, der über das alte Indien schrieb?", fragte er neugierig.

Bevor Hamad antworten konnte, sprach Lucas grob: „Professor, hier entlang." Er hatte es eilig, Hamad zu zeigen, was sie gefunden hatten und keine Geduld für zwanglose Diskussionen und freundschaftliche Plaudereien.

„Ich sollte Sie warnen, dies könnte eine Weile dauern. Der Tunnel ist überraschenderweise ziemlich groß und es ist eine lange Fahrt, um zum Hauptteil zu gelangen, wo wir die interessanten Sachen haben", sagte Lucas geheimnisvoll, als er eine schwere Tasche vom Heck seines Jeeps aufhob.

„Die Fahrt?" Hamad war verblüfft.

„Oh ja, nicht in meinem Jeep, aber in dem", sagte er und zeigte auf einen Tunnelbagger, der am Tunneleingang wartete. „Leider hatten wir keine Zeit, Abbaustrecken zu bauen und mit dem Schutt im Inneren ist das nicht möglich. Es könnte Monate dauern, bis wir dort ein Transportgerät aufstellen können. Wir kennen immer noch nicht die volle Ausdehnung des Tunnels, es könnten insgesamt 100 Kilometer sein", erklärte Lucas, als er seine Tasche öffnete, um Hamad den Inhalt zu zeigen. In der Tasche befanden sich alle wesentlichen Dinge, die sie für die Reise in den Tunnel benötigten.

Hamads Fantasie spielte verrückt, ein uralter, weitreichender Tunnel, durch den er nun mit einem Mann, den er gerade erst kennen gelernt hatte, in einer geschlossenen Kapsel reisen würde... ein Erdbeben, das unterirdisch Teile einer verlorenen Zivilisation enthüllt hatte. *Was ist, wenn sich jetzt ein weiteres Erdbeben ereignet und unser Ausgang verschüttet wird?* Eine leichte Panik brach in ihm aus.

Doch Lucas ließ Hamad keine Zeit, über die Situation nachzudenken. Er ging schnell und schnappte sich zwei Bergbauhelme mit daran befestigten Stirnlampen, zwei Bergarbeitergurte, zwei Mehrzweckmesser, LED-Taschenlampen in Militärqualität und zwei strapazierfähige Nylonseile. Je eines davon überagab er Hamad. Die beiden Offiziere folgten ihnen mit ähnlicher Ausrüstung. Aber als sie die Maschine erreichten, blieb einer von ihnen stehen, während er Lucas zusah, wie dieser in die Maschine kletterte.

Lucas sah, wie sich die beiden Offiziere stritten: „Es ist eng, aber hier drinnen ist genug Platz für vier, sogar für sechs, wenn wir es drauf ankommen lassen", lachte er.

„Er ist ein Angsthase, seine Klaustrophobie lässt ihn nicht hineingehen. Gehen Sie beiden weiter, wir warten hier", sagte der andere Offizier.

Lucas versicherte ihnen, dass sie in ein paar Stunden zurückkehren würden und fuhr in den Tunnel.

Als sie eintraten, wurde das natürliche Sonnenlicht langsam durch künstliche Halogenlampen ersetzt. Lucas bemerkte wie Hamad sich umsah: „Dieser Ort ist nichts für schwache Nerven, sondern nur für Männer wie uns, die an Höhlen und Tunnel gewöhnt sind. Ich wusste, dass sie uns nicht hinein folgen würden." Er zwinkerte ihm zu.

Hamad erkannte, dass es sich dabei nicht nur um einen einzigen Tunnel handelte, sondern um ein Netzwerk mit mehreren Tunneln, die sich in verschiedene Richtungen verzweigen. Die meisten von ihnen waren gut beleuchtet und die Wände mit elektrischen Drähten versehen. Hin und wieder bemerkten sie jemanden, der in die entgegengesetzte Richtung ging, mit einem Laptop oder ein paar zusammengerollten Papieren in der Hand. Lucas erklärte, dass sie das gesamte Tunnelsystem digital kartografierten. Der Tunnel, durch den sie fuhren, sei als der Haupttunnel, der größte Tunnel, identifiziert worden. Wenige Meter in den Tunnel hinein begann dieser breiter und höher zu werden.

𝕶apitel 29:

Zerstörer von Welten

Lucas und Hamad kamen nach fast zweistündiger Fahrt am Hauptort der Entdeckung an. Sie wurden von einem Fahrer eines Kompaktbaggers begrüßt, der an der Erweiterung des Tunnels arbeitete.

„Warum verlängern Sie ihn?", fragte Lucas.

„Der leitende Ingenieur will, dass wir uns durch diesen Schutt graben. Er will, dass der gesamte Tunnel geräumt wird, Sir", antwortete der Fahrer.

„Das wird nicht nötig sein. Wir müssen dieses Objekt nur sicher von hier wegbringen", sagte Lucas und entließ ihn für heute. Der Mann verließ sie glücklich in seiner kleinen Maschine.

Der Raum, in dem sie sich nun befanden, war fast kugelförmig, wie ein Sitzungssaal, nicht für Menschen, sondern ein Raum, in dem sich Wege trafen. Lucas atmete schwer: „Also, Dr. Hamad, sind Sie bereit, Zeuge dessen zu werden, was hier liegt, die größte Entdeckung dieser Epoche?"

„Ja, natürlich", rief Hamad aufgeregt aus und vergaß dabei seine Erschöpfung und seinen schmerzenden Arm. Lucas deutete auf ein sorgfältig drapiertes Objekt und gestikulierte Hamad, ihm zu folgen, während er sich ihm näherte.

„Wir haben diesen reflektierenden Stoff mit thermischer Barriere verwendet, um ihn zu drapieren", sagte Lucas, als er den glänzenden Stoff berührte. Hamad erkannte, dass es sich um einen hochdichten Polyethylen-Kunststoff handelt. Er konnte sich nicht vorstellen, was darunter lag. Mit einem tiefen Seufzer hob Lucas den Stoff an und enthüllte ein riesiges, majestätisches, gut erhaltenes Objekt.

Hamads Augen wurden groß, als er es ansah. Das Objekt sah aus, als käme es nicht aus dieser Welt. Es strahlte, als sei es ein Lebewesen. Hamad hatte Schwierigkeiten, es zu begreifen. Drei Reihen schwer aussehender halbmondförmiger Objekte, die mit Ketten aus einem anderen Element gespannt waren, das Hamad nicht erkannte. Es erweckte den Eindruck eines hydraulischen Katapults.

„Diese halbmondförmigen Dinge sehen aus, als hätten sie einst etwas an Ort und Stelle gehalten", sagte Hamad.

„Ja, das denken wir auch. So wie es aussieht, hielten sie ein großes, sperriges, zylindrisches Objekt, das sich am Scheitelpunkt verjüngte und auf den Eingang des Tunnels zeigte", antwortete Lucas.

Als Hamad sich den fehlenden Gegenstand vorstellte, der einst daran festgehalten wurde, fiel ihm die Kinnlade herunter. Nach einer Minute, die ihm wie eine Ewigkeit vorkam, bewegte er sich schließlich und ging um das Objekt herum und betrachtete es im Detail. Lucas sagte, er könne es berühren, wenn er wolle. Hamad konnte nicht widerstehen, dies zu tun.

Lucas zeigte ihm die Schriften und Bildhauereien an den Wänden. Detaillierte und scheinbar wichtige Botschaften mit den genauen Zeiten und Ereignissen, die sich als Folge dieses von ihnen entdeckten Objekts ereignet hatten.

„Wie ein Logbuch, hm?", fragte Lucas den hypnotisierten Hamad, der mit einem langsamen Nicken antwortete.

„Genau hier steht: *Derjenige, der diese Waffe geschaffen hat, hat auch die Gegenmaßnahme dagegen geschaffen.*"

Hamad betrachtete den Text, auf den sich Lucas bezog, eine alte Schrift, die in die Felsoberfläche geritzt war.

„Wie die Schweinegrippe", sagte er.

Lucas schnippte mit den Fingern: „Genau! Die Geschichte wiederholt sich immer wieder. Diejenigen, die die Schweinegrippe verursachten, stellten sicher, dass sie auch das Gegenmittel hatten, damit sie es verkaufen konnten. Nur in diesem Fall glaube ich nicht, dass der Verkauf die Absicht war."

„Warum eine Waffe herstellen und ihre Gegenmaßnahme bereitstellen? Warum dann überhaupt eine Waffe herstellen?", fragte Hamad, während er über die mögliche Antwort nachdachte.

„Das alles haben wir noch nicht herausgefunden. Die Motive sind noch nicht klar, aber sehen Sie sich das an, vielleicht wissen Sie, was das sein könnte." Lucas brachte Hamad zum hinteren Ende der Höhle, wo etwas in altem Sanskrit eingraviert war. Darunter war ein Post-it-Zettel geklebt. Lucas zog den Zettel ab und erklärte: „Unsere Experten vor Ort haben die meisten dieser Schriften übersetzt und auf meine Bitte hin die Zettel an die Wände gehängt. Hier heißt es: 'Wenn das Licht von tausend Sonnen am Himmel plötzlich bräch' hervor, das wäre gleich dem Glanze dieses Herrlichen, und ich bin der Tod geworden, Zertrümmerer der Welten'."

Hamads Augen wurden größer, als er diese Worte erkannte. „Robert Oppenheimer", flüsterte er fast vor sich hin.

„Wie bitte?" Lucas lehnte sich nach vorne.

Hamad rieb sich die Stirn und dachte über den Zufall nach, als er erklärte: „J. Robert Oppenheimer war der wissenschaftliche Direktor des Manhattan-Projekts, Amerikas Programm zur Entwicklung der ersten Atomwaffen im Zweiten Weltkrieg. Er zitierte diesen Satz nach dem ersten erfolgreichen Atomtest, dem Trinity-Test in New Mexico, irgendwann um 1945. Danach genehmigte Präsident Truman die Atombombenangriffe auf die beiden japanischen Städte Hiroshima und Nagasaki, bei denen weit über 200.000 Männer, Frauen und Kinder getötet wurden."

„Auf keinen Fall! Diese Schriften sind über 10.000 Jahre alt! Wie kann das sein?"

Hamad war genauso verwirrt wie Lucas. Nach ein paar Sekunden, in denen er durch die Höhle ging und die Schriften betrachtete, sprach er: „Wenn ich mich nicht irre, hat er, glaube ich, diese Zeilen aus der Bhagavad Gita, dem heiligen Buch der Hindus, zitiert."

Lucas blickte auf das Post-it, das er in der Hand hielt: „Huh, ich habe mir nie die Mühe gemacht, die Leute, die das übersetzt haben, zu fragen, ob sie wussten, woher es stammt."

„Selbst wenn Sie gefragt hätten, die Wahrscheinlichkeit, dass sie es wissen, ist gering. Niemand recherchiert mehr in der Bhagavad Gita nach Antworten. Die Originalfassung ist in einer fast vergessenen Schrift verfasst. Selbst diejenigen, die sie gelesen haben, haben diesen Teil wahrscheinlich nie beachtet. Die aktuellen Fassungen, die in den letzten hundert Jahren entstanden sind, sind vereinfachte Versionen, so dass ein Laie sie verstehen kann", sagte Hamad.

Lucas wandte sich dem Objekt zu und spürte seine Anwesenheit als Lebewesen. Er fühlte eine Welle des Respekts vor dem, was es hätte sein können und wozu es fähig war. „Wer bist du? Warum bist du hier", sprach er laut aus, ohne sich dessen bewusst zu sein.

Kapitel 30:

Der goldene Hirsch

Nach einigen Stunden, in denen sie durch den Haupttunnel gingen und mehrere kleinere Tunnel passierten, erreichten sie schließlich einen größeren Raum. Der Weg endete hier.

„Und nun?" Chad geriet in Panik.

„Das kann nicht sein!" rief Sheela aus.

„Irgendwo muss der Tunnel ja hinführen", fügte Geeta hinzu.

„Wir sollten nach einer alternativen Route suchen. Die anderen Tunnel, die wir auf dem Weg hierher gesehen haben... vielleicht sollten wir zurückgehen", sagte Chad, während er sich verzweifelt mit der Taschenlampe umsah.

„Unmöglich, uns gehen die Vorräte aus. Wir haben das ganze Wasser und die Lebensmittel aufgebraucht", sagte Sheela und sah ihre Tasche durch.

„Selbst wenn wir einen anderen Tunnel nehmen würden, von welchem gehen wir überhaupt aus? Es gibt mehrere und wer weiß, wie viele von ihnen Sackgassen sind", sagte Geeta.

„Dann müssen wir zurückgehen, auf demselben Weg, auf dem wir gekommen sind. Wir müssen uns jetzt entscheiden", sagte Chad, während er ihnen mit dem Lichtstrahl ins Gesicht leuchtete.

Plötzlich hörten sie Stimmen von der anderen Seite eines Felsblocks, der den Weg des Tunnels zu blockieren schien. Die drei begannen zu schreien und brüllten sich die Lunge aus dem Leib. Auf der anderen Seite wurde es still, keine Stimmen mehr. Chad und die Frauen sahen sich verzweifelt an und fragten sich, was passiert war.

Dann hörten sie lautes Klopfen, einige kleine Steine und Schlamm fielen auf ihrer Seite der Höhle zu Boden. Instinktiv wichen sie von den Felsbrocken zurück. Sie hörten einen weiteren lauten Aufprall, weitere Steine und Schlamm fielen herab, gefolgt von einem großen, lauten Klopfen. Diesmal begann sich der große Felsbrocken, der ihnen den Weg versperrte, zu bewegen und zu zittern.

Chad erkannte, dass er aus Kalkstein bestand, der durch Tropfwasser gebildet worden war. Er schob die Frauen schnell von den herabfallenden Trümmern weg. Sheela fühlte, wie sich ihr Kopf drehte, griff nach Geeta und riss sie zu Boden, als sie ohnmächtig wurde. Chad bückte sich, bedeckte sie mit seinem Körper und bildete einen menschlichen Schild.

Ein helles Licht traf sie durch die teilweise geräumten Trümmer. Wie ein Heiligenschein. Sheela öffnete ihre Augen, das Licht durchflutete ihre Sicht: „Sind wir tot? Ist dies der Himmel? Gott?"

Auch Geeta hatte das Gefühl, ein anderes Reich betreten zu haben... als ob der Tunnel sie in eine völlig neue Dimension geführt hätte. *Vielleicht sind wir im Himmel, wie Sheela sagte!*

Chad streckte seine Gliedmaßen, seinen Rücken zur Lichtquelle. Er sah die beiden Frauen an, die von dem auf sie einfallenden Lichtstrahl hell erleuchtet wurden. „Sie sind erschöpft und dehydriert, Sie halluzinieren", sagte er und wandte sich der Lichtquelle zu.

Sheela starrte das Licht an, als es den Felsbrocken durchbrach und die Felsen zur Seite schob. „Die Türen von *Swarga Loka,* dem Himmel, öffnen sich", flüsterte sie.

Ihre Augen passten sich langsam an das helle Licht an, das sie blendete. Die Stimmen von der anderen Seite wurden kohärent: „Geht es Ihnen gut? Wer sind Sie?"

Sheelas Verstand und Herz rasteten. *Sind das die Wächter an der Himmelspforte?* „*Dvarapalas?* Jaya? Vijaya? ", fragte sie nervös.

Chad packte sie an den Schultern, schüttelte sie und versuchte, sie in die Realität zurückzuholen. „Was plappern Sie da?", rief er.

Sheela zeigte auf das Licht, ihr Kopf schwamm, „Sie kommen, um uns zu holen, die Wächter von *Swarga Loka,* Jaya und Vijaya, sie sind hier."

Chad beugte sich vor und hob sie in seinen Armen hoch, als Geeta folgte und über die Trümmer trat. Das kraftvolle Licht begann Form anzunehmen, als sich ihre Pupillen verengten. Sheela blickte einen riesigen goldenen springenden Hirsch vor ihren Augen an. „*Maricha? Kanchana Mruga?* Nein, stopp... Es ist eine Falle", schrie sie in Panik, als Chad sie dorthin trug. Er sah den goldenen Hirsch, einen Bagger mit Hirschaufklebern an der Seite.

(Quelle des Auszugs: John Deere. Das Logo ist das Markenzeichen von John Deere)

Mit einem letzten Atemzug wurde Sheela in seinen Armen ohnmächtig.

Kapitel 31:

Blutige Hände

Der Prophet stürmte durch die Tür herein und warf Anneleen einen kurzen Blick zu. Seine Augen waren blutunterlaufen, er war unbestreitbar in Wut. Nachdem er sich auf einen Schemel am Bett fallen gelassen hatte, zog er den Laptop neben Anneleen auf sich zu, während sie ängstlich und wütend zugleich bewegungsunfähig ans Bett gefesselt war. „Wie lange wollen Sie mich noch hierbehalten, Sie Teufelssohn, ich werde dafür sorgen, dass Sie den Preis für meinen Arm bezahlen", sagte sie schwer atmend.

Er ignorierte ihre Flüche und gab das Passwort ein, um eine Tracking-Software auf dem Laptop zu öffnen. Seine Augen suchten verzweifelt den Bildschirm ab. „Wo seid ihr?", murmelte er und wandte sich dann Anneleen zu. „Ihre Freunde sind vom Radar verschwunden, aber es wird nicht mehr lange dauern."

„Kommen Sie her", rief er mit dem Gesicht zur Tür und der Meister ging hinein. Der Prophet schaute auf den Bildschirm: „Ich komme nicht zu dem verdammten Idioten durch. Er hat sie verloren."

Der Meister schickte jemandem eine SMS von seinem Mobiltelefon aus, innerhalb von Sekunden summte sein Telefon. Er öffnete die Nachricht und las sie, sagte aber nichts. „Was ist es?", rief der Prophet.

„Bildmaterial benötigt", sagte der Meister unheilvoll, aber bevor der Prophet reagieren konnte, klingelte sein Telefon wieder. „Eine weitere Textnachricht", sagte er zögernd.

„Lesen Sie es", forderte der Prophet.

Der Meister öffnete die Nachricht und las vor: „Hamads und Friedrichs Standorte entdeckt. Die Höhlen von Ajanta. Bildmaterial wird hochgeladen."

Der Computer des Propheten piepte und ein Video erschien auf dem Monitor. Anneleen schaute hinüber. Ein Video wurde abgespielt, auf einem Balkon in einem höheren Stockwerk gab ein Mann in Polizeiuniform einigen Polizisten, die offenbar unter ihm standen, Anweisungen und bat sie, zum Flughafen zu fahren. Das Video ging zeitweise verloren und wurde einige Sekunden später wieder aufgenommen. Nun ein fahrender Jeep mit demselben Inspektor und einer Person, die neben ihm saß und deren Kopf mit einem Schal bedeckt war.

„Friedrich!" rief Anneleen aus und erkannte ihn sofort. Der Prophet und der Meister tauschten Blicke aus.

Das Video lief weiter. Die Person, mit der an ihr befestigten Kamera, stieg mit den anderen in einen Jeep. Das Videosignal brach erneut ab und wurde dann fortgesetzt. Der Jeep befand sich nun an einem isolierten Ort... hohe Bäume. Geräusche von Schüssen. Dann zeigte die Kamera auf seine Hände, die eine 0,45er Handfeuerwaffe M1911 in der Hand hielten, Rauch stieg aus dem Schaft auf. Die Kamera richtete sich auf drei Polizisten, die tot auf dem Boden lagen. Zurück zu den Händen des Kameramanns. Die Pistole wurde wieder in das Holster gesteckt.

Das Video wurde unruhig und dann wieder aufgenommen. Die Kamera näherte sich den drei Leichen für eine Nahaufnahme. Ein Kopfschuss, zwei Brustschüsse, wobei immer noch Blut heraussickerte. Das Video stockte und wurde dann fortgesetzt. Hände streckten sich aus, um die Gliedmaßen der Leichen zu ergreifen und zogen sie aus dem Jeep in einen Graben. Ein zerlumptes Tuch legte sich darüber und versuchte, die Leichen zu bedecken. Das Video brach ab und wurde dann fortgesetzt. Blutige Hände starteten die Zündung des Jeeps und bewegten das Fahrzeug auf die Autobahn. Ende des Videos.

Anneleen keuchte und hielt ihren Arm vor Schmerzen: „Sie Monster!"

Der Prophet ignorierte sie und wandte sich an den Meister: „Bleiben Sie mit dem Polizisten in Verbindung. Ich will alles sehen." Der Meister nickte und verschwand aus der Tür.

Der Prophet schloss den Laptop und stand auf, um zu gehen. „Nicht mehr lange", sagte er und ging, wobei er die Tür auf seinem Weg nach draußen zuschlug.

Kapitel 32:

Herr Fred von der Interpol

Karan und Friedrich erreichten die Ajanta-Höhlen und bemerkten einen seltsamen Aufruhr. Seltsam, da es nach den Besuchszeiten war und die Höhlen für die Öffentlichkeit geschlossen waren.

„Verdammt, das kann nur eines bedeuten", sagte Karan, als er die Zündung seines Jeeps ausschaltete.

„Hat man sie erwischt?", fragte Friedrich, der aus dem Auto stieg.

Karan wollte nicht antworten. Er hoffte, dass sie nicht erwischt worden waren. Auf den Eingang zufahrend, hielt er abrupt an, als er ein paar Polizisten am anderen Ende der Höhlen bemerkte. Einer von ihnen war mit seinem Walkie-Talkie beschäftigt.

Friedrich holte Karan ein. „Worauf warten wir noch?"

„Ihnen zu helfen, hat mich jetzt auch zu einem Flüchtigen gemacht! Diese Leute haben vielleicht schon Informationen über mich erhalten", seufzte Karan.

„Wir müssen uns das ansehen, Chad und die beiden Frauen könnten dort sein. Bleiben Sie hier, ich gehe nachsehen", sagte Friedrich, als er versuchte, das Drehkreuz am Eingang zu durchstoßen, aber Karan zog ihn am Arm zurück. „Wir müssen zusammen gehen. Man wird Sie wahrscheinlich erkennen, Ihre Fotos wurden an alle Stationen geschickt. Vielleicht kann ich uns durchmogeln."

Friedrich wusste, dass Karan recht hatte und dass sie zusammen bleiben mussten, falls es sich in eine unanangenehme Richtung entwickeln sollte. Schließlich war er derjenige, der ihm und den anderen half und seine Karriere riskierte.Wenn es einen Ausweg gab, dann war es Karan.

Sie gingen zügig auf den Tumult zu. Als sie sich den Polizisten näherten, wurde Karan langsamer. In der Hoffnung, nicht erkannt zu werden, ging er immer noch autoritär. Friedrich tat dasselbe. Sie konnten ihre Freunde nirgendwo sehen. Chad und die beiden Frauen waren immer noch verschwunden. „Was geht hier vor?", fragte Karan mit autoritärer Stimme. Die Polizisten drehten sich um und sahen seine Uniform. Die Rangabzeichen auf den Epauletten zeigten, dass er ihr Vorgesetzter war.

„Sir", sagten sie unisono und salutierten. „Wir haben hier drei Touristen mit diesem Kerl gesehen", sagte einer von ihnen, zeigte auf den Fremdenführer und fuhr fort: „Da es nach Geschäftsschluss war und wir bemerkten, dass noch Besucher da waren, kamen wir, um sie aufzufordern, zu gehen. Aber bevor wir sie erreichen konnten, rannten sie weg und sprangen in eine Öffnung unterhalb des Tals."

Karan sah Friedrich verwirrt an. *Wussten die Polizisten nicht, wer sie waren?* Sie wussten offensichtlich nicht, wer Karan und Friedrich waren und warum sie hier waren, aber nannten die Schwestern und Chad Touristen? *Aber warum sind sie gesprungen? Wo sind sie? Wie sind sie aus dem Blickfeld verschwunden?*

Die Fragen waren zahlreich, aber wo sollten sie beginnen? Während Karan sich all dies fragte, wusste Friedrich, wo er anfangen sollte: „Sie taten was?"

„Sir, Sie sind?", fragte der ältere der beiden Constables. Friedrich meinte, er müsse der dienstältere der beiden Polizisten sein. Karan antwortete in Friedrichs Namen: „Das ist Herr Fred von der Interpol."

Friedrich hatte erwartet, dass Karan lügen würde, aber Interpol? Es überraschte ihn, aber er behielt ein Pokerface bei und antwortete mit einem Handschlag: „Hallo, Fred von der Interpol."

„Guten Tag, Sir", begrüßten die beiden Polizisten Friedrich. „Sir, wir waren auf unserer regulären Patrouille. Es war 18.30 Uhr und die Tore schließen um 18.00 Uhr. Wir wollten also herausfinden, was diese Leute hier machen. Aber bevor wir sie erreichen konnten, sprangen die beiden *Desi*-Frauen und der *Gora*-Mann in den Brunnen."

„Sie sind in den Graben gerutscht", korrigierte der Fremdenführer.

„Es ist ein Brunnen, sehen Sie das nicht", argumentierte der jüngere Polizist. Karan griff dem Fremdenführer an den Kragen: „Es ist Ihre Verantwortung, sich um Ihre Kunden zu kümmern, warum haben Sie nicht auf sie aufgepasst?" Der Fremdenführer geriet in Panik, seine Knie zitterten, er stotterte: „Sa sa, Sir..."

„Es ist zwecklos, lassen Sie ihn gehen, denn soviel wir wissen, sind sie wahrscheinlich gesprungen", befahl Friedrich, der immer noch so tat, als käme er von Interpol. Karan erkannte, dass das Trio möglicherweise in Panik geraten war, als es die Polizisten sah, schließlich wurden sie von den Behörden gesucht. Er ließ den Kragen des Fremdenführers los und drehte sich zu den Polizisten um. „Können wir da runtergehen?"

„Es gibt keinen Weg da runter, Sir. Der Weg ist seit Jahren gesperrt, nachdem einige Forscher hinabgestiegen sind und versucht haben, die legendäre Tunnelroute nach Ellora zu nehmen."

„Eine Tunnelroute zu was?" Karan und Friedrich reagierten einstimmig.

Der dienstälteste Polizist sah sie überrascht an: „Es gibt eine weit verbreitete Legende über einen Tunnel hier unten im Tal, der bis nach Ellora führt. Viele neugierige Touristen haben versucht, ihn zu erforschen, um die Wahrheit dahinter herauszufinden. Einige von ihnen kehrten nie zurück, so dass die Regierung beschloss, ihn endgültig zu schließen."

„Eine populäre Legende?", fragte Friedrich und wandte sich an Karan.

„Ja, er hat recht. Jetzt erinnere ich mich daran. Als ich ein Kind war, kam ich zum ersten Mal mit meinen Eltern hierher und hörte davon. Man erzählt sich, dass die beiden Höhlenkomplexe durch einen unterirdischen Tunnel verbunden sind", sagte Karan.

Der Fremdenführer fasste den Mut, erneut das Wort zu ergreifen: „Das ist wahr, Sir, aber im Laufe der Jahre haben das Treiben und die Sedimentation, sowie das Gewicht der Bodenschichten den Tunnel möglicherweise zerstört. Es hat keine GPR-Tests gegeben, um dies auch nur zu bestätigen."

„Bodendurchdringendes Radar?", fragte Karan den Guide.

„Ja, aber da wir sie von hier oben nicht sehen können, haben sie vielleicht versucht, in den Tunnel einzudringen. Wenn er zerstört wurde, müssen sie auf demselben Weg wieder herauskommen, auf dem sie hineingegangen sind", sagte er.

„So oder so, sie sind wahrscheinlich immer noch da unten... Sie können nicht allzu tief in den Tunnel eingedrungen sein", stellte Friedrich fest.

Karan nickte, wollte aber noch einmal bei den Polizisten nachfragen: „Sind Sie absolut sicher, dass sie nirgendwo anders sein können, außer im Tunnel?"

„Nirgendwo sonst, Sir. Wir haben die Umgebung zweimal überprüft und alle ihre Spuren führen zu dem Brunnen unten. Es gelang uns, hinunterzugehen, aber der Brunnen war leer. Keine Anzeichen, dass jemand herauskam", berichtete der leitende Polizist.

„Und Sie beiden Feiglinge hatten zu viel Angst, um zu versuchen, ihnen zu folgen!" Karan explodierte.

Die Polizisten senkten ihre Köpfe und standen schweigend, zu verlegen, um ihre Position zu verteidigen. Karan starrte sie kurz an und drehte sich zu Friedrich um. „Es ist fast zwölf Stunden her, dass sie aus der Wohnung der Frau geflüchtet sind, bisher gab es keine Anzeichen von Not oder Hilferufen. Wir dürfen keine Zeit mehr verlieren, wir müssen nach Ellora und einen Weg in den Tunnel vom anderen Ende aus finden."

Der Fremdenführer trat eifrig vor und sprach: „Das ist eine gute Idee, Sir. Mein Cousin, der als Guide in den Ellora-Höhlen arbeitet, erzählte mir, dass sie vor kurzem einige Erkundungen in das andere Ende des Tunnels von Ellora aus begonnen hatten. Das jüngste Erdbeben hat offenbar den Durchgang geöffnet. Sie setzen schwere unterirdische Bagger ein, um den Durchgang zu verbreitern und zu vertiefen. Aber die Öffentlichkeit hat keinen Zugang dazu."

„Wir müssen jetzt sofort gehen", sagte Friedrich und nickte Karan zu. Dieser wandte sich an die Polizisten: „Sie besorgen ein Seil und versuchen ihnen durch den Tunnel von hier aus zu folgen!"

Dann ging Karan, ohne auf den Gruß der Polizisten zu achten, zum Jeep. Friedrich klopfte dem Fremdenführer auf die Schulter, um seine Wertschätzung zu zeigen und folgte Karan.

Kapitel 33:

Der Bote des Todes

Sheela wachte auf und sah viele Gesichter, die sie anstarrten. Erschrocken versuchte sie aufzustehen. Als sie sich umsah, fand sie sich auf einem kalten Steinboden liegend. Sie war immer noch benommen, aber sie wollte unbedingt wissen, wo sie war.

Chad erklärte, dass sie für einige Minuten ohnmächtig geworden sei. Es war ihr peinlich zu erfahren, was sie gesagt hatte, bevor sie ohnmächtig geworden war. Geeta sagte ihr, dass wahrscheinlich die Dehydrierung und der Sauerstoffmangel ihre kognitiven Fähigkeiten beeinträchtigt hatten. Lucas bot ihr etwas Wasser aus der Flasche in seiner Tasche an.

Schließlich informierte Geeta die neugierig wartenden Männer über ihre vergangenen 48 Stunden und darüber, dass sie und Chad Mitglieder des nicht genehmigten Tauchgangs in Dwaraka gewesen waren. Während sie sich freute, von ihnen zu erfahren, dass Shashank wieder aufgetaucht war, war Lucas erstaunt zu erfahren, dass der Tunnel von der anderen Seite aufgrund desselben Erdbebens ebenfalls geöffnet worden war.

Chad war fasziniert von den Dingen, über die Sheela vorhin gesprochen hatte und wartete darauf, dass sie sich erholte. Er fragte sie nach den *Dvarapalas,* Jaya und Vijaya und dem *Kanchana Mruga,* Maricha. Sheela war immer noch ein wenig verwirrt, erklärte aber, dass *Dvarapalas* sich auf die beiden Torwächter des Himmels, Jaya und Vijaya, bezöge. Der *Kanchana Mruga* sei der goldene Hirsch, eine wörtliche Übersetzung für die Verkleidung, die ein Dämon namens Maricha getragen habe, um Lakshman, den Bruder des Hindu-Gottes Ram, anzulocken, der Sita, Rams Frau, bewachte. Die Verschwörung sei vom

Dämonenkönig aus Sri Lanka, Ravana, geplant worden, dem es gelang, Sita in einer Flugmaschine, genannt *Vimana,* zu entführen... Das alles sei Teil des Epos Ramayana.

Hamad: „Flugapparate, die vor Tausenden von Jahren existierten, ha ha, Gott, das hätte ich nie geglaubt, bis ich selbst einen gesehen hatte."

Sheela: „Ja, ich weiß, es klingt seltsam."

„Seltsam?" Hamad lachte, als alle außer Lucas ihn anstarrten. „Ich sagte: Das hätte ich nie geglaubt. Ich glaube es jetzt. Ich habe tatsächlich einen mit meinen eigenen Augen gesehen." Er informierte sie über die Höhle und das Flugzeug in Afghanistan.

Geeta stellte Sheela Hamad und Lucas vor und erklärte ihr Interesse an dieser Sache, wobei sie auf das kürzlich ausgegrabene Objekt verwies. All diese Informationen waren zu viel für Sheela. Sie dachte, sie habe immer noch Halluzinationen, also legte sie sich wieder auf den harten, unebenen Boden und schloss die Augen.

Chad wandte sich an Lucas und Hamad: „Wie kommt es, dass bisher niemand von diesem Tunnel wusste? Er muss in den alten Schriften erwähnt worden sein."

„Vielleicht gab es einen Hinweis, aber keine direkte Erwähnung. Wenn es einen Hinweis gab, war er definitiv kodiert. Dieser Ort war nicht dazu bestimmt, von Menschen entdeckt zu werden", antwortete Lucas.

„Das ist wahr, Höhlen mit Schriften und Schriften wie diese...", Hamad zeigte auf die Wände der Kammer, während er sprach, „Es ist offensichtlich, dass derjenige, der dies überhaupt erst gemacht hat, nicht wollte, dass der Rest der Welt davon erfährt. Die Höhle in Afghanistan, in der wir den Flugapparat gefunden haben, war ähnlich."

„Ich vermute, Sie denken, dass dies der einzige Tunnel ist, der darunter verläuft?", fragte Lucas.

Chad warf ihm einen überraschten Blick zu, als Geeta hinüberging und ihre Erkundungen vorerst unterbrach. Sheela hörte sich alles an, wagte aber nicht, ihre Augen zu öffnen. Sie fühlte sich, als ob sie immernoch halluzinieren würde.

Lucas wandte sich an Hamad: „Könnten Sie das bitte nehmen, wenn es Ihnen nichts ausmacht?", fragte er und zeigte auf ein zusammengerolltes Blatt Papier, das herumlag. Hamad hob die archäologischen Zeichnungen auf und reichte sie Lucas. Er faltete sie auseinander und streckte sie zwischen seinen Händen aus. „Schauen Sie, hier sind wir, im zentralen Haupttunnel."

Chad und Geeta starrten verwirrt auf das Blatt. Sie sahen eine lange zylindrische Form, die vollkommen gerade und einige andere parallele Linien, die viel schmaler waren und in den zentralen Zylinder ein- und austraten. Lucas gab ihnen Zeit, um zu erkennen, was sie sahen.

„Es gibt noch mehr solcher Tunnel? Wir haben auf dem Weg hierher auch ein paar Abzweigungen gesehen", sagte Chad.

Lucas nickte: „Verbindungstunnel, ja, es gibt mehrere. Das hier sind nur einige wenige, die wir in der vergangenen Woche ausfindig machen konnten. Sie führen sogar mehrere Ebenen hinunter. Aber die schlechte Nachricht ist, dass sie aufgrund jahrhundertelanger Erdbeben und moderner Konstruktionen, die sogar viele Meter über diesem unterirdischen alten Labyrinth stattgefunden haben, weitgehend zerstört oder blockiert sind."

„Wie eine Stadt, vielleicht sogar eine sich selbst erhaltende Stadt von einigen fortgeschrittenen Wesen, Ingenieuren, Ärzten, Wissenschaftlern usw", sagte Hamad und nahm seine Brille ab, um sie zu reinigen.

„Aber wer waren sie?", fragte Geeta fassungslos.

„Das wissen wir noch nicht. Deshalb haben wir Dr. Hamad, einen Experten, hinzugezogen. Er ist derjenige, der den Flugapparat identifiziert und vorgeschlagen hat, zu wem er gehört haben könnte", sagte Lucas und rollte das Blatt in seinen Händen zusammen.

„Aber dieser Ort ist viel komplizierter. Sehen Sie, die meisten Bildhauereinen hier sind in Schriften, die unmöglich zu entziffern sind. Ich habe diese Sprache noch nie gesehen. Und wir wissen immer noch nicht, was dieses Objekt ist", sagte Hamad, während er seine Brille einstellte.

„Sieht für mich wie eine Waffe aus", sagte Geeta.

Lucas schnippte mit den Fingern: „Das war auch unser erster Eindruck. Aber aufgrund seines Designs, seines Aussehens und des verwendeten Materials sieht es viel fortschrittlicher aus, als es möglich wäre, wenn man bedenkt, dass es so lange in diesen alten Tunneln verstaut war."

„Was glauben Sie, wie alt diese Tunnel sind?", fragte Chad Lucas.

„Das ist eine weitere Überraschung! Die früheste Gruppe von Höhlen entstand in der Zeit von 100 v. Chr. bis 100 n. Chr. Aber einige neuere Artefakte, die in den Tunneln gefunden wurden, zeigen, dass sie tatsächlich aus der Zeit um 5000 v. Chr. stammen. Das tatsächliche Alter könnte sogar noch älter sein, viel älter", antwortete Lucas.

Geeta schüttelte uneinig den Kopf: „Das ist unmöglich, auf keinen Fall."

Hamad wandte sich an Geeta: „Lucas hat recht! Die Bildhauereien hier stellen eine Ära der Götter, des Mahabharata und der zehn *Avatare* dar, aber Buddha wird nicht erwähnt. Aber dort oben in Ajanta und Ellora sieht man Darstellungen aus der glorreichen Zeit des Buddhismus, was auch diesen Punkt beweist. Selbst die Sprache hier unten ist uralt, verglichen mit dem, was wir an der Erdoberfläche finden."

Geetas Augen wurden groß als sie es verstand: „Die Höhlen oben wurden also viel später gebaut?"

Hamad klatschte aufgeregt in die Hände und fühlte sofort einen scharfen Schmerz in seinem verletzten Arm, aber er ignorierte ihn und sprach weiter: „Genau! Erst nachdem der größte Teil der Stadt hier unten zerstört worden war, zogen die Menschen höher hinauf. Mit der Zeit zogen die Tunnel tiefer in den Boden ein. Wer weiß, vielleicht waren sie sogar über dem Boden, als sie zum ersten Mal gebaut wurden, aber die Bildhauereinen hinter Ihnen zeigen die gesamte Geschichte des Untergangs der Menschen damals in chronologischer Reihenfolge."

Sie wandten sich der Westseite der Höhle zu, der Wand direkt hinter Chad und Geeta. Hamad zeigte auf die Wand: „Diese Bildhauereien sind relativ grob, aber sie geben uns einen guten Eindruck von damals. Wie Sie hier sehen, gab es einen Krieg, bei dem die Götter aus dem Himmel kamen, während die Dämonen und Humanoiden am Boden lagen. Wenn Sie der Geschichte folgen, können Sie das Endergebnis sehen, den Tod von Tausenden von Menschen. Das Schlussbild lässt vermuten, dass das gesamte Land zerstört wurde, was die Menschen zwang, auszuziehen."

Sheela öffnete die Augen und sprach zögernd: „Ku...Kuruk...shetra!"

Geeta eilte zu ihr und fragte sie: „Geht es dir gut, Sheela?"

„Warten Sie, Sheela, was haben Sie gerade gesagt?", fragte Hamad und massierte seinen schmerzenden Arm.

„Kurukshetra, der Krieg, von dem Sie sprachen, das ist Kurukshetra. Die Bildhauereien zeigen nicht, wie die Menschen aus den Tunneln herauskommen, sondern wie sie vielleicht in sie hineingehen", antwortete Sheela.

Hamad drehte sich um und studierte die Bildhauereien erneut. „Wunderbar, ausgezeichnet, das ist es! Vielleicht haben wir das gerade geknackt", sagte er, seine Augen immer noch auf die Bildergeschichte gerichtet.

„Was?" forderte Lucas.

Hamad drehte sich zu Lucas um: „Ja! Sie hat recht. Dieser Kampf zwischen den Göttern und den Dämonen war der Krieg von Kurukshetra. Er fand um ca. 5000 v. Chr. statt, basierend auf den im Mahabharata erwähnten Planetenpositionen, auf deren Grundlage moderne Archäologen den Zeitpunkt seines Auftretens berechneten. Das Buch erwähnt auch den Einsatz bestimmter antiker Massenvernichtungswaffen, die Tausende von Lebewesen, einschließlich Pflanzen, ausgelöscht haben. Das Land war jahrzehntelang unfruchtbar und zwang die Menschen wegen der Strahlung, die durch eine bestimmte... Waffe verursacht wurde, in den Untergrund zu ziehen", plötzlich verstummte er.

Sie alle wandten sich dem Objekt in der Mitte des Raumes zu.

Sheelas Augen wurden groß, als sie aufstand: „Das Brahmastra."

Kapitel 34

Der Überwachungsraum

In einem großen Raum voller Computer, wurde fleißig an den Bildschirmen gearbeitet. Junge Rekruten verschiedener Geschlechter und aus verschiedenen Ländern starrten auf Monitore, die zufällige Bilder zeigten. Sie wechselten ständig den Kamerawinkel mit einem Klick auf ihrer Tastatur. Jede und jeder schien nach etwas oder jemandem zu suchen.

Plötzlich öffnete sich die Tür und das Gemurmel kam zum Stillstand. Obwohl sie immer noch an ihren Computern saßen, wurden ihre Körper steif. Ein Gefühl spürbarer Angst und Anspannung breitete sich aus.

Der Prophet betrat den Raum. Alle standen sofort auf. Einige von ihnen warfen ihre Drehstühle um oder rollten sie zu weit weg, als sie hastig aufsprangen. Der Prophet stand gerade, die Brust hart und das Kinn hoch, als er mit den Armen hinter dem Rücken auf sein Überwachungsteam sah. „Auf Ihre Posten", befahl er.

Alle fielen sofort zurück auf ihre Stühle und nahmen wieder ihre Positionen ein. Während er den Gang entlang schlenderte, an jeder Person vorbei ging und alle beobachtete, kam der Meister von hinten auf ihn zugerannt. Der Prophet hörte seine Schritte und blieb stehen, um sich umzudrehen.

„Der Stumme antwortete, Sir, der Professor ging in die Falle, GoPro ist eingeschaltet", teilte der Meister dem Propheten unterwürfig mit.

Der Prophet blickte auf die kümmerliche Gestalt herab, deren Schultern nach vorne gebeugt waren. „Haben wir freien Blick auf die Flugmaschiene?", fragte er.

Der Meister blickte kurz mit gespenstischen Augen zu dem Propheten auf, bewegte aber schnell seinen Blick nach unten und sprach zögernd: „General Phillips blockiert jede unserer Bewegungen."

Der Prophet zischte und versuchte, seinen Zorn zurückzuhalten: „Ich brauche ihn. Tun Sie alles, was nötig ist und bringen Sie ihn zu mir." Er zischte wieder: „Er hat eine sehr wichtige

Lektion zu lernen und ich werde sie ihm beibringen, indem ich ihn Stück für Stück häute, so wie ich es mit ..."

Der Meister unterbrach ihn: „Herr, bitte!"

Der Prophet begriff, warum der Meister ihn daran gehindert hatte, seinen Satz zu beenden. Keiner seiner Rekruten im Raum wusste, wovon sie sprachen und sie sollten es auch nicht wissen, obwohl sie alle ihre Augen auf ihn gerichtet hatten. Als er sie ansah, drehten sie sich schnell zu ihren Monitoren zurück. „Nichts von dem, was ich gerade gesagt habe, ist für Ihre Arbeit relevant, nicht wahr?", fragte er grob. Sie waren zu nervös, um zu antworten. „Alles, was Sie tun müssen, ist, die Ihnen zugewiesenen Personen zu beobachten. Wir müssen zu jeder Zeit wissen, was sie tun und mit wem sie sprechen", sagte er schroff.

„Sie werden dies tun, Herr, ich werde dafür sorgen", sagte der Meister unterwürfig.

„Ich weiß", schmunzelte der Prophet.

„Unsere Anhängerschaft wächst auch im Osten von Tag zu Tag. Die Anführer der afghanischen Terrorgruppen, Tehreek-e-Taliban Pakistan, Lashkar-e-Taiba, Tehreek-e-Nafaz-e-Shariat-e-Mohammadi und die Taliban sind alle auf unserer Seite, Sir", sagte der Meister mit einem breiten Grinsen und erwartete ein Schulterklopfen.

„Es ist an der Zeit, jetzt haben wir alle aus dem Osten und dem Westen. Gut! Jetzt nutzen wir sie."

„Mein Herr?"

„Benutzen Sie sie, um das zu bekommen, was wir brauchen, das Flugobjekt aus der Höhle und den General, der uns aufhält."

„Ja... ja... ja, Sir. Ich werde mit ihren Anführern sprechen", schlug der Meister zögernd vor.

„Ha, nicht Sie, ich... Ich werde mit ihnen reden. Die Anführer werden keine Befehle von Ihnen entgegennehmen. Ich muss sichergehen, dass sie ihn lebend herbringen. Ich muss ihn lebend wiedersehen."

„Natürlich!"

„Ist der andere am Leben?"

„Oh, oh ja, Herr. Ich werde es noch einmal überprüfen."

„Hamad hat das Paket erhalten. Ah, welche Freude! Was er wohl gefühlt hatte, als er es öffnete", sagte der Prophet mit einem Seufzer der Genugtuung.

„Das ist, was ich gehört habe."

„Bildmaterial?"

„Ja, hier entlang", sagte der Meister und führte ihn in die zweite Reihe der Computer. Sie gingen bis zum Ende der Reihe, wo eine junge Frau saß. Ihre Hände zitterten, als sie sie aus dem Augenwinkel näher kommen sah.

„Fräulein, einen Moment", sprach der Meister sanft zu ihr und sie stand sofort von ihrem Stuhl auf und machte Platz, damit sie auf ihren Computer zugreifen konnten. Er benutzte die Maus, um das Fenster von statischen auf dynamische Kameras umzuschalten und klickte auf die Registerkarte mit der Aufschrift „Lucas".

„Das ist er?", fragte der Prophet.

„Ja, die letzte Aufnahme, als er am Flughafen abgeholt wurde."

„Beschleunigen Sie es um 2,5", forderte der Prophet. Der Meister klickte mit der Maus auf die Videoeinstellungen und die Wiedergabegeschwindigkeit sprang auf das 2,5-fache der tatsächlichen Geschwindigkeit. Die Bilder bewegten sich schnell und zeigten Hamad, wie er in den Jeep stieg, Lucas, der ihn fuhr, ein anderes Auto, das ihnen folgte, eine Hand, die eine Tasche griff und sie öffnete, Lucas, der jemandem versicherte, zurückzubleiben... Schließlich fuhren sie in einer großen Maschine in den Tunnel ein und alles wurde dunkel, nur eine rote Textzeile auf dem Bildschirm erschien: *„Übertragung verloren".*

„Ok, behalten Sie es im Auge. Stellen Sie sicher, dass er es hochlädt, sobald er aus dem Tunnel heraus kommt. Er ist unser einziger Kontakt dort drüben", sagte der Prophet, als er der Raum verlassen wollte.

„Herr, eine Sache noch. Es gab neue Video-Uploads von der GoPro des Stummen. Er hat sie gefunden. Er holt auch die anderen ein, Herr. Ich habe Karan und Friedrich bei Ajanta in dem Video gesehen, das er geschickt hat. Sie sind ohne die anderen gegangen. Wir wissen nicht, wo sie jetzt sind."

„Gut! Wir können nicht riskieren, dass er erwischt oder gesehen wird. Karan darf es nicht erfahren."

„Natürlich."

„Diese Ratten können sich nicht allzu lange verstecken, sie werden bald aus ihren Löchern kommen", sagte der Prophet und ging zügig aus dem Raum.

Kapitel 35:

Zwei Volksgruppen

„Diese unteren Ebenen der Ellora-Höhlen sind wahrscheinlich etwa 10.000 Jahre alt", sagte Hamad. „Es ergibt absolut Sinn, dass all dies hier ist. Eindeutig endete der Kurukshetra-Krieg mit einem letzten Schlag dieses Brahmastra, was nukleare Verwüstung verursachte und Menschen und vielleicht sogar Tiere zwang, unter die Erde zu gehen", fügte er hinzu.

Geeta: „Aber warum es hier unten verstecken?"

Lucas: „Außerdem: Woher wussten sie, dass es ein Nachspiel des Brahmastra geben würde und dass ein Leben auf der Erdoberfläche nicht möglich sein würde? Schließlich hatten sie diese Tunnel vor der Explosion gebaut."

Sheela: „Oder sie benutzten einige bestehende Tunnel und vertieften und verbreiterten sie einfach, während sie jahrelang hier unten weiterlebten und die Bevölkerung wuchs?"

Hamad: „Eine Sache, die wir wissen, ist, was das Mahabharata sagt:

Es war eine unbekannte Waffe, ein eiserner Blitz, ein gigantischer Todesbote, der die gesamte Volksgruppe der Vrishnis und der Andhakas in Asche verwandelte.

Die Leichen waren so verbrannt, dass sie nicht mehr zu erkennen waren. Haare und Nägel fielen aus. Keramik zerbrach ohne ersichtlichen Grund und die Vögel wurden weiß.

...Nach ein paar Stunden waren alle Lebensmittel infiziert...

...Um diesem Feuer zu entkommen, warfen sich die Soldaten in Ströme, um sich und ihre Ausrüstung zu waschen."

Chad: „Es lebten damals also zwei Volksgruppen zusammen?"

Hamad: „Oh, es gab mehr als zwei Volksgruppen, aber diese beiden waren die größten und man glaubte, dass sie Teil des Krieges waren, Soldaten vielleicht."

„Dieses Objekt hätte die beiden Volksgruppen tatsächlich vollständig zerstören können", sagte Sheela. Als sie nach vorne trat, um ihre Hand auf das Brahmastra zu legen, spürte sie etwas. „War das schon immer so?", fragte sie und wandte sich Hamad zu.

„Was?" Hamad ging nah heran, um zu sehen, wovon Sheela sprach und berührte es. Er fühlte es auch und schaute Lucas überrascht an. Sie berührten es einer nach dem anderen und tauschten verwirrte Blicke aus. Etwas anderes hatte die Aufmerksamkeit von Geeta erregt und sie bewegte sich von dem Objekt weg.

„Vorher war es eiskalt", sagte Lucas und starrte Hamad an. „Ich verstehe das nicht!"

Hamad fühlte eine weitere warme Empfindung, aber anderswo. Er bewegte seine Hand vom Brahmastra weg und sah in seine Jackentasche, die mit dem Gewicht des darin befindlichen Gegenstandes baumelte. Dessen Temperatur stieg, obwohl es immer noch angenehm warm war. Hamad schob seine Hand hinein, fühlte die Quelle und erkannte, dass es der Schlüssel war, den er bei sich trug, der Gegenstand, den er aus der Höhle in Afghanistan gestohlen hatte.

Widerwillig zog er ihn heraus. Obwohl er nicht wollte, dass jemand etwas über seinen wertvollen Besitz erfuhr, war er zu neugierig, um herauszufinden, warum dies geschah. Aber bevor es jemand bemerkte...

„Leute, das müsst ihr euch ansehen", rief Geeta von hinten und hielt die Scheibe mit beiden Händen. „Ich fühlte, wie meine Tasche warm wurde, also öffnete ich sie und jetzt...", sie verstummte und sah sie sich an.

„Was ist hier los?", fragte Sheela und ging auf sie zu. Lucas erkannte das Objekt, das Geeta in der Hand hielt, anhand der Skizzen, die er kürzlich erhalten hatte. Als er sah, dass alle abgelenkt waren, hob er vorsichtig die Klappe des Beutels an seinem Utensiliengurt an und schaltete seinen GoPro ein, wobei er vorsichtig die Klappe an der Seite einklemmte, damit der Sucher frei war und die Kamera alles aufnehmen konnte.

Chad ging auf die Schwestern zu. Als er versuchte, die Scheibe in die Hände zu nehmen, bemerkte er, wie kleine Steine aus den Trümmern vom Boden abprallten. Plötzlich begann der Boden zu vibrieren.

Es war das Brahmastra.

Alle drehten sich um, um es sich anzusehen. Hamad stand direkt darüber. Er versuchte, einen Gegenstand in einen Schlitz einzuführen. Als sich seine Hand dem Brahmastra näherte, verstärkte sich das Summen.

„Was machen Sie da?", schrie Chad.

„Elektromagnetische Erkennung", rief Hamad zurück.

Chad stürzte auf ihn zu und kletterte über das Brahmastra. „Es fühlt sich an, als würden sie bitten, vereint zu werden", rief Hamad erneut.

Chad betrachtete, was Hamad zu tun versuchte. Hamads Hände hielten einen kleinen, aber robusten und schweren dreizackigen Gegenstand.

„Nehemen Sie Ihre Hände da weg", schrie Chad Hamad an, als er versuchte, Hamad am Arm zu packen. Aber es war zu spät. Er hatte den Dreizack vollständig in den Schlitz des Brahmastra eingeführt. Die Vibrationen verwandelten sich augenblicklich in ein lautes Summen.

„Wie bei jedem elektronischen Gerät, das Batterien und Transistoren benötigt, um den Stromkreis zu schließen, war immer noch eine aktivierte Energiequelle vorhanden, die die Objekte erregte", sagte Hamad mit einem triumphierenden Grinsen.

Lucas drehte seine Hüfte, so dass sein GoPro direkt auf das Brahmastra gerichtet war. Geeta legte die Scheibe zurück in ihre Tasche und die Schwestern näherten sich dem Brahmastra.

„Was passiert jetzt?", rief Chad Hamad zu.

„Es tut mir leid, ich musste es wissen", antwortete Hamad.

Chad griff nach dem Dreizack und versuchte, ihn herauszuziehen, aber er war nun fest eingekeilt. Hamad versuchte, Chad zu helfen, aber er gab nicht nach, er war ein organischer Teil des Brahmastra geworden. Als Staub und Trümmer aufgrund der Vibrationen zu fallen begannen, bemerkten Chad und Hamad eine Reihe von Instrumentenanzeigen auf dem Brahmastra, die zuvor als einfache Reliefs erschienen waren. „Es lädt sich auf, es erwacht zum Leben!", rief Hamad aufgeregt.

Chad: „Das ist zu gefährlich, wenn das eine Waffe ist und es lädt…" Hamad schaute auf Chad, plötzlich reumütig. „Oh nein! Was habe ich getan", sagte er und erkannte, dass er keine Ahnung hatte, wie er sie kontrollieren sollte. Das Summen ließ ihre Zähne klappern und es wurde immer lauter. Lucas klickte auf sein Funk-Walkie-Talkie und wartete, bis sich das Rauschen verflüchtigt hatte.

Krrrshh..........

„Hier ist Lucas, kann mich jemand hören?", rief Lucas in das Walkie-Talkie.

Kein Funksignal, keine Antwort...

„Drehen Sie den Bagger um, wir fahren raus!", befahl Chad Lucas, als er sich vom Brahmastra entfernte.

„Ich lasse das Brahmastra nicht zurück", schrie Geeta, aber das laute Summen übertönt sie fast.

Hamad begann den Schlüssel gewaltsam zu verdrehen und versuchte, ihn herauszuholen. Seine Bemühungen verschlimmerten den Schmerz in seinem verletzten Arm, jedes Mal, wenn er ihn bewegte. Sein provisorischer Gips begann zu brechen und sich zu lösen, aber er ignorierte ihn und rüttelte weiter. Während er sich abmühte, fingen kleine Steine an, von oben auf seine Schultern zu fallen. Er sah auf.

„Das Dach! Es bricht ein", rief er, um die anderen zu warnen und schlug ein letztes Mal auf den Dreizack ein, so dass sein Gips vollständig abfiel. Schließlich löste sich der Schlüssel und das Summen hörte sofort auf. Er steckte ihn schnell wieder in seine Tasche und sprang herunter.

Geeta merkte, dass niemand sie hören konnte. Sie hatte einen Satz Räder unter dem Brahmastra bemerkt. Sie sahen verrostet aus und waren nicht in der Lage, sich zu bewegen, dennoch versuchte sie, sie zu schieben.

Als die anderen begannen, auf den Bagger zu klettern und sich an allem festzuhalten, was sie finden konnten, bemerkte Chad, dass Geeta nicht bei ihnen war und sah, was sie zu tun versuchte. Er wusste, dass sie diese bedeutsame Entdeckung nicht hinter sich lassen würde, also schaute er sich um und fand eine Kette mit einem Sicherheitsschlosshaken, die am Bagger hing und groß genug war, um das Objekt zu sichern. Er schnappte sie und raste auf Geeta zu, wobei er sie beiseite schob.

Das Bröckeln der Felsen hörte nicht auf, obwohl das Brahmastra aufgehört hatte zu summen. Lucas drehte das Fahrzeug um und bemerkte, wie Chad sich abmühte. Er rannte auf ihn zu und ergriff den Haken aus der Hand von Chad, um ihn an einer hohlen Kante auf der Rückseite des Brahmastra zu fixieren. „Wir haben keine Zeit, steigen Sie jetzt auf", befahl er, zeigte auf den Bagger, packte das andere Ende der Kette und befestigte sie am Heck des Fahrzeugs. Ohne Zeit zu verlieren, kletterten sie auf den Bagger, zogen den schweren Gegenstand aus dem Spalt in den Tunnel und fuhren in Richtung Ausgang.

𝕶apitel 36:

𝕯ie 𝕬ußenwelt

𝕯raußen angekommen, lud Lucas das Video hoch, das er mit der GoPro gedreht hatte und gab seinen Männern die Anweisung, alle ins Zelt zu bringen, damit sie essen und sich erfrischen konnten. Er bat die Arbeiter auf der Baustelle, das Brahmastra auf einen Tiefladeranhänger zu heben. Sheela wurde von einem Mitglied des archäologischen Teams in eine behelfsmäßige Krankenstation eskortiert.

Lucas befand sich in einem Gespräch mit den beiden Offizieren, die sehnsüchtig auf ihre Rückkehr gewartet hatten, als sein Telefon klingelte. Ein sehr wichtiger Anruf!

Im Inneren des Zeltes wurden Chad, Hamad und Geeta Elektrolyte angeboten. Sie saßen an einem kleinen Tisch in einer Ecke. „Was zum Teufel haben Sie da hinten gemacht?", fragte Geeta Hamad irritiert.

„Es tut mir leid, ich habe mich hinreißen lassen. Ich musste herausfinden, ob meine Theorie richtig war", antwortete er zerknirscht.

„Welche Theorie?", brach es aus Chad heraus.

„Der Schlüssel, den ich hatte. Nun, zumindest dachte ich, es sei ein Schlüssel", sagte Hamad, scheinbar verwirrt.

„Der Dreizack?"

„Ja. Wussten Sie das?"

„Nein. Aber ich erkannte es. Die dreizackige Form sah aus wie die Waffe Poseidons."

„Es stellt sich heraus, dass wir beide recht haben. Es ist ein Schlüssel und ein Dreizack."

„Aber welche Bedeutung hat die mythologische Waffe eines griechischen Gottes hier?"

„Der heidnische Dreizack ist die Waffe sowohl von Poseidon als auch des Hindu-Gottes Shiva."

„Ok, ok, aber wir hätten lebendig begraben werden können!" Geeta war noch immer erschüttert über ihre knappe Flucht.

Hamad: „Es tut mir leid, dass ich uns in Gefahr gebracht habe, aber unter anderem symbolisiert der Dreizack die Zerstörung und das Brahmastra ist eine Waffe der Zerstörung. Es ergibt absolut Sinn, dass er alle Vernichtungswaffen aktiviert, einschließlich der Scheibe, die Sie in der Hand halten. Diese wiederum könnte ein Schlüssel für etwas anderes sein."

Geeta erinnerte sich an die Höhlen von Ajanta, wo die Scheibe fast perfekt in die Skulptur gepasst hatte.

Chad: „Sie hätten uns alle töten können, Mann!"

Hamad: „Ich weiß, ich weiß und es tut mir leid. Mir wurde klar, dass die Objekte die Anwesenheit des jeweils anderen entdeckten. In der Physik geschieht das nur aufgrund einer Art elektromagnetischen Übertragung. Und als ich den Dreizack ausstreckte, fühlte ich, dass er irgendwie zu ihm hingezogen wurde. Also wollte ich prüfen, ob er rein magnetisch, elektrisch oder beides war."

Lucas kehrte nach Beendigung des Anrufs in das Zelt zurück. Er bemerkte, dass sich die Gruppe inmitten eifrig arbeitender Archäologen ernsthaft unterhielt.

„Machen Sie sich bereit, wir müssen jetzt gehen", flüsterte Lucas ihnen zu.

„Was, warum?", fragte Hamad.

„Erinnern Sie sich an die beiden Offiziere, die uns hierher gefolgt sind. Sieht aus, als würden sie mit der örtlichen Polizei zusammenarbeiten. Sie haben das Hauptquartier über Chad und die beiden Frauen informiert. Jetzt haben sie den Befehl erhalten, das Trio zu verhaften und zur Untersuchung ins Polizeihauptquartier zu bringen", sagte Lucas, als er sich umsah, um zu sehen, ob jemand zuhörte.

„Sie werden hier nicht die Erlaubnis haben, uns zu verhaften", sagte Geeta.

„Sie tun es auch nicht, weshalb sie bis jetzt gewartet haben. Technisch gesehen können sie Sie nur zum Polizeihauptquartier bringen, wenn Sie sich nicht wehren, aber sobald die örtliche Polizei hier eintrifft, wird es eine andere Geschichte sein."

„Dann könnte die örtliche Polizei bald hier sein", sagte Chad.

„Und weil ich Ihnen geholfen habe, werde ich wegen Verrats verurteilt", sagte Lucas und starrte sie an.

„Wir!", verbesserte ihn Hamad.

Weder Chad noch Geeta hatten eine Alternative, Lucas war ihre einzige Fahrkarte in Sicherheit.

„Dr. Hamad, Sie müssen das nicht tun, Sie können zurückbleiben. Sie sind in Sicherheit", riet Lucas.

„Nein, wir sind alle auf der gleichen Seite, wir stecken da jetzt gemeinsam drin!" Hamad bestand darauf.

Lucas erwartete genau diese Antwort. Von seinem vorherigen Telefongespräch hatte er neue Anweisungen, sie alle an Bord eines Flugzeugs zu bringen. Plötzlich rief der Chefarchäologe: „Mr. Lucas!" Lucas drehte sich um und sah den Mann ein paar Meter entfernt. „Geeta, schauen Sie nach Ihrer Schwester, bringen Sie sie zurück, wenn Sie können. Ich bin gleich wieder da", sagte er der Gruppe und ging auf den Mann zu.

„Ich hoffe, es geht ihr gut", sagte Geeta, als sie sich auf die Krankenstation zubewegte.

„Also, wie sind Sie eigentlich auf Ellora gestoßen?", fragte Chad Hamad, während er sich vergewisserte, dass Geeta von niemandem verfolgt wurde.

„Der General in Afghanistan erzählte mir von dem jüngsten Erdbeben hier und seit..."

„Sie kennen den General", unterbrach Chad.

„Ja, das tue ich. Er war der Grund dafür, dass ich die Höhlen dort studieren konnte und er ist der Grund dafür, dass ich jetzt hier bin."

„Vielleicht kann er uns davor bewahren, verhaftet zu werden!"

„Er kann es nicht. Im Augenblick nicht. Er ist in etwas Größeres verwickelt. Afghanistan hat, wie Sie wissen, ein riesiges Terroristenproblem, der Ort ist ein Kriegsgebiet. Diese Terroristen haben sogar..." Er schluckte, während er sich bemühte, weiter zu sprechen, „meine Familie entführt", beendete er seinen Satz, wobei sein Gesicht seine Qualen widerspiegelte.

„Ihre Familie", Chad wirkte nun angespannt.

„Ja", Hamad spürte, wie sein Herz wieder unerträglich schmerzte. Er erinnerte sich an das Gesicht seiner Frau. „Er... ähm" er konnte nicht über seine Frau sprechen, denn jedes Mal, wenn er an sie dachte, brach er fast in Tränen aus. Bevor er noch etwas sagen konnte, kam Lucas wieder angerannt. „Der Chefarchäologe wird die draußen wartenden Offiziere ablenken. Wir haben einen Ausweg. Wir können uns von hinten hinausschleichen", sagte er und sah sich nach den Schwestern um. Er sah, wie Geeta mit ihrer müden Schwester und ihren Taschen zurückkehrte.

„Schnell, folgen Sie mir", sagte Lucas und drehte sich um, um zur Rückseite des Zeltes zu gehen. Als sie den Weg des Chefarchäologen kreuzten, nickten Lucas und der Mann einander zu und gingen in entgegengesetzte Richtungen.

Chad holte Lucas ein: „Können wir ihm vertrauen?"

„Ich vertraue ihm. Ich kenne ihn von Anfang an, er arbeitet für mich. Aber es gibt ein größeres Problem."

Chad sah verwirrt aus, aber bevor er weitere Fragen stellen konnte, hob Lucas die Seitenwand des Zeltes vom Boden auf: „Hier entlang." Er hielt die Zeltwand hoch, bis alle unter ihr hervorgekrochen waren.

Lucas blickte um die Ecke des Zeltes herum und bemerkte, dass der Chefarchäologe mit den beiden Offizieren sprach. Sie waren abgelenkt, genau wie er gehofft hatte. Er warf einen Blick auf seinen weit weg geparkten Jeep, dahinter stand das Brahmastra, das gerade von den Bauarbeitern auf den Anhänger verladen wurde, wie er es angewiesen hatte.

Sie schlichen sich an den Offizieren vorbei und erreichten den Jeep, in dem Lucas und Hamad angekommen waren. Nachdem er das Motorrad von hinten abmontiert und auf die Seite gelegt hatte, löste Lucas die Handbremse des Jeeps, schob ihn vorsichtig an und rollte ihn auf das Brahmastra zu. Die Arbeiter waren damit fertig, das Brahmastra am Anhänger zu befestigen und bemerkten, dass Lucas den Jeep zu ihnen schob. „Ich werde ab hier übernehmen. Ich muss es ins Labor bringen", sagte er den verwirrten Bauarbeitern, als er den Anhänger an seinen Jeep hakte. Hamad sah sich um, die Beamten waren nicht mehr zu sehen.

„Es steht ein Frachtflugzeug zum Abflug von einem nahen gelegenen Flughafen bereit", flüsterte Lucas, als er in den Jeep stieg. Alle tauschten verwirrte Blicke aus, aber sie hatten keine andere Wahl und stiegen in den Jeep ein. Lucas schaltete vorsichtig die Zündung an und fuhr zügig eine Nebenstraße hinunter in Richtung Autobahn. Plötzlich zeigte er nach vorne: „Das ist das größere Problem."

Sie schauten in die Richtung, in die er zeigte und sahen ein Polizeifahrzeug aus der entgegengesetzten Richtung kommen. „Was machen Sie da? Biegen Sie hier ab", schrie Hamad.

„Ich kann nicht, es ist zu gefährlich. Ich fahre einfach an ihnen vorbei, schnell genug, so dass sie uns nicht erkennen können", sagte Lucas und trat zum Beschleunigen auf das Pedal.

Als sie sich dem herannahenden Fahrzeug näherten, erkannte Chad die Person, die neben dem Fahrer saß. „Fahren Sie langsamer", rief er Lucas zu.

„Sind Sie verrückt?"

„Nein, langsamer, Lucas", sagte Geeta, als auch sie die Person in dem sich nähernden Jeep erkannte.

„Nein, nein, ich werde kein Risiko eingehen", kündigte Lucas an.

„Das ist einer von unseren Leuten. Wir dachten, er sei von diesem Polizisten verhaftet worden", erklärte Chad, immer noch verwirrt.

„Die Bullen suchen nach Ihnen! Er ist hier, um Sie alle zu verhaften, genau wie er es mit Ihrem Freund dort getan hat", sagte Lucas.

„Ich sehe keine Handschellen", sagte Geeta und zeigte auf Friedrich, der mit der Hand auf sie zeigte, als er sie sah.

Lucas schaute Chad und Geeta ein letztes Mal an, bevor er hart auf das Bremspedal trat und das Auto quietschend zum Stillstand brachte. Auch Karan wurde langsamer. Friedrich sprang aus dem Fahrzeug, bevor es ganz zum Stillstand kam und raste auf seine Freunde zu. Alle umarmten sich erleichtert und stellten sich schnell vor. Friedrich berichtete seinen Freunden von seinen Gesprächen mit dem Mann, der sich selbst Prophet nannte. Karan unterbrach, um darauf zu bestehen, dass sie alle sofort abreisen sollten, da er im Radio gehört hatte, dass einige Polizisten auf dem Weg zu ihnen seien. Es schien, als habe das Bataillon von Polizeibeamten und anderen Inspektoren herausgefunden, wo sich Chad und die beiden Frauen aufhielten.

Karan sagte, er werde zurückbleiben, um ihnen etwas Zeit zu verschaffen, bis sie abheben konnten. Er führte den Konvoi durch den Verkehr zu dem von Lucas angegebenen, nahe gelegenen, verlassenen Flughafengelände. Karan fragte sich, wie viele unautorisierte Flugzeuge von diesem Flughafen starten würden und überlegte, wie er diesen Menschen helfen könnte, anstatt das Frachtflugzeug und die Ausreißer seinen Vorgesetzten zu melden. Es war widersprüchlich, doch er fühlte, dass er das Richtige tat. Er konnte ihnen vertrauen, vor allem jetzt, da er gesehen hatte, dass auch Lucas auf ihrer Seite war und sie aus der Gefahr führte, während er das gefundene Objekt schützte. Zu seiner Beruhigung dachte Karan, selbst wenn der Prophet sie aufspüren würde, würde er dafür Zeit brauchen, vielleicht Tage. Er verdrängte den Gedanken, dass er seine Familie und sich selbst in Gefahr bringen würde. Karan war ein Patriot und ein stolzer Inder, deswegen konnte er die Mächte des Bösen nicht gewinnen lassen. Er musste einen anderen Weg finden, um seine Familie zu retten.

Kapitel 37

Heliodorus

Lucas fuhr den Jeep und den Anhänger mit dem Brahmastra direkt in das Frachtflugzeug. Chad, Friedrich und Hamad halfen Lucas, es sicher zu befestigen, indem sie alles verwendeten, was sie finden konnten, Schlösser, Gurte, Riemen, Klammern und sogar Scharniere. Lucas verteilte dann einige Fertiggerichte, allgemein als MRE bekannt, in sich geschlossene, individuelle Feldrationen in leichter Verpackung. Alle schlangen trotz der Erschöpfung hungrig das Essen hinunter. Im Flugzeug gab es reichlich Wasser. Endlich satt, machten sie es sich, soweit möglich, gemütlich, um sich auszuruhen. Einzig Friedrich war besorgt und versuchte Wege zu finden, sein iPad aufzuladen, das Brahmastra zu scannen und Korrelationen zu den anderen Bildern zu finden, die er gesammelt hatte.

Chad bemerkte, dass Hamad etwas aus seiner Tasche nahm. Es war nicht der Schlüssel, sondern etwas Flaches, wie eine Karte. Chad ging zu Hamad und setzte sich neben ihn, um zu sehen, was er so konzentriert anstarrte. Es war ein Polaroidfoto mit einem Text. Hamad bemerkte, dass Chad das Bild in seinen Händen betrachtete. „Einer der Archäologen muss es aufgenommen haben. Er hatte es in der Höhle gefunden, bevor Sie angekommen sind. Derselbe alte, nicht entzifferbare Text."

Chad erkannte die Bildhauereien auf dem Bild, aber da war noch etwas anderes, das ihm ins Auge fiel: „Warten Sie eine Sekunde", sagte er, als er das Bild von Hamad nahm. „Das wurde mit einer kleinen Polaroidkamera mit Blendenzahl aufgenommen", sagte er, als er das Foto hin und her bog.

Geeta näherte sich Chad neugierig, sie setzte sich neben ihn und fragte: „Was meinen Sie damit?"

„Eine Blendenkamera isoliert den Vordergrund vom Hintergrund, indem sie die Objekte im Vordergrund scharf und den Hintergrund unscharf macht. Etwas, was wir vorher mit bloßem Auge nicht sehen konnten, ist jetzt sichtbar. Etwas anderes wird über den bestehenden Text gelegt."

Hamad und Geeta lehnten sich vor und sahen es auch. „Das sieht aus wie die Brahmi-Schrift. Vielleicht von späteren Generationen gemacht", sagte Hamad.

„Oh ja. Uralt, aber ich glaube, ich kann es lesen." Geeta schaute es sich genau an und begann zu übersetzen:

„*Garuda, der ein schnelles und mächtiges Vimana fliegt.*
Hat ein einzelnes Geschoss geschleudert,
aufgeladen mit der Kraft des Universums.
Eine glühende Säule aus Rauch und Flammen, so hell wie zehntausend Sonnen, erhob sich
mit ihrer ganzen Pracht."

„Klingt definitiv nach einer Atomwaffe", rief sie aus.

Hamad: „Garuda? Der Adler... *Vimana*? Ein Flugzeug wie das, das wir in Afghanistan gesehen haben? Aufgeladen mit der Kraft des Universums? Es scheint, dass all diese Objekte mit Quecksilber elektromagnetisch aufgeladen wurden."

Chad: „Quecksilber, ja natürlich! Wenn große Mengen Quecksilber zusammengebracht werden, wird ein kräftiger Puls elektromagnetischer Strahlung nach außen getrieben, was wir dort hinten gesehen haben, als der Schlüssel und die Scheibe in die Nähe des Brahmastra gebracht wurden."

Hamad: „Genau! Aber was bedeutet 'zehntausend Sonnen'?"

Geeta zog die Scheibe aus ihrer Tasche: „Das könnte die Sonne darstellen."

Hamad: „Ja, sie könnten über jede der Waffen sprechen, die Garuda geschleudert hat."

Chad lächelte: „Garuda, der Vogelmann!"

Sheela: „Ja, wie der, von dem Sie in Dwarka gesprochen haben, nur dass er in diesem Fall vielleicht buchstäblich das *Vimana* fliegt."

Geeta schnappte sich das Telefon von Lucas, als er gerade dabei war, ihre Diskussion aufzuzeichnen und klickte auf den Startbildschirm, wobei sie die laufende App ignorierte. Sie hielt einen Moment inne und fragte Lucas: „Funktioniert Internet am Telefon während des Fluges?"

„Dies ist ein hochmoderner Frachtflug, Miss, somit haben wir Internet", sagte Lucas herablassend.

Geeta tippte einige Schlüsselwörter aus dem Text ein. Garuda, Säule, Geschoss, zehntausend Sonnen. Alle Bilder von Google zeigten auf ein Bild. Sie schaute auf und rief: „Die Heliodorus-Säule!"

Sheela fügte hinzu: „Das ergibt Sinn! Historisch gesehen hat diese Säule die erste bekannte Inschrift im Zusammenhang mit dem Bhagavata-Kult in Indien."

Hamad: „Die Sonne bezieht sich also nicht auf die Scheibe, sondern repräsentiert den Namen selbst, Heliodorus oder Helios, den Sonnengott, Hari, Eli, Vasudeva."

„Bitte erklären Sie", forderte Lucas.

Sheela: „Nun, Historiker glauben, dass Heliodorus wahrscheinlich eine Reinkarnation von Vasudeva war, einige könnten sagen, er sei selbst eine Reinkarnation von Hari gewesen."

Chad: „Warten Sie, war Heliodorus nicht ein Botschafter, der vom indisch-griechischen König Antialcidas nach Indien geschickt wurde?"

Sheela: „Wow, beeindruckend!"

Chad rollte mit den Augen, „History Channel!"

Sheela: „Ja, das stimmt auch, aber trotzdem war er kein gewöhnlicher Botschafter." Sie nahm das Telefon von Geeta und zoomte auf den Sockel des Pfeilers im Bild, der noch etwas mehr Text enthielt.

Sheela wandte sich an ihre Schwester und gab ihr das Telefon zurück. „Du kennst die Brahmi-Schriften. Könntest du das bitte übersetzen", bat sie.

Geeta schaute auf den Bildschirm und begann, laut vorzulesen:

„Devadevasa Vasudevasa Garudadhvajo ayam

Karito ia Heliodorena bhaga

Vatena Diyasa putrena Takhasilakena

Yonadatena agatena maharajasa
Antalikitasa upamta samkasam-rano
Kasiputrasa Bhagabhadrasa tratarasa
vasena chatudasena rajena vadhamanasa. "

Anschließend übersetzte sie es:

„Diese Garuda-Norm von Vāsudeva, dem Gott der Götter

Wurde hier von dem Gottgeweihten Heliodorus errichtet,

Der Sohn von Dion, einem Mann aus Taxila,

Gesandt vom großen König Yona

Antialcidas, als Botschafter für

König Kasiputra Bhagabhadra, der Retter

Sohn der Prinzessin von Varanasi, im vierzehnten Jahr seiner Herrschaft."

Sie hielt einen Moment inne, als sie das Bild schwenkte: „Warten Sie, da ist noch mehr",
sagte sie und fuhr fort zu lesen:

„*Trini amutapadani su anuthitani nayamti svaga damo chago apramado. "*

Sie übersetzte es:

„Drei unsterbliche Gebote; Selbstbeherrschung, Nächstenliebe, Bewusstsein... wenn sie
praktiziert werden, führen sie in den Himmel."

Sheela: „Danke Geeta, ich werde es erklären. Die Inschrift bezieht sich auf Heliodorus als
ein Bhagavata, einem treuen Anhänger Bhagavans bzw. Gottes. Er war nicht nur selbst ein
Anhänger von Lord Krishna, er war auch mit den Texten, die sich mit dem Bhagavata-Kult
befassten, gut vertraut. Man sagt sogar, er habe Krishna und seinen Bruder Balaram nach
seiner Reise nach Jerusalem persönlich gesehen, wobei seine Beschreibungen von Krishna
und Balaram mit denen der alten Schriften übereinstimmten."

Chad konnte es nicht glauben: „Ein griechischer Anhänger Krishnas? Wirklich?"

Sheela: „Oh ja, nicht nur er. Es gab Megasthenes, der während der Herrschaft von
Chandragupta Maurya aus der Maurya-Dynastie als Botschafter der Seleukiden nach Indien
reiste. Er nahm die Geschichten Krishnas und seines Bruders Balaram mit nach
Griechenland und ist dafür bekannt, dass er sie an die lokale Kultur, Geschichte und
Legenden angepasst hat."

Hamad: „Aber in der griechischen Mythologie wird Krishna nirgendwo erwähnt!"

Sheela: „Oh doch, das wird er, aber Sie kennen ihn als Herakles oder Herkules. Lassen Sie mich Ihnen einige Beispiele aus den griechischen Geschichten nennen. Erinnern Sie sich an Herakles im Kampf mit der Schlange Hydra? Nun, das ist inspiriert durch die Geschichte von Lord Krishna, der die Schlange Kaliya besiegt. Die Geschichte, dass Herakles die stymphalischen Vögel tötet, kommt daher, dass Lord Krishna den Vogeldämon Bakasura tötet. Herakles, der den kretischen Stier fängt, ist nichts anderes als Lord Krishna, der den Stier-Dämon namens Aristasura tötet. Und was ist mit Herakles, der die Stuten von Diomedes zusammentrieb... Das ist Lord Krishna, der gegen den Pferdedämon Keshi kämpft. Vergleichen Sie Herakles, der die Welt auf seinen Schultern trägt und Lord Krishna, der den Berg Govardhan trägt! Wenn Sie mehr Beweise brauchen, besuchen Sie einfach das Vatikanische Museum und schauen Sie sich die als Herkules bezeichnete Statue an. Es handelt sich um einen kleinen Jungen, der Flöte spielt, mit gekreuzten Beinen. Fragen Sie einen beliebigen Inder, was ihm als Erstes in den Sinn kommt, wenn er diese Worte hört. Alle gleichbedeutend mit Krishna."

Geeta googelte schnell die Bilder und zeigte sie den anderen zum Vergleich.

Sie lächelte, als sie ihre erstaunte Miene betrachtete: „Oder gehen Sie einfach in irgendeinen Krishna geweihten Tempel", zeigte Geeta ihnen ein Bild einer Krishna-Statue.

„Einige weitere Beispiele, die Sie vielleicht überzeugen werden... Zeus und Indra, beide genannt der König der Götter, der Gott des Blitzes oder des Donners. Poseidon und Shiva, beide tragen den Dreizack... Shiva trägt Ganga, Gott der Flüsse und Poseidon, ist Gott der Meere... Die Ähnlichkeiten gehen weiter und weiter." Fügte sie hinzu.

Alle starrten Sheela verblüfft an. Chad nahm Geeta das Telefon weg. Er scrollte durch den Suchverlauf und sah sich die Säule noch einmal an: „Ich verstehe die Bedeutung dieser Säule hier nicht."

Sheela: „Lassen Sie mich erklären. Was ist das *Signa Militaria,* das seit Anbeginn der Zeit von den Griechen und Römern bis zu den heutigen Armeen verwendet wird, manchmal sogar als nationales Emblem?"

Chad und Lucas antworteten im Einklang: „Der Adler!"

Sheela: „Ja und die Heliodorus-Säule wurde mit einem Adler auf der Spitze errichtet. In diesem Fall wurde die Säule von einer Skulptur von Garuda überragt und offenbar von Heliodorus dem Gott Vasudeva geweiht. Die Säule stand einst vor dem Tempel von Vasudeva."

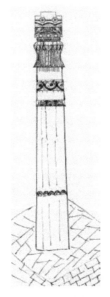

Hamad: „Das heißt, dies symbolisierte eine Armee? Vielleicht Krieg?"

Chad „Oder eher eine Waffe?"

Alle verstummten, verblüfft über ihre Entdeckung und ihre Interpretationen, während sie weiter das Bild der Heliodorus-Säule betrachteten.

„Das fehlende Stück des Brahmastra", murmelte Hamad und erinnerte sich an den Text, den er gelesen hatte:

„Garuda schleuderte mit einem schnellen und mächtigen Vimana ein einzelnes Geschoss, das mit der Kraft des Universums geladen war. Eine glühende Säule aus Rauch und Flammen, so hell wie zehntausend Sonnen, erhob sich in all ihrer Pracht."

Sheela: „Aber das ist doch nur eine Steinkonstruktion."

Chad erinnerte sich an etwas, das der Prophet gesagt hatte: „Die Menschen kratzen nur an der Oberfläche, aber schauen nie nach innen", sagte er laut.

Lucas: „Das fehlende Stück ist also in der Steinsäule versteckt?"

Hamad: „Sehen Sie sich seine Form an, ein zylindrisches Objekt, das sich zum Ende hin verjüngt, seine Größe scheint auch zu den Halbmondhaltern auf dem Brahmastra zu passen. Was auch immer sich darin befindet, muss die gleiche Form haben."

Geeta blickte Lucas an: „Wir müssen dorthin gelangen, wir müssen das letzte Stück schützen, bevor es jemand anderem in die Hände fällt."

Lucas schaute Geeta und die anderen eine Sekunde lang an, dann schnappte er sich schnell das Telefon. Während die anderen noch versuchten, die Teile zusammenzusetzen, schickte er eine SMS an jemanden mit dem Inhalt *„Objekt X, Heliodorus-Säule."*

Das Flugzeug kippte stark ab und Sheela, die als einzige stand, verlor den Halt. In diesem Moment tauchte aus dem Nichts eine Hand mit einer Pistole auf und packte sie in einem festen Griff am Hals. Sie fühlte kaltes Metall an ihrer rechten Schläfe und einen Arm, der ihre Kehle würgte. Sie kämpfte darum, die Hand wegzuziehen und schnappte nach Luft, wobei sie sich fragte, wer sie festhielt. Sie stieß einen erwürgten Schrei aus und plötzlich richtete sich die Aufmerksamkeit aller auf sie.

Als sich das Flugzeug wieder stabilisierte und sich nivellierte, sah die verblüffte Gruppe, dass Sheela als Geisel gehalten wurde.

Kapitel 38:

Bal Singh

Karans Telefon klingelte. Auf dem Display wurde wieder ein unbekannter Anrufer angezeigt, aber er wusste, wer es war und nahm den Anruf entgegen.

„Ich hatte große Hoffnungen in Sie, aber ich schätze, Sie waren nicht motiviert genug, Ihre Familie zu retten...“

Karan unterbrach ihn schnell, „Nein, warten Sie!“ Er hörte einen lauten Knall und Schreie im Hintergrund am Telefon. Er versteifte sich, erwartete das Schlimmste, versuchte, seine Emotionen zu kontrollieren, konnte werder schreien und noch atmen.

Der Prophet seufzte: „Grausam, das würde ich selbst nicht tun. Das war ein Video, das ich gerade von einem Mitglied Ihres Teams erhalten habe.“

„Meine Frau, was haben Sie mit ihr gemacht?“ Karan schrie, verwirrt und pansich.

Prophet: „Ich habe überall Leute, die für mich arbeiten, das sollten Sie wissen. Sie wissen, dass es einen Spion in Ihrem Team gab. Was Sie aus offensichtlichen Gründen nicht erwartet hätten, war, dass dieser Spion der Stumme war, der Typ, der nicht sprechen kann, der Kleine, ich vergesse immer seinen Namen, Bal, Blam...“

Karan korrigierte ihn ungläubig, „Bal Singh?“

Prophet: „Das ist es, ja, Bal Singh. Er gehört zu mir, das war schon immer so. Man würde von einem Behinderten nie erwarten, dass er eine Spion ist und offensichtlich vertrauten Sie ihm am meisten, ein perfekter Gehilfe, perfekt für mich, es war sehr leicht, ihn zu überzeugen. Geld, das Versprechen auf ein besseres Leben und bumm, macht er mit. Er ist nicht mehr hinter Ihnen und Friedrich her, er hat jetzt eine neue Mission."

Karan erkannte, dass, wenn es Bal Singh war, der gerade seine Familie verletzt hatte und dieser ein Video an den Propheten geschickt hatte, sie wahrscheinlich in der Nähe waren. Schließlich hatte er vor weniger als zwei Tagen den Rest des Teams gebeten, einen anderen Weg einzuschlagen und Bal Singh war bei den anderen.

Prophet: „Ich weiß, wohin der Rest geht. Sie haben sich gerade mit ihnen getroffen, habe ich gehört. Sie befinden sich auf einem mandatslosen Flug zu einem unbekannten Ziel, nicht wie ich es gewollt hätte, aber zumindest habe ich jetzt die volle Kontrolle."

Karan: „Wenn Sie die ganze Zeit wussten, wo sie waren, wozu brauchten Sie dann mich?"

Prophet: „Oh, ich habe Sie definitiv gebraucht, vertrauen Sie mir. Es war pures Karma, dass sie alle aufeinander trafen, genau da, wo ich sie haben wollte! Wer wusste, dass die Höhlen miteinander verbunden waren und der Gang für die anderen frei war, um direkt in die Falle zu laufen. Der einzige Plan, den ich für Lucas hatte, war, Hamad in die Tunnel zu eskortieren und das Objekt zu bestätigen. Aber es stellte sich heraus, dass die anderen dort ankamen und gemeinsam alles herausfanden, was mir wiederum noch mehr half. Aber Danke für das Einbringen des letzten Bauern, Friedrich, er ist wichtig."

Karan war schockiert, als er erfuhr, dass die Person, der er vertraut hatte, die Gruppe zu leiten, Lucas, auf der Seite des Teufels stand. Er hatte seine Seele verkauft, dieser Verräter. Karan kehrte in die Realität zurück: „Lassen Sie jetzt meine Familie gehen. Sie brauchen mich nicht mehr."

Prophet: „Oh, Ihre Familie und Sie sind mir komplett egal. Aber Sie sind kein treuer Hund gewesen, Sie haben meine Befehle nicht befolgt, nicht wahr? Ich lasse den Stummen den Rest erledigen, lasse seiner Fantasie freien Lauf. Ich kann meine kostbare Zeit nicht an Sie und Ihre Familie verschwenden. Oh, aber hier ist ein Teaser, das Video, das ich gerade von dem Stummen bekommen habe, ich werde es an Sie weiterleiten, genießen Sie es!"

Karan: „Nein, warten Sie!"

Der Prophet legte auf.

Sekunden später piepte Karans Telefon. Eine Benachrichtigung per Videobotschaft, wie der Prophet versprochen hatte. Karan öffnete die Nachricht nervös und spielte das Video ab. Er konnte eine Art Säule auf einem Sockel sehen, die alt aussah und fast auseinanderfiel. Ein Mann in Polizistenuniform schleifte eine Frau an den Haaren in Richtung des Pfeilers. Keine Menschenseele in Sicht, alles war dunkel.

Das Video wurde kurz unterbrochen und wieder aufgenommen. Es schwenkte über dunkle Lippen, Karan erkannte sie, die Lippen seiner Frau. Der Kamerawinkel weitete sich, die Frau weinte, schluchzte. Es war schwer zu erkennen, was sie sagte. Eine Hand glitt um ihren Hals. Er erkannte die Hand und das Armband am Handgelenk.

„Bal Singh", murmelte Karan mit hilfloser Wut.

Bal Singh, der Stumme, schlug den Kopf von Karans Frau gegen den schwachen Sockel und zertrümmerte sowohl ihren Kopf als auch die Steinplatte. Der Spalt im gebrochenen Sockel vergrößerte sich. Das Video stoppte und ging weiter... Blut, viel Blut überall... Es sickerte über ihre Stirn und hinunter auf den Boden. Das Video endete.

Karan hatte jetzt keine Tränen mehr, seine Trauer verwandelte sich in Wut, als er sich das Video immer und immer wieder ansah. Er konnte fühlen, wie sein Blut kochte. Plötzlich bemerkte er etwas in dem Video, einen Teil der Säule, er erkannte es und wusste, welche Säule das war. Die Heliodorus-Säule, 600 km entfernt. Er würde mehrere Stunden brauchen, um dorthin zu gelangen. Ohne zu zögern, startete er seinen Jeep und fuhr sofort los.

Kapitel 39

Meilenhoher Terror

Es vergingen einige Sekunden, bis alle bemerkten, dass Lucas die Waffe an Sheelas Kopf hielt und sie die Auswirkungen des Ganzen begriffen.

Zuerst sprach Chad: „Sie waren derjenige? Haben Sie das die ganze Zeit geplant?"

Lucas: „Es ist vorbei, wir haben alles, was wir brauchen, meine Mission hier ist erfüllt."

Hamad: „Welche Mission? Was wollen Sie überhaupt?"

Lucas war über die Frage überrascht, die Antwort war ganz offensichtlich, dachte er. „Natürlich das Objekt, das wir transportieren! Ich bin dafür angeheuert worden, es zu bergen. Die Säule war nicht Teil des Deals und ich muss das Objekt so schnell wie möglich zu meinem Käufer bringen."

Geeta „Angeheuert? Von wem? Wer ist der Käufer? Welchen Zweck hat es für ihn?"

Lucas lächelte selbstgefällig: „Das kann ich nicht preisgeben. Die Identität des Käufers ist streng vertraulich."

Geeta: „Der Prophet?"

Lucas: „Ehrlich gesagt, ich weiß es nicht, der Käufer hat mir nie seinen richtigen Namen genannt. Es könnte sein, aber das ist mir egal, mich interessiert nur das Geld."

Chad: „Ganz gleich, welche Bedeutung es für Sie hat, Sie dürfen Sheela nicht verletzen, lassen Sie sie gehen!"

Hamad stand auf, um auf Lucas zuzugehen, aber Lucas richtete die Waffe schnell und bedrohlich auf Hamad und schrie: „Setzen Sie sich!"

Der Pilot sah die Aufregung in der Kabine und informierte den Co-Piloten, der angerannt kam. Lucas schoss schnell und ohne zu zögern auf ihn. Der Co-Pilot fiel zu Boden, bevor er auch nur einen Schrei ausstoßen konnte.

„Fliegen Sie weiter, wir müssen noch heute Abend nach Berlin kommen", rief Lucas ins Cockpit, damit der Kapitän es hören konnte. Er setzte Sheela erneut den Pistolenschaft an den Kopf.

„Ich schätze, ich habe meinen Standpunkt klar gemacht. Ich mache keine Witze. Verstehen Sie jetzt den Ernst der Lage? Ich habe hier alles unter Kontrolle, seien Sie einfach still, bleiben Sie auf Ihren Plätzen und hören Sie mir zu", befahl Lucas der Gruppe.

Friedrich: „Nicht Sie haben die Kontrolle, sondern der Prophet."
Lucas: „Halten Sie den Mund! Habe ich mich nicht klar ausgedrückt? Noch ein Wort und der da wird das Gehirn weggepustet! Ich war immer gegen die Idee, Sie alle an Bord zu holen, aber dieser idiotische Polizist Karan tauchte auf und ich musste so tun, als würde ich Sie alle in Sicherheit bringen. Ein Fehler, großer Fehler! Wir hätten Sie einfach alle töten sollen, wie wir es bei Shashank getan haben!"

Ein plötzlicher Schock ging durch ihre Herzen, ihre Augen weiteten sich.

„Sie haben richtig gehört, ich bin ihn losgeworden. Er wurde in dem Moment, als er wieder auftauchte, eliminiert. Hätte er mit den Bullen gesprochen, wäre meine Mission zu Ende gewesen. Er arbeitete auch für denselben Käufer wie ich."

Geeta: „Lügner! Sie Stück Scheiße..."

Friedrich unterbrach: „Ich bin sicher, wir sind Ihrem Propheten etwas wert, lassen Sie sie gehen", sagte er mit Blick auf Sheela.

Lucas: „Die Zeit ist um, wie ich sehe, sind wir fast über der Landesgrenze, nicht dass die IAF jemals ein Flugzeug verfolgen würde, das ohne Mandat unter dem Radar fliegt. Aber seien Sie versichert, wir werden nicht verfolgt."

„Sie werden nicht weit kommen", sagte Chad. Er holte sein Telefon, dessen Akku leergelaufen war, aus der Tasche, um für Ablenkung zu sorgen.

„Ha, Sie wollen versuchen, Ihren neuen BFF Karan zu kontaktieren? Denken Sie nicht einmal daran, lassen Sie es fallen", rief Lucas, als er Sheela an den Haaren zog. „Gehen Sie und sagen Sie dem Piloten, er soll die Frachtluke öffnen. JETZT!"

Friedrich entriss Chad das Telefon und warf es in Richtung Lucas. Er flüsterte Chad zu: „Wir haben keine andere Wahl", und begann, auf das Cockpit zuzugehen. Da es sich um ein Frachtflugzeug handelte, hatte das Cockpit keine Türen. Er konnte den Piloten und all die glühenden Bedienelemente sehen, als er an dem schlaffen Körper des Co-Piloten vorbeiging, der von einer Seite zur anderen rollte, immer wenn sich das Flugzeug neigte und seinen Kurs korrigierte.

„Ich sagte jetzt", rief Lucas erneut ungeduldig. Friedrich betrat das Cockpit und wechselte ein paar Worte mit dem Piloten.

Lucas: „Warum zum Teufel braucht er so lange?"

Chad schaute sich verzweifelt nach etwas wie einem Fallschirm um, Geeta und Hamad verstanden und begannen ebenfalls zu suchen. Lucas schenkte ihnen keine Aufmerksamkeit, seine Augen waren auf das Cockpit gerichtet.

„In Ordnung, das war's!" rief Lucas ungeduldig aus, als er eine winzige Sicherheitstür an der Wand des Rumpfes neben ihm öffnete. Darin befand sich ein großer roter Riegel, auf dem fettgedruckt das Wort *Notfall* stand. Er drückte Sheela auf die Knie und zielte mit der Waffe auf ihren Hinterkopf. Sie fiel hart auf die Knie und begann mit gesenktem Kopf zu weinen.

Chad rief den anderen zu: „Schnallt euch an!", als er bemerkte, dass Lucas nach dem roten Riegel griff.

Geeta und Hamad erkannten, warum Chad das sagte und kamen dem sofort nach.

Lucas schaute ein letztes Mal ins Cockpit und bemerkte, dass Friedrich neben dem Kapitän Platz nahm. „Was zum Teufel?", fragte er, als er instinktiv und wütend abdrückte.

BANG!

Sheela stürzte sofort zu Boden, überall Blut. Die Kugel ging sauber durch ihren Kopf, trat von vorne aus und traf durch den Raum zwischen Chad und Hamad auf die harte, metallene Rumpfwand, wo sie zum Stillstand kam.

Geeta schrie: „Neeeeeeeeiiiiin...."

Das Flugzeug neigte sich stark und Lucas ließ seine Waffe fallen, um nach den Ketten zu greifen, die das Brahmastra fest an seinem Platz hielten, während seine andere Hand immer noch nach dem Riegel griff. Ein kleiner Erste-Hilfe-Kasten rollte zu den Füßen von Chad hinunter. Er kickte ihn schnell in Richtung Lucas' Kopf und so landete dieser mitten dessen Gesicht. *Ein Glückstreffer*, dachte er und fragte sich, warum Friedrich noch nicht zurück war. Als der Kasten Lucas traf, verlor dieser das Gleichgewicht und er zerrte unwillkürlich hart an dem Riegel. Die Laderaumrampe öffnete sich. Der Körper des Co-Piloten rollte auf Sheelas nun leblosen Körper zu und verursachte einen Dominoeffekt. Sofort rollten beide aus dem Frachtraum in den Nachthimmel, zusammen mit ein paar losen Kisten und Lebensmittelpaketen.

Das Flugzeug kam wieder ins Schleudern. Lucas ließ den Riegel los und griff nach den Ketten. Seine Waffe rutschte ihm aus den Händen und auf Geeta zu. Lucas starrte sie an und erkannte, dass er die Kontrolle verloren hatte. Der Druck in der Kabine nahm schnell ab und saugte alles in den Himmel. Lucas kämpfte darum, die Kontrolle wiederzuerlangen. Er wusste, dass er die Ladeluke umgehend schließen musste und versuchte, nach dem Riegel zu greifen.

Geeta war kaum in der Lage, die Waffe zu erreichen. Sie streckte sich so weit sie konnte, aber der Sicherheitsgurt hielt sie zurück. Wütend über den Mord an ihrer Schwester schnallte sie sich ab, um nach der Waffe greifen zu können, bevor sie sich weiter entfernte. Chad griff nach der Rückseite ihres Gürtels, um sie davor zu bewahren, in den Abgrund zu stürzen. Gleichzeitig streckte Lucas sich nach der Notverriegelung aus, um die Ladeluke zu schließen. Gerade als er es endlich schaffte, den Riegel zu greifen, verlor er den Halt an den Ketten und hielt sich nun an dem Riegel fest. Um die Luke schließen zu können, müsste er ihn in die andere Richtung bewegen. Dies war jedoch nicht möglich, da sein ganzes Körpergewicht darauf ruhte.

„So fällt der Lehrling des Teufels", sagte Hamad, als er Geeta ansah.

Peng! Geeta schoss Lucas direkt in die Brust.

Ihre vom Weinen geröteten und blutunterlaufenen Augen, ihre Wut und Trauer ließen sie wie einen Rachegengel aussehen, als sie reuelos auf den sich ausbreitenden dunklen Felck starrte, wobei das Blut aus Lucas' Brust auf sein khakifarbenes Hemd tropfte. Er blickte schockiert auf seine Brust hinunter. Die Kugel hatte seine Lunge durchbohrt, so dass sie kollabierte. Er konnte spüren, wie die Luft aus der Wunde in seiner Brust entwich, als er versuchte zu atmen. Der Schmerz war unerträglich. Sein Versuch zu schreien verschlimmerte ihn nur noch, da die Lungen das gesamte Blut aus der Traumaregion aufsaugten und direkt aus den Lungen in seine Nase und seinen Rachen eindrang. Er erstickte an seinem eigenen Blut, ließ schließlich den Riegel los und flog in die dunkle Nacht, um sich seinen beiden Opfern anzuschließen.

Der Kapitän schloss die Ladeluke mit den Bedienelementen im Cockpit und das Flugzeug stabilisierte sich sofort.

Geeta fiel zitternd auf die Knie, als sie am Boden, zerstört über diese schreckliche Wendung der Ereignisse, schluchzte. Chad und Hamad schnallten ihre Gurte los und rutschten zu ihr hinüber, wobei sie sie schweigend festhielten.

Kapitel 40

Eine neue Zuweisung

Karan erreichte den Heliodorus-Standort nach mehrstündiger Fahrt in seinem Jeep. Er bemerkte, dass es keine Sicherheitsvorkehrungen gab und dass das Tor unverschlossen war. Sofort schob er es auf und eilte zu dem Ort, an dem das Video gedreht wurde. Dort fand Karan seine Frau, die in den Sockel der Säule gezwängt worden war, wo der Pfeiler hätte stehen sollen. Der Pfeiler fehlte nun.

Der Körper seiner Frau lag dort regungslos, ihr Blut war bereits getrocknet. Sie war bewusstlos. Die Sonne ging auf und die ersten Besucher begannen hereinzukommen. Sicherheitsbeamte, Fremdenführer und Touristen, sie alle fragten sich, was mit der Säule und dieser armen Frau geschehen war. Sie kamen zu Karan und halfen, sie herauszuziehen.

Karan überprüfte ihre Atmung. Obwohl ihr Herzschlag durch den starken Blutverlust schwach war, war sie nicht tot. Jemand reichte Karan eine Flasche Wasser. Dieser schüttete sie ihr in den Mund, in der Hoffnung, dass sie es trinken würde, aber es gab keine Reaktion. Er trug sie zu seinem Jeep, um sie schnellstens ins nächste Krankenhaus zu bringen.

Plötzlich brummte sein Funkgerät. Er antwortete in der Erwartung, dass es sein Team sein würde. „Ja, Karan hier, gehen Sie jetzt zum Heliodorus-Pfeiler! Versammeln Sie alle Teams und informieren Sie die örtliche Polizei, meine Frau und..."

Der Anrufer unterbrach Karan: „Oh ja, ja, ja! Und das und das und das... Sie können sich nicht dagegen wehren, Karan, Sie müssen sich uns anschließen. Wie ich sehe, hat der Stumme seine Arbeit nicht richtig beendet, er hat versagt. Ihre Frau sollte eigentlich tot sein, ich sagte ihm, er solle dafür sorgen. Sie haben die Aufnahmen der Kamera gesehen. Ich kann nicht glauben, dass sie überlebt hat, ziemlich zäh Ihre Frau."

„Argh, Sie sind es", stöhnte Karan frustriert und wütend. „Oh ja, sie hat überlebt und jetzt bin ich hinter Ihnen her."

„Ich wusste, dass Sie das sagen würden, aber hey, lassen Sie mich Ihnen einen Bonus für all Ihre bisherigen Schwierigkeiten geben. Sie haben sicher die fehlende Säule bemerkt? Bal Singh versucht, sie mir zu besorgen. Er ist auf dem Weg nach Mumbai, wo ein Schiffscontainer wartet. Für Grenzkontrollen ist es jetzt zu spät. Ich kann mich immer auf Ihre Leute verlassen, niemand hat die fehlende Säule bisher gemeldet, anscheinend, ha ha ha. So unbedeutend ist sie für Ihre Leute, wie ich sehe. Des einen Müll ist des anderen Schatz. Ich beschuldige niemanden. Wer hätte ihre Bedeutung erahnen können, hm?"

„Warum sagen Sie mir das jetzt?" forderte Karan.

„Sie wollen ihn töten, nicht wahr? Keine Sorge, keine Fallen, das verspreche ich. Nun, wenn Sie ihn erreichen, wird der Transportcontainer längst weg sein, auf dem Weg zu mir. Für mich ist der Mann entbehrlich, genau wie Lucas. Abgesehen davon hat er versagt, da Ihre Frau noch am Leben ist."

„Ich werde ihn töten, Ihre Lieferung stoppen und dann werde ich Sie holen kommen."

„Ha ha, Sie glauben, es ist so einfach? Sie ist in einem geheimen Behälter. Sie werden sie nie finden", sagte der Prophet und legte auf.

Karan erkannte, dass er jetzt nichts mehr zu verlieren hatte. Wenn er Bal Singh in die Hände bekäme, könnte er den Aufenthaltsort des Propheten herausfinden und auch dafür sorgen, dass Friedrich und die anderen vor Lucas sicher waren. Dies könnte der einzige Weg sein. Er kümmerte sich nicht um die Konsequenzen, er wollte jetzt aufs Ganze gehen, da er wusste, dass seine Frau nicht länger eine Geisel war.

Nachdem er seine Frau ins Krankenhaus eingeliefert hatte, funkte er den Generaldirektor der Polizei (DGP) an, um die Situation zu beschleunigen. Der DGP hatte von Karans Abtrünnigkeit gehört. Karan berichtete über die Situation, dass seine Frau als Geisel gehalten wurde, über den Propheten und den Stummen. Er erklärte, warum er vorgeben musste, für den Propheten zu arbeiten, um die Sicherheit seiner Frau zu gewährleisten, obwohl er immer noch versuchte, den Schurken ohne das Wissen von Bal Singh, der ihn verraten hatte, aufzuspüren.

Die DGP kannte Karans Erfolgsbilanz und seine Loyalität war gut belegt. Er akzeptierte Karans Erklärung und wies eine Spezialeinheit an, die mit einem Hubschrauber zu seinem Standort geschickt wurde, um ihn abzuholen. Ein weiteres Team wurde entsandt, um seine Frau im Krankenhaus zu bewachen, während die nationalen Sicherheitsbehörden in Mumbai zum Hafen geleitet wurden, um den besagten Container und die Person, die versuchte, ihn zu verschiffen, ausfindig zu machen.

Kapitel 41:

Kaum ein Diener

Chad stürzte ins Cockpit und sah Friedrich auf dem Sitz des Co-Piloten sitzen und sich über Funk unterhalten. „Möchtest du das erklären?", forderte er.

Friedrich nahm ausdruckslos seinen Kopfhörer ab und übergab ihn Chad.

„Was soll ich damit machen?", fragte er mit Blick auf das Headset.

„Ziehe ihn an! Das könnte dich interessieren."

Der ernste Ausdruck auf Friedrichs Gesicht überzeugte Chad, ihn schnell und ohne weitere Fragen anzulegen. Hamad ging hinter Chad her, als er den Kopfhörer aufsetzen wollte.

„Sind Sie da, Dr. Schmidt?", fragte eine bekannte Stimme, dunkel, aber zuversichtlich.

„Ja, mit wem spreche ich", erkundigte sich Chad.

In den nächsten Sekunden gab es nur noch Rauschen auf der Funkfrequenz.

„Ich bin hier, um zu helfen. Nennen Sie mich einen Freund oder... Prophet, wenn Sie wollen, denn ich habe keinen Namen."

Chad wurde klar, dass er wieder mit dem Teufel sprach, dem Mann hinter diesem ganzen Chaos.

Chad: „Sie sind nicht mein Freund, Sie sind der Grund, warum meine Freunde tot sind."

„Meine Freunde sind auch tot."

Chad: „Das macht uns noch immer nicht zu Freunden. Ihr Freund hat gerade versucht, uns alle zu töten, er hat Sheela das Leben genommen."

„Lucas? Er ist nicht mein Freund, kaum ein Diener, der meine Anweisungen für einen Batzen Geld befolgt, um Sie alle zu mir zu bringen. Sheelas Tod ist unglücklich, ungeplant und völlig unangebracht, aber sie war entbehrlich, ein bloßes Opfer für eine höhere Sache, wie alle anderen vor ihr. Wie ich höre, hat Lucas sich ihr angeschlossen. Ich bin froh, dass Ihnen und den anderen nichts passiert ist."

Chad: „Woher wissen Sie, wo wir sind? Warum sind Sie im Funkgerät zu hören? Sind Sie..."

„Ihnen gefolgt? Aber natürlich! Ich kenne jeden Ihrer Schritte, ich habe überall Augen und Ohren. Erkennen Sie den Kapitän Ihres Flugzeugs?"

Chad sah den Kapitän zum ersten Mal an. Er erkannte ihn sofort. Der abgestandene Geruch von Zigarettenrauch aus seiner Uniform, einem Raucher. Ein Mann, der ihnen einmal das Tor geöffnet hatte, damit sie ein Herrenhaus betreten konnten. Die Teile fingen an, sich zusammenzufügen und lösten in seinem Gehirn Alarmglocken aus.

„Richard?", fragte er.

Richard drehte sich um und schaute ihn direkt an.

Hamad war verwirrt und wollte Antworten: „Wer ist Richard? Kennen Sie ihn?"

Chad antwortete nicht, er hörte lautes Gelächter auf den Kopfhörern. „Ha ha ha ja, Sie sind schlau, das ist Richard, Dr. Bauers Butler."

Chad klappte den Sitz hinter Friedrich auf und setzte sich hin. Alles, was er in den letzten Minuten gesehen und gehört hatte, war zu viel zu verdauen.

Der Prophet sprach: „Ich bin sicher, Sie haben viele Fragen, Chad, aber das ist jetzt nicht wichtig. Ich habe die Kontrolle über jede einzelne Form der Kommunikation, meine Leute sind überall. Richard gehört mir, Karan und Sie auch. Sie sind hier, weil ich Sie hier haben wollte."

Chad fühlte sich wie in einem Gefängnis, sein alter Alptraum war wahr geworden, gefangen zu sein und nie wieder freizukommen, gefangen für die Ewigkeit.

Die Stimme im Funk fuhr fort: „Sie brauchen meine Hilfe und ich brauche Ihre. Ich habe mich hier mit unserer lieben Anneleen unterhalten, es scheint, als ob Sie etwas gesucht und etwas anderes gefunden haben. Glücksfall? Vielleicht nicht. So oder so, für die Kammer, die Sie gebaut haben, brauchen Sie die perfekten Schwingungen, nicht wahr, den Standard des *Aum*? Haben Sie schon von der Muschel der Vibrationen gehört?"

Chad: „Nein, niemals."

Prophet: „Dann hören Sie aufmerksam zu. Die Anhänger von Lord Vishnu, die Vaishnavas, glauben, dass er das *Omkara* oder den Urlaut *Aum* oder *Om* durch seine Muschel erzeugt hat. Eine alternative Sichtweise dazu ist das Konzept des Spandana, der Reaktion auf einen Reiz, auch eine Form der Schwingung. Lord Vishnu ist der bewahrende Aspekt der *Trimurti*, der drei Urgötter des Hinduismus, nämlich Brahma, Vishnu und Shiva. Er hält die Welt der Gegenstände durch bestimmte Arten von Schwingungen, die er durch die Muschel erreicht, im Gleichgewicht. Es mag mehrere Muschelschalen geben, aber wir wissen, wo eine auf unserer Erde ist."

Chad: „Was?"

Prophet: „Nun, die *Shanku*, wie die Muschel genannt wird, wurde vom Bewahrer, Vishnu, benutzt, um das Gleichgewicht durch Schwingungen auf jeder vom Schöpfer Brahma geschaffenen Form aufrechtzuerhalten. Ihr Team hat im Labor etwas erschaffen, aber um es im Gleichgewicht zu halten und zu stabilisieren, braucht man die Schwingungen dieser Muschel. Schließlich ist das Universum nur eine Manifestation von Schwingungen, von denen wir wissen, dass sie von einer einzigen Schwingung, dem Klang des Aums, ausgehen. Aber es hat einen Standard... den Standard. Der primäre und bedeutendste aller Aum-Klänge und -Gesänge stammt von dieser Muschel. Ich werde Ihnen sagen, wo Sie sie bekommen und Sie können beenden, was Sie begonnen haben."

„Was springt für Sie dabei heraus?"

„Keine weiteren Fragen. Vergessen Sie nicht, Ihre liebe Anneleen ist immer noch bei mir. Sie wollen, dass sie sicher zu Ihnen zurückgebracht wird, nicht wahr?"

Chad: „Sie überschreiten die Grenze, Prophet!"

Als er Chad das Wort „Prophet" sagen hörte, schnappte sich Hamad das Headset von Chad und es brach aus ihm heraus: „Ich muss mit meinen Kindern sprechen, Sie Sohn einer..."

Der Prophet unterbrach: „Oh oh oh, Worte, Sir, gebrauchen Sie Ihre Worte weise, Profanität macht die Dinge nicht besser, sondern nur schlechter. Ihre Kinder sind in Sicherheit, zumindest höre ich das von meinem Quartiermeister. Er hat eine nette Software eingerichtet und ein Team überwacht jede Bewegung jedes einzelnen Insekts. Ich habe meine Augen auf jeden gerichtet und dazu gehören auch Ihre beiden reizenden Töchter. Übrigens wissen sie noch nicht, was mit ihrer Mutter passiert ist. Ich bin gespannt, wie Sie ihnen diese Nachricht übermitteln werden", lachte er schroff.

Geeta wunderte sich über die lauten Stimmen im Cockpit und kam zu ihnen. Sie sah, wie Chad seinen Kopf in den Händen hielt. Chad erzählte von dem Gespräch mit dem Propheten, seiner Beschreibung der Muschel und wer der Kapitän wirklich war.

Geeta packte Friedrich an der Schulter. „Arbeiten wir jetzt für diesen Typen?", fragte sie und zeigte auf Richard.

Richard schaltete die EmCom (Notfallkommunikation) ein und alle Funkgeräte gingen aus, nur für den Fall, dass der Prophet noch zuhörte: „Lady, ich bin hier, um zu helfen. Ich bin nicht auf der Seite des Propheten, dieser Mistkerl hat gerade meinen Herrn getötet. Ich war ein treuer Diener des Hauses der Bauers, so wie es meine Vorfahren waren. Der Prophet denkt, ich arbeite für ihn, aber das ist nicht die Realität."

Friedrich nickte: „Das ist wahr. Sie sind sehr loyal, Generationen Ihrer Familie haben den Bauers gedient. Er erzählte mir alles, als ich das erste Mal ins Cockpit kam. Er war derjenige, der Lucas aus dem Gleichgewicht gebracht und für diese Ablenkung gesorgt hat. Er hätte ganz einfach die Luke öffnen und Sie alle rausfliegen lassen können, wie Lucas es getan hat. Sehen Sie diese Monitore?" Er zeigte auf die Monitore an der Seite, die den Kabinenschacht zeigten. Alle Vorgänge, die sich abspielten, wurden im Cockpit angezeigt. „Er hat eure Ärsche gerettet", sagte er und zeigte auf Richard.

„Dann hätten Sie ihn davon abhalten können, meine Schwester zu töten", schrie Geeta.

„Es geschah zu schnell, es schien, als würde er niemanden töten. Er hat Sie nur bedroht, dachte ich. Ich weiß nicht, wie das alles passiert ist..." Richard schien wirklich verzweifelt.

Hamad: „Sie helfen uns also tatsächlich? Woher wissen wir, dass wir Ihnen vertrauen können?", fragte er.

Richard zeigte ihm die Flugprotokolle. Das Flugzeug war auf einen privaten Geschäftsmann aus Russland registriert. Der Kapitän, der heute fliegen sollte, war nicht Richard. Er erklärte: „Der russische Geschäftsmann war ein Freund von Dr. Bauer. Er bewahrt zwei seiner Flugzeuge auf Dr. Bauers Privatflugplatz in Deutschland auf. Der Prophet brachte sowohl den Kapitän als auch den Co-Piloten dazu, seinen Bedingungen zuzustimmen. Ich war gezwungen, dieses Flugzeug zusammen mit dem Co-Piloten zu nehmen, während der Prophet das zweite Flugzeug zusammen mit dem designierten Kapitän nahm."

Hamad: „Warum braucht er ein Flugzeug?"

Richard: „Ich weiß es nicht. Ich glaube, der Russe weiß es auch nicht."

Friedrich: „Es würde mich nicht wundern, wenn er auch für den Propheten arbeitet."

Geeta: „Wohin fliegen wir?"

Richard: „Nun, sofern er Chad nichts anderes sagte, wurde ich angewiesen, zu diesem verlassenen Flughafen in der Nähe der Ellora-Höhlen zu fliegen, Lucas und die Objekte herauszuholen und nach Kathmandu zu fliegen."

„Kathmandu?"

Kapitel 42:

Hafen von Mumbai

Während er im Hubschrauber auf dem Weg nach Mumbai war, erhielt Karan einen Funkruf von der nationalen Sicherheitsbehörde. Sie hatten den Stummen, Bal Singh, gefunden, aber der Container hatte die indischen Gewässer fast verlassen und sie würden ihn nicht mehr aufhalten können. Sobald er die Grenzen überquert hätte, seien sie nicht befugt, ihn zurückzuholen.

Der Hubschrauberpilot sprach über Funk: „Sir, ja, Sir, verstanden, over." Er wandte sich an Karan: „Inspektor Karan, der Kommandant der Agentur möchte mit Ihnen sprechen. Ich stelle ihn zu Ihnen durch. Es ist eine offene Leitung."

Karan hörte ein Klicken und ein Summen und dann die Stimme des Kommandanten auf seinem Headset: „Inspektor Karan, wir haben den Stummen hier. Die beiden Polizisten, von denen Sie berichtet haben, sie seien von ihm getötet worden... nun, Sie werden es nicht glauben, sie sind nicht tot, sagt er. Die Kamera, die er hatte, wird gerade geliefert, warten Sie, warten Sie... Ich habe gerade Informationen erhalten, die bestätigen, dass die Constables gefunden wurden. Sie werden in einem Krankenhaus in der Nähe des Ortes des Vorfalls behandelt. Die Ladung hat die nationalen Gewässer überquert und wir haben keine Befugnis mehr über das Schiff. Wir verfolgen es immer noch, aber das GPS an Bord scheint manipuliert worden zu sein. Auf jeden Fall werden wir die Verfolgung fortsetzen. Ende."

Karan war verblüfft. Der Prophet hatte ihm das Video von dem Stummen geschickt, der die beiden Polizisten tötete, einem wurde sogar in den Kopf geschossen. Wie konnten sie überleben? „Sind Sie sicher, dass es dieselben Männer aus meinem Team sind? Ich brauche eine Bestätigung", verlangte er.

Der Kommandeur beruhigte ihn: „Sie wurden identifiziert, Blut und Fingerabdrücke stimmen überein. Der Arzt hat bestätigt, dass sie übereinstimmen."

Karan: „In Ordnung, lasst Bal Singh genau da, wo er ist. Wir sind fast da, over."

Der Kapitän des Hubschraubers sprach: „Sir, wir haben Landeerlaubnis im Hafen, ok?"

„Ja, setzen Sie uns so nah wie möglich an der Mannschaft am Boden ab, wir haben keine Zeit zu verlieren."

Bei der Landung sah Karan, wo sich das Team befand. Einer der Container war zu einem behelfsmäßigen Verhörraum umfunktioniert worden. Dieser hatte keine Belüftung und die Sonne brannte auf ihn herab. Er sah zwei Männer, die an seinem Eingang Wache standen und Bal Singh, gefesselt und auf den Knien, vier Männern ihm gegenüber. Der Kommandant, der das Team anführte, kam heraus und stellte sich vor: „Schön, endlich das Gesicht hinter der Stimme zu sehen! Es stellte sich heraus, dass der Kerl, den Sie verfolgten, eigentlich auf Ihrer Seite war", sagte er mit einem seitlichen Nicken und zeigte ihm den Weg in den Container.

Karan sagte nichts, er ging direkt auf Bal Singh zu und schlug ihn mit einem rechten Haken am Kiefer fast K.O. Bal Singh verlor das Gleichgewicht, fiel auf die Seite. „Warum? Warum haben Sie versucht, meine Frau zu töten? Ich habe Ihnen vertraut!"

Karan bemerkte, dass Bal Singhs Hände gefesselt waren und ein Papier und ein Stift vor ihm lagen. Er erinnerte sich, dass er stumm war und nicht sprechen konnte und hob ihn hoch, wobei er sich entschuldigte. Trotzdem war er nicht in der Lage, das Leiden seiner Frau zu vergessen. Er sah auf Bal Singhs Gesicht und direkt in seine Augen. Seine Augen vermittelten eine Entschuldigung und demütige Hingabe an Karan, wie immer.

„Sie waren mein vertrauenswürdigster Constable, Bal Singh, Sie waren mir immer treu. Ich habe sogar für die Ausbildung Ihrer Kinder bezahlt", erinnerte ihn Karan.

Bal Singh nickte und zappelte unbeholfen, um seinen Kopf in erbärmlicher Unterwerfung auf Karans Schuhe zu legen. Karan bemerkte, dass Tränen auf seine Schuhe liefen, richtete ihn wieder auf und setzte ihn auf die Knie. Der Kommandant hob die Papiere auf, die vor dem Stummen lagen: „Wir haben ihn bereits verhört. Diese blauen Flecken in seinem Gesicht stammen nicht alle von Ihrem K.O.-Schlag! Der Kerl musste viel durchmachen, bevor Sie kamen, sehen Sie sich das an", er übergab die Papiere an Karan.

Karan nahm sie und las: „Ich wurde bedroht, man bot mir sogar 10.000 Dollar an, aber ich lehnte ab. Der Mann schickte mir dieses Telefon und GoPro. Er wusste, dass ich nicht sprechen konnte, nur Textnachrichten. Ich besitze kein Telefon, aber an jenem Morgen bekam ich eines per Kurierdienst. In den Nachrichten hieß es, folgen Sie den Anweisungen, sonst wird Karan getötet. Er drohte Karan Sahib mit dem Leben! Ich habe die anderen

Polizisten nicht getötet, es war eine Inszenierung für das Video. Ich war nicht sicher, ob es funktionieren würde, ich hatte Angst, aber der Mann am Telefon glaubte mir. Er wollte, dass ich Karans Frau erschieße. Ich hatte keine Zeit, keine Optionen, keine Hilfe, er drängte mich weiter. Ich stellte sicher, dass sie nicht sterben würde, aber sie musste bewusstlos sein, um ihn glauben zu lassen, sie sei tot. Sie atmete noch, ich versuchte mein Bestes, um schwere Verletzungen zu vermeiden, aber ich konnte ihr nicht sagen, was vor sich ging. Ich wurde beobachtet. Ich wollte kein Geld, ich wollte niemanden verletzen."

Karan fiel die Kinnlade herunter, als er die Kritzeleien las.

Der Kommandant sprach: „Es stimmt alles. Der Kerl scheint die Wahrheit zu sagen, die Wahrheit zu schreiben, meine ich."

Karan blätterte schnell den Vernehmungsbericht durch und sah die kurzen Antworten: „Ich weiß nicht", „Ja", „Nein", „Heute", und eine Wiederholung derselben Geschichte. Er sah den Kommandanten an.

„Er sagt, er weiß nicht, wer der Mann ist, der ihm die SMS schickte, oder dessen Aufenthaltsort, oder andere Einzelheiten. Das angebotene Geld sollte auf sein Konto überwiesen werden, aber Bal Singh lehnte dies ab. Auch das stimmt, keine Transaktionen auf oder von seinem Konto, der Mann hat sogar Schulden", erklärte der Kommandant.

Karan: „Er war also der Plan B, für den Fall, dass ich mich dem Propheten entziehen würde!"

Kommandant: „Meinen Sie, es ist derselbe Kerl, der mit Ihnen und diesem Kerl hier spielt?"

„Ohne Zweifel!"

Karan zeigte auf seinem Telefon das Video, das er vom Propheten erhalten hatte, auf dem seine Frau von Bal Singh angegriffen wurde. Während das Video abgespielt wurde, ballte er die Fäuste und war immer noch nicht in der Lage, sich damit abzufinden.

Karan: „Gibt es Neuigkeiten über den Verbleib des Schiffes, das den Pfeiler trägt?"

Kommandant: „Nun, das Schiff verwendet High-Tech-Radarreflektoren militärischer Qualität, so dass wir es nicht verfolgen können. Es hat unsere Gewässer verlassen, ohne eine Freigabe zu erhalten. Die Küstenwache ignorierte es in dem Glauben, dass es nur ein leeres Schiff war, das Waren nach Mumbai gebracht hatte."

Karan: „Der oberste Marineoffizier, kann er nicht etwas tun?"

Kommandant: „Wir haben ihn kontaktiert, er bestätigte, dass es außerhalb seiner Befugnis ist, sobald es die indischen Gewässer verlassen hat. Eine Verfolgung darüber hinaus ist nicht mehr zulässig, vor allem, wenn man bedenkt, dass es in pakistanischen Gewässern unterwegs ist...“

Karan beendete den Satz, „und beide Länder haben nicht das beste Verhältnis zueinander, selbst wenn wir sie um Hilfe bitten.“

Kommandant: „Ganz genau! Selbst wenn sie auf uns reagieren, könnten sie annehmen, dass wir ihnen eine Falle stellen.“

Karan: „Wenn wir es nicht auf dem Wasser verfolgen können, wie wäre es dann in der Luft?“

Kommandant: „Riskant und wir müssten Flugabwehrgeschütze mit einbeziehen. Wir könnten einen Krieg auslösen, wenn wir die indische Luftwaffe hineinschicken!“

Karan: „Nicht die IAF, ich sprach von einer unauffälligen Überwachungsdrohne.“

Kommandant: „Natürlich, das ist eine brillante Idee. Lassen Sie mich eine Genehmigung einholen und eine von der Basis in Delhi hochschicken.“

Karan: „Schauen Sie auch, ob wir das Frachtflugzeug, das von dem verlassenen Flughafen bei Ellora gestartet ist, verfolgen können. Sie benutzen höchstwahrscheinlich auch Radarreflektoren, können aber nicht allzu weit gekommen sein.“

Kommandant: „Sir, in der Tat gingen sie auf EMCON, aber sie hatten ihr Funkgerät eingeschaltet und ein paar Mitteilungen gemacht. Wir bekamen nichts als Rauschen vom Abfangjäger zurück, wir wissen also nicht, wer sie kontaktiert hat und worüber sie gesprochen haben, aber das Signal kam von der nepalesischen Grenze.“

Karan: „Kontaktieren Sie jetzt den KTM-Turm und sehen Sie nach, ob sie auch das Rauschen empfangen haben.“

Der Kommandant setzte sich auf einen Stuhl und vertiefte sich in seinen taktischen Laptop. Er setzte seinen Kopfhörer auf und tippte ungeduldig auf der Tastatur. Der Bildschirm zeigte kurz die Worte *„Verbindung“* an und wechselte schnell zu *„Verbindung hergestellt“*. Der Kommandant rückte sein Mundstück näher und sprach: „Ist dies die Flugsicherung, KTM-Flughafen?“ Er blickte aufmerksam auf den Computerbildschirm, als er die Antwort erhielt, nickte er und sprach weiter.

„Ok, da ist ein verdächtiges Frachtflugzeug mit Radarreflektoren, haben Sie mit ihnen Kontakt aufgenommen?“ Er hielt inne, um zuzuhören.

„Ja, ja... das Frachtflugzeug, ja", sagte er und hielt erneut inne.

„Roger, geben Sie die Lande- und Rollfreigabe, lassen Sie sie den Flughafen nicht verlassen", sagte er und hielt inne, um noch einmal zuzuhören.

„Roger, Freigabe I.D. 2399 Nighthawk. Fahren Sie fort, den Kapitän und den Co-Piloten festzunehmen. Nehmen Sie Lucas ins Visier", sagte er, drückte eine Taste auf der Tastatur, um die Verbindung zu beenden und wandte sich an Karan. „Sie wurden kontaktiert. Der Funkkanal ist offen, aber auf niedriger Frequenz, die nur ausreicht, um den KTM-Turm zu erreichen, wir werden immer noch Rauschen bekommen. Sollen wir ein Team zu KTM schicken?"

Karan: „Warten Sie auf den Bericht des Polizeichefs von Kathmandu. Schicken Sie ihnen ein Fax mit allen Namen und bitten Sie sie, in der Zwischenzeit ihre Berechtigungsnachweise zu überprüfen. Wir wollen keine Panik in der Stadt auslösen und die Medien anziehen, indem wir indische Truppen nach Nepal schicken. Das würde zu Chaos führen, wie es der Prophet will. Wir müssen uns auf das Schiff konzentrieren. Lassen Sie uns versuchen, verlorene Zeit zu gewinnen und diesmal einen Schritt voraus zu sein."

Kapitel 43:

Kathmandu

Chad, Geeta und Hamad kehrten in den Frachtraum zurück und schnallten sich wieder an. Chad fand Wasser und Snacks und bot sie Geeta an, die unter Schock stand und immer noch verstört wirkte.

Geeta: „Ich muss mit meiner Familie sprechen, bevor die Neuigkeiten über Sheela bekannt werden. Ich weiß nur nicht, wie ich es ihnen beibringen soll. Ich kann es einfach nicht glauben. Es fühlt sich an, als ob sie noch unter uns wäre", sie schaute aus dem Fenster. „Bald wird jemand ihre Leiche auf dem Boden finden", sie begann zu weinen.

Hamad: „Ich kann verstehen, was Sie durchmachen, aber das ist gefährlich. Wenn Sie Ihre Familie kontaktieren, gefährden Sie deren Sicherheit. Er wird ihren Aufenthaltsort kennen und sie als Druckmittel einsetzen."

Geeta: „Wahrscheinlich tut er das schon."

„Ja, aber es besteht die Chance, dass er bisher noch nicht so weit gegangen ist. Wenn er es noch nicht getan hat, wird ihn der Kontakt zu Ihrer Familie sicher zu ihnen führen."

„Ich muss sie anrufen, sobald wir gelandet sind. Ich muss sicherstellen, dass es ihnen gut geht", sagte sie schluchzend. „Ich weiß, dass er uns verfolgt, aber ich muss es tun."

„Ok, vielleicht können wir von einer Telefonzelle aus anrufen. Könnte nicht zurückverfolgbar sein", sagte Chad und sah Hamad um seine Zustimmung bittend an.

„Warum will er Ihnen helfen?", fragte Hamad Chad und versuchte, das Thema zu wechseln.

Chad schaute aus dem Fenster des Flugzeugs auf die schneebedeckten Berge, als er sprach: „Nun, soweit wir wissen, benutzt er uns. Er will uns alle zusammen haben und das ist ihm bisher ziemlich gut gelungen. Jeder von uns ist aus einem anderen Grund hier, aber dennoch wurden wir von diesem Verrückten für einen bestimmten Zweck zusammengebracht. Keine Ahnung, was seine Absichten sind."

Chad schaute auf die Wasserflasche, die er in der Hand hielt: „Warten Sie, wenn dies ein russisches Frachtflugzeug ist, warum sind dann alle Etiketten mit deutschem Text versehen?"

Hamad nahm die Wasserflasche aus der Hand und bemerkte die Aufschrift *Sprudelwasser* darauf. „Sie haben recht, *Wasser*, das ist Wasser auf Deutsch. Es scheint, also ob dieses Flugzeug eigentlich in Bauers Hangars in Deutschland stationiert war."

Hamad war zu müde, um sich darüber zu wundern und sagte: „Friedrich schläft, ich würde vorschlagen, Sie beide sollten auch ein kurzes Nickerchen machen. Ich merke, dass wir langsam absinken, höchstens eine Stunde und wir werden landen."

Richard sprach über die PA: „Der Kathmandu-Turm hat uns gerade die Erlaubnis zur Landung geben, aber es kann sein, dass sie Informationen von der indischen Grenzkontrolle erhalten haben. Ich bin nicht sicher, ob dies eine gute Idee ist."

Hamad ging in die Kabine bemerkte, dass Friedrich immer noch ein Nickerchen machte und sprach mit Richard: „Wir müssen da runter. Dort sollte der Flug laut den Protokollen landen."

Friedrich wachte auf und schaute nach draußen: „Hmm, ich sehe, wir sind fast da."

Richard: „Nur, jetzt gibt es ein kleines Problem. Auf dem Tribhuvan-Flughafen gab uns der KTM-Tower die Landeerlaubnis, noch bevor ich sie über Funk anforderte. Da ist etwas faul."

Friedrich: „Nein, nein, wir landen hier. Sie haben vielleicht Informationen über uns bekommen, ja, aber sie müssen noch ihre Ermittlungen durchführen. Sie und ich bleiben im Flugzeug, der Rest geht in die Stadt. Wir werden für einen medizinischen Notfall als ein Ablenkungsmanöver sorgen. Bis sie bestätigen können, dass es sich um dasselbe Flugzeug handelt, nach dem sie suchen, sind sie wieder zurück und wir verschwinden zusammen."

Richard: „Ein riskanter Vorschlag, aber ja, es gibt wahrscheinlich keinen anderen Weg."

Hamad: „Ja, diese Leute haben jahrelang übersehen, dass der Meisterverbrecher Charles Sobhraj direkt vor ihrer Nase gelaufen ist. Es gelang ihm sogar zweimal, aus ihrem Gefängnis zu entkommen. Dieser Kerl war damals der meistgesuchte Mann und er ging wie ein Tourist, der frei durch die Straßen streifte, in einem Gefängnis ein und aus. Es dauerte Jahre, bis sie ihn endlich gefasst und für immer weggesperrt hatten. Ich sehe hier eine gute Chance für uns."

Friedrich: „Gut, wie geht es den anderen?"

Hamad: „Sie schlafen. Geeta geht es offensichtlich nicht allzu gut."

„Ok, wecken Sie sie auf und sagen Sie ihnen Bescheid. Wir müssen vorbereitet sein."

Richard klickte seine Funksteuerung an: „KTM-Turm, hier ist Cargo Charlie Alpha 316, im Anflug Varanasi X-ray." Er neigte das Flugzeug stetig zur Steuerbordseite.

Wenige Minuten später landeten sie auf dem Flughafen von Kathmandu. Zwei Polizeifahrzeuge warteten in der Nähe der Startbahn. Auf Anweisung des Towers rollte Richard zum entfernten Ende des Flughafens, weg vom offiziellen Vorfeld, wo gerade ein Flughafenausbauprojekt im Gange war. Die Polizeifahrzeuge folgten ihnen. Chad und Geeta wachten auf und Hamad informierte sie über ihren Plan.

Als er auf dem offenen Rollfeld zum Stillstand kam, füllte Richard schnell die Park-Checkliste aus. Dann öffnete er die Seitentür, nicht die Hintere, so dass das Objekt für die anderen nicht sichtbar war.

Geeta schnappte sich ihre Tasche, die die Scheibe enthielt und wartete mit den beiden Männern auf Anweisung von Richard. Friedrich entriss ihr die Tasche: „Es ist zu gefährlich, sie aus dem Flugzeug zu nehmen. Wir dürfen sie in Nepal nicht verlieren. Hamad, ich schlage vor, Sie lassen Ihren Schlüssel auch bei mir, ich verstecke ihn im Cockpit." Geeta nickte und übergab die Tasche. Obwohl Hamad zögerte, seinen wertvollen Besitz loszulassen, blieb keine Zeit für Diskussionen. Er zog ihn vorsichtig aus seiner Tasche und legte ihn sanft in Friedrichs Hände.

Die örtliche Polizei hielt hinter dem Flugzeug an und lief auf Richard zu, alle bis an die Zähne bewaffnet. Richard ging mit den Flugprotokollen in der Hand die Treppe hinunter: „Hallo Leute, wir haben einen Notfall. Einer meiner Passagiere ist schwer verletzt, Verdacht auf innere Blutungen. Dr. Hamad, unser Arzt an Bord, sagt, wir müssen ihn sofort in den OP bringen."

Der Polizeichef von Nepal sprach: „Zuerst müssen wir Ihre Legitimation, Ausweise... Ich brauche alle Ausweise und das Flugmandat. Mein Team wird auch Ihre Black Box überprüfen. Bitten Sie alle Passagiere, auszusteigen und das Flugzeug zu verlassen."

Richard hob die Hände hinter dem Kopf hoch und hielt zwei Finger hoch, ein Stichwort, das Hamad als Erster heraustreten und sein Schauspiel beginnen musste. Hamad stürmte wie in Panik heraus: „Ich bin Dr. Hamad, Kardiologe aus Delhi. Wir müssen Herrn Chad schnell in den Notfall-OP bringen. Er hat innere Blutungen und er wird die nächste Stunde nicht überleben, wenn wir nicht so schnell wie möglich operieren."

Als er seine Panik sah, nickte der Vorgesetzte seinem Superintendenten zu und wandte sich wieder an Hamad: „Ok, schon gut, mein Superintendent wird den Flughafenkrankenwagen rufen und Sie beide in das nächste Krankenhaus bringen. Der Rest von Ihnen muss hier bleiben, unter unserer Aufsicht."

Hamad: „Meine Tochter muss auch mitkommen, sie ist auch Ärztin."

„Sir, wir haben gut ausgebildete Sanitäter in diesem Krankenwagen, das wird nicht nötig sein. Ich möchte, dass Sie den Ärzten seinen Gesundheitszustand erklären, also gehen Sie, nicht Ihre Tochter. Sie bleibt hier bei ihm", antwortete der Chef mit fester Stimme und zeigte auf Richard.

Geeta und Friedrich beobachteten den Tumult vom Fenster aus. Der Krankenwagen traf innerhalb von Sekunden ein. Geeta und die Sanitäter halfen Chad auf eine Bahre und brachten ihn in den Krankenwagen. Chad verstärkte sein Schauspiel noch ein bisschen. Daraufhin berichteten die Sanitäter, dass sie keine Verletzungen diagnostizieren konnten, aber der Patient Symptome einer versteckten intra-abdominalen Blutung zeige, die mit starken Schmerzen einhergehen könnte. Sie teilten dem Polizeichef mit, dass es sich um eine Notfallsituation zu handeln schien und dass sie eine Endoskopie und einen Ultraschall durchführen müssten, um die genaue Ursache des Traumas zu identifizieren. Um ihre Panik noch zu verstärken, sagte Hamad den Sanitätern, dass der Patient ebenfalls Hämophilie habe und Geeta bestand darauf, dass sie sie begleite und behauptete, Gastroenterologin zu sein. Unter all dem Druck stimmte der Polizeichef schließlich zu, da der Verlust des Lebens eines Ausländers zu schlechter Publicity führen und seine Karriere beeinträchtigen könnte.

Hamad war der letzte, der den Krankenwagen bestieg. Gerade als er an Bord ging, rief der Polizeichef: „Dr. Hamad, ich erhielt einen weiteren Anruf, gleich nachdem die indische Polizei uns über Ihre Ankunft informiert hatte. Ihre Frau scheint... Sie hinterließ eine Nummer, die mit 0049 beginnt, die Landesvorwahl für Deutschland, aber wir können den Ort nicht zurückverfolgen...Erwaten Sie diesen Anruf?"

Hamad war verblüfft. Wenn dies ein Witz war, dann ein brutaler, denn er wusste, dass seine Frau gehäutet worden und tot war. Er dachte eine Sekunde lang, *was, wenn es kein Witz wäre, was, wenn sie wirklich am Leben wäre...* Aber das konnte nicht sein, weil die Haut, die er in der Hand gehalten hatte, definitiv ihre war. Wenn er jedoch „Nein" zum Polizeichef sagen würde, würde er nie die Wahrheit herausfinden.

Hamad schluckte, fasste Zuversicht und sagte: „Ja! Mein Telefon ist schon eine Weile tot. Alle unsere Telefone sind tot. Sie muss verzweifelt versucht haben, mich zu erreichen."

„Das habe ich mir gedacht. Sie rief die Botschaft in Indien an und die indische Polizei wies sie an uns weiter. Hier ist die Nummer", sagte der Chef und übergab ein Papier mit einer Nummer. „Sie können sie anrufen, sobald Sie im Krankenhaus sind. Beeilen Sie sich jetzt."

Mit allen an Bord fuhr der Krankenwagen ab.

Der Polizeikommissar flüsterte dem Polizeichef ins Ohr und Augenblicke später fragte dieser Richard: „Wie viele Passagiere und Besatzungsmitglieder waren insgesamt an Board? Laut unserer Zählung fehlen uns noch drei Personen. Wie viele sind noch drinnen?"

„Nun, ich und mein Co-Pilot Friedrich sind noch drinnen. Der Rest ist mit dem Krankenwagen weggefahren, wie Sie wissen."

„In Ordnung, wir müssen das Flugzeug überprüfen."

„Ich muss einen Durchsuchungsbefehl sehen, Sie haben kein Recht, ein ausländisches Flugzeug ohne Durchsuchungsbefehl zu durchsuchen. Ich könnte die Botschaft anrufen und..."

Der Polizeichef unterbrach: „Das ist nicht nötig, der Durchsuchungsbefehl ist unterwegs und wird bald hier sein."

„Also warten wir, ich werde die deutsche Botschaft anrufen. Lassen Sie mich währenddessen reingehen und die Ausweise holen", sagte Richard, stieg ins Flugzeug, schloss die Tür hinter sich und erklärte Friedrich die Situation.

Der Polizeichef zog die Lautsprecheranlage heraus und sprach in sie hinein, als er sah, wie sich die Tür schloss: „Sir, bitte lassen Sie die Tür offen, das Flugzeug darf nicht mobilisiert werden."

Richard und Friedrich antworteten nicht.

Kapitel 44:

Der Affentempel

Als der Krankenwagen durch den Verkehr raste, bat Geeta einen der Sanitäter um sein Telefon. Verzaubert von ihren wunderschönen, wenn auch melancholischen, Augen übergab er ihr dieses gerne. Sie übergab es Hamad und er gab die Nummer ein, die er vom Polizeichef erhalten hatte. Der Anruf wurde beantwortet, noch bevor das erste Klingeln enden konnte.

Eine Frauenstimme, die klang, als habe sie starke Schmerzen, antwortete widerwillig in einem monotonen „Hamad". Es war keine Frage, sondern nur eine Aussage. Hamad erkannte die Stimme nicht wieder, es war nicht die seiner Frau, aber das hatte er auch nicht erwartet. „Ja, wer ist da?"

Plötzlich änderte sich die Stimme in die eines Mannes: „Ach so, da sind Sie ja wieder, also das hat geklappt!" Die Stimme bewegte sich vom Mikrofon weg, „Danke Anneleen", und zurück zum Mikrofon, „Ich sehe, das Flugzeug ist gelandet und befindet sich nun in KTM, perfekt! Sie haben die Flugprotokolle befolgt und einen weiteren Test bestanden."

Hamad starrte Chad an. „Anneleen?", fragte Chad.

Hamad nickte und schaltete den Lautsprecher des Telefons ein.

Chad: „Ist sie in Sicherheit?"

Der Prophet hörte die Frage von Chad: „Ja, ja, ja, was soll diese Besessenheit mit dieser Frau, sie ist sicher! Sie hat mir sogar geholfen, indem sie vorgab, Ihre Frau, Hamad, zu sein und sich endlich mit Ihnen allen in Verbindung zu setzen. Sie sehen, jeder hat eine wichtige Rolle zu spielen."

Die beiden Sanitäter, die vorne saßen, sahen sich verwirrt an, waren überrascht, dass Chad sich plötzlich von seinen Schmerzen erholt hatte und entspannt mit jemandem am Telefon sprach. Einer von ihnen packte Hamad am Arm und fragte: „Was zum Teufel geht hier vor?"

Geeta forderte ihn auf, zu schweigen, aber der Prophet hörte im Hintergrund seine Stimme: „Wer ist das? Was geht hier vor? Haben Sie den Flughafen verlassen?"

Geeta: „Ja, es ist eine lange Geschichte, aber wir sind in einem Krankenwagen, ein Fahrer und zwei Sanitäter sind bei uns." Sie erläuterte kurz, wie sie dieses Ablenkungsmanöver durchgeführt hatten. Die erschütterten Rettungssanitäter forderten den Fahrer auf, das Fahrzeug sofort anzuhalten und versuchten, ihrem Superintendenten im vorausfahrenden Polizeiwagen ein Zeichen zu geben. Hamad ließ das Telefon fallen und versuchte, die Sanitäter zurückzuhalten.

Chad bemerkte auf dem Regal neben ihm einige geladene Ketamin-Injektionen, die von den Sanitätern zur Verwendung bereitgehalten wurden. Er wusste, dass Ketamin ein hochwirksames intramuskuläres Sedativum war. So schnappte er die Spritzen und gab je eine an Geeta und Hamad. Während die Sanitäter abgelenkt waren und versuchten, dem vorausfahrenden Polizeiauto zu signalisieren, anzuhalten, steckten Geeta und Hamad die Spritzen in die Körper der beiden Sanitäter. Diese sackten sofort in sich zusammen. Der Fahrer sah sie im Rückspiegel und versuchte, herauszuspringen, aber Chad sprang von der Bahre und setzte auch ihn mit einer weiteren Ketamin-Spritze außer Gefecht. Das Lenkrad des Krankenwagens war somit unkontrolliert und der Wagen begann beim Abbremsen zu schlingern. Hamad kletterte schnell auf den Beifahrersitz, um von der Seite die Kontrolle über das Lenkrad und das Gaspedal zu übernehmen, während Chad den bewusstlosen Körper des Fahrers nach hinten zog und den Fahrer auf die Bahre legte. Hamad rutschte auf den Fahrersitz. Da der Krankenwagen viel höher als das Polizeiauto und der Abstand zwischen den beiden Fahrzeugen nicht sehr groß war, hatte der Superintendent keine klare Sicht durch die Windschutzscheibe und bemerkte nicht, was hinter ihm geschah.

Hamad sprach vom Fahrersitz aus: „Ich sehe einige Staus vor uns, also werden wir langsamer fahren. Ich werde versuchen, den Krankenwagen so nah wie möglich am Polizeiauto zu halten. Sie werden hinten rausspringen müssen, das ist unsere einzige Chance."

Chad nickte und drehte sich zu Geeta um: „Er hat recht, wenn wir erwischt werden, könnten wir wochenlang in Ermittlungen und Verhören stecken bleiben. Anneleen und die Kinder von Hamad haben nicht viel Zeit. Der Prophet verschont sie vielleicht nicht."

Geeta: „Aber was ist mit Hamad?"

Hamad hörte Geeta zu: „Machen Sie sich keine Sorgen um mich. Das verschafft uns Zeit vor der Polizei, der Prophet wird Sie weiter führen." Er fühlte die Ironie, als er diese Worte sagte. Der Prophet, der Schurke, der ihr Leben auf teuflische Weise kontrolliert hatte, sollte sie nun leiten!

Geeta steckte das Handy ein. Chad bemerkte, dass der Konvoi langsamer wurde und griff nach dem Türgriff.

Hamad: „Und jetzt raus hier!"

Chad und Geeta sprangen auf das Stichwort heraus und schlossen die Tür des Krankenwagens hinter sich, nachdem sie sich vergewissert hatten, dass der Fahrer und die beiden Sanitäter immer noch im Inneren des Fahrzeuges und bewusstlos waren. Hamad schaute in die Seitenspiegel des Fahrzeuges, konnte sie aber nicht sehen. Chad und Geeta bemerkten andere Autos, die sich im blockierten Verkehr hinter dem Krankenwagen aufstauten. Sie schlüpften durch sie hindurch und in einen Bus des öffentlichen Verkehrs, der ebenfalls aufgehalten wurde. Die Menschenmenge in dem Bus war es gewohnt, dass Hippies und Touristen im Verkehr ein- und ausstiegen, um nicht für Fahrkarten zu bezahlen und warf ihnen keinen zweiten Blick zu.

„Sie haben das Telefon?", fragte Chad Geeta.

Geeta zog das Handy heraus und bemerkte, dass sie vergessen hatten, das Gespräch zu beenden. Sie hielt es an ihr Ohr, um zu prüfen, ob der Prophet noch da war: „Hallo?"

Der Prophet war noch in der Leitung: „Das war ein ziemlich langer Halt, alles gut, nehme ich an, trotz einiger beunruhigender Geräusche, die ich hörte?"

Geeta: „Ja, wohin sollen wir jetzt gehen?"

Prophet: „Swayambhunath-Tempel, dort wartet sie, die *Shanku*. Dort angekommen werden Sie das finden, was örtlich als *Vajra* bekannt ist. Der äußere Tempel ist eine Nachbildung und wird alle paar Jahre ersetzt. Was Sie brauchen, ist im Bauch versteckt, der Kern unter der Erde. Folgen Sie einfach den Tieren", sagte der Prophet kryptisch, als er auflegte, bevor Geeta weitere Fragen stellen konnte.

Geeta blickte auf Chad: „Er möchte, dass wir zum Swayambhunath-Tempel gehen. Ich glaube, wir sollen den Tieren folgen", sagte sie in einem komischen Tonfall.

Chad fragte sich laut: „Aber warum hier? Warum dieser Tempel?"

Geeta benutzte das Smartphone, um eine Schnellsuche durchzuführen. „Ok, hier steht, diese Kultstätte soll auf mehr als zweihunderttausend Jahre zurückgehen, als das Kathmandutal erstmals erschlossen wurde. Also, ich schätze, wo sonst sollte man nach der Muschel suchen, die von den Göttern benutzt wurde, außer hier."

Ein Fahrgast im Bus hörte ihr Gespräch mit und sagte: „Nun, ja, die ältesten schriftlichen Aufzeichnungen darüber stammen aus dem 5. Jahrhundert und was Sie heute dort sehen, das Kloster und der Tempel, wurden erst im 17. Jahrhundert nach den Anweisungen des damals regierenden Königs erbaut.“

Chad fragte den Fremden: „Wird einer *Shanku*, einer Muschel in diesem Tempel, eine besondere Bedeutung beigemessen?“

Der Mann antwortete: „Nun, das Einzige, was mir einfällt, ist, dass die Nase des Buddha auf der zentralen Struktur, oder der *Stupa*, in Form einer Muschel, einer *Shanku,* gemalt ist. Aber nicht viele Menschen wissen, warum das so ist; in der Tat sahen sogar die Augen des Buddha wie Muscheln aus. Auch dafür gibt es keine Erklärung.“

Geeta: „Und was ist dieses *Vajra?*“

Der Mann erklärte: „Oh, das ist dieses Objekt direkt vor der *Stupa*, man kann es nicht verfehlen. Sie werden Leute sehen, die sich vor ihm verbeugen, wollen Sie dorthin gehen?“

„Ja“, sagten Chad und Geeta unisono.

Der Mann antwortete: „Steigen Sie an der nächsten Haltestelle aus und gehen Sie zwei Blocks nach Osten oder folgen Sie einfach den Affen“, kicherte er.

Geeta wandte sich an Chad: „Das ist genau das, was der Prophet sagte, *folgen Sie den Tieren.*“

Ihr neu gefundener Fremdenführer fügte hinzu: „Es stimmt, nicht nur Affen, sondern auch Kühe, Büffel, streunende Katzen und Hunde, sie alle scheinen dort von einer seltsamen Kraft angezogen zu werden. Oder vielleicht ist es das Futter, mit dem die Touristen sie füttern. Ich glaube, es ist das Letztere. Touristen, sie bringen Essen mit und werfen es herum und dann ist da noch das Essen, das die Gläubigen den Göttern anbieten“, er schüttelte missbilligend den Kopf.

Sie stiegen an der nächsten Haltestelle aus und begannen nach Osten zu laufen, wobei sie feststellten, dass die Zahl der Affen zunahm, je näher sie dem Tempel kamen. Geeta bemerkte: „Genau wie er sagte, *folgen Sie den Affen!*“

Chad: „Tiere haben geschärfte Sinne. Glauben Sie, dass sie von einigen seltsamen Schwingungen angezogen werden, die von dort kommen?“

Geeta: „Ich würde das auf jeden Fall in Betracht ziehen... Die Luft, die durch eine Muschel strömt, erzeugt eine leichte Vibration. Es ist bekannt, dass sie sogar für Menschen beruhigend wirkt, wie eine milde Meeresbrise oder das Geräusch von Wellen.“

Chad: „Der Prophet sprach über die Norm des *Aum*, über seine Schwingung.“

Geeta: „Das passt irgendwie zusammen, finden Sie nicht?"

Chad hielt bei einem Lebensmittelverkäufer auf der Straße an: „Ich habe brutalen Hunger, lassen Sie uns einen schnellen Happen essen."

Sie nahmen einige Snacks und Kokosnusswasser mit und gingen weiter. „Sheela liebte Kokosnusswasser. Es kommt mir alles wie ein Alptraum vor, ich kann diesen schrecklichen Verlust nicht akzeptieren. Ich habe das Gefühl, dass sie immer noch um mich herum ist. Ich möchte ein letztes Mal mit ihr sprechen, es gibt noch so viel, was ich ihr sagen muss", sagte Geeta, als ihr die Tränen in die Augen strömten.

Chad klopfte ihr auf die Schulter und sagte dann: „In diesem Geschäft scheint es ein öffentliches Telefon zu geben." Sie fragten den Verkäufer, ob sie sein Telefon benutzen könnten. Er stimmte dem zu und Chad gab Geeta ein Zeichen. Sie machte sich auf den Anruf gefasst, den sie machen musste und trat vor, um ihre Eltern anzurufen. Geeta gab Chad das Handy, das sie bei sich trug, „für den Fall, dass er anruft", sagte sie.

Chad steckte es in die Tasche und trat auf die schmale Straße hinaus, als sie den Anruf tätigte. Er beobachtete das geschäftige Treiben, Kinder, Erwachsene, Tiere und Geschäfte voller Touristen. Es war nicht so, wie er sich Nepal aus den Fernsehsendungen und Dokumentarfilmen vorgestellt hatte, die immer malerischen Himalayas, Yaks, friedliche Dorfbewohner, ruhige Mönche und Klöster zeigten. Kathmandu war wie jede andere geschäftige Stadt.

Plötzlich klingelte das Telefon und unterbrach seinen visuellen Rundgang durch den Ort. Chad nahm es aus seiner Tasche und ging ran.

„Wo liegt das Problem?", fragte der Prophet, „ich sehe, dass Sie angehalten haben."

„Ich war hungrig", antwortete Chad verärgert.

„Ich verfolge Ihr Telefon, falls Sie sich wundern und ja, mir ist klar, dass der Akku bald leer sein dürfte. Sind Sie beide noch zusammen?"

„Ja, Geeta bezahlt den Verkäufer. Wir werden uns bald auf den Weg machen. Sie müssen uns nicht jeden Augenblick beobachten!"

„Machen Sie sich keine Sorgen, Kathmandu hat nicht viele Überwachungskameras. Ich kann Sie nicht immer sehen. Aber manchmal erhalte ich GPS-Standorte. Vertrauen Sie mir, es ist zu Ihrer eigenen Sicherheit. Jetzt zack, zack!" Er legte auf.

Geeta kehrte zurück und berichtete Chad mit leiser Stimme von ihrem Anruf, als die Tragödie wieder in ihr aufkochte. Auch ihre Eltern waren fassungslos und untröstlich. Sie hatten bisher weder Nachrichten noch Medienaufmerksamkeit erhalten, versicherten aber, sie würden sich mit der örtlichen Polizei in Verbindung setzen und die Leiche suchen gehen.

Als sie zum Tempel gingen, erzählte ihr Chad von dem Anruf, den er vom Propheten erhalten hatte. Gerade als sie die Stufen des Tempels erreichten, klingelte das Telefon erneut. Chad antwortete.

Prophet: „Sie folgten den Tieren und ließen sich von einigen Einheimischen anleiten, nehme ich an. Endlich habe ich ein Auge auf Sie geworfen, Sie sind jetzt vor Ort. Sehen Sie die Kamera auf dem Lichtmast?"

Chad blickte zu dem Lichtmast direkt neben ihm auf und bemerkte eine Überwachungskamera, die auf sie gerichtet war.

Der Prophet fuhr fort: „Lassen Sie das Telefon im Laden neben Ihnen liegen und bitten Sie den Ladenbesitzer, es bis zu Ihrer Rückkehr für Sie aufzuladen."

Er schaute sich um und sah den Laden.

Des Weiteren instruierte sie der Prophet: „Bevor Sie gehen, denken Sie daran, immer im Uhrzeigersinn um das zentrale Bauwerk, die *Stupa,* herumzugehen. Folgen Sie den Mönchen, sie könnten Sie hinauswerfen, wenn Sie den umgekehrten Weg gehen. Halten Sie Ausschau nach dem *Vajra.* Ich werde Sie in einer Stunde wieder anrufen, vorausgesetzt, dass Sie bis dahin zurück sind, um den Hörer abzuheben."

Chad übergab dem Ladenbesitzer das Telefon und bat ihn, es aufzuladen, was er gegen eine kleine Gebühr gerne zusagte. Sie begannen, die 400 Stufen nach oben zu gehen. Auf dem Weg nach oben konnten sie buddhistische Bauten, Affen, streunende Hunde, Katzen, Ziegen und sogar ein paar Kühe sehen. Geeta sah einen Affen, der ein Baby trug, vielleicht ein paar Tage alt. Trotz ihrer Liebe zu Tieren, insbesondere zu Babytieren, hatte sie heute keine Zeit, diesem Gefühl zu frönen.

Kapitel 45:

Der Weg zur Aufklärung

Sie erreichten den Gipfel, keuchend, da sie sich bemüht hatten, so schnell wie möglich zu gehen. Schließlich wollte der Prophet in weniger als einer Stunde anrufen. Chad und Geeta bemerkten eine Gruppe von Mönchen, die im Uhrzeigersinn um das Gebäude herumliefen und die Gebetsmühlen rollten, wie der Prophet gesagt hatte. Sie folgten ihnen. Chad zeigte auf die *Stupa* an der Spitze. Geeta sah die *'allsehenden Augen'* des Buddha auf die goldene Struktur gemalt, die Nase in Form einer Muschel, die Augen weniger offensichtlich, aber ganz wie Muscheln... und eine Menge Affen um sie herum, die alle einer bestimmten Richtung zu folgen schienen, genau wie der Mann im Bus gesagt hatte.

Sie gingen zum hinteren Teil der *Stupa* und sahen es schließlich, das *Vajra*.

„Die Nachbildung!", rief Chad aus.

Geeta nickte und bemerkte einen älteren Mönch, der vorbeilief. „Sir", sagte sie und wartete darauf, dass er sich zu ihr umdrehte. „Eine Frage, was ist das?", fragte sie ihn.

„Das, mein Kind, ist das *Vajra*, es bedeutet in Sanskrit sowohl Donnerkeil als auch Diamant. Aber nicht wörtlich! Es ist das, was darin enthalten ist. Das Juwel, etwas so Mächtiges wie ein Donnerschlag. Etwas Unbezahlbares und Wertvolles, das sogar auf die Natur einwirken kann, wiederum im übertragenen Sinne."

Chad: „Ein Juwel?"

Mönch: „Oh ja, es ist ein verbreitetes Missverständnis! Die Leute denken, es sei nur ein Dekorationsgegenstand, aber im Inneren befinden sich zwei Gegenstände, die auf den Beginn der Zeit zurückgehen, den Ursprung jeder bekannten Zivilisation."

„Zwei Objekte?" Sie sahen einander an, der Prophet hatte nur eines erwähnt.

Der Mönch erklärte: „Warum nicht, das gesamte Kathmandutal war einst mit Wasser gefüllt, ein riesiger See, wenn Sie so wollen, aus dem ein Lotus wuchs. Dieser Ort heißt Swayambhu, was 'selbst erschaffen' bedeutet. Diese *Stupa*, die Sie jetzt sehen, wurde darüber gebaut. Die Leute glauben, dass sich der Lotus später in diesen Hügel verwandelt hat, aber das ist nur eine Geschichte, die wir den Kindern erzählen", lächelte er mit Gelassenheit und der Ausstrahlung seines Wissens.

Chad bestand darauf: „Und die Muschel?"

Mönch: „Haben Sie von Manjushri, einem *Bodhisattva*, einem Buddha gehört?"

Geeta: „Der Prinz der Pala-Dynastie, indischer Herkunft."

Mönch: „Ja, meine Liebe. Man sagt, er hatte eine Vision von einem Lotus, der in diesem Tal wuchs, also reiste er hierher, um ihn anzubeten. Ein Lotus symbolisiert Wohlstand und Fruchtbarkeit. Damals war das ganze Tal mit Wasser gefüllt, da es von allen Seiten durch hohe Berge versiegelt war. Manjushri erkannte, dass das Tal ein guter Ort für die Besiedlung durch den Menschen sein könnte und um die Stätte für Anhänger zugänglicher zu machen, befahl Manjushri, am äußersten Ende, am *Chovar*, dem schwächsten Punkt zwischen zwei Hügeln, einen Zugang zu bauen. Ich nehme an, dass dies als Prinz eine leichte Aufgabe für ihn war", lächelte er sanft.

Chad: „Ein Buddha, auch ein Prinz!"

Der Mönch war glücklich, diese Wissenssuchenden aufzuklären: „Das ist wahr. Doch wie Krishna in der Bhagavad Gita sagt... Vers 10, Kapitel 5, um genau zu sein:

> *„brahmanyaadhaaya karmani sangam tvyaktvaa karoti yaha*
> *lipyate na sa sa paapena padmapatramivaambhasa"*

Es bedeutet, dass derjenige, der alle Handlungen dem ewigen Wesen gewidmet hat und alle Anhaftungen abgelegt hat, nicht von Sünden befleckt wird, so wie Wasser kein Lotusblatt befleckt. Arbeite ohne Anhaftung, widme alle Handlungen Gott, sei wie die Lotusblume, sei eine schöne Blume, die hoch über Schlamm und Wasser schwebt. Manjushri tat genau das. Obwohl er ein Prinz war, arbeitete er, ohne an sein königliches Erbe und seinen luxuriösen Lebensstil gebunden zu sein. Sein Schrein steht genau hier. Kommen Sie, ich zeige Ihnen etwas."

Er begleitete sie zum Schrein von Manjushri. „Sehen Sie sich das an, das ist er, zumindest seine Statue. Sehen Sie den Lotus auf seiner Brust und in seiner Hand? Er symbolisiert den Lotus in seinem Herzen und seiner Seele. Der Lotus in seiner Hand stellt denjenigen dar, den er vorfand, als er ins Tal kam, um ihn anzubeten. Bevor die Schlucht angelegt wurde und das Wasser aus dem Tal abfließen konnte, hielt er die Blume in seinen Händen. Als das Wasser abfloss, befand sich an der Basis ein glänzend weißer perlenartiger Gegenstand, den er in seiner anderen Hand hielt... Das war die Muschel, nach der Sie gefragt haben."

Geeta untersuchte die Statue im Schrein: „Aber die rechte Hand hält so etwas wie ein kleines Messer, ein Schwert vielleicht."

Der Mönch lachte: „Ha ha ha ha, Sie haben wahrscheinlich noch nie von den Angriffen der Muslime gehört, die 1349 stattfanden. Mehrere Gebäude und Götterfigurenn wie diese wurden zerstört, als sie in die Stadt eindrangen. Die Figur in seiner ursprünglichen Form hielt eine Muschel, die *Shanku*, hoch. Sie wurde beschädigt und es ist nur noch ein Stück davon übrig, so dass sie vielleicht wie ein Schwert aussieht." Der Mönch rollte bei ihrer Beschreibung mit den Augen und fuhr fort: „Nur sehr wenige Menschen kennen diese Geschichte. Heute stellen alle Nachbildungen dieser Figur Manjushri dar, der anstelle der ursprünglichen Muschel ein Schwert hält. Die Mönche auf dem Hügel hörten von den Angriffen und bevor die Eindringlinge sie erreichen konnten, versteckten sie das ursprüngliche *Vajra* in einem unterirdischen Gebäude innerhalb dieses Hügels. Nur wir Mönche haben Zugang zum Sanctorum, wo es sich jetzt befindet, aber Sie können an der Tür innerhalb des Haupteingangs beten gehen, so wie es die anderen Gläubigen tun." Er brachte sie zurück zu der *Vajra*-Replik, die sie vorhin betrachtet hatten.

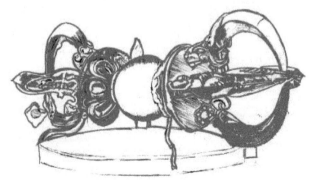

„Dieses vergoldete *Vajra* über einem *Mandala*, flankiert von den beiden Schneelöwen auf beiden Seiten, ist eine exakte Nachbildung des Originals, das sich hier befand. Dies ist dasjenige, das die Anhänger und die breite Öffentlichkeit jeden Tag sehen. Erinnern Sie sich an die Bedeutung des Lotus und der Muschel, von denen ich Ihnen erzählt habe? Sehen Sie sich den toten Punkt an, das kugelförmige Objekt wie eine Perle... Als Manjushri die Muschel zum ersten Mal sah, dachte er, es sei eine Perle, denn so sah sie aus, rund und glänzend aus der Ferne. Also erklärte er, dass es eine Perle sei, eine Perle der Götter oder Gottes eigene Perle in dieser Auster eines Tales. Sehen Sie sich nun die Struktur auf beiden Seiten der Perle an."

Als Chad und Geeta sahen, worauf er sich bezog, rief Chad aus: „Der Lotus!"

„Aber er sieht auf beiden Seiten gespalten und getrennt aus", sagte Geeta fragend.

Der Mönch führte aus: „Und dass meine Kinder, ist die *Shanku,* eine der größten Schöpfungen Gottes, die die beiden Hälften eines achtblättrigen Lotus hält. So wie wir Menschen und alle Schöpfungen zusammengehalten werden, um das Gleichgewicht der Natur aufrechtzuerhalten, bilden beide zusammen eine Waffe zur Verteidigung, oder eine lebenschaffende Kraft. Entweder um Leben zu nehmen oder Leben zu bringen. Eine spirituellere Darstellung ist das, was wir Mönche die *Vajra*-Position zur Meditation nennen."

Geeta: „Ich kenne die Padmasana oder Lotus-Position, die eine *Asana* im Schneidersitz in der Meditation ist. Im chinesischen Buddhismus wird die Lotus-Position auch als *Vajra*-Position bezeichnet."

Mönch: „Richtig, auch die Person, die meditiert, will nämlich den Körper und die Seele zusammenhalten. In dieser physischen Form genau hier", er zeigte auf das *Vajra.* „Der Lotus ist nicht in zwei Teile geteilt, er wird tatsächlich von dieser Perle in der Mitte zusammengehalten. Schauen Sie sich die vier Schreine rund um die *Stupa* an, die den vier Himmelsrichtungen gewidmet sind. Jeder Schrein genau im wahren Norden, wahren Süden, wahren Osten und wahren Westen. Jeder Schrein ist auch den vier Elementen gewidmet - *Vasupura*, der Erde, *Vayupura*, der Luft, *Nagpura* für Wasser und *Agnipura* für Feuer... alle werden durch das *Vajra* innerhalb der *Stupa* in der Mitte zusammengehalten."

Geeta stand sprachlos da, während Chad das Gefühl hatte, dass all sein Lernen und seine Ausbildung, auf die er so stolz war, einschließlich seiner Doktortitel, bedeutungslos waren, verglichen mit dem, was dieser Weise gerade enthüllt hatte.

„Sie verstanden all das..." stotterte Chad.

Der Mönch lächelte: „Ha ha und damit hört es nicht einfach auf. Wissen Sie, warum wir es hier oben hatten, unter freiem Himmel?" Er fuhr fort, ohne auf ihre Antwort zu warten. „Unsere Vorfahren, die großen Mönche, die einst auf diesem Hügel lebten, führten magische Praktiken durch, sie kontrollierten den Regen mit derselben Muschel."

Geeta war ungläubig: „Ein Regenkult?"

Mönch: „Ja, seine Macht erstreckte sich über das bloße Zusammenhalten des Universums hinaus. Er könnte auch zur Kontrolle des Wetters eingesetzt werden, ein Wissen, das im Laufe der Jahrhunderte längst verloren gegangen ist. Wir haben dieses Wissen nicht mehr, es wurde nie niedergeschrieben, sondern nur mündlich weitergegeben. Es gibt eine berühmte Legende über einen Priester, der sich mit dem *Vajra* einschloss. Einige Jahre später betrat der regierende König Pratap Malla die unterirdische Kammer und fand den Priester lebendig vor. Niemand weiß, wie er überleben konnte, indem er die Energie des *Vajra* nutzte. Nach den Angriffen ging viel verloren... Leben, Wissen, Ressourcen, aber weder Glaube noch unser Wille. Also befahl der König, diese *Stupa* oben zu errichten, wie eine Hülle, die das darunter liegende Objekt umhüllt und schützt. Ein Bunker für das ursprüngliche *Vajra,* wenn Sie verstehen, was ich meine."

Chad: „Wie kommt es, dass Sie uns von seinem geheimen Standort erzählen? Warum vertrauen Sie uns?"

Mönch: „Ha ha, als ob Sie beide es tatsächlich schaffen könnten, es zu stehlen! Nicht so einfach, meine Kinder. Außerdem wissen das die meisten Leute hier schon und sind nicht daran interessiert, es zu haben. Alles, worüber wir uns heutzutage Sorgen machen, sind Erdbeben, nicht Terroristen."

Geeta: „Die Ironie dessen, dass die *Shanku* einst die Natur selbst kontrollierte, ist nun vor ihr verborgen."

Mönch: „Sehen Sie, wenn wir nur nie das Wissen verloren hätten und der Regenkult lebendig wäre, würde vielleicht keine dieser Naturkatastrophen eintreten. Aber, wer weiß, so will Gott jetzt wahrscheinlich das Gleichgewicht erhalten, *Karma*, alles hat einen Grund", sagte er und überreichte, jedem von ihnen eine Blume, die er in der Hand gehalten hatte. Er segnete sie in Sanskrit und zeigte ihnen die Richtung des Eingangs zum Untergrund und verließ sie.

Kapitel 46:

Wo ist Lucas?

Der Polizeichef rief immer wieder und forderte Richard und Friedrich auf, aus dem Flugzeug auszusteigen. Da er keine konkreten Maßnahmen ergreifen konnte, wartete er hilflos auf den offiziellen Durchsuchungsbefehl. In diesem Moment traf ein Polizist auf einem Motorrad ein. Er stellte das Motorrad auf seinen Ständer und rannte auf den Polizeichef zu, ohne anzuhalten, nicht einmal, um seinen Helm abzunehmen.

Der Polizeichef sah den Polizist an, der mit einem braunen Umschlag auf ihn zugerannt war. „Endlich ist er angekommen", rief er erleichtert aus, als der Polizist ihm den Umschlag übergab. Er riss ihn auf, fand darin aber ein Fax, das vom indischen Sicherheitschef an den nepalesischen Sicherheitschef gerichtet war. Er las es vor und rief: „Das ist kein Durchsuchungsbefehl, verdammt! Da steht nur... hm, was ist das? Lucas?" Er wandte sich an einen der Constables: „Hat der Captain jemanden mit dem Namen Lucas erwähnt?" Der Constable öffnete seinen Notizblock, auf dem er einige Notizen gemacht hatte: „Nein, Sir, Captain Richard Bollinger, Mr. Friedrich Krieger, Miss Geeta Sharma, Dr. Hamad al-Hassan und Dr. Chad Schmidt, keine Erwähnung eines Lucas, weder Vorname noch Nachname."

Polizeihef: „Scheiße, entweder jagen wir das falsche Flugzeug oder diese Typen haben bezüglich ihrer Namen gelogen."

Polizist: „Sir, der Tower hat erwähnt, dass sie einige Namen bekommen haben, vielleicht sollten wir...."

Chef: „Verdammt, das spielt jetzt keine Rolle. Diesem Brief zufolge ist Lucas jetzt der Hauptverdächtige. Ok, erkundigen Sie sich beim Superintendenten über den Status des Krankenwagens. Wenn sie das Krankenhaus erreicht haben, überprüfen Sie so schnell wie möglich ihre Ausweise. Lucas könnte einer von ihnen sein."

Der Polizist ging weg, um den Superintendenten anzufunken, während der Vorgesetzte das Dokument, das er gerade erhalten hatte, weiterhin anstarrte.

„Sir", sprach der Constable von hinten. Der Polizeichef drehte sich um und sah den blassen Polizisten vor sich, der zögerte zu sprechen. „Ja?", fragte er.

Polizist: „Sie sind alle entkommen. Nur Dr. Hamad wurde gefangen. Die Sanitäter und der Fahrer wurden betäubt und bewusstlos hinten im Fahrzeug gefunden."

Polizeichef: „Was zum Teufel? Fordern Sie Luftunterstützung an, ich brauche sofort alle Überwachungshubschrauber, um nach ihnen zu suchen. Informieren Sie auch die Flugsicherung, keine Landeerlaubnis für Flugzeuge zu erteilen, bis sie weitere Anweisungen erhalten."

Der Constable rannte los, um den Befehl zu übermitteln.

Der Vorgesetze wandte sich an die übrigen drei Polizeibeamten: „Wir können nicht warten, bis der offizielle Haftbefehl eintrifft. Umzingeln Sie das Flugzeug, wir können es nicht abfliegen lassen. Bereiten Sie sich darauf vor, nach Belieben zu schießen, wenn Ihnen etwas Verdächtiges auffällt. Lassen Sie weitere Fahrzeuge herbeibringen, um das Flugzeug von allen Seiten zu blockieren."

Im Innern des Flugzeugs bemerkte Friedrich, dass die Polizei Vorkehrungen traf, um sie am Abflug hindern zu können. „Starten Sie die Triebwerke, wir müssen vielleicht weg, bevor die anderen zurückkommen, sonst sitzen wir hier für immer fest", sagte Friedrich zu Richard.

Richard zeigte den Daumen hoch und startete die Motoren. „Mein Flugzeug", kündigte er an, als er alle Anzeigen überprüfte, „wir haben nicht genug Treibstoff, um nach Deutschland zu kommen, ohne aufzutanken."

Friedrich: „Wir werden impovisieren müssen. Keine Vorflugchecklisten, begeben Sie sich zur Landebahn 26, rechnen Sie damit, dass auf uns geschossen wird."

Richard: „Aber das ist die Landebahn, auf der wir nicht starten können, wir könnten einen Frontalzusammenstoß mit einem ankommenden Flugzeug haben."

Friedrich: „Möglicherweise haben sie den ATC bereits angewiesen, keine Freigaben zu erteilen, um Kollateralschäden zu vermeiden."

Richard begann, das Flugzeug auf dem Rollfeld um 180 Grad zu drehen und bereitete sich darauf vor, wieder auf die Landebahn zu gelangen, auf der es gerade gelandet war.

Kapitel 47:

Wenn Affen angreifen

Geeta: „Das war beeindruckende Weisheit!"

Chad: „Verdammt, ja, das hat mein Gehirn irgendwie umgestellt!"

Geeta: „Lassen Sie uns gehen und das wahre *Vajra* finden."

Sie fanden den Eingang, genau wie der Mönch gesagt hatte. Wiederum flankiert von zwei Schneelöwen auf beiden Seiten mit Affen, die unerschrocken umherliefen, obwohl sie von Gläubigen verscheucht wurden.

Chad: „Diese Affen verhalten sich, als wären sie ferngesteuert. Ich meine, ja, sie scheinen vom Futter angelockt zu werden, aber dafür müssen sie nicht den ganzen Weg hierher kommen." Sie folgten den Affen in den Eingang und bemerkten einige Gläubige in der ersten Kammer. Dort sahen sich die beiden um und fanden vor sich eine weitere Reihe großer Bronzetüren. Sie waren mit großen Ketten verschlossen und hatten zwei Augen aufgemalt, eines an jeder Tür.

Geeta: „Das muss sie sein, die Tür zum *Vajra*, bewacht von diesen allsehenden Augen."

Chad: „Wie Sicherheitskameras für die Gottesfürchtigen!"

Geeta: „Es sieht so aus, als würden sie zur Tür hin beten, ich wette, die meisten von ihnen wissen nicht einmal, was auf der anderen Seite ist."

Chad schaute auf seine Uhr und murmelte: „Es ist fast Feierabend."

Geeta: „Ja, die Gläubigen scheinen langsam zu gehen."

Sie warteten, bis der Letzte gegangen war. Ihnen bot sich zwischen dem Verlassen der Besucher und den eingehenden Sicherheitskontrollen die Gelegenheit, die gesicherte

Kammer des *Vajra* zu betreten. „Lassen Sie uns nach diesen Ketten sehen", sagte Chad zu Geeta, während sie sich umsah, um sicherzustellen, dass niemand sie beobachtete. Nur ein paar Affen waren noch dort, die einige von den Anhängern hinterlassene Opfergaben einsammelten.

Chad zog an den Ketten, um ihre Stärke zu testen. Sie waren lediglich an den Seiten befestigt und leicht verrostet. „Diese Ketten scheinen seit Jahren nicht ersetzt worden zu sein", kündigte er an.

Geeta: „Wahrscheinlich öffnen die Mönche sie nur einmal im Jahr, um hineinzugehen und zu beten, zurückzukommen und die Türen mit denselben wieder zu verschließen." Sie ging näher heran, um die Ketten zu überprüfen und zerrte sanft an ihnen.

Scheppern...

Die Ketten fielen fast mühelos zu Boden. Jahrelanger Verschleiß und Rost, kombiniert mit ihrem schieren Gewicht, hatten ihre Befestigungselemente schwach gemacht. Chad und Geeta fanden keine Sekundärschlösser. Sie versuchten, die Türen aufzudrücken. Diese begannen zu knarren. Die schweren Türen waren mühsam zu schieben, aber die beiden schafften es, sie einen Spalt zu öffnen, in den sie sich hineinschieben konnten. Daraufhin überprüften sie noch einmal die Umgebung. Immer noch waren nur die Affen zu sehen. Zwei von ihnen schlüpften sofort durch den Spalt in den verschlossenen Raum.

Chad und Geeta fingen erstaunt an, auf sie zuzugehen. Chad rief aus: „Fast so, als hätten sie darauf gewartet, reinzukommen!"

Geeta: „Seltsam!"

Als sie sich durch die Lücke hineinschlichen, folgten ihnen ein paar weitere Affen. Drinnen war es dunkel. Chad zog eine der Türen leicht auf, um Licht in die dunkle Kammer, in der sie sich nun befanden, eindringen zu lassen und enthüllte einen Korridor. Wände mit Fresken und Bildhauereien, als wären sie in Eile gemacht worden, nicht so fein wie die draußen.

„Wie der Mönch sagte, wurden die Kammern später nur zum Schutz des *Vajra* gebaut. Diese sind nicht für Besucher gedacht. Kunst nach dem 17. Jahrhundert hat einfach nicht die gleiche Qualität wie früher", sagte Geeta, als sie sich die Wände genauer ansah.

Chad schaute sich um und ging weiter den Korridor entlang, bis zum Ende der Reichweite des Lichts und bemerkte eine Treppe, die weiter nach unten führte.

Chad: „Whoa, ich glaube, da unten ist jemand. Ich sehe etwas Licht."

Geeta ging auf ihn zu und bemerkte auch die Treppe und das Licht unter ihr.

„Jemand da unten?" rief Chad.

„Die Türen waren verschlossen", zischte Geeta ihm zu.

„Ja, aber der Mönch sagte, jemand habe sich einmal hier unten eingeschlossen und jahrelang überlebt. Was ist, wenn es noch jemanden wie ihn gibt", flüsterte Chad.

„Er sagte auch, dass das Wissen, diese Macht zu nutzen, jetzt verloren ist", antwortete Geeta.

„Aber was ist dieses Licht?"

„*Vajra*!" rief sie aus.

„So leuchtend?"

„Es ist uralt und scheint magische Kräfte zu haben, also leuchtet es vielleicht auch."

„Das scheint zu weit hergeholt, wie in den Filmen, Piraten, die eine Schatztruhe öffnen..."

Geeta machte ein Gesicht: „Lustig! Ich gehe nachsehen, Sie halten Wache."

„Ich komme auch mit, das muss ich sehen!" Chad folgte ihr.

Geeta nickte zustimmend und sie begannen vorsichtig die Treppe hinunterzusteigen.

„Oh verdammt, da ist Ihre glühende Schatztruhe", sagte Chad und zeigte auf die Decke des Kellers.

„Oh, gut", lächelte Geeta, als sie die von der Decke hängende Glühbirne bemerkte. „Nicht schlecht, sie haben sogar Elektrizität. Wahrscheinlich besuchen sie diese Kammer öfter, als wir dachten. Hier unten ist es immer noch schmuddelig." Geeta sah sich um und fand ein paar Gebetsöllampen und Streichhölzer. Sie zündete einige an, wodurch der Raum erhellt wurde.

Chad: „Ist das alles?" Er deutete auf einen riesigen Haufen roten Pulvers im toten Zentrum des Raumes. Das gelbe Licht der Lampen brachte seinen dunkelroten Farbton noch mehr zur Geltung, es sah fast wie geronnenes Blut aus.

Geeta näherte sich ihr, kniete sich hin und grub ihre Hand in den Haufen.

Chad: „Hey, warten Sie, wir wissen nicht, was dieses Pulver ist!"

Geeta: „Entspannen Sie sich, es ist nur *Kumkum*, das zinnoberrote Pulver, das wir verwenden. Haben Sie es nicht schon überall draußen gesehen? Das ist es, was die

Gläubigen auch auf der Stirn hatten, das rote Bindi-Zeichen, das die Frauen... Oh warten Sie!" Plötzlich berührte ihre Hand etwas Festes in dem roten Haufen, wie Metall, das sich kalt anfühlte. Chad eilte zu ihr und begann, das Pulver von dem Gegenstand wegzuschieben. Geeta zog ihre Hand heraus und begann, ihm zu helfen.

Als die Pulverhügel wegrutschten, tauchte ein gelber Gegenstand auf. Der gelbe Farbton wurde heller und heller, als er seine zinnoberroten Schichten abgab. Sie deckten einen goldgelben Gegenstand auf. Das gelbe Licht der Glühbirne und der Lampen akzentuierte seinen tiefen goldenen Schein.

Geeta: „Wir haben es gefunden. Dies ist das Original der Replik, die wir draußen gesehen haben."

Chad ergriff eine der Seiten, die wie ein gebogener Griff aussah. „Dies ist keine Bronze, wie die Äußere. Das hier ist Gold, reines, unverfälschtes Gold", verkündete er, während sie den Rest des Pulvers wegräumten. Sie versuchten, es zusammen anzuheben.

Geeta: „Argh, das Ding wiegt eine Tonne. Kein Wunder, dass sie keine Sicherheit und einen Witz von einer Tür haben, die mit einem Kuss und einem Versprechen verschlossen wird."

Chad: „Wir müssen gehen und werden dem Propheten einfach sagen, dass es keinen Weg gibt, dies ohne Hilfe herauszubekommen."

Geeta: „Was ist, wenn wir es schieben?"

„Es wird sich nicht rühren, versuchen wir, es zu rollen", sagte Chad und begann, es zu rollen, indem er es an seinen Enden zog und die eigene Form des Objekts als Hebel benutzte. Als er es weiter drückte, rief er aus: „Oh warten Sie, sehen Sie sich das an, die Perle ist nicht mehr ausgerichtet. Ich benutzte die Speichen der Lotusblume, um sie zu schieben und..." er demonstrierte es und sie drehte sich noch ein wenig weiter. „Haben Sie das gesehen?"

Geeta: „Wow, es dreht sich, fast so, als ob diese beiden Enden des Lotus angeschraubt wären."

Chad: „Genau! Halten Sie den anderen Satz Speichen fest und drehen Sie ihn gegen den Uhrzeigersinn, während ich dieses Ende im Uhrzeigersinn drehe. Wenn es sich auf diese Weise auseinanderschraubt, können wir es vielleicht spalten und hinaustragen."

Geeta: „Aber das könnte seine Eigenschaften verändern und wir haben nur sehr wenig Zeit, um mehrmals hinein und wieder hinaus zu laufen, um jedes Stück hinauszutragen."

Chad: „Sehen Sie einen anderen Weg?"

In diesem Moment hörten sie ein Geräusch, es wurde lauter: „Schnell, wir müssen uns verstecken, es kommt jemand."

Geeta: „Nein, es sind die Affen, sie kommen jetzt herunter."

Chad: „Das ist seltsam! Einige von ihnen kamen mit uns herein, als ich die Tür öffnete. Ich frage mich, was sie wohl gemacht haben."

Geeta: „Schhh, sie kommen auf uns zu."

Chad: „Sie scheinen nicht allzu glücklich zu sein. Heilige... Was zum..." Die Affen begannen wie im Rausch auf sie zu springen, hielten sich an ihren Rücken fest, einer packte Geetas Haare.

„Arghhhhh!"

Sie kämpften, um die Kreaturen abzuwehren, da sich weitere Affen anschlossen. Es waren viel zu viele, um sich ihrer zu erwehren. Chad drängte ein Paar weg und eilte zu Geeta, um ihr zu helfen. Im Nahkampf fielen beide zu Boden. Einige Affen griffen nach seinem Bein. Seine Blick fiel auf die brennenden Öllampen, die Geeta zuvor angezündet hatte. Er schnappte sich eine von ihnen und stieß sie auf die Affen, um sie zu erschrecken und zwang sie dadurch, sich ein wenig zurückzuziehen.

„Stehen Sie auf, wir müssen dieses Ding jetzt rausholen", sagte Chad. Er bemerkte, dass Geeta an ihrem Hals stark geschwollen war.

Geeta schnappte sich das andere Ende des *Vajra* und tat, was Chad vorgeschlagen hatte. Beide drehten es mit aller Kraft. Es begann sich aufzuschrauben, wurde nach jeder Drehung immer leichter und leichter, bis sich beide Enden lösten. Die zentrale Perle rollte auf den Boden und sie ließen die Lotusenden los. Chad folgte der großen runden Perle und hob sie auf. Dahbei rutschte etwas heraus, eine Muschel und ein Lotus.

Die Affen waren jetzt aggressiver geworden. Sie sprangen auf Chad, als er versuchte, die gefallene Muschel und den Lotus aufzusammeln und zogen ihn zurück. Eines der Haare des Affen fing Feuer, als er wiederholt die Öllampe auf sie stieß. Während er kämpfte, um die Affen abzuwehren, hob Geeta die Objekte auf und steckte sie in ihre Jackentasche.

Inzwischen war Chad so gut wie mit Affen übersät. Er ließ die Öllampe los und sie fiel auf den Boden. Geeta hob eine weitere Lampe auf, als die Affen sie immer wieder angriffen. Es gelang ihr, die Lampe anzuzünden und mit ihr um Chad herumzuwirbeln. Die Affen bewegten sich ein wenig weg und knurrten immer noch. Sie zog ihn, als sie auf die Treppe zuliefen. Chad hob noch ein paar weitere Öllampen auf und warf sie alle auf einmal auf den Boden, was zu einem Ölteppich führte, als die Lampen zerbrachen. Er schnappte die brennende Öllampe von Geeta und warf sie in das ausgelaufene Öl, gerade als die Affen sie erneut angreifen wollten.

„Wusch!"

Der gesamte Boden fing Feuer, als das Öl es verstärkte und die Affen hinter der Feuerwand einschloss.

Das Duo wusste, was zu tun war. Das war ihre Chance. Sie stürzten sich auf den Ausgang zu, zwängten sich durch die halb geöffneten Türen und flohen vor den Affen. Chad bemerkte eine mit Geld gefüllte Schüssel, Opfergaben von den Gläubigen. Er schnappte sich so viel er konnte und steckte es ein. Sie eilten auf die Tempeltreppe zu und begannen hinabzusteigen, wobei sie fast strauchelten, als sie nach unten rannten.

Geeta hatte ihr Telefon vergessen, das sie zum Aufladen gegeben hatte, aber der Ladenbesitzer rief, als er das Duo vorbeirauschen sah: „Ma'am, Ihr Telefon." Geeta nahm etwas Bargeld von Chad, klatschte es dem Mann in die Hände und nahm ihr Telefon: „Danke, wo bekomme ich ein Taxi?"

Der verwirrte Ladenbesitzer, der das zerkratzte und keuchende Duo betrachtete, zeigte einfach auf die Schlange der Touristentaxis, direkt neben der Stelle, an der sie standen. Geeta sprang in das erste Taxi. Chad warf dem Ladenbesitzer einen Blick zurück, „Danke Mann", sagte er und folgte ihr hinein.

„Zum Flughafen", riefen sie unisono. Der Taxifahrer nickte und fuhr los.

Chad: „Haben Sie es? War's das?"

Bevor Geeta antworten konnte, klingelte ihr Telefon, die übliche „Nummer unterdrückt"-Anzeige darauf. Sie antwortete: „Hallo."

Prophet: „Gerade noch rechtzeitig, eine Stunde! Beeindruckend. Haben Sie das *Vajra* bekommen?"

Geeta: „Wir haben die Muschel und den Lotus darin gefunden. Das *Vajra* war nur eine Hülle."

Prophet: „Ich wusste es! Also haben Sie es geschafft, es zu entschlüsseln?"

„Ja, lange Geschichte!"

„Ok, aber ich habe eine schlechte Nachricht. Hamad wurde in Gewahrsam genommen und verhaftet. Die Polizei nimmt ihn zum Verhör mit, während wir sprechen. Er wird noch einige Zeit im Gefängnis verbringen. Warten Sie nicht auf ihn. Richard wird mit Friedrich das Flugzeug bereit halten. Ich glaube, Sie befinden sich in einem Taxi. Bitten Sie den Fahrer, Sie am Flugsteig Nummer 3 abzusetzen, durch den die Polizisten hineingefahren sind. Die gesamte Sicherheit konzentriert sich auf das Flugzeug, keine Wachen am Flugsteig. Sobald Sie dort sind, sehen Sie das Flugzeug nur wenige Meter entfernt. Beeilen Sie sich, sonst müssen Richard und Friedrich zu Hamad. Viel Glück", und er legte auf.

Der Taxifahrer schaute in den Rückspiegel: „Sind Sie verletzt? Hat jemand Sie angegriffen?"

Chad klopfte seine Klamotten achselzuckend ab: „Affen." Er informierte sich bei Geeta über den Anruf. Sie flüsterte ihm etwas zu und gab ihm eine kurze Zusammenfassung. Sie nahm etwas Geld von Chad und hielt es dem Taxifahrer über die Schulter: „Fahren Sie zum Flugsteig drei am Flughafen, so schnell Sie können."

Der Mann hob die Hand, griff nach dem Geld, sah es an und trat auf das Gaspedal.

Kapitel 48

Kugelhagel am Flughafen

Geeta und Chad erreichten Servicetor 3 des Flughafens und bemerkten ein paar Catering-LKWs, die nahe der Mauer parkten. Entgegen den Erwartungen des Propheten bewachten zwei Männer das Tor.

Chad beugte sich vor, um mit dem Fahrer zu sprechen: „Lassen Sie den Wagen langsam vorwärts rollen."

Geeta: „Was sollen wir tun? Es wird bewacht."

Chad: „Sehen Sie die kleine Öffnung an der Seite des Zauns? Das ist unsere Eintrittskarte. Folgen Sie mir!" Daraufhin öffnete er die Tür des fahrenden Wagens und stieg aus. Vorsichtig schlich sich Chad an den Verpflegungswagen heran, der nahe zur Wand stand, während Geeta ihm folgte. Um auf die andere Seite zu schauen, spähte Chad durch das Fenster des Wagens.

„Die Wachen scheinen von etwas abgelenkt zu sein", flüsterte er Geeta zu.

Geeta: „Könnte etwas mit unserem Flugzeug zu tun haben."

Chad: „Vielleicht, kommen Sie schon."

Er ging durch die Öffnung im Zaun hinein, hielt Geeta an der Hand und zog sie fast mit sich fort. „Bleiben Sie vom Asphalt weg", befahl er, während sie zügig über das Gras liefen.

Plötzlich fielen laute Schüsse. Geeta begann schockiert zu schreien. Chad bedeckte schnell ihren Mund und sah sich um. Sie gingen zügig, blieben außer Sichtweite, in der Nähe der

Gebäude und bemerkten, dass sich das Frachtflugzeug drehte. Es fielen weitere Schüsse, aber das Flugzeug bewegte sich weiter.

„Schneeeeeeelll!", rief Chad. Er drückte Geetas Hand fest und zog sie mit sich, als er zu rennen begann. Sie bemerkten, dass die Polizisten wieder in ihre Autos stiegen und einer auf sein Motorrad. Von der gegenüberliegenden Seite näherten sich dem Flugzueg weitere Dienstfahrzeuge.

Geeta: „Es gibt keine Möglichkeit, wie wir es schaffen können."

Chad antwortete nicht, sondern zog Geeta nur noch härter an sich, als sie mit ihm mitzuhalten versuchte. Sie waren nun nur noch wenige Meter vom Flugzeug entfernt. Es stand ihnen nun gegenüber. Die Polizisten direkt hinter dem Flugzeug holten auf, obwohl sie wertvolle Sekunden verloren, um auf die Situation zu reagieren.

Friedrich blickte aus dem Cockpit und bemerkte, wie die beiden auf sie zuliefen. „Sehen Sie, unsere Freunde sind hier, öffnen Sie die Bucht! Aber werden Sie nicht langsamer!", rief er Richard zu. Richard drückte auf den Knopf, um die hintere Bay-Luke zu öffnen, während er weiterhin den Gashebel nach vorne drückte, um die Geschwindigkeit des Flugzeugs zu erhöhen.

Chad: „Die Bucht öffnet sich!"

Geeta schaute nach oben, als sie fast unter der sich bewegenden Ebene waren. Sie sah Friedrichs Gesicht, das sie aufforderte, an Bord zu kommen und auf die Rückseite des Flugzeugs zeigte. Weitere Schüsse. Die Bucht öffnete sich weiter, als sie direkt unter dem Flugzeug waren. Riesige Fahrwerksreifen rollten auf sie zu. Zwei Polizeiwagen und das Motorrad näherten sich ihnen. Geeta sah die ausgestreckten Arme der Polizeibeamten mit auf sie gerichteten Pistolen.

Noch ein Schuss. Chad ließ Geeta los und sie verlor den Halt, als eine Kugel an ihr vorbeizischte. Sie fiel hin und stieß vor Schmerz einen Schrei aus, aber die laut dröhnenden Motoren ertränkten ihre Stimme.

Chad bemerkte, dass Geeta nicht bei ihm war. Er sah sich um und fand sie auf dem Rollfeld liegend. Ohne zu zögern lief Chad zu ihr zurück, um ihr auf die Beine zu helfen. Die geöffnete Laderampe lag direkt neben ihnen, ein paar Zentimeter vom Boden entfernt. Er sprang auf die Rampe und zog Geeta hinein. Die Rampe begann sich zu schließen, als sie hineinkletterten, weitere Schüsse ertönten. Chad zog Geeta näher heran und deckte sie mit seinem eigenen Körper zu, wobei sein Rücken zu den Polizeiautos zeigte, die nun nur noch wenige Zentimeter von der sich schließenden Rampe entfernt waren.

Noch ein Schuss! Diesmal wurde Chad in den Oberschenkel getroffen. Er schrie vor Schmerzen und stieß Geeta nach vorne in die Kabine. Die abschließende Rampe war nun sehr steil. Sie rollte mit ihm nach unten, er folgte ihr durch die schräge Bay Door in die Kabine, sein Körper traf das *Brahmastra* im Rumpf und kam schließlich zum Stillstand.

Richard drückte die Drosselklappe auf ihre maximale Leistung, die brüllenden Propeller drehten sich mit höchster Geschwindigkeit und saugten mit aller Kraft Luft an. Das Flugzeug und einige der Polizeifahrzeuge rasten aufeinander zu. Der KTM-Turm befahl ihnen über ihr Funkgerät wiederholt, anzuhalten und warnte sie, dass sie zum Absturz gebracht würden. Aber Richard und Friedrich ignorierten es.

Im Cockpit fühlte Richard sein Herz rasen: „Sie werden nicht langsamer", sagte er.

Friedrich: „Das sind schwere Pushback-Schlepper, nicht schnell, aber robust wie Stiere. Wenn wir kollidieren, sind wir sofort bewegungsunfähig. Sie würden immer noch mit kleinen Kratzern davonkommen. Auch wenn sie unser Fahrwerk treffen, sind wir erledigt."

In der Kabine versuchte Geeta aufzustehen und eilte Chad zu Hilfe, aber in diesem Moment zog Richard das Flugzeugjoch zurück. „Halten Sie sich fest", dröhnte seine Stimme über die Lautsprecheranlage, „es kommt vielleicht gleich zu einer Kollision."

Richard murmelte: „120 Knoten, komm schon Baby, ein bisschen mehr."

Friedrich: „Keine Zeit, ich übernehme die Kontrolle", erklärte er, packte das Flugzeugjoch und zog es kräftig an.

Das Flugzeug gab die Warnung *„Woop Woop, Geschwindigkeit erhöhen"* aus und gab alarmierende Geräusche von sich. Es hob unsicher die Nase, als die Flügel aus dem Gleichgewicht tanzten. Friedrich schaffte es, mit den vorderen Reifen abzuheben, bevor es zu einer Kollision kommen konnte, aber die hintere Steuerbordseite schrammte am Dach des ersten Fahrzeugs. Der Schlepper kam kaum von seinem Kurs ab und befand sich genau in der Fahrspur des Polizeiautos. Darauhin wich der Polizeichef hart nach rechts aus und der Fahrer des Schleppers drehte hart nach links. Trotz ihrer Reflexe verursachten die unterschiedlichen Reaktionen und die unterschiedlichen Geschwindigkeiten einen Unfall. Das zweite Polizeiauto auf der anderen Seite quetschte sich zwischen die beiden anderen entgegenkommenden Schlepper. Dadurch wurden die Seitenspiegel abgeschlagen und die Türen nach innen gedrückt. Der Schlepper, in den der Vorgesetzte krachte, bekam nur einen leichten Stups, aber sein Auto überschlug sich einige Male. Der Offizier auf dem Motorrad schaffte es, dem Chaos auszuweichen und eilte ihm zu Hilfe.

Vom Inneren der Kabine aus sah Geeta den Unfall durch den Spalt der nun fast vollständig geschlossenen Schachttüren. Sie half Chad behutsam, sich auf den Boden zu setzen und rannte zum Fenster, um noch einmal nachzusehen.

„Oh mein Gott", sie bedeckte ihren Mund mit ihrer Hand. „Der Chef scheint mit einem der Schlepper zusammengestoßen zu sein! Ok, der Polizist auf dem Motorrad scheint ihn herauszuziehen." Sie schaute auf der anderen Seite hinaus: „Das zweite Polizeiauto wird ihnen helfen."

Chad: „Argh", stöhnend vor Schmerz, „hat er überlebt?"

Geeta: „Kann ich nicht sagen, wir sind zu hoch, kann nicht klar sehen. Ich hoffe es."

Chad sah sein blutendes Bein an und sagte: „Verdammt!"

Geeta suchte nach dem Erste-Hilfe-Kasten an Bord. „Dort", wies Chad sie an, indem er auf den großen roten Kasten mit einem weißen Kreuz zeigte. Sie hob ihn auf und eilte zurück, ließ sich fallen und rutschte zu ihm hinauf. Sie öffnete den Kasten, zog die Schere heraus und zerschnitt seine Jeans. Sie nahm etwas Verbandmaterial, faltete es und legte es auf seine blutende Wunde, wobei sie seine rechte Hand über die Gaze legte.

„Üben Sie Druck darauf aus", wies sie ihn an.

„Argh!"

„Ich muss prüfen, ob die Kugel auf der anderen Seite wieder ausgetreten ist", sagte sie und drehte sein Bein, um das zu prüfen. „Ich glaube, es handelt sich um eine handelsübliche Dienstpistole, 9 mm vielleicht, schwache Reichweite, noch schwächere Durchschlagskraft."

Er hob die Gaze an, um die Wunde überprüfen zu können. Geeta sah sie sich genau an: „Oh Scheiße!"

Er sah sie an.

„Ich glaube, die Kugel ist noch drin."

Chad: „Nehmen Sie die Pinzette und ziehen Sie sie heraus, Sie müssen mich nähen!"

Geeta: „Ich bin keine Krankenschwester, ich weiß nicht, wie das geht."

Nachdem er den Flug stabilisiert und die Steuerung an Richard zurückgegeben hatte, verließ Friedrich seinen Platz und ging auf das Duo zu. „Oh Mann, was für ein Abenteuer, was? Ich dachte, ich sehe euch nie wieder", er ging auf sie zu, um sie zu umarmen, sah aber ihren Gesichtsausdruck und bemerkte das Blut, das aus der Gaze am Oberschenkel von Chad austrat.

Friedrich: „Heiliger Strohsack, was zum..."

Geeta: „Wir wurden beschossen, er schirmte mich ab und fing sich dabei eine Kugel ein."

Chad: „Fred, die Kugel könnte noch drin sein.“

Friedrich hob die Gaze, um einen Blick auf die Wunde zu werfen: „Ich habe eine gute und eine schlechte Nachricht. Die gute Nachricht ist, dass die Kugel nicht tief genug eingedrungen ist, um den Knochen zu verletzen, sondern es ist nur eine Fleischwunde. Die schlechte Nachricht, ja, sie ist immer noch drin und die Blutung hört nicht auf.“

Er durchwühlte den Erste-Hilfe-Kasten, zog eine Flasche Betadin heraus, schraubte die Kappe ab und goss es auf die Gaze, während die Hand von Chad noch darauf lag. Chad schrie vor Schmerzen.

Friedrich gab Geeta die Flasche, schob Chads Hand weg, nahm die Gaze ab, zog die ausgeschnittene Jeans auseinander und hielt sie offen: „Gießen Sie etwas darauf“, wies er Geeta an.

Zögerlich goss sie etwas auf die Wunde. Der unerträgliche Schmerz veranlasste Chad, ihre Wade zu packen und fest zuzudrücken.

„Pinzette“, befahl Friedrich.

Sie durchwühlte die Kiste und reichte sie Friedrich.

„Bereiten Sie die Naht vor“, befahl er erneut, als er die Pinzette nahm.

Sie fand eine geöffnete chirurgische Nadel und etwas chirurgischen Nahtfaden. Friedrich blickte auf ihre Hände, bevor er mit der Pinzette in die Wunde ging: „Ja, das ist es. Fädeln Sie den Faden in die Nadel.“ Sie nickte.

Friedrich: „Das wird wehtun, Kumpel“, warnte Friedrich Chad und führte die Pinzette in die Wunde.

Die Pinzette berührte sofort den darin befindlichen metallischen Gegenstand. Chad konnte fast hören, wie das Metall das Metall in seinem Bein berührte, „Gaawwwddd foo foof fooo“, schrie er und atmete schwer.

„Gefunden. Sie ist genau hier“, sagte Friedrich und manövrierte die Pinzette durch die Wunde, um die Kugel zu fassen. Er griff sie und zog sie in einem Zug heraus.

Chad schrie weiter vor Schmerz: „Ist...........sie........draußeeeeeeeen?“

Friedrich nahm die Hand von Chad, ließ die Kugel auf sie fallen und zwinkerte ihm zu. Er drehte sich um, um die Nadel von Geeta zu nehmen und sah, wie sie Chad entsetzt anstarrte. Daraufhin nahm Friedrich die Nadel aus ihren schlaffen Händen und drehte sich zu Chad um: „Diesmal wird es nicht so schlimm wehtun.“

Chad: „Ich weiß, verdammt, mach einfach... erledige es einfach. *Schnell bitte.*"

Friedrich nähte die Wunde zusammen und wickelte sie mit einem frischen Stück Gaze ein. „Ich muss nach Richard sehen. Ruhe dich etwas aus, bevor wir Deutschland erreichen. Ich bin gleich wieder da", sagte er und ging.

Geeta umarmte Chad: „Danke, dass Sie mich gerettet haben, das hätte ich sein können."

Chad: „Nun, ich habe so getan, als wäre ich verletzt, bevor wir in den Krankenwagen stiegen. Es kommt, was kommen muss, das musste wohl passieren. *Karma!*"

Geeta: „Wenn wir in Deutschland gelandet sind, müssen wir Sie wieder in einen Krankenwagen stecken."

Das Wort Deutschland erinnerte Chad plötzlich an etwas.

Chad: „Ich weiß nicht viel über Flugzeuge, aber der Warnalarm ... *Geschwindigkeit erhöhen*, das ist nicht russisch, das ist deutsch. Ich dachte, das sei ein russisches Flugzeug."

Geeta antwortete nicht, sie hatte immer noch Tränen in den Augen und umarmte ihn. Chad ließ schließlich ihr Bein los. Er fühlte sich zum ersten Mal seit seiner Abreise aus Berlin entspannt. Diese beruhigende Umarmung ließ ihn seinen Schmerz vergessen, als das Licht des Sonnenuntergangs durch die Fenster in den Rumpf drang.

Kapitel 49

Einsatz der Drohnen

Die nepalesische Polizei hatte aus Angst vor einer öffentlichen Massenpanik keine Informationen über die ausländischen Besucher herausgegeben. Auch die Medien hatten nichts bemerkt.

Karan blickte in die reuigen Augen des Stummen, echte Emotionen, die von dem sprachlosen, aber treuen Untergebenen vermittelt wurden. Er half ihm auf und setzte ihn auf einen Stuhl. Der treue Bal Singh starrte weiter auf Karans Füße und zeigte seinen erbärmlichen Gehorsam. Karan hob sein Kinn hoch.

„Sie haben das Richtige getan, Bal Singh. Ich vertraue Ihren Instinkten. Sie hätten es nicht besser machen können. Gehen Sie zurück zu Ihrer Familie. Ich lasse Sie vorerst gehen."

Bal Singh blickte mit voller Aufmerksamkeit auf Karan zurück. In diesem Moment klopfte der Polizeichef Karan auf die Schulter: „Sie haben einen Anruf", sagte er, „sein Name ist Mirza, sagt, es sei dringend."

Karan drehte sich ratlos um: „Mirza? Wer ist dieser Typ jetzt?" Der Vorgesetzte zuckte mit den Schultern. Karan erkannte, dass auch er keine Ahnung hatte und nahm ihm das Telefon ab.

„Karan am Apparat."

Mirza: „Hallo, bitte hören Sie mir aufmerksam zu. Ich war bei dem Team, das Professor Hamad nach Indien geschickt hat. Ich habe gehört, dass Sie auch mit ihm zu tun hatten. Lucas, der Kerl, der ihn eskortieren sollte... wir vertrauten ihm, wie alle anderen auch. Wir schickten Hamad zu ihm, aber Lucas benutzte Hamad und verriet uns. Ich habe endlich den Mann gefunden, der immer noch auf unserer Seite ist und das Sagen hat: Sie. Um es kurz zu machen: Ich habe Sie durch unzählige Anrufe ausfindig gemacht. Der Fund in den afghanischen Höhlen, er ist weg, gestohlen. Einheimische Terroristen haben sich mit den

Rebellen zusammengetan und bringen ihn an einen unbekannten Ort, Absicht unbekannt. Sie alle scheinen mit jemandem unter einer Decke zu stecken. Jemand, der sie von einer fantastischen Zukunft überzeugt hat."

„Der Prophet", erahnte Karan.

Mirza: „Ja, Sie kennen ihn also auch. Das sagten sie immer wieder, als sie alle unsere Männer erschossen haben. 'Heil dem Propheten', riefen sie, als sie sie brutal ermordeten. Wir waren in der Unterzahl, es war ein gut ausgeführter Hinterhalt."

„Soldaten?", fragte Karan.

Mirza: „Ja, von den Vereinigten Staaten, angeführt von General Phillips."

Der Name General Phillips war Karan vertraut. In letzter Zeit hatte er viel von ihm gehört. Der Mann, der sich um die Krise in Afghanistan kümmerte. Er wunderte sich, dass der General und seine Männer einen gewöhnlichen Inspektor der indischen Polizei anriefen, die Dienstgrade passen nicht zusammen. Aber so wie sich die Ereignisse im Augenblick entwickelten, schien nichts mehr seltsam zu sein. Vor einigen Tagen wäre dies vielleicht noch anders gewesen.

Karan sammelte seine Gedanken: „Ich gehe davon aus, dass der General mit uns zusammenarbeiten will."

Mirza hielt inne und atmete tief durch: „Der General... wir können ihn nicht finden. Gleich nach dem Hinterhalt... entweder entführt oder schlimmer noch, vielleicht tot."

Karan konnte die Machtebene, die dieser Prophet in jeder Phase enthüllte, nicht ergründen. *Wie kann ein Mann so viel Macht ausüben? Über welche Ressourcen verfügt er? Wie lange plant er das alles schon?*

Mirza antwortete, als ob er Karans Gedanken hören könnte: „Religion, ein Versprechen, die mächtigste Waffe. Niemand hätte die al-Qaida und die Rebellen kaufen können, zumindest nicht mit Geld. Der Mann, den sie den Propheten nennen, scheint die Waffe der Religion zu führen."

Karan hatte keine Zeit, Mirza die Agenda des Propheten zu erklären, dass er die Religionen nicht unterstütze, sie alle abschaffen und eine neue Welt erschaffen wolle. Er sagte: „Was auch immer es ist, dieser Mann bekommt definitiv, was er will und ist in der Lage, die bösartigsten Menschen und die größten Wissenschaftler so zu manipulieren, dass sie seine Marionetten werden. Wir haben bereits zu viel Zeit verloren. Haben Sie mit Washington Kontakt aufgenommen, sind sie...?"

Mirza brach in Karans aufgeregte Gedanken ein: „Deshalb rufe ich Sie an. Wir sollten die Macht dieses Mannes nicht unterschätzen, wir können nicht warten, bis die zentrale Verteidigung eine Entscheidung trifft. Sie konzentrieren sich darauf, ihren Mann, den General, zurückzubekommen. Hier unten herrscht Panik. Es sind nur noch wenige von uns übrig. Ich habe heute Morgen versucht, Washington zu kontaktieren, aber sie nehmen mir die Geschichte vom Propheten noch nicht ab. Hamad trägt eine taktische GPS-Uhr und ich bin in der Lage, seinen Standort mit einigen Überwachungssatelliten zu verfolgen. Diese sind streng geheim, aber ich habe Zugang. Sie wissen wahrscheinlich, dass sie in Kathmandu gelandet und schon wieder in der Luft sind. Der aktuelle Standort von Hamad zeigt jedoch immer noch Kathmandu. Er könnte entkommen sein. Ich kann die genaue Position des Flugzeugs nicht feststellen, solange es in der Luft ist, da das Relais eine Verzögerung hat, aber ich werde Ihnen die Koordinaten der Position des Flugzeugs nach der Landung mitteilen.“

Karan: „Ich hoffe, wir können Sie aus diesem Kriegsgebiet herausholen, aber wir...“

Mirza: „Es hat keinen Sinn, ich komme vielleicht nicht lebend raus, sie kommen uns allen immer näher. Ich werde Ihnen ihren Standort mitteilen... Ende und Aus.“

Karan hörte ein Klicken und der Anruf wurde unterbrochen.

Er wandte sich an den Chef: „Das ist der Mann, der mit dem General der US-Armee in Afghanistan zusammenarbeitet. Der General scheint vermisst zu werden, Aufenthaltsort und Status sind unbekannt. Ich konnte von diesem Mann, Mirza, keine weiteren Einzelheiten erfahren.“

Chef: „Aber können wir ihm vertrauen?“

Karan: „Er konnte mit allen an diesem Fall Beteiligten Kontakt aufnehmen und er war anscheinend an dem Team beteiligt, das Dr. Hamad nach Indien schickte. Wir haben den gleichen gemeinsamen Feind. Ich verstehe daher nicht, warum wir ihm nicht vertrauen sollten. Außerdem will er uns doch nur helfen.“

Chef: „Ist er ihnen auf der Spur?“

„Er verfolgt Dr. Hamad, aber es scheint, dass er sich in einer Bedrohungssituation befand, er wird verfolgt. Mirza sagte, er werde uns ihren Standort mitteilen. Bis dahin sollten wir uns auf das verlorene Schiff konzentrieren und den Pfeiler zurückholen“, sagte Karan und gab dem Chef das Telefon zurück.

„Was ist mit Bal Singh?“

„Schicken Sie bitte ein paar Männer, die Bal Singh zurück in Sicherheit bringen.“

Der Polizeichef nickte und ging.

Karan sah sich den noch eingeschalteten taktischen Computer an und versuchte herauszufinden, ob er irgendwelche Informationen über die Drohnen finden konnte, die zur Verfolgung des Schiffes geschickt worden waren. Der Vorgesetzte wies zwei seiner Männer an, Bal Singh nach Hause zu bringen. Karan sah rollende Ziffern, die ständig aktualisiert wurden und dachte, es seien die Koordinaten einiger der Telefone, die sie verfolgten, des Radars und einiger anderer taktischer Anwendungen.

„Sir", rief der Vorgesetzte, als Karan sich in den Computer vertieft hatte. „Ich erhielt gerade die Information, dass der Uplink der Drohnen hergestellt wurde. Jetzt haben wir eine Bildübertragung. Darf ich", zeigte er auf den Computer.

Karan nickte und ging zur Seite, damit er sich an den Computer setzen konnte. Er tippte schnell ein paar Codes ein und ein Bildschirm mit etwas Text öffnete sich:

Laden - Verbindung herstellen...

Karan blickte dem Polizeichef über die Schulter und wartete gespannt darauf, dass das Bild auftauchte.

Chef: „Der Uplink ist schnell, wenn Sie näher an den Servern sind, dies ist eine indirekte Verbindung, die die Luftwaffe zu uns umgeleitet hat. Sie wird voraussichtlich langsam sein und das Bild wird auch nicht hochauflösend sein."

Karan: „Das spielt keine Rolle, wir brauchen nur den Standort des Schiffes. Können wir die Drohne von hier aus steuern?"

Polizeichef: „Das ist mit der begrenzten Ausrüstung, die wir hier haben, leider nicht möglich. Das Kontrollzentrum befindet sich in Delhi und die Piloten, die für diese Art von Material ausgebildet sind, sind die einzigen, die dazu befugt sind. Ich bin sicher, sie wissen, wonach wir alle suchen, sie sind die Besten."

Karan seufzte und wartete geduldig. Der Text verschwand und ein stark gepixeltes Bild entfaltete sich langsam, in sehr niedriger Auflösung, schwarz-weiß. Aber man konnte sehen, dass sich die Kamera schnell über das Wasser bewegte.

„Arabisches Meer", so der Chef. Er öffnete ein weiteres Fenster: „Versuchen wir jetzt, eine Verbindung mit der zweiten Drohne herzustellen", sagte er, als der gleiche Text erschien:

Laden - Verbindung herstellen...

Beide blickten auf den Bildschirm, während die beiden übrigen Männer den Container bewachten. Die Temperaturen im Inneren hatten schließlich begonnen, sich abzukühlen, als die Sonne unterzugehen begann. Das Bild auf dem ersten Bildschirm begann sich zu verbessern. Die Spiegelung auf dem Wasser, die Wellen, ein paar Möwen, die unter der Kamera der Drohne flogen, alles klar für das Auge.

Karan entdeckte einen Fleck auf dem Bild: „Da, das könnte es sein! Das muss das Schiff sein."

Der Polizeichef zoomte heran: „Nein, Fischer. Nur ein Fischerboot. Sehen Sie diese Zahlen?" Er zeigte auf einige ständig wechselnde Zahlen am unteren Bildschirmrand. „Koordinaten, der aktuelle Standort der Drohne, das ist in der Nähe von Gujarat. Technisch gesehen könnte das Schiff es bereits von dort weggeschafft haben. Aber wir wissen nicht, wohin es im riesigen Arabischen Meer unterwegs ist." Er zog eine Karte unter dem Laptop hervor und entfaltete sie: „Sehen Sie, dies ist das Arabische Meer, das sich zwischen Somalia, Jemen, Oman, Pakistan, Indien und den Malediven erstreckt. Unsere erste Vermutung wäre Pakistan, aber was, wenn es das nicht ist?"

Karan: „Es könnte Stunden dauern, bis wir es finden, selbst mit zwei Drohnen."

Der Chef nickte niedergeschlagen: „Wir können nur hoffen, dass eine von ihnen direkt auf das Schiff zufliegt", sagte er und zeigte auf das zweite Fenster, das jetzt fertig geladen war und ebenfalls über das Arabische Meer flog.

Karan ging hinaus, um eine Zigarette zu rauchen und kam zurück. Lange Minuten vergingen, da beide immer wieder zurückkamen, um den Computerbildschirm zu überprüfen. Schließlich begann sich ein Objekt zu materialisieren, offensichtlich ein Schiff, bewegungslos. „Die erste Drohne", bestätigte der Kommandant. Der Lotse in Delhi erkannte, dass es sich um dasselbe Schiff handelte und umkreiste es mit der Drohne, um einen näheren Blick darauf zu werfen.

„Die Registriernummern sind zu unscharf, um sie zu identifizieren, aber es sieht aus, wie das Schiff, das uns beschrieben wurde. Also müsste es sich um das Handelsschiff handeln, das mit der indischen und pakistanischen Flagge abgefahren ist", sagte er.

Karan: „Es bewegt sich nicht, sie müssen Schwierigkeiten haben!"

Der Polizeichef sah sich die Koordinaten an: „Ich habe gute und schlechte Nachrichten." Karan schaute ihn mit einem leeren Blick an. Er führte aus: „Wir haben es gefunden, aber es liegt außerhalb unseres Zuständigkeitsbereichs, gemäß den Koordinaten. Es handelt sich um hohe See, gerade außerhalb der indischen Gewässer. Wir können es vorerst nur überwachen."

Karan: „Standort?"

„120 Knoten vor Gujarat in pakistanischen Gewässern... sie liegen vor Anker, als warteten sie auf etwas."

„Oder jemanden!" Karan zeigte auf ein anderes Objekt, das auf das Schiff zusteuerte.

Der Kommandant zoomte heran, als die Drohne vorbeiflog. Er murmelte: „Etwas viel Größeres... Moment, das ist ein anderes Schiff." Mit Blick auf das weitere Fenster sah er, dass die zweite Drohne mit zunehmendem Tempo auf den Standort der Ersten zuflog.

Karan: „Sehen Sie, was ich sehe? Die Menschen?"

„Oh ja, sie tauchen auf den Decks auf. Das zweite Schiff hat volle Besatzung."

Karan: „Wahrscheinlich eher Piraten. Sie scheinen die beiden Schiffe nebeneinander vor Anker zu legen. Werden sie die Säule an das große Schiff übergeben?"

Kommandant: „Warten Sie, sie sind bewaffnet, sehen Sie die... Oh Scheiße!"

Eine Salve von Schüssen begann auf die Drohne erinzuschlagen, Kugeln schossen aus dem Schiff nach oben in den Himmel. Augenblicke später blitzte die Live-Übertragung auf dem Bildschirm. Statt eines Videos tauchten nur noch Bilder auf und die Drohne stürzte ins Meer. Nun zeigte das Fenster die Nachricht:

Verbindung verloren, Ping...

„Verdammte Scheiße! Sie haben sie abgeschossen!", schrien beide.

Der Kommandant maximierte das zweite Fenster, während sich die andere Drohne schnell dem Standort näherte. Ein weiterer Kugelhagel begrüßte die Drohne frontal. In den letzten Momenten des Videos der Drohne bemerkte Karan etwas: „Das ist ein somalisches Schiff! Das sind somalische Piraten, zusammen mit einigen Einheimischen, Terroristen... sehen Sie sich die unterschiedliche Kleidung an!"

„Was soll's!", rief der Kommandant aus.

Die Drohne drehte durch, aber das Video nahm weiterhin ihren gesamten Weg auf... Sie flog planlos ins Meer. Das Video zeigte das langsame Absinken der Drohne, bis das Bild schließlich verstummte. Die Nachricht auf dem Bildschirm lautete:

Verbindung verloren, Ping...

Karan: „Sie alle bündeln ihre Kräfte."

Kommandant: „Das größere Schiff beförderte etwas Nutzlast. Sie waren dabei, den Inhalt des kleineren Schiffes an das Größere zu übergeben."

Karan: „Mirza sagte, das Flugobjekt, das in Afghanistan gefunden wurde, sei gestohlen worden, was denken Sie?"

Kommandant: „Sehr wahrscheinlich. In diesem Fall könnte der General auch auf diesem Schiff sein."

Karan: „Ich wünschte, wir hätten sie noch im Blick."

Kommandant: „Es waren nur Überwachungsdrohnen, wir konnten sie nicht ausschalten. Das ist alles, wofür wir in fremden Gewässern eine Genehmigung haben."

Karan: „Was macht die pakistanische Marine, während all dies geschieht?"

Kommandant: „Entweder haben sie ihnen geholfen oder vielleicht waren sie zu gerissen und sind direkt vor ihrer Nase geflohen, wie sie es bei der indischen Marine getan haben. Wenn die somalischen Piraten involviert sind, sind wir schließlich nicht in der Nähe ihrer Verbindungen und sie haben eine ernstzunehmende Feuerkraft."

Karan zündete sich eine weitere Zigarette an: „Und wir wissen immer noch nicht, wohin sie unterwegs sind."

Kapitel 50

Unerwarteter Abstecher nach Shangri-La

Chad erwachte in seinem eigenen Bett, in seinem Schlafzimmer. Er stand vom Bett auf, schob seine Füße in seine Bettschuhe und schaute auf sie hinunter. Sein Verstand bereitete sich automatisch auf einen üblichen Forschungstag im Labor vor. Als er versuchte, das Bett zu verlassen, spürte er ein schweres Gewicht auf seinen Schultern. Wie zwei Hände, die ihn nach unten drückten.

„Alles in Ordnung?", sagte eine bekannte Stimme. „Chad, Kumpel, alles in Ordnung?", wieder die gleiche Stimme. *Friedrich?*

„Ja, aufwachen."

Chad öffnete die Augen und bemerkte, die Stimme, die da sprach, nahm die Gestalt seines Freundes Friedrich an. Er sah sich um, sein Bett war verschwunden. Er befand sich immer noch im Frachtflugzeug. Eine riesige Welle der Enttäuschung traf ihn. Es war nur ein Traum. Der stechende Schmerz des Schusses erinnerte ihn an die vergangenen Stunden. Er hielt sein Bein fest und stöhnte vor Schmerz. Sein Oberschenkel war nun etwas größer, als er sich erinnerte, geschwollen von der Thrombose.

Friedrich reichte ihm eine Flasche Wasser: „Tut mir leid, Kumpel, ich habe überall nach einem Schmerzmittel gesucht, aber es war keines zu finden."

Geeta war bereits wach, sie ging aus dem Badezimmer heraus, als sie die beiden reden hörte. „Sind Sie wach?", fragte sie und kämmte ihr langes Haar mit den Fingern.

Chad: „Haben wir unseren Zielflughafen schon erreicht?" Er nahm einen Schluck Wasser aus der Flasche.

Friedrich: „Ich fürchte, wir müssen noch einen letzten Halt machen, bevor wir nach Hause fahren."

Chad: „Du verarschst mich! Das ist nicht die Zeit für Witze, Mann! Ich muss mit noch angewachsenen Gliedmaßen nach Hause kommen. Ich brauche Schmerzmittel und einen Arzt, Mann. Das ist kein Witz, bitte mache keine Witze mehr mit mir."

Geeta drückte Chad die Schulter: „Das Gefäß, wir wissen vielleicht, wo es ist."

Chad drehte seinen Kopf langsam zu ihr und sagte: „Oh nein, nein, nein, nein, nein. Das klingt wie der Prophet. Töten Sie mich jetzt einfach, ich kann nicht mehr weitermachen."

Friedrich lachte: „Kumpel, dafür haben wir Deutschland verlassen, erinnerst du dich? Der Preis ist genau dort und wir wissen endlich, wo er ist und du willst jetzt ernsthaft aussteigen?", fragte er amüsiert.

Chad: „Bitte sage mir, dass es vor meinem Haus ist."

Geeta: „Der Himalaya", sie wandte sich an Friedrich, „Entschuldigung, ich konnte nicht warten, ich musste es sagen", und wandte sich mit weit geöffneten Augen wieder Chad zu.

Chad nahm sich einen Moment Zeit, um zu verarbeiten, was Geeta gesagt hatte: „Ok, das ist ein Traum im Traum, ich muss aufwachen. Oder vielleicht schlafe ich wieder ein und wache dann auf." Er begann laut mit sich selbst zu reden, während er versuchte, sich zurückzulehnen: „Ich war zu Hause in meinem Bett, wurde von Freddy geweckt und jetzt sagt die hübsche Frau, wir fahren in den Himalaya, mein Gehirn spielt verrückt."

Geeta zog ihn wieder hoch: „Sie sind wach, Chad und Sie haben richtig gehört. Der Prophet hat uns den Standort genannt. Er hat bestätigt, dass sich das Gefäß dort befindet."

Chad schaute ihr in die Augen und bemerkte feine Details, ihre Wimpern, die Farbe ihrer Pupillen... Dies ist kein Traum, wurde ihm klar. Er wandte sich an Friedrich, der alles, was Geeta gesagt hatte, mit einem Nicken bestätigte. Chad hielt seinen Kopf fest und blickte verwirrt zu Geeta zurück.

„Warum sollte ausgerechnet das Vasatiwara im Himalaya liegen? Und selbst wenn es so ist, wo zum Teufel sollen wir anfangen zu suchen? Keiner von uns ist Profi-Kletterer und der Himalaya ist eiskalt. Wie, glauben Sie, würden wir da draußen überhaupt ein paar Minuten überleben, zumindest in der jetzigen Verfassung, in der wir uns befinden?"

Friedrich: „Whoa whoa, ganz ruhig Kumpel, hier trinke etwas Wasser. Niemand verlangt von uns, den Mount Everest zu besteigen. Wir haben hier genug Vorräte in Militärqualität, um den Teil des Himalayas zu überleben, in den wir unterwegs sind. Richard hat die Koordinaten bereits überprüft. Wir hätten Schnee, aber es ist definitiv niedrige Höhe und die Sauerstoffwerte und Temperaturen sind tragbar... Nicht einfach, aber wir können das überleben."

Chad: „Ich komme auf keinen Fall mit, ich würde lieber sofort aus dem Flugzeug springen."

Geeta: „Denken Sie darüber nach, Chad. Das ist keine sinnlose Suche und vielleicht finden Sie endlich, was Sie suchen. Es ist auf jeden Fall einen Versuch wert. Friedrich denkt das auch. Richard hat bestätigt, dass er das Flugzeug landen kann. Der genaue Ort heißt Kongka La Pass."

Chad: „Haben Sie beide den Verstand verloren? Sollen wir unseren Hals für ein Hirngespinst riskieren, nur aufgrund der Worte eines Verrückten? Er wird sie uns nicht für uns selbst haben lassen... nichts davon, das *Brahmastra*, das *Sudarschan-Chakra*, die Muschel und den Lotus, all das ist für seinen persönlichen Gebrauch. Verstehen Sie das nicht? Er wird sie benutzen, um Kurukshetra wieder zu beginnen, den Planeten auszulöschen, wenn er will. Wenn diese Dinge so mächtig sind, wie wir glauben, dass sie es sind und wir helfen ihm auch noch!"

Friedrich: „Chad, wir haben jetzt die Oberhand. Das Flugzeug gehört uns, diese Gegenstände sind in unserem Besitz, wir werden sie ihm nicht mehr geben, wenn wir sie erst einmal haben. Richard wird uns direkt zu Dr. Bauers Hangar fliegen und wir werden vorher die deutsche Polizei rufen, damit der Ort vollständig gesichert ist."

Chad: „Wenn... wir sicher auf King Kong Island landen und wenn wir von dort sicher abheben."

Geeta: „Kongka La Pass!"

„Ooooh, mein Fehler, Kongka La. Wer weiß, vielleicht finden wir dort sogar King Kong", antwortete Chad sarkastisch, winkte mit den Händen in der Luft und gab sich als King Kong aus.

Friedrich betrachtete Chad komisch: „Seltsam, dass du das sagst, denn es gibt einige seltsame Gerüchte über den Ort. Sieh' dir das an!" Er schnappte sich sein iPad, das vor ihm offen war und legte es neben Chad. „Wir haben recherchiert, während du geschlafen hattest."

Chad sah einige Nachrichtenartikel auf dem Bildschirm und las die Schlagzeilen:

Eine UFO-Sichtung wurde 2004 von einem Team von Geologen und Glaziologen in der Nähe des Kongka-La-Passes gemeldet.

Die Polizei meldete mehr als 100 Sichtungen heller Objekte am Kongka-La-Pass.

Hindu-Anhänger sahen 50 Meilen vom Kongka-La-Pass entfernt einige seltsame Lichter am Himmel.

Einheimische sagen, sie hätten UFOs aus dem Boden auftauchen sehen.

Chad: „Was zum Teufel?"

Geeta zuckte abweisend die Achseln: „Ich bin sicher, dass dies alles nur Gerüchte sind. Der Ort ist nicht so leicht zugänglich, niemand wohnt auch nur in der Nähe des Passes. Die nächste menschliche Behausung ist hundert Meilen entfernt."

Friedrich: „Aber auf jeden Fall etwas zum Nachdenken... Das ist es wahrscheinlich, was die Aufmerksamkeit des Propheten überhaupt erst auf sich gezogen hat."

Chad: „Warum habe ich noch nie von diesem Ort gehört?"

Geeta: „Das haben Sie bestimmt, Sie kennen es vielleicht unter dem Namen Shangri-La!"

Chad: „Ha ha ha, Sie sind verrückt, alle beide. Shangri-La ist eine fiktive Geschichte, ein fiktiver Ort. Der Autor James Hilton hat sich das in seinem Buch 'Lost Horizon' ausgedacht."

Friedrich: „Es ist wahr, der Ort existiert anscheinend tatsächlich. Aber sie nennen ihn nicht genau Shangri-La. Er ist unter verschiedenen Namen bekannt: Shangri-La, Siddhashram oder meistens Shambhala und die Inder nennen ihn Gyanganj... Es wird geglaubt, dass er wirklich existiert."

Chad: „Himmel?"

Friedrich: „Ha ha, nein nein, man könnte es vielleicht das Land der Unsterblichen nennen, aber nicht den Himmel nein, nicht genau. Es gibt verschiedene Theorien darüber, aber grob gesprochen ist es eine verborgene Stadt, absichtlich vor den Menschen verborgen."

Geeta: „Das ist wahr, Chad, wir haben oft von diesem Ort gehört. Er ist unter vielen Namen bekannt, aber sie alle weisen auf den gleichen Ort hin, wie in allen Beschreibungen angegeben. Eine Stadt, die vor der menschlichen Bevölkerung verborgen ist, eine vorsintflutliche Erzählung von einem Stadt-Königreich rätselhafter ewiger Wesen. Die Inder und die Tibeter, sogar die Chinesen haben diese Stadt in den alten Schriften erwähnt. Eine Stadt der unsterblichen Weisen, die die Evolution nicht nur der Menschen, sondern aller Wesen, die ein Bewusstsein haben, dirigiert. Versteckt tief im Himalaja."

Chad: „Ach kommen Sie, dieser Ort war nie real, er ist reine Fantasie. Außerdem, wenn er wirklich existiert, wie kommt es dann, dass er nicht bereits von modernen Satelliten und Kartierungstechniken entdeckt worden ist?"

Geeta runzelte die Stirn, gab Chad etwas Wasser und öffnete einen MRE-Beutel: „Hier, essen Sie etwas, bevor Sie wieder ohnmächtig werden."

Friedrich: „Man glaubte, dieser Ort sei nur für erleuchtete Yogis zugänglich. Verlorene hinduistische und buddhistische Texte haben den Weg zu diesem Ort beschrieben, aber er war verschlüsselt, für die gewöhnlich Sterblichen unverständlich. Ein Weg zur Erleuchtung, den theoretisch nur wenige hoch entwickelte Menschen finden konnten. Wir wissen nicht, ob ihn jemals jemand gefunden hat. Wir glauben, dass der Ort so gut getarnt und versteckt in einem Himalaja-Tal liegt, dass selbst die moderne wissenschaftliche Technologie nicht in der Lage wäre, in sein Geheimnis einzudringen. Nun, wir wissen nicht einmal, ob jemand danach gesucht hat..."

Chad: „Das macht alles keinen Sinn! Ein Ort, der nur in alten Texten existiert, ein Ort, der nie von Satelliten gefunden wurde. Wir steuern auf einen unbekannten, mysteriösen Ort zu, der nur auf die Anweisungen eines Verrückten zurückgeht. Wie hat er diesen Ort dann gefunden, woher weiß der Prophet, wo er sich befindet?"

Friedrich: „Ich gehe davon aus, dass er die alten tibetischen und buddhistischen Texte entziffert hat, wenn er sie in seinem Besitz hat. Oder er hat wahrscheinlich jemanden dorthin geschickt, wenn man seinen großen Einfluss und seine Reichweite bedenkt."

Chad: „Das erinnert mich an..."

Friedrich beendete seine Gedanken: „Was Dr. Bauer uns vor ein paar Tagen erzählt hat", schmunzelte er.

Chad: „Hitler..."

Geeta unterbrach sie: „Warten Sie, wer?"

Friedrich nickte: „Lange Geschichte, aber Hitler versuchte, diese alten hinduistischen mythischen Orte und Texte zu entdecken. Sein Kamerad Himmler sollte diese Operation leiten, aber aus offensichtlichen Gründen musste die Expedition abgesagt werden."

Geeta: „Ich erinnere mich jetzt, dass ich darüber etwas gelesen habe."

Chad: „Und jetzt macht dieser Verrückte da weiter, wo der andere Verrückte aufgehört hatte."

Geeta: „Das ist unfassbar!" Sie hatte große Augen.

Chad schaute in ihre Gesichter: „Wir verlieren buchstäblich unsere Gliedmaßen und unsere Lieben, indem wir einem Wahnsinnigen helfen, die bekannte Welt zu zerstören!"

Unsere Lieben, Geeta erinnerte sich an ihre Schwester: „Wir müssen beenden, was wir begonnen haben! Wir können ihn nicht bekämpfen, aber das Karma wird über sein Schicksal entscheiden."

Friedrich: „Ja, wir haben jetzt keine andere Wahl. Wir werden ihn zu Fall bringen, sobald wir haben, was wir suchen." Er stand auf und blickte ins Cockpit. „Wir werden in Kürze da sein, Zeit, um uns auf die letzte Etappe unserer Reise vorzubereiten."

Chad und Geeta erkannten mit Besorgnis, dass die *„letzte Etappe"* bedeutete, dass das Flugzeug möglicherweise nie wieder von Kongka La abheben würde.

Richard sprach über die PA: „Sie sollten sich vielleicht anschnallen, wir nähern uns Kongka La. Keine Grenzpatrouillen in Sicht. Wir werden versuchen, so nah wie möglich an der Stelle zu landen."

Chad wandte sich den beiden anderen zu und fragte mit schwacher Stimme: „Grenzpatrouille?"

Friedrich: „Ja, der Kongka-La-Pass liegt genau an der indo-tibetischen oder jetzt der indo-chinesischen Grenze, wir sind nicht sehr weit von Nepal entfernt. Keine Sorge, Richard hat das im Griff. Zeit, sich anzuschnallen." Er stand auf und klopfte Geeta auf die Schulter. Sie packten Chad an den Armen und halfen ihm auf die Beine und in einen Sitz. Chad schnallte sich trotzig an und verfluchte diese nicht endende Reise. Geeta setzte sich neben ihn und schnallte sich an. Sie versuchte, Chad zu beruhigen, indem sie ihre Hand auf sein Knie legte, aber sein Blick war auf seine eigenen Hände und Beine gerichtet. Er hob den Kopf, um durch das gegenüberliegende Fenster über den Rumpf zu blicken und bemerkte durch die ovalen Fenster den Abstieg des Flugzeugs. Seine Augen fokussierten sich auf den Himalaja, der jetzt in seinem Blickfeld lag.

Friedrich sah ein letztes Mal auf sie zurück und ging zurück ins Cockpit. Er nahm neben Richard Platz und sagte: „Es scheint, als hätten wir einen Landeplatz gefunden, das wird holprig, halten Sie sich fest", kündigte er in der Lautsprecherdurchsage an.

Der Motor stotterte und erinnerte Chad und Geeta daran, dass das Flugzeug jetzt nur noch mit Abgasen lief.

Kapitel 51

34.33, 79.029

Der Kommandant sprach: „Karan, verlieren wir keine Zeit mehr, diesmal sollten wir einen Schritt voraus sein. Lassen Sie mich dieses Schiff verfolgen. Sobald Mirza die Position des Flugzeugs mitteilt, möchte ich, dass Sie sich sofort dorthin begeben. Nehmen Sie unseren Hubschrauber.“

Karan: „Ich bin einverstanden. Hoffen wir, dass er zurückruft, ich meine, wenn er bis dahin nicht entführt oder getötet worden ist.“

Das Telefon des Kommandanten klingelte erneut und er nahm ab: „Ja, einen Moment.“ Er übergab Karan das Telefon: „Er ist es.“

Karan griff zum Telefon und sagte: „Mirza! Geht es Ihnen gut?“

Mirza: „Ja, fast. Ich habe es geschafft, mich zu verstecken. Hören Sie, das ist wichtig. Ich bestätige, dass Dr. Hamad nicht mehr im selben Flugzeug sitzt, das ich verfolgt habe. Die Gesichtserkennung mit den Kameras in Kathmandu zeigt, dass er tatsächlich von der nepalesischen Polizei verhaftet wurde. Er ist in Gewahrsam. Es wurden ein Fahndungsfoto und Fingerabdrücke genommen, die in unserer Datenbank aufgetaucht sind. Ich habe sie abgeglichen und sie stimmen überein. Er ist immer noch dort, aber das Flugzeug, in dem er saß, ist drastisch langsamer geworden. Sie bereiten sich auf eine Landung an einem unbekannten Ort vor... notieren Sie schnell diese Koordinaten, 34.33, 79.029.“

Karan kritzelte sie auf ein Stück Papier: „Ich hab's.“

Mirza: „Hamad ist vorerst sicher, solange er bei der Polizei ist, auch wenn sie ihm die Prophetengeschichte nicht abkaufen. Aber ich glaube, Lucas ist immer noch an Bord, vielleicht auch die anderen.“

Karan: „Ich werde sofort dogrthin fahren."

Mirza: „Gehen Sie nicht allein!"

Karan: „Na gut, aber was ist mit Ihnen? Haben Sie eine sichere Unterkunft?"

Mirza: „Ja, ich werde mit der nepalesischen Polizei über Hamad sprechen, sobald ich wieder im Unterschlupf bin."

Karan: „Viel Glück!"

Mirza antwortete: „Viel Glück", und legte auf.

Der Kommandant sah sich das Papier an, auf dem Karan die Koordinaten notiert und in den Computer eingegeben hatte: „Perfekt, das liegt in unserem Zuständigkeitsbereich, Sir, auf indischem Boden, auf unserer Seite der indo-chinesischen Grenze."

Karan: „Sie meinen Indo-Tibet. Für mich wird es immer Tibet sein!"

Kommandant: „Ja, das eroberte Tibet!"

Karan: „Bitte machen Sie den Hubschrauber bereit, ich brauche vier Ihrer besten Männer."

„Natürlich, alle unter Ihrem Kommando, Sir", sagte der Vorgesetzte und ging weg.

Karan ging los. „Sir", unterbrach der Kommandant. „Sie werden etwas davon bestimmt brauchen." Er gab ihm eine Kevlar-Weste und eine MP5-Waffe. Halb lächelnd witzelte er: „Das Schicksal der Welt liegt jetzt in Ihren Händen, viel Glück!" Karan schnappte sich die Ausrüstung und salutierte mit einem Nicken zurück. Vier Angehörige eines Sondereinsatzkommandos und ein schwirrender Hubschrauber warteten im offenen Hafen auf ihn.

Kapitel 52:

Landung in Kongka La

Chad stöhnte, als er sein schmerzendes Bein massierte.

Geeta: „Wir werden Ihnen bald ein paar Antibiotika besorgen. Keine Sorge, es heilt, glaube ich."

Richard über die EV: „Ich weiß, dass es Sie nervt, dass ich es immer und immer wieder sage, aber bitte legen Sie Ihre Sicherheitsgurte an. Es gibt einen ebenen Bereich, südlich des Geländes. Wir werden das Flugzeug dort absetzen."

Chad: „Wahrscheinlich haben wir nicht einmal genug Treibstoff für einen Vorbeiflug und einen erneuten Versuch, falls wir es beim ersten Versuch nicht schaffen sollten."

Geeta keuchte und schloss vor Angst die Augen. Schneebedeckte Berge kamen näher und wurden durch die Fenster größer, als das Flugzeug langsam in ihren Schoß zu sinken begann.

Richard sprach erneut über die EV: „Wir erwarten eine weiche Landung, aber das Flugzeug wird wahrscheinlich ein bisschen auf dem Schnee rutschen. Ich werde den Schleppfallschirm manuell ausfahren. Starke Winde 28 Grad südlich, lassen erwarten, dass das Flugzeug seitlich abdriftet."

Chad sah Geeta an, die sich panisch an ihrem Sicherheitsgurt festhielt. Ihre Augen schlossen sich noch fester. Gerade als er mit ihr sprechen wollte, verkündete Friedrich in der EV: „Leute, es sieht so aus, als hätten wir Gesellschaft. Ich kann ein Leuchtfeuer und eine Plattform sehen, da unten ist noch ein Flugzeug."

Geeta öffnete ihre Augen: „Luftwaffe! Sie haben uns erwischt, woher wussten sie das?"

Chad: „Jetzt können wir nicht einmal entkommen, wir müssen landen, wir können nicht mehr wegrennen."

Geeta geriet in Panik: „Der Prophet wird uns alle töten, oh Gott, Hamad!"

Chad fügte hinzu: „Und Anneleen auch!"

Geeta: „Ich habe Sheela verloren, wir dürfen nicht noch mehr verlieren."

Plötzlich stotterte und zitterte das Flugzeug heftig. Die Motoren schalteten nacheinander ab. Sie begannen schnell und in absoluter Stille zu sinken. Das Fahrwerk fuhr aus, der geringe Luftwiderstand machte den Sinkflug noch schneller.

Chad und Geeta spürten den Aufprall der Räder beim Aufsetzen, gefolgt vom Dröhnen der Reifen auf dem Schnee. Das Geräusch wurde lauter, als alle Räder vollen Kontakt hatten. Genau wie Richard erwartet hatte, begann das Flugzeug zu rutschen, ein plötzlicher Ruck gegen die Sicherheitsgurte, der durch die Entfaltung des Schleppschirms verursacht wurde. Sowohl Geeta als auch Chad wurden in ihren Sitzen geschleudert, als das Flugzeug seitlich abzudriften begann. Es kam allmählich zum Stillstand, fast 90 Grad von ihrem vorgesehenen Landeplatz entfernt, als der Schleppschirm durch die Südwinde stark nach unten gedrückt wurde.

Vom Fenster aus konnte Chad die Gesellschaft erkennen, von der Friedrich gesprochen hatte. Ein Nachbau des Flugzeugs, in dem sie sich gerade befanden. Er kommentierte: „Auch russisch, das ist nicht die indische Luftwaffe, soweit ich das beurteilen kann!"

Friedrich kam hastig in den Laderaumbereich hinaus: „Das ist ein russisches Flugzeug, genau wie dieses."

„Ja, wir haben es bemerkt", sagte Geeta und schnallte sich ab, während der Wind das Flugzeug immer wieder schaukelte.

Friedrich: „Bleiben Sie hier mit Richard, lassen Sie mich das überprüfen." Er zog eine Jacke unter einem der Sitze hervor und zog sie an, während er auf die Tür zuging.

„Vorsicht", riefen Chad und Geeta unisono, doch Friedrich ignorierte sie. Er zog den Türriegel auf und verschwand im hellen Schnee.

Richard trat aus dem Cockpit: „Es ist sinnlos......die Checkliste......der Kraftstoffanzeiger, Druckmesser, Öl... alles ist leer. Die Motoren sind alle tot, selbst wenn wir jetzt Treibstoff bekommen, werden sie wahrscheinlich sowieso nicht anspringen."

Geeta: „Das andere Flugzeug?"

Richard: „Lasst uns sehen, ob sie Freunde oder Feinde sind."

„Freund oder Feind, sie müssen uns helfen, rauszukommen. Wir werden keinen Tag in dieser Umgebung überleben", sagte Chad und zeigte auf die schneebedeckten Berge draußen.

Richard: „Nun, der Temperaturmesser funktioniert. Sie werden überrascht sein, es ist eigentlich gar nicht so schlimm da draußen", sagte er und schaute durch die Fenster, während er seine Jacke zuknöpfte. Sie warteten mehrere Minuten lang sehnsüchtig auf Friedrichs Rückkehr. „Es kommt jemand, hören Sie das?" Geeta bewegte sich auf das Geräusch von aufsteigenden Schritten zu.

„Ziehen Sie die an", es war Friedrichs Stimme. Er warf ein paar Jacken und Kopfbedeckungen auf den Frachtboden, als er in die Kabine kletterte. Alle sahen ihn überrascht an.

„Ziehen Sie sie an und kommen Sie mit mir", wiederholte er.

Geeta und Chad tauschten Blicke aus, ihre Gedanken rasten.

Friedrich: „Kommen Sie, schnell. Richard, Sie auch", sagte er wieder ungeduldig.

Richard: „Ich muss das Flugzeug im Auge behalten, ich würde lieber..."

Friedrich: „Jetzt, wir haben keine Zeit zu verlieren. Es wartet jemand auf uns."

Geeta sah Friedrichs Ungeduld und selbstherrliche Art und Weise, zog die Jacke an und schnappte sich ihre Kopfbedeckung, wobei sie ihn nervös ansah. Der Rest folgte ihr. Friedrich nickte, nachdem er sich vergewissert hatte, dass alle ihre Ausrüstung anhatten und führte die Guppe aus dem Flugzeug, in den Schnee, in Richtung des wartenden Flugzeugs.

Chad beeilte sich, durch den kalten Schnee humpelnd, Friedrich einzuholen: „Kumpel, Freddy, was ist los? Du musst es uns sagen, du machst alle nervös. Wer sind diese Leute? Warum ist ein zweites russisches Frachtflugzeug hier?"

Friedrich sah ihn kurz seitlich an, vermied aber Augenkontakt. Er atmete nun schwer. Im Gehirn von Chad ertönte eine Alarmglocke. So erschüttert hatte er Friedrich selten gesehen. Der ruhige und gelassene Freddy war plötzlich still und schritt im Schnee auf ein fremdes Flugzeug zu. Chad wusste, dass Friedrich etwas oder jemanden gesehen hatte, mit dem er sich nicht gerade wohl fühlte. Chad drehte sich zu den anderen um, hielt mit Friedrich Schritt und ging an seiner Seite.

Nur wenige Meter von ihrem eigenen Flugzeug entfernt wartete das andere identische Flugzeug, dessen Türen versiegelt waren. Friedrich hielt einen Moment an der Eingangstür an der Seite inne, genau wie die, aus der sie herausgetreten waren. Chad sah jemanden, der aus dem Seitenfenster schaute. Die Tür glitt langsam zur Seite und gab die Treppe frei. Ein Mann trat durch die Tür — hinaus, klein, dicke Brille, ein weißes Hemd, das durch seine offene Jacke sichtbar war. Seine hochgezogenen Schultern und sein dünnes, blasses Gesicht wirkten trotz seines Lächelns nicht einladend für Chad.

Friedrich stieg schnell und ohne zu zögern hinauf, Chad folgte. Geeta hielt inne und wartete. Richard klopfte ihr auf den Rücken: „Nach Ihnen", sagte er in einem beruhigenden Tonfall, wobei er seine offene Jacke leicht lockerte, so dass sie sehen konnte, was er trug. Eine Waffe war an seine Taille gehängt. Richard schien beabsichtigt zu haben, dass nur Geeta seine Waffe sehen sollte. Er vergewisserte sich, dass niemand sonst zusah.

Friedrich und Chad erreichten das Ende der Treppe und der gruselig aussehende, kleine Mann trat zur Seite, immer noch mit einem schrecklichen Lächeln im Gesicht. Ein anderer, größerer Mann trat in den offenen Türrahmen, als Friedrich gerade eintreten wollte.

„Schon wieder?", fragte Friedrich den neuen Mann.

„Ja", sagte der größere Mann und durchsuchte ihn, um ihn auf Waffen zu überprüfen. „Sie sind OK", sagte er, schob Friedrich in die Kabine und filzte nacheinander die anderen.

Richard ging als Letzter in die Kabine, Geeta schaute ihn an und dann auf seine Jacke, in der seine Waffe versteckt war. Richard blickte zu Geeta zurück und zuckte mit den Schultern, die Handflächen nach außen gerichtet. Geeta fragte sich, wie der Leibwächter Richards Waffe übersehen hatte, als er ihn durchsuchte, aber ihre Aufmerksamkeit wurde durch das etwas andere Innere des Flugzeugs und den kleinen Mann, der mit einem falschen Lächeln im Gesicht vor ihnen stand, abgelenkt.

„Willkommen", sagte er und schaute in jedes ihrer Gesichter, ohne zu blinzeln, das Lächeln war immer noch da, als er sprach. „Nennt mich Meister, ich bin vorerst Euer Gastgeber. Vielleicht etwas zu essen", sprach er ohne Pause.

„Nein, Danke uns geht's gut", antwortete Friedrich im Namen der Gruppe, während sie noch versuchten, die seltsame Situation, in der sie sich befanden, zu verarbeiten.

Richard: „Nein, geht's uns nicht. Haben Sie hier etwas Wodka?", fragte er und widersprach Friedrichs Bemerkung.

Geeta schaute Richard überrascht an, mehr überrascht über die Art und Weise, wie er fragte, ruhig und gelassen, als befände er sich an einem vertrauten Ort unter vertrauten Menschen. Richard bemerkte ihren Ausdruck: „Hilft gegen die Kälte", sagte er, während er mit den Schultern zuckte.

Der Meister deutete auf ein Regal: „Bedienen Sie sich! Gläser sollten auch da drin sein."

Richard bewegte sich schnell auf das Regal zu und berührte den großen Leibwächter mit der Schulter, als er an ihm vorbeiging, wobei er versuchte, in jeder Situation Alpha zu sein, wie er es immer tat.

„Das ist übrigens Boris. Er ist nicht nur der Muskelmann, sondern auch der Pilot dieses Flugzeugs", sagte der Meister und zeigte auf Boris. „Boris, hilf Richard und hole uns anderen auch ein paar Drinks." Er richtete seine Aufmerksamkeit auf den Rest: „Also, was möchten Sie trinken?"

Die Fragen sprudelten aus Chard heraus: „Wer zum Teufel sind Sie und was zum Teufel geht hier vor?" Er warf einen Blick auf Friedrich, der zu den Sitzen entlang der Kabinenwand ging. Friedrich ließ sich nieder und blickte ausdruckslos zu ihnen zurück. Chad wurde klar, dass sein Freund genauso ahnungslos und erschöpft wie er selbst war und er wandte sich wieder dem Mann zu, der sich „Der Meister" nannte.

Der Meister lächelte und rieb sich die Hände: „Fragen, Fragen! Ich bin sicher, es gibt noch viele mehr. Wie steht es mit Ihnen, meine Liebe?" Er schaute Geeta an, als er Handschuhe herauszog und anzog: „Sie scheinen alles herausgefunden zu haben, Sie haben kein Wort gesagt, seit Sie hereingekommen sind."

„Hören Sie auf, uns zu testen", Geeta erhob ihre Stimme. Währenddessen kehrte Richard mit Gläsern und einer Flasche Wodka zurück. Boris brachte ihnen etwas Wasser. Geeta und Chad nahmen das Wasser an, während Friedrich sich für den Wodka entschied. Richard schenkte sich und Friedrich eine großzügige Portion in die Gläser ein.

„Möchten Sie auch ein Glas?", fragte er den blassen Mann.

„Nein, wir trinken nicht. Das ist Boris' Versteck. Unser russischer Freund hier funktioniert nicht gut, es sei denn, er trinkt etwas Alkohol."

Chad: „Wir sind nicht hier, um Wodka zu trinken, wir brauchen jetzt Antworten. Was wollen Sie von uns?"

Plötzlich...

„Sie sollten sich setzen, Chad", erschreckte sie eine tief grüblerische Stimme von hinten. In der Türöffnung des abgedunkelten Cockpits erschien ein Mann, der sich seinen Weg in die Kabine bahnte und mit jedem Schritt in den hell erleuchteten Bereich deutlicher sichtbar wurde. Er war groß, trug einen Ledermantel, ordentlich gekämmtes dunkles Haar, eine Brille. Seine Erscheinung war überraschend angenehm, als er sich auf sie zu bewegte - sein Schritt selbstbewusst, sein Kinn hochgehalten und seine scharfen Züge zeugten von Autorität. Das Bild eines Mannes von aristokratischer Abstammung, gebildet und gut erzogen, der eine Aura der Macht ausstrahlte. Er knöpfte seine Jacke zu, während er mit Schuhen der Größe 45 langsam hereinschritt und in jedes Gesicht blickte. In der Kabine wurde es still, als alle diesen einen Mann anstarrten.

Kapitel 53

Der Erlöser

Boris' Haltung änderte sich, er stand stramm, die Arme hinter dem Rücken verschränkt... der Meister senkte den Kopf schnell und unterwürfig. „Treffen Sie unseren Erlöser!" Er stellte ihn mit schwungvoller Geste vor, die Augen immer noch gesenkt und winkte mit der rechten Hand dem Mann zu, der gerade hereingekommen war: „Der Prophet!"

Die Stille dauerte einige Sekunden lang an, bevor Chad versuchte, auf den Mann zuzustürmen, aber er konnte nur humpeln. Er erschreckte Friedrich, der schnell aufstand, während Geeta wie erstarrt auf ihrem Platz stand. Wütend über die Ereignisse der letzten Tage griff Chad nach dem Kragen des Propheten, während der Mann kühl stand, ruhig und zuversichtlich wie ein Löwe, unbeeindruckt von seiner Aggressivität. Er hob einfach seine Hand über die Schulter von Chad und machte ein Zeichen zu Boris, um ihn aufzuhalten, als er sah, wie der starke Mann nach seiner Handfeuerwaffe griff.

„Chad, Sie müssen sich hinsetzen, Sie sind verletzt", sagte der Prophet in ruhigem Ton und legte seine Hand auf die Schulter von Chad.

„Das nichts im Vergleich zu dem, was Sie all diesen unschuldigen Menschen und... und Anneleen angetan haben. Wo ist sie?", schrie er vor Frustration und Schmerz und zog die Hand des Propheten von seiner Schulter weg, wobei er kurz sein Handgelenk hielt. Er bemerkte einen ungewöhnlichen, aber ihm vertrauten Ring an dessen Finger. Chad versuchte sich zu erinnern, woher er dieses Emblem kannte, aber seine überwältigende Wut überkam ihn und verwischte seine Erinnerung. Verwirrt ließ er den Prophet los.

Der Prophet sprach ruhig: „Langsam jetzt, manche Lektionen sind schwer. Wir alle mussten auf die harte Tour lernen. Lassen Sie mich Ihnen eine kleine Geschichte über einen kleinen Jungen erzählen. Zwölf Jahre alt, nicht so ein Überflieger wie sein Bruder. Wissenschaftler als Eltern, die große Erfolge erzielt hatten und wollten, dass ihre beiden Söhne genauso werden wie sie. Der Jüngere war ein Wunderkind, er machte seine Eltern stolz. Er war immer Klassenbester und würde schließlich den Nobelpreis gewinnen. Doch der ältere Sohn war nicht derselbe. Er litt von Geburt an an ADS und Legasthenie. Erbärmlich in der Schule und eine Schande für seine eigenen Eltern...

Seine Eltern verleugneten es. Wie konnten zwei gefeierte Wissenschaftler, die größten Köpfe dieser Zeit, ein Kind wie dieses bekommen! Es war ihnen peinlich, sie schämten sich sogar, mit ihren Freunden und ihrer Familie über ihn zu sprechen. Sie wollten ihn nicht in ihrer Nähe haben, also beschlossen sie, ihn in das härteste Militärinternat zu schicken und flehten ihren ungewollten Sohn an, erst dann zurückzukehren, wenn er etwas erreicht hatte, worauf sie stolz sein konnten.

Die Jahre vergingen, das Kind wurde jeden Tag schikaniert. Ein guter Tag für ihn war, wenn er ungestört essen und ohne blaue Flecken ins Bett gehen konnte. Was selten der Fall war. Niemand, der ihm auch nur zum Geburtstag gratulierte. Niemand kümmerte sich um ihn. Seine psychischen Störungen machten ihn zu einem leichten Opfer für die anderen Schüler und später für seine Kollegen. Ein sicheres Ziel für psychisches und physisches Mobbing. Er versuchte mehrmals wegzulaufen, scheiterte aber jedes Mal, wobei die daraus folgende Bestrafung nur dazu diente, seine Psyche noch weiter zu schädigen. Seine psychische Schwäche wurde durch seine schlechte körperliche Gesundheit, zweimal Krebs, ergänzt. Er betete jeden Tag zu Gott, er möge ihn sterben lassen und ihn von dem Leid befreien, das diese Welt ihm zugefügt hat. Aber der Krebs tötete ihn nicht, er ließ ihn nur Jahre in Krankenhäusern verbringen.

Er tat, was eine in die Enge getriebene Katze tut, er konnte nicht fliehen, also kämpfte er. Schließlich ging er stärker denn je daraus hervor, all die Jahre der angestauten Wut und des Schmerzes über die Gleichgültigkeit seiner Mitmenschen und seiner eigenen Eltern, die auf ihn zeigenden Finger, die Gesichter, die über ihn lachten, nur weil er anders, schwächer war. All das Gift, das er geschluckt hatte, verwandelte sich in einen Hass auf diese Welt, so wie die Welt ihn gehasst hatte. Unterschiede, Farbe, Ethnie, Religion, Intelligenz, Dummheit, männlich, weiblich, hässlich und schön... all das war falsch. Das war die Lektion, die Gott ihn gelehrt hatte. Er legte einen Eid ab, die Welt zu einem besseren Ort zu machen, Harmonie für alle zu schaffen... So etwas wie Unterschiede würde es nicht geben, sie brauchten alle eine Lektion, genau wie dieser kleine Junge."

Chad: „Also Religion, das ist es, was Sie zerstören wollen, nur weil ein Kind schikaniert wurde."

Der Prophet schrie vor Wut: „Das Kind war ich!!!"

Dieser Gefühlsausbruch überraschte Chad. Geeta fühlte, wie ein Schauer ihre Wirbelsäule hinunterlief. Sie blieb wie angewurzelt stehen und konnte sich körperlich nicht bewegen, obwohl sie emotional sehr bewegt war. Chad blickte nach unten und schüttelte verneinend den Kopf seitwärts: „Trotzdem gibt es Ihnen kein Recht über das Leben von Menschen, so vieler unschuldiger Menschen, zu entscheiden."

Die Stimme des Propheten war immer noch wütend: „Unschuldig ja, weshalb sie nicht bestraft werden, sondern nur gelehrt werden, mit der von Gott selbst gegebenen Autorität, sich zu vereinen, eins zu sein. Keine von Menschen gemachten Religionen, keine Diskriminierung irgendwelcher Art, nur Harmonie."

Chad konterte: „Aber wer sind Sie, dass Sie entscheiden, Sie haben keine Autorität zu kontrollieren..."

Prophet: „Ha ha ha ha, richtig, wer hat Ihnen die Autorität gegeben, jeden Tag sich mit armen Tieren ein Festmahl zu bereiten? Ihr opfert und esst Tiere im Namen von Festen, Truthähne zum Erntedankfest, Lämmer zum Zuckerfest, Ziegen für Gadhimai... Sogar Hindus, die sagen, sie seien Vegetarier, opfern Tiere im Namen Gottes. Alle Religionen sind gleich und führen im Namen Gottes Opferzeremonien durch. Ist es nicht Gott, der gesagt hat: *Du sollst nicht töten?*"

Chad: „Sie vergleichen Menschen mit Tieren?"

Prophet: „Ist der Mensch dem Tier überlegen? Sie wurden alle von demselben Gott geschaffen, um denselben Raum zu teilen und dasselbe Leben zu führen. Wer sind wir, um zu sagen, dass das menschliche Leben mehr wert ist als das Leben eines Tieres?"

Chad: „Was ist mit Dr. Bauer? Sie haben ihn brutal getötet, all diese Menschen in Afghanistan, all diese unschuldigen Seelen, die Familie von Hamad, Shashank, Sheela..."

Prophet: „Für das Allgemeinwohl sind einige Opfer notwendig. Manchmal waren es nur Kollateralschäden, die sich meiner Kontrolle entzogen. Ich habe Leute angeheuert, um einige Arbeiten zu erledigen und mir etwas zu bringen, die Tötungen waren ihre Wahl. Ich habe weder Dr. Bauer noch die anderen getötet, noch bin ich in irgendeiner Weise dafür verantwortlich."

Der Meister meldete sich: „Es stimmt, wir hatten mit seinem Tod nichts zu tun. Wir erfuhren davon genauso wie Sie in den Nachrichten. Oh und Hamads Familie ist nicht tot, ihnen geht es gut und sie sind kerngesund. Seine Frau, nun, wir wollten ihr nur einen Teil der Haut abschneiden, um Hamads Aufmerksamkeit zu erregen, aber sie fiel in einen Schock. Sie liegt derzeit im Koma, aber sie ist noch nicht tot."

Friedrich ging schließlich darauf ein: „Das ist alles nur eine Vertuschung. Sie versuchen, uns zu manipulieren, wie Sie es bei den anderen getan haben. Sie spielen mit uns, alles Psychospielchen. Die Morde waren indirekt immer noch Ihr Werk. Sie sind Ihnen zuzuschreiben! Sie wussten, dass sie geschehen würden und das war die ganze Zeit der Plan. Einige wenige zu opfern, damit die anderen Sie fürchten."

Prophet: „Genug, Sie dummen Narren müssen alles sehen, um zu glauben." Er schnippte mit den Fingern und befahl Boris, etwas zu bringen. Boris kam mit einem Laptop zurück und der Meister öffnete ihn sofort. Er tippte auf ein paar Tasten ein, die ein Fenster mit vielen Kameraperspektiven öffneten. Dutzende von verschiedenen winzigen Perspektiven.

„Sehen Sie", übernahm der Prophet und begann, jedes Fenster mit einem doppelten Antippen des Mauspads zu erweitern, wobei jedes Antippen eine andere Szene, einen Raum, ein Büro, eine Straße, ein altes Haus, GoPro-Live-Feeds und so weiter öffnete. „Das ist live, das ist die Familie von Hamad in diesem Raum, sehen Sie sie an, sehen sie tot aus? Das ist Karans Frau, kurz bevor wir die Live-Videoübertragung verloren haben. Ist sie tot? Nein, ich glaube nicht. Ich wusste von Anfang an, dass der Stumme sie nicht töten würde und Karan würde den Stummen auch nicht töten. Ich tat es lediglich, um sie zu motivieren." Er fuhr noch ein paar Sekunden lang fort und klickte verzweifelt auf das Mauspad: „Und dies und das", bis Geeta ihn schließlich daran hinderte, den Mund aufzumachen: „Das reicht jetzt. Sie sind eine Reinkarnation der bösen Shakuni, die das Superhirn hinter dem Kurukshetra-Krieg war."

„Sehen Sie, es sind Menschen gestorben, aber ich wünschte, sie hätten es nicht tun müssen. Manchmal lässt uns Gott keine andere Wahl", seufzte der Prophet und schien zerknirscht zu sein.

Chad: „Und Sie beobachten uns alle."

Prophet: „Ich muss dafür sorgen, dass die Schafe nicht zu weit weggehen, deshalb hat mein Quartiermeister hier ein Überwachungsteam zusammengestellt. Alles wird rund um die Uhr überwacht, 24 x 7. Dort, wo wir keine Augen oder Ohren hatten, ging jemand mit einer GoPro hinein."

Geeta rief aus: „Wie Lucas!"

Der Meister nickte: „Zum Beispiel, ja."

Geeta: „Wenn Sie nicht die Absicht haben, jemanden zu töten, wozu brauchen Sie dann all diese Artefakte? Das sind schließlich Massenvernichtungswaffen."

Prophet: „Das wird für die Reinigungsphase sein, nicht für das Töten."

Chad: „Und da gibt es einen Unterschied?"

Der Prophet sah müde aus: „Ich habe keine Zeit dafür, wir müssen los, bevor..."

Geeta: „Wohin? Chad wird es auf keinen Fall schaffen, sehen Sie sich sein Bein an!"

Prophet: „Ich weiß, was er braucht." Er gab dem Quartiermeister ein Zeichen. Dieser brachte einen Koffer, öffnete ihn und enthüllte seinen Inhalt... Flaschen, Nadeln und Spritzen. Sie schauten überrascht, als der Quartiermeister die Etiketten, auf den mit Flüssigkeit gefüllten Fläschchen, überprüfte und ein Fläschchen auswählte. Er bereitete eine Spritze vor und füllte sie auf, während Richard näher kam, um einen Blick darauf zu werfen. Sein Glas füllte sich wieder randvoll mit Wodka.

„Was zum Teufel ist das?", forderte Chad.

Quartiermeister: „Adrenalin! Das bringt Sie im Handumdrehen wieder auf die Beine. Industrieller Grad, die Wirkung hält viel länger an, als bei den klinischen Dosen."

Geeta: „Aber das ist extrem gefährlich, seine Herzfrequenz wird in die Höhe schnellen und es könnte..."

„Es gibt nur einen Weg, das herauszufinden", sagte der Prophet kalt und signalisierte Boris, Chad festzuhalten.

Boris drückte Chad auf die Knie, während Geeta versuchte sie aufzuhalten. Mit einer leichten Bewegung seines Arms stieß er sie weg, wodurch sie den Halt verlor und zurückfiel. Der Quartiermeister stach Chad direkt mit der Spritze in die Halsvene, bevor die anderen eingreifen konnten.

Geeta blickte Richard und Friedrich an: „Was zum Teufel schauen Sie so, Ihr Freund wird misshandelt und Sie beide trinken", schrie sie.

Sie schauten auf ihre Gläser, ließen sie fallen und eilten Chad zu Hilfe, während er dort auf den Knien blieb. Sie halfen ihm auf die Beine. Geeta rannte auf Boris zu und schlug ihm mitten auf die Nase. Boris fühlte, wie seine Nase knackte, zuckte aber weder zusammen, noch bewegte er sich. Geeta eilte zu Chad, der zitterte und hob seinen Kopf hoch, um ihn genau anzusehen, während die beiden anderen ihn stützten.

„Äh... Entschuldigung, ich war schockiert, es ging alles so schnell", erklärte Friedrich in entschuldigendem Ton. Richard nickte, um ihm zuzustimmen.

Prophet: „Tut mir leid wegen Boris, er kann grob sein." Er sah Boris an, der nun aus seiner gebrochenen Nase blutete. „Reparieren Sie sie", befahl er ihm.

Boris renkte seine gebrochene Nase schnell wieder ein. *Knacks* und sie war gerade! Er schlug vor Schmerz auf den Boden des Flugzeugs, „Argh", schrie er und stand auf, um die Ladebucht zu öffnen. Eine kalte Brise drang in den Rumpf ein.
Der Meister schaute auf seine Uhr: „Mein Herr, es ist Zeit."

Prophet: „Ja, Sie bleiben zurück bei Friedrich und Boris. Bringen Sie die Schätze aus diesem Flugzeug in jenes, wir nehmen den Sherp."

Meister: „Der Sherp? Wird er nicht zu viel Aufmerksamkeit erregen?"

Prophet: „Es ist der schnellste Weg, tun Sie es."

Quartiermeister: „Ja, ja, ich werde ihn vorbereiten." Er begab sich zum hinteren Ende der Bucht, wo drei große, jeweils mit einer Plane bedeckte Objekte zu sehen waren. Die anderen sahen zu, wie er die Plane des mittleren Objekts herunterzog und ein großes, robust aussehendes Fahrzeug mit riesigen Gummireifen zum Vorschein kam. Boris, der immer noch seine verletzte Nase streichelte, sprang auf die Vorderreifen und öffnete die Tür. Er drückte ein paar Knöpfe und zog ein paar Hebel. Dann sprang er zurück auf den Boden, ging zum Heck des Fahrzeugs und schob es mit aller Kraft langsam und grunzend auf die Bay-Rampe.

Schließlich hob Chad seinen Kopf und zog sich von den beiden Männern weg, die ihn festhielten. Sein Herz klopfte, er konnte alles extrem deutlich hören und sehen, fast zu deutlich. Schnell stieß Chad die beiden Männer weg und schaute auf seine Hände. Alles war kristallklar, die Linien und Adern an seinen Händen. Er spürte keinen Schmerz mehr in seinem Bein. Als Chad versuchte zu gehen, eilte ihm Geeta zu Hilfe, aber er ignorierte sie und ging ohne Unterstützung. Ihm wurde klar, dass er fast normal gehen konnte und keine Schmerzen mehr verspürte. Geeta bewegte sich vor ihm und versuchte, ihm in die Augen zu sehen, während er sein Bein untersuchte. „Ihre Pupillen", sagte sie.

Chad: „Was?"

Geeta: „Sie sind geweitet."

Friedrich stürzte auf sie zu: „Gib' mir dein Handgelenk, lass' mich deinen Puls überprüfen." Chad schüttelte sie ab und wandte sich dem Propheten zu: „Was haben Sie mit mir gemacht?"

Prophet: „Nur was nötig war. Sie müssen mit mir kommen, jetzt steigen Sie in den Sherp."

Boris drängte ihn, „Steigen Sie ein", endlich sprach er seine ersten Worte, in einem starken russischen Akzent.

Friedrich: „Hören Sie, ich werde gehen. Chad sollte das jetzt wirklich nicht tun."

Prophet: „Sie brauchen Sie hier, nur Sie können sie anweisen, wie sie alle Gegenstände sicher bewegen können. Richard wird sich um das Flugzeug kümmern, während wir weg sind." Er packte Geeta am Arm und sie versuchte instinktiv, sich zu wehren, hatte aber keine

Chance gegen den stärkeren Propheten, als er sie zur Tür des wartenden Sherps schleifte. Er öffnete die Tür weit und zwang Geeta, an Bord zu gehen.

„Steigen Sie ein", befahl er als nächstes Chad. Boris hob ihn in den Sherp, bevor er überhaupt reagieren konnte. Trotz seines Adrenalinstoßes wusste Chad, dass ein Zurückschlagen zwecklos war.

Geeta: „Das ist Wahnsinn!"

„Wenn Sie versuchen rauszukommen, wird Boris Sie sofort wieder einsperren. Setzen Sie sich einfach hin", sagte der Prophet und schaute Richard streng an. Mit diesem Blick verstand Richard, was von ihm erwartet wurde. Er hatte keine andere Wahl, als zu gehorchen. „Ich werde versuchen, unsere Flugzeuge zu tarnen und alle Beweise wie aufgezeichnete Mitteilungen und Flugprotokolle zu vernichten."

„Gut", antwortete der Prophet, als er in den Sherp stieg und die Zündung einschaltete. Er erwachte sofort mit einem lauten, brüllenden Geräusch zum Leben.

„Sie scheinen Friedrich und Richard zu vertrauen, sie unbewacht zurückzulassen", sagte Geeta.

Der Prophet schloss die Tür, wodurch ein Teil des Motorgeräusches ausblieb. „Sie sind unbewaffnet und außerdem hat niemand eine Chance gegen Boris", schmunzelte er.

Chad sah sich nach etwas um, mit dem er den Propheten aufhalten konnte, aber das utilitaristische Innere hatte nichts Brauchbares, außer ein paar Seilen. Der Sherp rollte auf den leichten Schnee und begann schwer zu schaukeln, während er vorwärts fuhr. Wie ein schwerfälliges Mammut bewegte er sich hin und her.

Kapitel 54:

Die weißen Statuen

Geeta: „Woher kennen Sie diesen Ort und warum glauben Sie, dass das Gefäß dort ist?"

Der Prophet schaute aus der Windschutzscheibe des Sherps, als er den Gang wechselte. „Während ich all die Jahre im Krankenhaus verbrachte, um mich zu erholen, hatte ich die Gelegenheit, von einem Priester, der mich jeden Tag besuchte, ein paar Sprachen zu lernen. Er sagte, er habe die Welt bereist und verschiedene Kulturen studiert. Er hatte viel Zeit mit Mönchen, Imamen, Brahmanen verbracht... Als ich wieder gesund war, erzählte er seinem besten Freund von mir, der mir anbot, meine Ausbildung zu sponsern. Ich habe den Mann nie kennen gelernt, aber er schickte dem Priester Geld, um all meine Bedürfnisse zu decken. Ich erhielt keine Unterstützung von meinen eigenen Eltern, also fühlte ich mich zum ersten Mal gewollt, jemand wollte mich unterstützen, mich als Mentor begleiten."

„Der Priester war mit einigen Ideologien und Plänen seines Freundes für mich nicht einverstanden, so dass es zu einem Streit kam. Der Priester verschwand, ich hörte nie wieder von ihm. Mein Sponsor schickte seine Leute, aber er selbst kam nie und er ließ auch nicht zu, dass jemand seine Identität preisgab. Die Jahre vergingen und eines Tages erhielt ich eine Kiste mit alten hinduistischen und buddhistischen Texten und einen Brief von meinem Sponsor, in dem er mich bat, dies zu meiner Hauptaufgabe zu machen. Die Texte öffneten meinen Geist für all diese antiken Artefakte und ihre Kraft. Artefakte, von denen man glaubt, dass sie von Gott geschaffen wurden und noch immer hier auf unserem Heimatplaneten existieren. Ich verbrachte Jahre damit, so viele Informationen wie möglich zu sammeln, wobei ich alle verfügbaren Technologien nutzte, die von meinem Sponsor finanziert wurden, um ihren genauen Standort zu ermitteln. Diese Texte haben bereits mehrere Hände gewechselt und einige Leute vor mir sind schon sehr nahe dran gewesen, die Artefakte in die Hände zu bekommen."

Geeta war skeptisch: „Dieser Sponsor von Ihnen, wo ist er jetzt?"

Prophet: „Ich weiß nicht, wer er ist, wo er ist... Seine Leute liefern mir die Ressourcen und die Arbeitskraft für alles, was ich tun muss."

Geeta: „Und Sie vertrauen ihm?"

Prophet: „Warum sollte ich nicht, er hat meinen Geist dem Wissen geöffnet, das gewöhnliche Menschen nicht begreifen können. Er hat mich wie seinen eigenen Sohn adoptiert, als meine leiblichen Eltern mich verlassen haben. Er ist also wie mein Vater."

Chad kommentierte ironisch: „Ein Wahnsinniger wird von einem anderen Wahnsinnigen unterstützt."

Prophet: „Wenn Menschen etwas nicht verstehen, nennen sie es Wahnsinn, Dummheit. Jeder große Mann wurde zuerst als verrückt bezeichnet, weil er tat, was er glaubte. Die Menschen hielten auch Einstein für einen Verrückten, aber seine wissenschaftlichen Theorien beschleunigten die Entwicklung der Welt wie nie zuvor und er gab den Wissenschaftlern die Werkzeuge an die Hand, um fast jeden beobachtbaren Aspekt des Lebens, wie wir es heute kennen, zu formen. Selbst Ihre eigene Forschung Chad, war nur möglich wegen seiner *Relativitätstheorie*."

Chad: „Seine Errungenschaften haben Leben gerettet, ja, aber auf der anderen Seite sammeln Sie Dinge, die ein Massensterben verursachen könnten."

Prophet: „Mein Mentor hat immer gesagt: *Einfache Geister können nur durch Angst motiviert werden.*"

Chad: „Motiviert oder kontrolliert? Ihnen geht es nicht um Motivation, Sie wollen die Welt kontrollieren. Deshalb haben Sie Ihre Ziele sorgfältig ausgewählt und sie manipuliert, um zu bekommen, was Sie wollen, wie die Terroristen in Afghanistan. Sie haben die Religion benutzt, um sie anzulocken und für Sie arbeiten zu lassen."

Prophet: „Die mächtigsten Objekte der Welt in meinem Besitz zu haben, ist der Schlüssel, um diese Welt aufzurütteln und die Sünde zu entfernen."

Geeta: „Es ist alles nur Leben, Sünde ist einfach ein Teil davon. Menschen machen Fehler und so lernen wir."

Prophet: „Manchmal müssen Fehler bestraft werden, um zu verhindern, dass sie sich wiederholen, wie ein Kind, das seine Hausaufgaben nur deshalb macht, weil es die Strafe des Lehrers fürchtet."

Geeta: „Das ist alles nur Rache. Nur weil Sie eine schwere Kindheit hatten, heißt das nicht..."

Der Prophet unterbrach sie: „Es geht nicht nur um mich." Er erhob seine Stimme: „Es sind alle, die sich um belanglose Dinge streiten, einander vergleichen, all dies wegen der vielen

Religionen, die wir haben. Die Menschen begreifen nicht, dass sie alle gleich sind, von demselben Gott sprechen und dieselben Tugenden und Gebote predigen."

Chad: „Sie versuchen nur, das zu vollenden, was Hitler nicht vollenden konnte."

Der Prophet hielt inne, reagierte aber nicht auf den Kommentar von Chad. Er fuhr weiter durch das tückische Gelände und überprüfte die GPS-Anzeige auf der Instrumententafel des Fahrzeugs. „Wir sind fast da, das Gelände sieht extrem holprig aus, halten Sie sich fest", sprach er schließlich.

Chad und Geeta schauten aus den Fenstern und bemerkten die Landschaft. Ihre Aufmerksamkeit verlagerte sich vom Propheten auf die schöne und faszinierende Umgebung, in der sie sich befanden. Ringsum Berge, felsige Straßen, die mit Schneeflecken bedeckt waren, nicht zu viel, nicht zu wenig. Sie kletterten immer höher und höher, durchquerten etwas Grün, dann wieder felsige Wege und Schnee. Die Landschaft veränderte sich ständig. Mit Leichtigkeit navigierte der Sherp durch alle möglichen Geländearten. Seine riesigen Reifen, die so groß wie Felsbrocken waren, boten durch ihre industriellen Stoßdämpfer eine hohe Bodenfreiheit. Der Prophet schaltete ständig die Gänge, nutzte die Kraft des Allradantriebs und drehte das Lenkrad hektisch, während sie durch seichte Bäche plätscherten. Die Reifen rutschten und verloren mehrmals die Bodenhaftung, aber der Prophet fuhr weiter, wich nach links und rechts aus und manövrierte den Sherp die Hügel hinauf und hinunter, als ob er besessen war, als ob er sich vor Glückseligkeit nicht bewusst wäre, dass es hier beim Fahren um Leben und Tod ging. Geeta schloss die Augen, ihr wurde durch die unregelmäßige Bewegung des Fahrzeugs schlecht.

Sie erreichten den Fuß eines steilen, schneebedeckten Berges. Der Prophet hielt an, um die Zifferblätter und die GPS-Konsole zu überprüfen. Er zoomte die Markierung auf einer digitalen Karte heran und überprüfte die Spur. „In Ordnung, wir sind genau darunter, wir müssen nur diesen Hügel hinaufklettern", sagte er.

Chad schaute aus dem Fenster: „Das ist fast tausend Meter hoch, das ist unmöglich. Das ist viel zu gefährlich."

Der Prophet antwortete ruhig: „857 Meter, um genau zu sein. Ich habe dieses Gebiet monatelang studiert und tausend Simulationen durchgeführt. Der Sherp wird es schaffen. Halten Sie sich gut fest."

Ohne eine Sekunde zu zögern, klickte er ein paar Schalter im Sherp an, leitete die gesamte Energie auf die Vorderräder um und hob die Aufhängungen noch höher. Das Biest machte sich wieder auf den Weg. Der Motor heulte auf, während es langsam den Berg hinaufstieg, schaukelte und heftig hin und her glitt. Geröll und Schnee zerbröckelten unter ihm und rollten hinter ihm hinunter.

Innerhalb weniger Augenblicke leuchten rote Warn-LEDs auf der Konsole auf und zeigten eine Überhitzung des Öls und des Motors an. Rauch strömte aus dem Motor und dem Auspuff, aber der Prophet hielt seinen Fuß auf dem Boden und zwang den Sherp, höher und höher zu steigen. Schließlich kamen sie nach fast 600 Metern auf ein flaches Plateau und legten weiter oben eine noch steilere Bergwand frei. Er schaute erneut auf das GPS, drehte sich nach links und begann, den Berg in Richtung eines weniger gewinkelten Aufstiegs zu umrunden. Der Sherp begann wieder zu klettern, protestierte lautstark, tat aber gehorsam seine Arbeit, obwohl der Schnee immer tiefer und härter wurde und die Brise stärker wehte. Das Fahrzeug nahm an Geschwindigkeit zu, als sich das Gelände in einen Gletscher verwandelte, dessen festere Oberfläche den Reifen eine bessere Traktion verlieh als die losen Felsen zuvor.

Der Prophet, begierig darauf, schnell die Spitze zu erreichen, bemerkte die vereiste Rampe auf ihrem Weg nicht. Mit all dem Schwung, den er gerade gewonnen hatte, ging der Sherp darüber und stürzte sich mit erdrückender Kraft gegen eine vereiste Bergwand. Das Gletschereis brach und glitt den Berg hinunter. Durch den Aufprall drehte sich das Fahrzeug und als der Prophet darum kämpfte, es ruhig zu halten, rutschte es fast bis an den Rand der Klippe und blieb schließlich in einem prekären 45-Grad-Winkel stehen. Noch ein Zentimeter weiter und der Sherp wäre den steilen Berg hinuntergestürzt.

Gerade als der Prophet wieder aufs Gaspedal treten wollte, schrie Geeta: „Schauen Sie!" Der gebrochene Gletscher enthüllte eine kleine Höhle, die scheinbar mit Eis gefüllt war. Dennoch konnten sie etwas wie eine gigantische weiße Statue in fast menschlicher Gestalt sehen, getarnt durch eine dicke weiße Schneedecke. Der Prophet versuchte, sie von seinem Sitz aus besser zu betrachten, konnte sie aber nicht klar erkennen, so dass er die Handbremse betätigte und den Sherp in einer diagonalen Position, seitlich von der Bergseite, stehen ließ. Er öffnete die Tür und schaute unerschrocken auf die Klippe hinunter. Alles, was er sehen konnte, waren seine Füße und ein 600 Meter tiefer Abgrund. Der Prophet kletterte über das Dach des Sherps, kroch auf die andere Seite, die dem Höhleneingang zugewandt war, kletterte hinunter und begann, auf die Höhle zuzugehen.

Chad öffnete seine Tür und trat hinaus, Geeta folgte ihm. Der Prophet brach eregt das verbliebene Eis am Eingang der Höhle ab und trat es hart mit den Füßen. Als das Eis gebrochen war, betrat er die Höhle und ging auf die Statue zu, wobei er seine Taschenlampe aus der Tasche zog. Als er sie einschaltete, enthüllte das Licht weitere Statuen, insgesamt vier.

Chad: „Heilige Scheiße, was zum Teufel ist das? Wer könnte diese riesigen Statuen gemacht und sie hierher gebracht haben?"

Geeta: „Wahrscheinlich haben sie sie genau hier gemeißelt und sie der Gnade der Elemente überlassen."

Chad: „Es ergibt keinen Sinn... warum diese grotesken Figuren und warum so riesig und warum hier? Sie scheinen nicht einmal eine bestimmte Form zu haben." Gemeinsam mit dem Propheten räumte er Schnee und Eis mit bloßen Händen weg. Der Prophet drehte die Taschenlampe um und benutzte sie, um die härteren Eisstücke wegzubrechen. Als sich das Eis von der Statue löste, wurde ihre Form klarer.

„Es sieht so aus, als ob sie tatsächlich kämpfen. Die Statuen, was stellen sie dar? Was wollte der Künstler vermitteln?", fragte Geeta.

Der Prophet wandte sich ihr zu: „Sie sehen es immer noch nicht, oder?" Er schaute auf ihre verwirrten Gesichter. „Ich erkannte, was sie waren, als Sie auf sie zeigten, Geeta. Dies ist keine Bildhauerei oder ein Monument, Sie nennen es eine Statue!" Der Prophet schien amüsiert zu sein. Er stellte seine Taschenlampe auf volle Leistung und nutzte die Wärme des Lichts, um die Eisflocken auf der Oberfläche ihrer Entdeckung wegzuschmelzen. Gleichzeitig begann er, die Oberfläche mit seiner Hand zu berühren. Feines weißes und hellbraunes Mischfell fiel aus dem Spalt zwischen seinen Fingern.

„So gut erhalten, dass sie weniger als hundert Jahre alt sein müssen", flüsterte er mit einem Lächeln.

Geeta keuchte und klatschte sich erstaunt mit der Hand auf ihren Mund, als es ihr dämmerte. Chad ging vorwärts, um zu berühren und zu fühlen, was der Prophet mit seinen Händen streichelte. Es war kalt, aber weich, wie das Fell eines Bären. Der Rest der Flocken fiel ab und enthüllte die Gesamtheit der Kreatur im Inneren.

Chad: „Was zum Teufel ist das? War das einmal lebendig?"

Prophet: „Ja, das waren sie alle. Einst waren sie Lebewesen!"

Geeta: „Diese Arten finden in keiner wissenschaftlichen Publikation Erwähnung."

Prophet: „Oh doch, das tun sie. Sie haben nur nicht die richtigen gelesen. Schon mal vom Yeti gehört?"

Chad: „Der abscheuliche Schneemann?"

Geeta: „Das ist eine urbane Legende, es gibt keine wirklichen wissenschaftlichen Beweise."

Prophet: „Und doch kann man ihn hier sehen und berühren." Er ergriff ihre Hand und bewegte sie über die Oberfläche der Kreatur. Sie schaute zum Gesicht auf, die Augen geschlossen und die Hände über der Brust zusammengeballt, als ob sie in ihren letzten Momenten leiden musste, die Knie gebeugt... als ob sie säße und sich gegen die Wände der Höhle lehnte, als sie starb. Die letzten Minuten dieses Ungeheuers waren für ihre Augen so klar, als hätten sie einen echten Film davon gesehen.

Kapitel 55:

Schutzengel

Chad inspizierte die anderen eingefrorenen Kreaturen, jede in einer anderen Position, eine stehend und zwei auf dem Rücken liegend. Alle waren von Kopf bis Fuß mit Schnee und Eis bedeckt, doch ihre Formen waren noch erkennbar. Wie eine schlafende Person, die von einer dicken Decke bedeckt war.

Prophet: „Das ist genau der Beweis, nach dem die Mainstream-Wissenschaftler suchen. Ich habe nicht eine Sekunde daran gezweifelt. Der Mensch kratzt nur an der Oberfläche und schaut nie nach innen."

Geeta: „Sie reden, als ob Sie selbst kein Mensch wären."

Prophet: „Offensichtlich ist nicht jeder Mensch. Sie haben all diese Beweise um sich herum."

Chad betrachtete den Propheten genau, als ob er ihn untersuchte, um zu überprüfen, ob er tatsächlich eine andere Spezies sei. Der Prophet bemerkte, dass Chad ihn anstarrte: „Versuchen Sie es gar nicht erst!" Chad schüttelte verwirrt den Kopf und drehte sich um, um durch die Höhle zu gehen und jede der vier gigantischen Kreaturen zu untersuchen. Geeta kletterte über die Beine des ersten, hielt sich an seinem Fell fest und begann vorsichtig höher zu klettern, trat auf seinen Bauch, um sein Gesicht näher zu betrachten: „Dieses Ding muss mindestens fünf Meter groß sein!"

Prophet: „Eher wie sechs Meter."

Geeta: „Die Schultern sind fast zwei Meter voneinander entfernt."

Chad kehrte zurück und stellte fest, dass die Höhle nicht weiter als ein paar Meter reichte, bevor er in eine Sackgasse geriet. „Es sieht so aus, als seien diese Kreaturen während eines tödlichen Sturms in die Höhle gekommen, um Schutz zu suchen. Vielleicht wurde der

Eingang versperrt und sie sind einfach verhungert. Vielleicht sind die Jüngeren aufgrund ihrer Position fast sofort erfroren. Das erste ist im Vergleich zu den anderen Jüngeren ein ausgewachsenes erwachsenes Männchen. Er war wahrscheinlich sogar noch größer, als er noch lebte, mit der Zeit hatte er etwas von seinem Volumen, seiner Flüssigkeit und seinem Material verloren. Der Prophet hat recht, sie wandelten auf dieser Erde vor weniger als hundert Jahren, es könnte sogar noch jüngeren Datums sein... Schwer zu sagen, wenn wir keine Kohlenstoffdatierung vornehmen."

Prophet: „Sie mussten größer sein, wahrscheinlich alle männlich und nur für einen Zweck gebaut."

Geeta: „Gebaut? Für einen Zweck? Sie meinen, künstlich hergestellt?"

Chad antwortete aufgeregt, bevor der Prophet sprechen konnte: „Das ergibt Sinn, sie scheinen alle männlich zu sein, riesig, gebaut wie Goliaths, stark. Sogar die blasse, fast weiße Farbe ihres Fells, Gesichter, die prähistorischen Menschen ähneln. Große frontale und okzipitale Schädelstruktur, sie hatten wahrscheinlich einen großen präfrontalen Kortex, aber ein noch größeres Großhirn."

Geeta: „Sie meinen, sie waren intelligent?"

Chad: „Ja und sie konnten wahrscheinlich mit den Menschen sprechen und kommunizieren."

Geeta: „Und dies war keine wirklich existierende Gattung, die wir vielleicht verpasst haben?"

Prophet: „Nein, Chad hat recht. Sie wurden zu einem bestimmten Zweck geschaffen, nämlich Befehle zu befolgen und auszuführen, weshalb nur bestimmte Teile ihres Gehirns wie der sensorische, motorische Sprachbereich und der primäre Kortex sehr gut entwickelt waren. Sie hatten fast menschliche kognitive Fähigkeiten. Schutzengel, ihre Aufgabe war, die Gyanganj zu schützen und zu bewahren."

Geeta: „Und doch konnten sie die Ausrottung nicht verhindern?"

Prophet: „Nur weil wir hier vier von ihnen tot sehen, heißt das nicht, dass es keine mehr gibt!" Geeta fühlte wie ihr ein Schauer über ihren Rücken lief und einen plötzlichen Anstieg der Angst: „Was, wenn sie wissen, dass wir hier sind?"

Prophet: „Entspannen Sie sich! Diese Kreaturen waren in der Lage, Befehle anzunehmen und mit Menschen zu kommunizieren. Im schlimmsten Fall, wenn wir einem von ihnen begegnen, würden sie uns sagen, was genau hier passiert ist."

Chad: „Das heißt, wenn Sie ihre Sprache sprechen."

Plötzlich begann sich der Sherp zu verschieben. Sein überhitzter Motor und Auspuff schienen das Eis unter ihm zum Schmelzen gebracht zu haben. Chad bemerkte, dass er sich aus dem Augenwinkel bewegte. „Der Sherp... er rutscht", alarmierte er sie, als er auf ihn zeigte.

Der Prophet reagierte sofort: „Wir müssen rennen und wieder einsteigen, bevor er von der Klippe fällt. Laufen Sie!"

Er sprang vorwärts und prallte auf Geeta, während er auf das Fahrzeug zurannte. Chad packte Geeta instinktiv an der Hand, als sie gerade zu fallen drohte und schob sie auf den Sherp zu. Der Prophet kletterte von der offenen Beifahrertür aus hinein und kroch vorsichtig auf den Fahrersitz, ließ den statischen Hebel los und schaltete die Zündung ein. Chad hob Geeta in das Fahrzeug, indem er sie an der Taille festhielt und absetzte, bevor er selbst hineinkletterte. Der Prophet beschleunigte und setzte das Fahrzeug in Bewegung. Er bemerkte, dass einer seiner Reifen fast frei in der Luft über der Klippe hing. Als er den Allradantrieb einschaltete, griff er nach der Schaltung und zog die Gänge, um die anderen drei Räder zu manövrieren und zu verhindern, dass sie über die Kante fuhren. Der Sherp heulte auf und hob sich an, als er sich vorwärts zog. Das hängende Rad drehte sich heftig in der Luft und ließ das Fahrzeug zittern. Aber der Prophet ließ nicht locker, er drückte weiter so stark wie möglich auf das Gaspedal, als ob sein Bein durch das Pedal gehen und auf der anderen Seite des Bodens herauskommen würde. Das hängende Rad bekam schließlich ein paar Zentimeter Bodenhaftung und der Schwung des Fahrzeugs setzte es in Bewegung. Der sofortige Gewinn an Traktion und die aufgestaute statische Energie verwandelte sich in kinetische Energie, die den Sherp zu einem plötzlichen Sprung veranlasste und ihn mit aller Kraft vorwärts rollen ließ. Aus dem Gleichgewicht geworfen, als die Hinterräder nach rechts und links auswichen, stürzte er fast wieder von der Klippe, aber der Prophet schaffte es, ihn zu kontrollieren.

Chad hielt Geeta fest, als ihr leichter Körper umhergeworfen wurde. Sie waren nicht in der Lage gewesen, in der Eile ihre Sicherheitsgurte anzulegen. Der Prophet überprüfte erneut die Markierung auf dem GPS. Die starken Vibrationen des Sherps ließen die Anzeige wackeln, so dass der Weg dorthin nur schwer zu erkennen war. All diese Hunderte von Simulationen hatten den Propheten nicht vollständig auf dieses brutale Gelände und die sich verschiebenden Gletscher vorbereitet.

Geetas Augen waren fest geschlossen, ihre Zähne zusammengebissen, ihre Hände griffen nach Chads Arm, als sie wegen ihres knappen Entkommens an der steilen Klippe zitterte. Mehrere Male war das Fahrzeug nur Zentimeter von einem tödlichen Sturz entfernt. Ihre Herzen klopften fast so laut wie das Poltern der Räder. Scheinbar ohne sich der Gefahr bewusst zu sein, hielt der Prophet das Gaspedal voll aufgedreht und fuhr wieder bergauf. Immer wieder verloren die Räder die Bodenhaftung, rutschten einige Meter zurück, erholten sich aber wieder und kletterten zäh nach oben.

Prophet: „Es gibt nur ein Fahrzeug, das dies tun kann und das ist der Sherp, dieses liebliche Biest."

„Ein Hubschrauber wäre wahrscheinlich besser gewesen, für einem Mann mit Ihren Ressourcen", antwortete Chad und hielt Geeta immer noch fest.

Prophet: „Die Luft ist zu dünn und es gibt keinen Platz, um ihn dort oben zu landen. Gemäß der Texte ist der einzige Weg, es zu finden, der Landweg, da man das Versteck aus der Luft nicht sehen kann. Man kann es nur von einer bestimmten Höhe aus sehen."

Chad: „Steht das wirklich in den Texten oder haben Sie sich das nur ausgedacht?"

Der Prophet warf Chad einen verärgerten Blick zu und machte sich nicht die Mühe, zu antworten. Er zog seine Handschuhe aus, um seine Finger kurz zu strecken. Das Licht schien auf seinen Ring und lenkte wieder die Aufmerksamkeit von Chad auf diesen... der Ring, das Symbol. Es war derselbe, den Bauer ihnen gezeigt hatte, erinnerte er sich jetzt. Warum trug der Prophet ihn? Er wollte ihn fragen, aber die Situation ließ keine Ablenkung zu. Ihre einzige Mission bestand nun darin, an die Spitze zu gelangen, ohne in den Tod zu stürzen.

Schließlich erreichte das Fahrzeug wieder die Ebene, kam plötzlich zum Stillstand und riss sie nach vorne. Geeta öffnete die Augen, als Chad sich umsah. Sie befanden sich zwischen zwei großen Bergen, sowohl im Osten als auch im Westen. Der Berg ganz links sah aus, als wäre er eine umgekehrte Pyramide, von der er abgeschnitten war, fast wie ein von Menschenhand geschaffener Hohlraum. Der rechte Berg schien unberührt und natürlicher zu sein.

„Was nun?", fragte Geeta den Propheten.

Prophet: „Das ist es, es ist irgendwo hier."

Chad: „Was tun wir jetzt?"

Der Prophet schaute auf seine Uhr und warf einen kurzen Blick in den Himmel: „Jetzt warten wir!"

Geeta: „Worauf?"

Der Prophet antwortete geheimnisvoll: „Bis 7 Uhr, natürlich!"

𝕯ie 𝕵ahl '7'

𝕮had und Geeta blickten den Propheten ratlos an. Er schaltete die Zündung aus und legte beide Hände auf das Lenkrad, während er sich einen Moment Zeit nahm, um tief durchzuatmen. „All diese Jahre des Wartens und es musste auf die wichtigste Zahl des Lebens hinauslaufen, nämlich sieben", lachte er. „Darüber sollte ich nicht überrascht sein."

„Was sagen Sie da?", fragte Chad mit einem leeren Ausdruck.

Prophet: „Hm, das wissen Sie nicht, die Bedeutung der Zahl 7? Ich dachte, Sie hätten den Zusammenhang gesehen, als ich sagte, der Eingang würde sich erst um 7 Uhr offenbaren. Ok, da wir jetzt ein paar Minuten Wartezeit haben, lassen Sie es mich erklären."

Der Prophet holte tief Luft und begann zu erklären: „Sehen Sie, alles im kollektiven Universum, oder wenn Sie so wollen, im Multiversum, wurde geschaffen, um 7, die Zahl der Harmonie oder des Gleichgewichts. Zum Beispiel die 7 Tage in einer Woche, wobei der 7. Tag für heilig erklärt wurde, die Farben in einem Regenbogen oder das Lichtspektrum... Schauen Sie, was Michelangelo mit diesen 7 Farben gemacht hat! Die 7 Noten in der Musik, schauen Sie, was Mozart mit diesen 7 Noten gemacht hat! Verdammt, sogar die Anzahl der Universen im Multiversum ist bekanntlich nur 7, nicht unbegrenzt, sondern nur 7... die 7 von Gott geschaffenen Himmel. Die Bibel, der Koran, die Gita, alle sprechen von einer einzigen wichtigen, allmächtigen Zahl, 7!"

Geeta und Chad schauten ihn ungläubig an. Als er ihre ungläubigen Blicke sah, lachte er: „In Ordnung, ich sehe, dass ich tiefer gehen muss, um Ihren Geist für diese magische Zahl zu öffnen! Haben Sie sich jemals gefragt, warum das Licht sich in nur 7 Farben aufbricht - Rot, Orange, Gelb, Grün, Blau, Indigo und Violett? Warum gibt es nur 7 Zustände der Materie - fest, flüssig, gasförmig, *Chi* oder *Prana*, Monoatomar, Gedanke und Plasma? Sehen Sie sich das Leben an, das aus einem Embryo entsteht, der 7 Teile hat, 7

Hauptchakren in unserem menschlichen Körper mit 7 Regionen wie Kopf, Brustkorb, Bauch, plus 2 Arme und 2 Beine. Und darin befinden sich 7 Drüsen wie die Hypophyse, die Zirbeldrüse, die Schilddrüse, die Nebenschilddrüse, die Nebenniere, die Bauchspeicheldrüse und die Geschlechtsdrüsen. Und 7 kritische Organe, die sie umgeben - das Herz, die Lunge, die Leber, der Darm, die Gallenblase, die Niere und die Fortpflanzungsorgane. Alle diese Organe erfüllen 7 lebenswichtige Funktionen wie Atmung, Kreislauf, Assimilation, Ausscheidung, Fortpflanzung, Empfindung und Reaktion. Und alles darin hat wiederum 7 Teile, wie 7 Bereiche des Gehirns, 7 Teile des Innenohrs, 7 Teile der Netzhaut, 7 Hohlräume des Herzens, 7 Schichten der Haut. Und der Mensch hat 7 Persönlichkeitstypen. Sie könnten 7 Sünden begehen. Jesus blutete 7 Mal für diese Sünden und Salomo brauchte 7 Jahre, um seinen Tempel zu bauen.

Sogar unsere eigene Erde hat 7 Meere und 7 Kontinente, die von 7 Himmeln umgeben sind. Der Planet, auf dem wir leben, hat 7 Krustenschichten und 7 Metalle, 7 Stufen der Alchemie, 7 Edelgase, alle innerhalb der 7 Stufen des Periodensystems der Elemente. Die alten Reisenden navigierten auf dieser Erde mit Hilfe des Nordsterns, der auch Leitstern genannt wird und auf den der Große Wagen mit seinen 7 Sternen zeigt.

Die Bibel selbst erwähnt die Zahl 7 über 700 Mal. Im Koran wird die Zahl 7 genau 28 Mal erwähnt, was ein Vielfaches von 7 ist. Islam und Hinduismus sprechen von den 7 Toren zum Himmel und 7 Toren zur Hölle. Alle religiösen Zahlen beginnen mit der Zahl 7. Selbst im hebräischen Originaltext besteht der erste Vers der Bibel aus 7 Wörtern. Gott wird in der Bibel, im Koran und in der Bhagavad Gita und in fast allen alten Religionen in den Originalsprachen, in denen diese Schriften geschrieben wurden, in Vielfachen von 7 erwähnt. Wenn Sie all dies Zufall nennen, dann sehen Sie sich das an... Haben Sie von dem berühmten Gesang, dem Gayatri-Mantra, gehört", er blickte auf Geeta.

Geeta: „Ja."

Der Prophet fuhr fort: „Im Gayatri-Mantra werden 7 Welten erwähnt. Die Mundaka-Upanischade bezieht sich auf 7 Zungen und 7 Formen von Agni. Es wird auch geglaubt, dass während der spirituellen Praxis 7 Energien in uns erwachen. Die Muttergöttin Durga manifestierte sich in 7 Formen während eines Kampfes mit einem der Dämonen namens Raktabija, nämlich Brahmani, Maheswari oder Sivani, Kaumari, Vaishnavi, Varahi, Chamundi oder Narasimhi und Aindri. Im Tantra gibt es 7 *Shaktis* in unseren latenten Energien. Lord Venkateswara, ein *Avatar* von Vishnu, unternahm 7 Schritte, um seine Wohnstätte zu erreichen, diese Schritte verwandelten sich in 7 Hügel in Tirupati. In einer Hindu-Ehe geht ein frisch verheiratetes Paar gemeinsam 7 Schritte um das heilige Feuer. Kennen Sie das Buch der Offenbarung, Chad?"

Chad nickte: „Ja, ich glaube, das kenne ich."

Der Prophet sprach erneut: „Das Buch der Offenbarung ist praktisch ein Buch der 7, das sich in Form von 7 Briefe an die 7 Kirchen wendet, die am Himmel durch die

Sternengruppe der 7 Schwestern im Sternbild Stier repräsentiert werden. Da Stier auch ein Tierkreiszeichen ist, wurden mehrere Vorhersagen gemacht, wie derjenige, der mit dem Tierkreis des Stiers, am 7. Tag des Monats geboren wird, große Macht über alle Wesen besitzen kann. Auch die Hindus erwähnen dies in der Vishnu-Purana und sie nennen ihn Kalki. Und mein Sponsor hat diese Person gefunden. Ich wurde am 7. Mai geboren, mit einem starken Einfluss der 7 Schwestern im Sternbild Stier am 7. des Monats. Deshalb wurde ich ausgewählt."

Geeta keuchte. Chads Augen weiteten sich ungläubig: „Das ist unheimlich."

Der Prophet hielt inne, um tief durchzuatmen: „Das ist noch nicht alles! Nach dem Gregorianischen Kalender wurde ich im Jahr 1987 geboren, was nach dem hinduistischen Kalender dem Jahr 5083 im Kali Yuga entspricht. Nehmen Sie eines dieser Jahre, addieren Sie alle Zahlen, bis Sie eine einzige Ziffer erhalten, was erhalten Sie?" Er antwortete sich selbst mit einem Grinsen: „Sieben!"

Geeta und Chad blickten den Propheten mit Ehrfurcht an. Als sie versuchten, seine Theorien zu analysieren, erkannten sie, dass alles, was er sagte, wahr war, dass alles Sinn ergab... Die Macht der 7 enthüllt! Sie hatten das Gefühl, als würden die Synapsen in allen 7 Teilen ihrer Gehirne gleichzeitig feuerten, was sie fassungslos und sprachlos machte. *Wie war es möglich, dass die Zahl 7 alles durchdrang und doch niemand die Punkte verbunden hatte*, fragte sich Geeta. Aber es war der letzte Teil, den er gesagt hatte, der die Aufmerksamkeit von Chad wirklich erregte.

Chad fragte: „Der Typ, der Sie sozusagen adoptiert hat, hat Sie also nur aufgrund dessen ausgewählt, was im Buch der Offenbarung steht: 7 Schwestern, Stier, 7. Aber Sie sagten..."

Der Prophet unterbrach: „Nicht nur das Buch der Offenbarung, es wurde auch in der Vishnu-Purana erwähnt. Aber, ja! Er glaubt an die Chiranjeevis, die Unsterblichen und er machte sich auf, sie mit Hilfe der Numerologie zu finden."

Geeta: „Die 7 Chiranjeevis?"

Chad drehte sich zu Geeta um und sagte: „Warten Sie! Kennen Sie sie, diese Chirangee? Und sie sind auch 7, gibt es etwas, das nicht 7 ist?" Er rollte mit den Augen.

Geeta: „Chiranjeevis ja, die Unsterblichen sollen nach der hinduistischen Mythologie immer noch existieren. Ich dachte, es sei nur ein Mythos."

Prophet: „Nach dem, was Sie bisher erlebt haben, sollte es Sie nicht überraschen, dass Mythologie in Wahrheit Tatsachen sind. Tatsachen, die Sie beide, Hamad und Friedrich, gemeinsam bewiesen haben."

Geeta: „Ich denke, wir haben mehr als unseren gerechten Anteil dazu beigetragen."

Chad: „Mehr als ich gerne bewiesen hätte, aber es ergibt immer noch keinen Sinn."

Prophet: „Sanskrit sagt uns, dass *chiran* lang oder dauerhaft bedeutet und *jivi* bedeutet leben. Daher bedeutet Chiranjeevi unsterblich. Die religiösen Texte der Hindus sprechen von 7 Chiranjeevis oder Unsterblichen, die bis zum Ende von Kali Yuga existieren werden. *Ashwathama Balir Vyaso Hanumanas cha Vibhishana Kripacharya cha Parashurama Saptaita Chiranjeevanam.* In einigen religiösen Texten wird erklärt, dass jeder dieser Unsterblichen ein Attribut der Menschlichkeit darstellt und ihr Zweck darin besteht, Kalki, den letzten *Avatar* oder die letzte Inkarnation Vishnus, zu führen."

Geeta: „Warten Sie, Kalki soll erst am Ende von Kali Yuga erscheinen, der letzten der vier Etappen, die die Welt durchläuft. Das wären noch mindestens tausend Jahre!"

Prophet: „Die Welt, meine Liebe, ist mehr als nur unser Planet Erde. Sie ist viel größer. Genau wie verschiedene Zeitzonen auf der Erde hat die Welt verschiedene Räume, Gravitationen und Zeiten."

Chad blickte in die Ferne und sprach fast zu sich selbst in Fortsetzung des Gedankengangs des Propheten, „und Raum, Schwerkraft und Zeit sind relativ", schlossen sie gemeinsam ab. Der Prophet blickte zu Chad, auch Geeta folgte seinem Blick in Richtung Chad.

Chad: „Jetzt verstehe ich es. Ich habe von den Etappen gehört, diesen so genannten *Yugas,* die die Welt durchläuft, aber es hat für mich nie einen Sinn ergeben, weil ich nicht das große Ganze im Blick hatte. Die Relativitätstheorie und das Gedankenexperiment von Schrödingers Katze suggerieren die Wahrscheinlichkeit, dass alle Möglichkeiten gleichzeitig, zur gleichen Zeit geschehen und relativ zu ihrer aktuellen Raum- oder Zeit- oder Gravitationssituation sind."

Prophet: „Quantenüberlagerung."

Chad: „Exakt!"

Geetas Gedanken rasten: „Ich verstehe das nicht."

Chad sprach leise: „Stellen Sie sich einfach eine andere Geeta in einer anderen Parallelwelt vor, in der alles gleich ist, außer Zeit, Schwerkraft und Raum. Sie sitzen beide im selben Auto, zwischen denselben zwei Männern an genau demselben Ort. Die Zeit dort könnte sich viel schneller bewegen als hier und auch der Raum könnte anders sein. Theoretisch könnten nun zwei mögliche Szenarien gleichzeitig eintreten. In der einen Welt gelingt Geeta die Flucht, in der anderen Welt nicht. Nun, da die Zeit in beiden Welten unterschiedlich ist und da sie relativ ist, könnten die Ereignisse gleichzeitig zu geschehen scheinen, wenn man sie von einer Welt aus betrachtet, weil man nur die Zeit in dieser einen Welt berücksichtigt. Aber wenn Sie sich in die andere Welt teleportieren könnten, würden Sie feststellen, dass das Ereignis tatsächlich bereits stattgefunden hat, da es an einem Tag vielleicht nur ein paar Minuten sind."

Prophet: „Gut gesprochen! Das ist eine perfekte Verschmelzung beider Theorien!"

Geeta: „Das heißt also, die Ereignisse und die Stadien, die die Welten durchlaufen, könnten auch relativ sein?"

Prophet: „Genau, es hätte schon in einer anderen Welt geschehen können und hätte unter Berücksichtigung nur einer Welt erwähnt werden können. Und wir können nie wissen, welche. Unsere hätte gerade erst beginnen können."

Chad: „Das könnte auch bedeuten, dass die Götter aus einer Welt mit einer anderen relativen Zeit kamen. Ein Tag könnte hier ein Jahrhundert sein, so dass ein und dieselbe Person in verschiedenen Formen zu verschiedenen Zeitpunkten der Welt zurückkehren könnte, um uns zu besuchen. Jeder Zeitpunkt könnte für sie in ihrer Welt nur wenige Tage dauern, während er für uns mehrere tausend Jahre betragen könnte."

Geeta keuchte: „Ich frage mich, warum ich nie daran gedacht habe!"

Prophet: „Versuchen Sie, das dem Durchschnittsmenschen zu erklären, er würde denken, wir reden über Außerirdische! Er lachte: „Außerirdische sind nur ein Konzept, aber Gott ist mehr als real."

Geeta war fasziniert: „Nach dem hinduistischen Glauben kommt Kalki also am Ende der vierten Stufe der Welt, dem Kali Yuga, was im Grunde jederzeit sein könnte. Ihr Sponsor war auf der Suche nach den 7 Unsterblichen, die Kalki leiten sollten und man glaubt, dass Kalki selbst eine Person ist, die am 7. Mai geboren wurde." Sie wandte sich langsam dem Propheten zu, ihre schönen Augen weit aufgerissen vor Angst, ihre Worte langsam und zögernd: „Sie sind am siebten... Mai geboren!"

Chad verstand Geetas Schlussfolgerung und bewegte sich instinktiv vom Propheten weg, zur Tür hin.

𝔐akara

𝕯er Prophet schaute auf seine Uhr. Sie zeigte 6:56 Uhr. „Es ist Zeit, schauen Sie!" Er hob den Kopf, seine Augen konzentrierten sich auf die Sonnenstrahlen, die die Landschaft sanft erhellten und von den Berggipfeln herüberreichten. Ihre Intensität nahm mit jeder Sekunde, durch die Spalte im Berg zu ihrer Rechten und dem anderen Berg zu ihrer Linken, mit einer flachen Oberfläche zu. Die Sonnenstrahlen wurden stärker gebündelt. Das restliche Licht prallte von den Gipfeln, der mit weißem Schnee bedeckten Hügel, ab. Der Brennpunkt, der durch die zwischen den Gipfeln hindurchtretenden Strahlen verursacht wurde, befand sich nun direkt vor den Gipfeln, wie ein Laserstrahl, der sich mit jeder Sekunde langsam vorwärts bewegte.

„Die Sonne zeigt uns den Weg", sagte er leise, seine Augen waren auf den Strahl gerichtet. Er zog etwas, das wie ein Stück steifes Papier aussah, aus seiner Jacke und reichte es Geeta. Sie sah es an. Es war zerrissen und verfärbt, ein altes Palmenblatt mit einem schwach lesbaren Sanskrit-Text. Darunter eine neuere handgeschriebene Übersetzung mit blauer Tinte, mit einer Notiz neben jeder Zeile:

„Am ersten Tag seines Transits in die Makara - Transit der Sonne in den Steinbock, 14.
Januar
Zum Ende der Wintersonnenwende - Sonnenzyklus
Auf dem Land der Unsterblichen - Gyanganj
Sollen Sie sich von dem leiten lassen, der die Macht der Zahl 7 hat - 7 ist die Sonnenzahl
Wer zu der Zeit eintrifft, die eine Sammlung der Chiranjeevis ist - 7 Chiranjeevis
Darf nicht verraten werden."

Sie dachte über das nach, was sie gelesen hatte und überprüfte den Sanskrit-Text noch einmal. Die englische Übersetzung enthielt neben jeder Zeile Notizen in Klammern. Sie bemerkte, dass sie sorgfältig entschlüsselt worden war. Sie schaute auf ihre Uhr, das Datum zeigte den 14. Januar. *War dies ein weiterer Zufall,* fragte sie sich. Ein Vielfaches von 7 und der Tag des hinduistischen Festes Makar Sankranti, das ein Fest zur Feier der Sonne und des Sonnenzyklus war und fast immer auf dasselbe gregorianische Datum jedes Jahr, den 14. Januar, fiel. Gyanganj oder Shangri-La waren bekannt als das Land der Unsterblichen. Sieben war als Sonnenzahl bekannt und es gab insgesamt 7 Chiranjeevis, die zusammengenommen die Ankunftszeit hier repräsentierten, was 7 Uhr wäre. Es war wirklich erstaunlich, überwältigend.

Sie betrachtete Chad mit Ehrfurcht: „Dies ist der alte Text, der den Heiligen sagte, wo Gyanganj zu finden ist."

Der Prophet sprach, immer noch dem sich bewegenden Sonnenstrahl mit seinem Blick folgend: „Es war eher wie ein Forschungszentrum, sie waren Sonnenanbeter. *Gyan* bedeutet Wissen, *ganj* bedeutet Dorf oder ein Zentrum. In diesem Fall ein Tempel des Wissens." Seine Uhr piepte, er sah sie an, sie zeigte 7:00 Uhr.

„Schnell, wir müssen los, das Fenster ist nur für ein paar Sekunden geöffnet."

Sie stiegen aus dem Fahrzeug und sahen, dass der Sonnenstrahl nun direkt auf dieselbe Bergseite zu ihrer Rechten gerichtet war. Daraufhin liefen sie auf den Brennpunkt zu und bemerkten, dass die Strahlen nun eine dünne Gletscherschicht abschmolzen. Die Energie des Sonnenstrahls konvergierte und konzentrierte sich auf einen Teil, wodurch das Eis schnell schmolz. Als sie näher kamen, bemerkten sie, dass das schmelzende Eis einen Eingang offenbart hatte, der viel größer war als der, den sie ein paar Meter weiter unten gesehen hatten und der die Yetis enthielt.

Kapitel 58:

Das Vasatiwara

Als sie den Eingang erreichten, war der Sonnenstrahl bereits vorgerückt und hatte sich zwischen den Spalten des Berges vollständig verflüchtigt. Chad schaute auf die Sonne, die nun hoch und stolz in den Himmel aufstieg, nachdem sie ihre Mission erfüllt hatte. Sie kamen am Eingang an, atemlos vom Laufen. Geeta beugte sich vor und legte ihre Arme auf die Knie, um wieder zu Atem zu kommen. Ihre Augen passten sich langsam an die dunklen Innenräume an, die nur durch indirektes, natürliches Sonnenlicht beleuchtet wurden, das immer noch vom Haupteingang eindrang.

Prophet: „Aufgrund des natürlichen Phänomens dieses Geländes ist der Eingang nur zu einer bestimmten Tageszeit sichtbar, wenn die Sonne direkt auf sein Gesicht scheint.“

Chad schaute sich ehrfürchtig um. Im Inneren schien die Höhle auf natürliche Weise beleuchtet zu sein, aus scheinbar Dutzenden von glühenden Glasscherben. Sie warfen ihr Licht auf etwas, das wie eine ganze Stadt im Inneren des Berges aussah, gut erhalten, als ob hier noch jemand lebte, obwohl keine Seele zu sehen war. Sie liefen umher und sahen, dass sie sich in einer riesigen Halle befanden, mit Räumen auf beiden Seiten. Einige sahen aus wie Wohnräume, einige schienen Lagerhäuser zu sein und andere sahen aus wie Bibliotheken mit Regalen, die in die Felswände gehauen waren. Rundherum waren hohe Wände aus natürlichem, rauhem Gestein. Am anderen Ende der Halle befanden sich Steintreppen, die einseitig nach unten führten. Darunter schienen mehrere Ebenen zu liegen. Es erinnerte Chad an sein eigenes Forschungszentrum, ähnlich in der praktischen Anwendung, aber anders in der Architektur. Diese war wahrscheinlich mehrere tausend Jahre alt.

Der Prophet sprach als erster: „Ein Forschungszentrum, das von Weisen und Mönchen geleitet wurde!“

Chad: „Ja, das ist so ähnlich wie ein modernes Forschungslabor, wie das, in dem ich arbeite."

Geeta ging langsam hinter den beiden Männern her und bemerkte etwas: „Alle diese Räume sind leer, keine Bücher, nur ein paar zerbrochene Tische und Stühle. Der Eingang zu jedem Raum ist mit einem Om und einem Swastika gekennzeichnet." Die Männer sahen es auch: ॐ und 卐 waren über dem Eingang zu jedem Raum angebracht, obwohl sie keine Türen hatten. In einigen Räumen gab es Überreste, die wie alte Tische oder Stühle aussahen. Das Licht wurde von ihren glänzenden Kalksteindächern reflektiert, die wie Diamanten aussahen.

Chad und der Prophet begannen die Räume zu erkunden. Geeta blieb in der Haupthalle, studierte die Decke und versuchte, die leuchtenden Lichtscherben näher zu betrachten. Sie fand auf einer Seite der Wand ein Fundament, das vielleicht für einen bestimmten Zweck gebaut worden war und begann zu klettern, um einen genaueren Blick zu erhaschen. Sie war hoch genug geklettert, um die glänzenden Gegenstände zu berühren, die über ihr hingen, gerade als Chad und der Prophet zurückkehrten. Sie rief ihnen zu: „Hey Leute!"

Chad und der Prophet sahen sich verwirrt um und sahen sie dann hoch oben, nahe der Decke, sitzen. „Was zum Teufel machen Sie da oben, seien Sie vorsichtig", warnte Chad.

Geeta: „Dies sind keine Kalksteine, es sind nicht einmal normale Steine. Dies sind echte Diamant-Quarzkristalle aus dem Himalaya. Sie wurden in die Decke gestanzt, um eine Darstellung aller Sternbilder zu erhalten... schauen Sie!"

Chad und der Prophet warfen einen pauschalen Blick auf die gesamte Decke. Sie relaisierten, dass es ein einziges riesiges Kunstwerk war, eine perfekte Nachbildung des Himmels, der Sterne und der Sternbilder... alles auf einer einzigen Leinwand vor ihren Augen, glitzernd wie ein klarer Nachthimmel.

Chad fand seine Stimme: „Nicht Kalkstein, hm, damit habe ich nicht gerechnet!"

Der Prophet sprach: „Ich auch nicht! Aber nicht überraschend! Diese Leute waren Wissenschaftler, die das Leben und die Astronomie studierten, also Sonnenanbeter."

Geeta: „Und diese Kristalle sind von hier, sie hatten leichten Zugang zu ihnen."

Prophet: „Wir sahen auch einige vergoldete Möbel und einige kleine Kristallstücke in den Räumen. Besucher müssen sie als Geschenke mitgebracht haben."

Geeta begann langsam herunterzuklettern, verlor aber den Halt, als der Prophet rief: „Vorsicht!" Chad lief auf sie zu. „Keine Sorge", sagte sie, als sie sich an einer Kante festhielt und so einen stabilen Halt fand. Aber er zerbröckelte unter ihrem Fuß und sie begann heftig entlang der geprägten Krümmung der Wände zu rutschen. Chad schaffte es, die Hand auszustrecken und sie zu stabilisieren. Er half ihr auf die Beine und bemerkte, wie sie ihre rechte Schulter begutachtete. Ein Stück ihrer Jacke war abgerissen worden. „Geht es Ihnen gut?", fragte er besorgt, aber der Prophet gab ihr keine Gelegenheit, zu antworten. Er sprach ungeduldig: „Lasst uns weitergehen, wir müssen schnell zum Flugzeug zurückkehren." Der Phrophet ging auf die Steintreppe zu. Chad klopfte Geeta auf den Rücken und sie nickte, um anzuzeigen, dass es ihr gut ging. Sie folgten dem Propheten.

Der Prophet blieb am oberen Ende der Treppe stehen, trat zur Seite und winkte ihnen mit der Hand zu, wobei er den Kopf zur Seite neigte, um ihnen anzuzeigen, dass sie den Weg weisen sollten. Chad und Geeta übernahmen die Führung, gingen langsam die Treppe hinunter und setzten jeden Fuß vorsichtig auf einen festen Halt. Der Prophet eiferte ihnen nach: „Bewegen Sie sich schneller!" Chad antwortete mit einem Anflug von Irritation: „Warum führen Sie dann nicht, diese Treppen sind alt und rutschig."

Das Licht wurde dunkler, als sie tiefer hinabstiegen. Die Atmosphäre war fast wie ein Vakuum, eine hohle Kammer der Stille, keine Windgeräusche von außen, nichts außer ihrem Atmen und ihren Schritten. Als es dunkler wurde, suchte Geeta nach einem Handgeländer und merkte, dass es keines gab. Sie legte ihre Hand zur Unterstützung an die Wand. Dabei wurden sie langsamer und versuchten, ihren Weg zu erkennen. Der Prophet zog seine Taschenlampe heraus und richtete sie auf ihre Füße, der Weg wurde wieder frei. Sie erreichten eine andere Ebene, ähnlich der auf dem Gipfel. Eine große Halle mit Zimmern. Chad und Geeta traten die letzten Stufen zum Treppenabsatz hinunter.

Der Prophet bemerkte, dass die Treppe weiter nach unten auf eine andere Ebene führte. „Diese Ebene sieht aus wie ein Wohnquartier. Es sieht nicht wie ein Forschungsbereich aus. Lassen Sie uns weiter nach unten gehen." Chad und Geeta tauschten Blicke aus, wandten sich dann wieder der Treppe zu und stiegen weiter nach unten. Schließlich erreichten sie eine andere Ebene, es gab keine Treppe mehr. Der Prophet leuchtete mit der Taschenlampe in den Gang. Dieser war anders, nur eine massive Halle, nirgendwo waren Räume sichtbar. Kaum 10% des natürlichen Lichts waren hier im Vergleich zu der ersten Ebene. Ein riesiger Steintisch stand in der Mitte des Raumes mit ein paar Töpfen, Gefäßen... Einige schienen aus Bronze und die anderen aus Ton zu sein, kaum eines davon intakt, beschädigte Stücke einfacher Kupferwerkzeuge, die einer Zange und einem Spachtel ähnelten.

Der Prophet wandelte zwischen Chad und Geeta und trennte sie. Er ging auf den Tisch zu, sah sich um und suchte verzweifelt nach etwas, das noch intakt war. Chad und Geeta folgten ihm, hoben die zerbrochenen Gefäße und Werkzeuge auf und sahen sie an. Geeta kommentierte: „Diese sehen nicht sehr alt aus, vielleicht nicht mehr als hundert Jahre, kaum Staub darauf, ich frage mich, was sie hier gemacht haben."

Chad: „Was immer sie auch taten, sie scheinen alles in Eile verlassen zu haben und geflohen zu sein."

Geeta: „Warum sollten sie weglaufen müssen? Dieser Ort scheint so sicher und isoliert zu sein. Nur die Auserwählten konnten ihn finden. Was könnte sie zur Flucht veranlasst haben?"

Chad: „Vielleicht ist etwas in der Forschung schiefgegangen?"

Der Prophet schaute sich noch um. „Unmöglich! Diese Leute waren Genies. Der einzige Grund, warum sie hätten gehen können, war, dass ihnen klar wurde, dass alles, was sie taten, nicht mehr notwendig war. Sie wollten nicht mehr Gott spielen."

Geeta: „Vielleicht wollten sie nur ein normales Leben führen, in den Städten, mit ihren Familien!"

Chad: „Vielleicht... Oder vielleicht haben die Kreaturen, die sie erschaffen haben, Vergeltung geübt, vielleicht sind sie außer Kontrolle geraten."

Der Prophet berührte die Wände. Als er sich mit seiner Taschenlampe umsah, fand er an den Wänden Bildhauereien der menschlichen Anatomie, verschiedene Organe und ihre Teile, die in einer piktografischen Sezierung dargestellt waren, wobei die Teile in Devanagari (Sanskrit)-Schrift beschriftet waren. Etwas fiel Chad ebenfalls ins Auge und er ließ die Kupferwerkzeuge überraschend fallen. Sie fielen mit einem Klirren auf den Tisch. Er ging vorwärts und murmelte: „Das kann nicht sein!"

Der Prophet folgte Chad, der die Bildhauereien an der Wand scharf beobachtete und berührte: „Das sind exakte Darstellungen der Doppelhelix-DNA-Struktur und der Chromosomen, das wussten sie damals alles! Sie haben es vor langer Zeit entdeckt. Das zeigt sogar, wie die Chromosomen gespalten sind."

Geeta hörte ihn und kam näher, als sie die Skulpturen betrachtete: „Der Text unten...das ist Sanskrit. Er erklärt, wie sie aufgeteilt werden können und wie man einen bestimmten Code des Strangs wählen kann, aber der größte Teil des Textes scheint abgeschrubbt zu sein."

Der Prophet sprach: „Ja, er wurde mit Absicht abgeschrubbt. Sie versuchten, dieses Wissen zu verbergen, um zu verhindern, dass es sich verbreitet", sagte er mit wütender Stimme. „Hier gibt es nichts", schrie er und trat in einem Wutanfall gegen die Steinmauern. „Es sollte hier sein... All die Jahre haben Hunderte von Menschen danach gesucht, nur wenige kamen auch nur annähernd an den Text heran, um den Ort zu entziffern. Ich habe es geschafft. Ich kam hierher und hier ist kein verdammtes Gefäß."

Er schlug weiter auf die Wände ein, seine Hände begannen zu bluten, aber er hörte nicht auf. Seine Wut ließ sich nicht kontrollieren. Er wiederholte den Text laut, während er nach dem Rezitieren jeder Zeile schlug:

„Am ersten Tag seines Transits in die Makara" - Schlag!
„Um das Ende der Wintersonnenwende zu feiern" - Schlag!
„Oben auf dem Land der Unsterblichen" - Schlag!
„Lassen Sie sich von dem leiten, der die Macht der Nummer sieben hat" - Schlag!
„Derjenige, der zu der Zeit ankommt, die eine Sammlung der Chiranjeevis ist" - Schlag!
„Darf nicht verraten werden." Er rief die letzte Zeile aus und schlug hart zu.

„Ich wurde verraten, es ist alles eine Lüge, es ist alles eine Lüge, es ... ist ... alles ... eine Lüge", schrie er. Weiterhin frustriert, schlug er erneut zu. Seine Hand blutete immer weiter.

Geeta beobachtete die gewalttätige Wut des Propheten und bemerkte, wie Staub von mehreren Teilen der Wand fiel, als er auf sie einschlug. Sie schaute sich die Wand genau an und bemerkte plötzlich, dass sich diese Wand von den anderen unterschied. Dies war kein natürlicher Teil der Höhle, die Wand sah aus, als wäre sie nachträglich gebaut worden. Sie rief dem Propheten zu: „Warten Sie, halt!"

Der Prophet blieb stehen, erschrak. Geeta ging näher an die Wand. Chad erwartete, dass sie auf den Propheten zugehen würde, um zu versuchen, ihn zu beruhigen, stattdessen ging sie leicht von ihm weg, geradewegs auf die Mitte der Wand zu. Sie berührte sie mit den Händen: „Sehen Sie nicht, dass dieses eine Stück nicht zu den übrigen natürlichen Mauern gehört? Dieses wurde später gebaut, mit Mörtel und Stein. Die Höhlenwände wölben sich nicht in diese, sondern dahinter." Geeta ging sowohl zum linken als auch zum rechten Ende der Mauer, um sich zu vergewissern und kehrte in die Mitte zurück, wobei sie versuchte, den Trockenmörtel zwischen den Steinen abzukratzen und zu untersuchen. Chad kam von hinten heran und schaute hinüber.

Geeta sagte: „Da!", und zeigte auf den oberen Teil der Wand im toten Zentrum: „Sehen Sie es?" Chad kniff seine Augen zusammen, um sich auf die Stelle zu konzentrieren, auf die Geeta zeigte. Der Prophet kam näher und schaute auf den Punkt, auf den sie zeigte. *„Aum"* stimmten beide Männer gemeinsam an. Sie bemerkten, dass die Mauer tatsächlich anders war, künstlich errichtet. Geeta wandte sich dem Propheten zu: „Sie haben nicht hart genug zugeschlagen, Herr Prophet", lachte sie. Der Prophet und Chad sahen sie überrascht und sprachlos an. Geeta lächelte: „Kapieren Sie es nicht? Diese Leute haben die Mauer gebaut, um etwas dahinter zu verstecken. Die Wand schneidet die Bildhauereinen an den Höhlenwänden auf beiden Seiten ab... Sehen Sie, auf beiden Seiten steht Text, der weiterläuft, aber abrupt anhält, genau dort, wo diese Wand auf sie trifft. Da ist etwas dahinter!"

Der Prophet suchte aufgeregt nach einem Werkzeug. Als er ein zerbrochenes Steinmöbelstück fand, begann er es mit heftigen Schlägen gegen die Wand zu schmettern. Chad trat zurück und legte einen Arm um Geeta, um sie von den herumfliegenden Trümmern wegzuziehen, als die Mauer zu bröckeln begann. Teile des Gesteins fielen auf den Propheten, aber er fuhr fort, mit aller Kraft darauf zu schlagen. Schließlich legte er eine Öffnung frei, die groß genug war, dass sich eine Person hindurchzwängen konnte. Er blieb stehen, um hineinzuschauen, aber die stockdunklen Innenräume machten es ihm schwer, etwas zu sehen. Der Prophet suchte nach seiner Taschenlampe und sah einen Lichtstrahl unter den Trümmern, die er geschaffen hatte, als er stampfend und fluchend dort gestanden hatte. Er räumte die Felsen weg und fand die Taschenlampe, hob sie auf, um in das Loch in der Wand zu leuchten.

Sofort wurde hellgelbes Licht auf ihn zurückgestrahlt, hell genug, dass auch Geeta und Chad es bemerkten. „Ja, ja, ja, oh Herr, Allmächtiger!" Der Prophet fiel erneut auf die Knie, aber dieses Mal um zu beten. Er sang in einem Gewirr von mehreren Sprachen nacheinander und pries Gott. Als er tief Luft holte, drehte er sich zu Geeta und Chad um: „Es ist immer noch hier und wartet darauf, dass wir es holen."

Chad und Geeta stürzten auf das Loch zu und spähen hinein. Der Prophet leuchtete erneut mit seiner Taschenlampe hinein. In der Kammer stand ein massives goldenes Gefäß, etwa zwei Meter hoch. „Das passt auf die Beschreibung, 7 *Hasteas* hoch, alte Hindu-Einheiten. Noch einmal die magische Zahl 7." Er war außer sich vor Freude. Chad und Geeta blickten weiter durch die Lücke, um die ganze Pracht des glühenden riesigen Gefäßes einzusehen, das in dieser verborgenen Kammer, in einem geheimen Berg, versteckt worden war.

„Gehen Sie zur Seite", sagte der Prophet, als er aufstand und die Taschenlampe wieder in seine Jackentasche steckte. Chad und Geeta entfernten sich von dem Loch. Der Prophet zog eifrig die restlichen Steine um die Öffnung herum mit bloßen Händen weg, bis sie groß genug war, um einzutreten. Er hielt eine Sekunde inne und sah die beiden neben sich an. „Gehen Sie hinein, Sie beide zuerst", er deutete auf Chad und erlaubte ihnen, zuerst hineinzugehen.

Chad kletterte über die Mauer in die enge Kammer. Sie war nur wenige Meter breit, aber mehrere Meter hoch und tief. „Ich kann hier drinnen nichts sehen, ich brauche Ihre Taschenlampe", rief Chad von innen. Der Prophet holte die Taschenlampe heraus und hielt sie in die Kammer. Chad ergriff sie aus dem Inneren der Dunkelheit und leuchtete damit über das Gefäß. Das goldene Gefäß, das in all seiner Pracht schimmerte, war mit Bildhauereien und Schriften übersät. Chad ging neugierig darauf zu, um es im Detail zu studieren.

Geeta trat gemäß dem Befehl des Propheten als Nächste ein, er folgte ihr nach innen. Sie sahen Chad auf das Gefäß zugehen, ohne an die Steine auf seinem Weg zu denken. Er stolperte und fiel fast hin, konnte sich aber gerade noch stabilisieren. Geeta ging vorsichtig, schaute nach unten, überall lagen Steinbrocken und zerbrochene Tontöpfe. Aber die Mitte, auf die sie zuliefen, war völlig intakt, wie nagelneu, von niemandem berührt, glühend.

Vor ihnen lag ein kurzer, aber enger Korridor, um das Gafäß zu erreichen. Chad erreichte es als erster und fuhr mit den Händen über das Gefäß, wobei das Licht der Taschenlampe seine Hand führte. Geeta und der Prophet holten ihn in wenigen Sekunden ein. Sie hielten inne, um den Ruhm ihrer überwältigenden Entdeckung, dieses gigantischen Kunst- und

Wissenschaftswerks, in sich aufzunehmen, aber etwas anderes erregte die Aufmerksamkeit von Geeta. Chad stand völlig sprachlos da. Er stand da, die Taschenlampe auf das Objekt gerichtet, seine Hände zitterten. Sie ging besorgt auf ihn zu und fragte ihn: „Chad, geht es Ihnen gut?" Er drehte sich langsam zu ihr um. Tränen aus seinen blutunterlaufenen Augen liefen über sein Gesicht, als er ihr in die Augen sah.

Geeta war verblüfft: „Was ist passiert? Chad, ist alles in Ordnung?" Sie fühlte Panik, ihr Herzschlag raste. Sie stellte sich das Schlimmste vor. *Hatte Chad gerade etwas gesehen?* Gedanken rasten ihm durch den Kopf, als er sich sammelte, bevor er antwortete: „Das ist es, das ist das Geheimnis der Entstehung, das ist die Büchse der Pandora. Jetzt weiß ich, warum sie weggeschlossen war."

Der Prophet begann mit der Überprüfung des Gefäßes. Er verstand, wovon Chad sprach, warum er so bewegt war. Geeta versuchte immer noch, die Bedeutung der Worte von Chad herauszufinden. Chad sah ihre Verwirrung, aber er klärte sie nicht weiter auf, er konnte sich nicht zum Sprechen bringen. Er hatte von dem, was er gesehen hatte, eine Menge zu verarbeiten.

Der Prophet brach in ihre Gedanken ein: „Ja, ja, das ist es, sehen Sie jetzt, Chad? Sie sehen diese winzigen Bildhauereien, sie erklären jedes einzelne Detail... Es ist die Blaupause, ein Arbeitshandbuch, Anweisungen... Alles, wie man es benutzt, direkt darauf. Das einzige ultimative Stück Wissen. Dies wurde einst von den großen Göttern benutzt, um jedes einzelne der Geschöpfe zu erschaffen, um einige vielleicht zu verschmelzen und neue zu erschaffen, um die Evolution selbst zu erschaffen!" Mit hellen und weit geöffneten Augen versuchte er, die Ungeheuerlichkeit ihrer Entdeckung zu ergründen, entriss den schlaffen Händen von Chad die Taschenlampe und lief um das Gefäß herum. „Brillant, schön, wunderbar! Das Geheimnis der Schöpfung endlich in unseren Händen, in meinen, meinen Händen!" Unfähig, seine Euphorie zu beherrschen, rief er jubelnd aus: „*Es gibt* einen Gott und Gott schuf das Universum, die Welten und die Geschöpfe!"

Geeta konnte sehen, was er meinte, als sie die Markierungen auf dem Gefäß untersuchte. Aufwändige Bildhauereien, wie jedes Lebewesen hergestellt, wie das Klonen erreicht und wie Säugetiere, Vögel, Fische, Reptilien, Amphibien, unterteilt in Wirbeltiere und Wirbellose, hergestellt wurden... Sogar Details der Kreuzungsgenetik. Sanskrit-Text unter jeder winzigen Bildhauerei, der erklärte, wie es gemacht wurde, sogar Warnungen und Vorsichtsmaßnahmen, die zu treffen waren. Genaue Angaben über die richtige Temperatur, den Druck, die Atmosphäre... Welche Instrumente zu verwenden waren, die richtige Ausrüstung, die Zeit für die Inokulation und die Inkubationszeiten. Alles, jedes einzelne Detail war da. Das alles in einem perfekten Gefäß der Götter!

Geeta sprach: „Aber wie ist das möglich? Alles ist hier, sie schienen dies für alle Arten der Schöpfung benutzt zu haben, Klonen, Reagenzglasbabys, Leben, wie wir es kennen, kommt all das aus einem... Gefäß?"

Prophet: „Nun, sehen Sie, dieses Gefäß ist eine künstliche Gebärmutter oder ein hohles Ei. Geben Sie ein paar DNA-Stränge, Nahrung, die richtigen Einstellungen von Temperatur und Druck ein, warten Sie und voila! Sie haben eine Spezies. Mischen und anpassen, um Neues zu erschaffen, herumspielen. Pflanzen brauchen offensichtlich weder eine Gebärmutter, noch kommen sie aus einem Ei, deswegen sind sie hier nicht aufgeführt. Alles, was sie im Großen und Ganzen brauchen, ist Erde, Wasser und Sonnenlicht. Pflanzen brauchen also das Gefäß nicht. Das größte Rätsel ist nun, warum keine Kuh aufgeführt ist. Das ist übrigens eine Frage, worüber sich Anneleen jahrelang den Kopf zerbrochen hatte. Chad, Sie können das sicher bestätigen", lachte er, als er Chad ansah.

„Ein weiteres Rätsel waren Menschen, entweder wurden wir eingepflanzt oder wie Darwin argumentieren würde, es war alles nur Mutation, wahrscheinlich absichtlich so programmiert, dass wir in einem extrem schnellen Tempo durch die Evolution springen, wie es kein anderes Tier könnte. Verdammt, die Menschen verstanden es sogar, diese Maschine, diese Klonmaschine, zu benutzen. Verstehen Sie mich nicht falsch, Menschen wurden in diesem Gefäß geklont, Armeen von menschlichen Soldaten wurden darin hergestellt, Mensch-Vogel, Mensch-Tier. Alle Arten von artübergreifenden Experimenten wurden damit durchgeführt. Sogar die riesigen Schneekreaturen, die Sie in dieser Höhle gesehen haben, kamen alle aus dieser Höhle. Sie alle kamen durch die Manipulation einiger DNA-Stränge und die anschließende Verwendung der Chromosomen zur Herstellung neuer Kobinationen." Er machte einen Schritt auf die andere Seite des Gefäßes zu und suchte nach etwas auf seiner Oberfläche. Augenblicke später fand er es: „Da, kommen Sie, sehen Sie das?"

Geeta schaute hinüber, während Chad zuschaute. Eine Bildhauerei von drei Männern, die um das Gefäß betend herumstanden. Ein weiteres winziges Bild im Inneren des Gefäßes, ein junges Paar. Der Prophet erklärte: „Diese drei Männer waren Brüder. Rubhus werden als Brüder erwähnt, ihre Namen, Rubhu, Vajra und Vibhu, die ihren alten Eltern Jugendlichkeit brachten. Die alten Eltern wurden geklont, um ihre Jugend zurückzubringen. Nun, sie wurden erneuert, jüngere Versionen ihrer alten Eltern... aber sie schafften es sogar, ihre verlorenen Fähigkeiten zurückzubringen. Sie klonten auch Pferde, eine Spezies von extrem kräftigen Pferden. Stellen Sie sich vor, all dies wurde vor etwa 25.000 Jahren getan! Sehen Sie oben, das ist ein Bild der Parthenogenese und des Schlüpfens von Babys außerhalb des Mutterleibs, von Retortenbabys, wie Sie sie vorhin erwähnt haben."

Chad: „Genau deshalb wurde es versteckt!"

Prophet: „Die Menschen erreichen dies erst jetzt. Erst 1997 haben sie ein Lamm aus dem Euter eines Schafes geklont. Aber stellen Sie sich nun vor, diese Technologie gab es schon vor 25.000 Jahren. Das sollte nicht verschwiegen werden. Ich habe Ihr Labor, Chad, gesehen, ich habe sogar das Gerät gesehen, das Sie gebaut haben. Sieht dieses nicht genau so aus wie das, das Sie gebaut haben?"

Chad: „Ja, aber ich habe verstanden, warum dieses Gefäß versteckt war und warum ich zerstören sollte, was ich gebaut habe!"

Prophet: „Nein, nein. Sie helfen mir, dieses hier raus und auf den Sherp zu bringen. Sie beide. Sonst werden Sie Anneleen nie wieder sehen. Vergessen Sie nicht, Ihre Freunde Friedrich und Richard sind auch in meinem Flugzeug."

Chad: „Verstehen Sie nicht, warum man es nicht auf die Erdoberfläche zurückholen sollte? Damit können Monster erschaffen werden. Diese Yetis erlitten einen schrecklichen, schmerzhaften, langsamen Tod. Dinge, die aus dem Gefäß herauskommen, könnten sogar zur Ausrottung anderer Spezies, beispielsweise unser, führen. So wie wir Menschen direkt zur Ausrottung so vieler Arten beigetragen haben. Wenn Sie Ihre eigene geklonte Armee von artenübergreifenden Monstern erschaffen, wird das, was heute noch übrig ist, aus dem Gleichgewicht geraten. Die Mönche und die Weisen haben das erkannt, weshalb sie damit aufhörten, es wegschlossen und flohen. Die Schaffung von etwas Neuem wird die globale Vernichtung verursachen."

Prophet: „Vielleicht ist es das, was die Welt braucht, um sich zu reinigen, das ist meine Absicht."

Chad: „Warum glauben Sie, dass dieselben Götter, die dies geschaffen haben, auch diese Massenvernichtungswaffen geschaffen haben? Das Gefäß steht in völligem Widerspruch zum Zweck des Brahmastra."

Prophet: „Die Schöpfung kann nur vollständig sein, wenn es auch Zerstörung gibt, den Zyklus der drei Götter - Brahma, Vishnu, Maheshwara. Der Schöpfer, der Beschützer und der Zerstörer. Es wird nur dann ein Gleichgewicht geben, wenn alle drei nebeneinander existieren." Er griff unter seine lange Jacke und hinter seine Taille und zog eine Magnum-Handfeuerwaffe heraus. „Das reicht, bewegen Sie sich, oder Sie werden beide tot und in dieser Höhle begraben sein", rief er.

Geeta war fassungslos und trat vor Angst zurück. Sie verlor ihr Gleichgewicht auf einem der herumliegenden losen Steine und fiel rückwärts auf das Gefäß. Dieses kippte leicht um und enthüllte einen Stein, der durch das Gewicht des Gefäßes an seinem Platz gehalten wurde. Der Stein löste sich von der Unterseite und heißer Dampf stieg aus dem Spalt auf. Durch das plötzliche Nachlassen des Drucks kippte das Gefäß auf die Seite gegen die Wand. Der heiße Dampf drückte das Gefäß vollständig gegen die Wand und zischte weiter durch den kleinen Spalt im Boden. Der Druck bewirkte, dass der Boden bebte und die Vibration die Steine und zerbrochenen Töpfe zum Rütteln brachte. Sie hörten, wie die Werkzeuge auf dem Tisch außerhalb der Kammer zu Boden fielen, als der Rest der, die Kammer trennenden Wand, auseinanderzufallen begann.

Kapitel 59:

Raus hier!

„Dies scheint ein aktiver Vulkan zu sein", rief Chad, als der Prophet sich umsah und versuchte, die Situation zu erfassen. Chad ging langsam auf Geeta zu und packte sie am Arm. „Wir müssen hier raus", flüsterte er, während sie verwirrt dastand. Er nahm ihren Arm und zog sie mit sich.

„Haaalt! Wir lassen das Vasatiwara nicht zurück", dröhnte die Stimme des Propheten. Er zog den Hammer auf seiner Handfeuerwaffe zurück, um zu zeigen, dass er es ernst meinte. „Sie gehen nirgendwo hin! Alle zum Gefäß, bewegen Sie es jetzt", befahl er autoritär, wobei er die Waffe auf sie gerichtet ließ. Die kleine Öffnung im Boden weitete sich und der Dampf drang stärker hindurch. Die Temperatur begann rapide zu steigen, der Dampf schlug auf die Decke auf und kondensierte zu Wassertropfen, die wie ein leichter Regen in die Kammer fielen.

„Sind Sie wahnsinnig? Dies ist ein aktiver Vulkan und wie es scheint haben wir gerade ein Erdbeben ausgelöst! Sobald der Druck abgelassen wird, wird Lava zu fließen beginnen. Dieser Ort wird in wenigen Sekunden überschwemmt werden. Wir werden es niemals lebend herausschaffen, wenn wir uns jetzt nicht beeilen. Diese Mönche sind wahrscheinlich mit diesem Wissen gegangen und haben unerwünschten Besuchern wie uns eine Falle gestellt." Chad versuchte, mit dem Propheten zu argumentieren, indem er laut über den Lärm des Dampfes sprach.

Der Prophet fluchte: „Scheiß' drauf! Ich weiß! Aber Sie vergeuden Zeit!" Peng! Er schoss ihnen als Zeichen der Warnung eine Kugel vor die Füße und erschreckte sie. Gleichzeitig spürten sie ein zweites großes Beben, das dazu führte, dass der Prophet das Gleichgewicht verlor und zu Boden fiel. Chad nutzte die Gelegenheit, um Geeta wieder am Arm zu packen und zu rennen, wobei er sie mit sich zog. Sie sprangen über die Trümmer der gefallenen Mauer und rannten in Richtung der Treppe. Der Prophet versuchte, auf sie zu schießen, aber das Beben machte es ihm schwer zu zielen und die Kugeln verfehlten sie. Er sah, wie sie die Treppe erreichten und begannen diese hinaufzusteigen.

Frustriert und fluchend warf er die Waffe in ihre Richtung, wissend, dass es zwecklos war. Er stand auf, zog seine Jacke aus und ließ sie zu Boden fallen. Die unerträgliche Hitze und der Dampf erschwerten ihnen die Sicht. Immer noch nicht bereit, seinen hart erkämpften Preis aufzugeben, versuchte er, das geneigte Gefäß wieder an seinen Platz zu bringen, um die Lücke im Boden zu schließen, aber die Kraft des Dampfes war zu stark, stärker als selbst der Prophet. Er stämmte sich unter das Gefäß, setzte seine ganze Kraft ein und stöhnte, als er versuchte, es zurückzustoßen. Mit einer fast übermenschlichen Anstrengung und unter Einsatz jedes Muskels und jeder Faser seiner Beine, seines Rückens und seiner Schulter schaffte er es, das Gefäß einige Zentimeter zu bewegen.

Geeta hörte das Stöhnen und drehte sich um, um ein letztes Mal zurückzusehen, bevor sie sich der nächsten Treppe zuwandte. Aber Chad zog sie erneut und sie kletterten fieberhaft weiter. Die Vibrationen wurden stärker. Die Beben ließen sie stolpern, aber sie hörten nicht auf. Schließlich erreichten sie die oberste Ebene. Steine regneten von der Decke herab und brachten auch die Quarzdiamanten des künstlichen Himmels zum Einsturz.

Sie rannten auf den Ausgang zu, duckten sich vor den herabfallenden Steinen und dem Quarz. Dort bemerkten sie, dass sich das von der Sonne abgeschmolzene Eis bereits wieder zu bilden begann, sobald die Sonne weitergezogen war, wobei die schwere Feuchtigkeit und der kalte Wind seine Bildung beschleunigten. Chad sah eine ausreichend große Öffnung in der Mitte und zeigte darauf: „Da, Sie gehen zuerst."

Geeta raste an ihm vorbei und sprang hinaus. Chad folgte ihr. Sie hielten eine Sekunde inne, um Luft zu holen und drehten sich um, um in den Höhleneingang zu blicken. Glitzernde Quarzdiamanten fielen von der Decke, der Boden klapperte und zitterte immer noch.

Geeta war wie versteinert: „Es regnet Diamanten!"

Chad starrte sprachlos auf den schimmernden Diamantenregen, ein unvergesslicher Anblick.

Geeta erinnerte sich: „Der Prophet", keuchte sie.

Chad schüttelte den Kopf: „Wir müssen weiter... die Beben!"

Geeta nickte. Mit Chad an der Spitze rannten sie auf den Sherp zu, der zusammen mit der wabernden Erde zitterte. Sie kletterten hinein und Chad nahm den Fahrersitz ein. Er sah sich nach den Schlüsseln um. Geeta drückte einen Knopf in der Mittelkonsole, löste die Zündung aus und die Motoren gingen sofort an. Chad murmelte: „Natürlich schlüssellos!" Er legte den Gang ein und drehte das Fahrzeug um. Als sie sich in Bewegung setzten, kam ein lautes Grollen von hinten.

Chad rief aus: „Was zum Teufel, die Reifen?" Beide blickten aus dem Seitenfenster. Geeta sagte: „Oh Mist, schauen Sie mal da oben", und zeigte in den hohen Norden auf den weit entfernten schneebedeckten Berg. „Lawine! Die Beben lassen den Schnee abreißen", rief Chad aus.

Gerade als er auf das Pedal treten wollte, hörten sie ein weiteres surrendes Geräusch, diesmal direkt vor ihren Augen.

Kapitel 60

Luftrettung

Chad und Geeta blickten auf die Klippe, nichts als felsenfeste, stetige Berge, keine Bewegung. Sie sahen einander verwirrt an. „Was ist dieses Geräusch? Woher kommt es?", fragte Geeta.

Plötzlich wurde ein wirbelnder großer Propeller sichtbar, als er sich von den Hängen zu erheben begann, gefolgt von einem ganzen Militärhubschrauber, etwa viermal so groß wie der Sherp, in dem sie sich befanden. Sie sahen die Piloten an, als sie sich gegenüberstanden, der Co-Pilot signalisierte ihnen, stillzuhalten. Der Hubschrauber stieg langsam höher. Die Lawine von hinten wurde lauter, die Erschütterungen nahmen zu. Die benachbarten Berge begannen aufgrund des Dominoeffekts ebenfalls Schnee abzuwerfen, wobei der von allen Seiten herabstürzende Schnee auf dem Weg zu ihnen sowohl an Geschwindigkeit als auch an Masse zunahm. Der Hubschrauber befand sich nun direkt über ihnen. Das Surren des Propellers ließ den Schnee wie einen umgekehrten Pilz aufsteigen und um sie herum wehen, so dass der Sherp fast verschlungen wurde. Chad und Geeta bedeckten ihre Gesichter mit ihren Armen, als der aufsteigende Schnee in ihr Fahrzeug zu wehen begann.

Plötzlich tauchten riesige Haken, die an Ketten befestigt waren und die von oben auf beide Seiten fallen gelassen wurden, neben dem Sherp auf. Chad sah, dass die Ketten an dem Hubschrauber befestigt waren. „Sie versuchen, uns zu retten. Greifen Sie schnell den Haken auf Ihrer Seite und haken Sie ihn oben am Fensterrahmen ein!", sagte er zu Geeta. Sie packte ihn und hängte ihn an ihrer Seite am Dach ein, wobei sie ihn mit ihren Händen festhielt. Chad tat dasselbe auf seiner Seite, beide hielten sie fest, bis die Ketten am Fahrzeug zogen, die Seile nicht mehr durchhingen und eine gewisse Hebelwirkung erzielt wurde. Die Haken hielten das Fahrzeug fest an Ort und Stelle. Sie ließen beide los.

Der Hubschrauber erhob sich und hob den Sherp mit sich zusammen ein paar Zentimeter über den Boden. Geeta keuchte, schnallte sich an und hielt sich gut fest. Chad hielt sich am

Lenkrad fest und der Hubschrauber flog auf die Klippe zu. „Heilige Scheiße, egal was passiert, öffnen Sie auf keinen Fall Ihre Augen", warnte er Geeta und sah, dass ihre Augen bereits geschlossen waren. Der Hubschrauber bewegte sich vorwärts, der Wind schaukelte das Fahrzeug. Die vom Hubschrauber verursachten Vibrationen spiegelten sich nun in den Erschütterungen am Boden wider. Die Lawine war nur noch wenige Zentimeter entfernt und raste immer weiter, um sie einzufangen. Langsam begannen sie sich von ihr wegzuziehen und brachen aus ihrer Reichweite aus, als sie senkrecht in die Luft gehoben wurden. Die Lawine floss die Klippe hinunter und gab die Jagd auf den Hubschrauber, der jetzt in der Luft war, auf.

Sie waren gerettet und flogen über die schneebedeckten Berge. Chad schaute auf den Weg, den sie genommen hatten, um nach oben zu kommen. Er sah die Höhle unten, in der die Yetis für alle Zeit eingefroren waren.

Sie begannen schnell hinabzusteigen, in Richtung des Pfades. Chad konnte die beiden russischen Frachtflugzeuge sehen. Er erkannte die drei Männer draußen, zwischen den Flugzeugen, die gespannt auf sie warteten. Ein Gefühl der Erleichterung überkam ihn. Er blickte sich um, um zu sehen, dass die Lawine zum Stillstand gekommen war. Sie folgte ihnen nicht mehr. Der Hubschrauber sank ein paar Meter von den Frachtflugzeugen entfernt ab, bis die Räder des Sherps endlich den Boden berührten... Ein leiser Aufschlag und Geeta öffnete die Augen. „Wir sind sicher, wir leben", seufzte sie dankbar.

„Schnell, lösen Sie die Haken!", wies Chad sie an, als er den Haken auf seiner Seite aus dem Fensterrahmen zog. Sie tat es ihm gleich. Chad schaute hinaus und sah, wie sich der Hubschrauber langsam entfernte, nach Osten flog und dann sank. Der schwirrende Propeller wirbelte den Schnee wieder rundherum auf. Er landete einige Meter entfernt und die Blätter begannen sich zu beruhigen. Männer sprangen aus seinen Seiten heraus und rannten auf sie zu. Der fliegende Schnee machte es Chad und Geeta schwer, zu erkennen, wer sie waren. Als sie näher kamen, fiel ihnen die militärische Kleidung der Männer auf, die alle Gewehre trugen.

Geeta versuchte, sich in Panik abzuschnallen, als sie die Waffen sah. Chad beruhigte sie: „Entspannen Sie sich, sie hätten uns nicht gerettet, wenn sie versuchen würden, uns zu töten!" Die Männer wurden von jemandem geführt, der zügig auf sie zuging. Als er sich dem Fahrzeug näherte, erkannte ihn Chad und seufzte er erleichtert. Er drehte sich zu Geeta um und lächelte beruhigend. Geeta verengte die Augen, um sich zu konzentrieren und beugte sich vor: „Karan?" Sie öffneten beide ihre Türen und sprangen auf den Boden.

Der Leiter des Teams ging auf sie zu und sagte: „Gott sei Dank, Sie sind OK!"

Chad grinste: „Inspector Karan, das ist..."

„Unerwartet", beendete Geeta seinen Satz. „Wie haben Sie uns überhaupt gefunden?"

Karan antwortete händeschüttelnd: „Ein Mann namens Mirza gab uns den Standort des Flugzeugs. Als wir darüber flogen, bemerkten wir Spuren im Schnee, die in die Berge hinaufführten. Ich befahl dem Piloten, ihnen zu folgen und wir sahen, wie Sie von der Lawine fast lebendig aufgefressen wurden. Wir hatten keine Zeit für eine sichere Bergung, also improvisierten wir und zogen das gesamte Fahrzeug heraus. Dies ist das Sondereinsatzkommando, das uns von der indischen Regierung zugeteilt wurde. Er stellte die hinter ihm stehende Mannschaft vor, die auf weitere Befehle wartete. „Wo ist Lucas?"

„Tot!", sagte Geeta rundheraus.

Karan war verblüfft über ihre Worte und ihren Ausdruck, aber da war noch etwas anderes, das er zuerst herausfinden wollte: „Der Prophet?"

Chad: „Er hat es nicht rausgeschafft!"

Karan blickte verwirrt: „Woraus? Was haben Sie da oben überhaupt gemacht? Warum Kongka La?"

Bevor Chad reagieren konnte, rief ein Mitglied des Sondereinsatzkommandos: „Achtung elf Uhr, drei mögliche Feinde im Anflug!" Karan und sein Team wurden wachsam und richteten ihre Gewehre in die angegebene Richtung.

Kapitel 61:

Seneca

Karan rief: „Bleiben Sie stehen, wo Sie sind! Gehen Sie nicht weiter!" Alle drei Männer blieben sofort stehen und bemerkten, dass das Sondereinsatzkommando und Karan Waffen auf sie gerichtet hatten. Karan erkannte Friedrich und sprach mit Chad, seine Augen immer noch auf die drei Männer gerichtet: „Wer sind die anderen beiden?"

Chad: „Das ist Bauers rechte Hand, Richard, auf der rechten Seite und der Quartiermeister des Propheten auf der linken, nennt sich selbst Meister. Da war noch einer, Boris, der vielleicht noch im Flugzeug sitzt."

Karan: „Freunde?"

Chad: „Im Moment ja."

Karan rief seinem Team zu: „Alpha, filzen Sie sie, schauen Sie, ob sie sauber sind. Möglicherweise ist noch einer im Flugzeug."

Der Alpha des Teams befahl zwei seiner Männer, das Flugzeug zu durchsuchen, als er sich den anderen drei vorsichtig näherte und sie nacheinander filzte. „Sauber!", rief er. Karan signalisierte ihnen, dass sie durchgehen sollten und der Alpha ließ sie passieren. Die beiden Männer, die nach Boris sehen wollten, kehrten zurück und berichteten dem Alpha: „Das Flugzeug ist leer."

„Großer Boris, aber so ein Angsthase", sagte Richard angewidert und schüttelte den Kopf.

„Er steuerte das andere Flugzeug und floh in dem Moment, als er Ihren Hubschrauber hörte, dieser Schurke! Jedenfalls wird er da draußen nicht lange überleben", erklärte Friedrich mit Blick auf Karan.

Karan sagte: „Schön, dass es Ihnen gut geht." Er schüttelte Friedrich die Hand. Friedrich antwortete: „Ich hatte nicht erwartet, Sie zu sehen. Ich dachte, Sie würden mit den anderen das Containerschiff verfolgen."

Karan: „Oh, wir haben das beste Team, um dem nachzugehen... Warten Sie, woher wissen Sie davon?"

Friedrich zögerte: „Ähm, der, der Prophet hat es uns gesagt." Er fragte Chad: „Wo ist er?"

Chad sah den Meister an, bevor er vorsichtig antwortete: „Er hat es nie... er hat es nie raus geschafft! Der ganze Ort fiel zusammen, aber er wollte nicht gehen. Er versuchte, uns aufzuhalten, schoss sogar auf uns, aber wir konnten entkommen."

Der Meister war verzweifelt: „Nein, nein, das ist unmöglich. Der Prophet ist von Gott gesandt, er kann nicht sterben. Sagen Sie mir, haben Sie ihn tatsächlich sterben sehen?"

Friedrich unterbrach: „Was sagst du da Chad, Geeta?" Sie nickte. Friedrich trat verwirrt einen Schritt zurück. Sein seltsames Verhalten verwirrte wiederum den Rest. Der Meister war immer noch nicht in der Lage, die Nachricht vom Tod seines Mentors zu begreifen und sprach weiter zu sich selbst: „Er kann nicht sterben, nein, nein, das kann nicht passieren... Es gibt noch so viel zu tun."

„Halten Sie die Klappe, Sie kleiner Bastard!" Friedrich brüllte den Meister an. Richard versuchte, Friedrich zu beruhigen.

Geeta war erstaunt: „Was geht hier vor, Friedrich?" Seine extreme Reaktion hatte alle überrascht und sie verloren ihre Wachsamkeit. Im Bruchteil einer Sekunde sprang Friedrich vor, nahm Karan die Waffe aus der Hand und nahm Geeta als Geisel. Das Ops-Team hatte keine Zeit zu reagieren. Aber sie erholten sich schnell wieder und machten sich schussbereit, die Finger am Abzug. Der Alpha sprach: „Scharfschütze, haben Sie freie Schussbahn?" Der Scharfschütze antwortete: „Ja." Der Apha rief: „Wir haben freies Schussfeld", aber Karan griff hastig ein: „Nein, nein, nicht schießen. Halt!"

Chad war über diese Wende der Ereignisse fassungslos. Er fragte: „Was zum Teufel machst du da, Friedrich? Bist du verrückt geworden? Hat der Prophet dich auch manipuliert?"

Geeta stöhnte, als sie sich wehrte: „Lassen Sie mich gehen, Friedrich."

Karan: „Ganz ruhig, Kumpel! Wir sind alle auf der gleichen Seite."

Friedrich: „Nein, sind wir nicht, wir müssen den Propheten finden."

Chad: „Was sagst du da, Friedrich? Er ist wahrscheinlich tot, die Höhle ist buchstäblich in sich zusammengebrochen, als er noch in ihr war. Wenn es Anneleen ist, um die du dir

Sorgen machst und wie sie zu finden ist, haben wir immer noch den Meister. Wir können ihn überreden, die Wahrheit auszuspucken."

Als der Meister dies hörte, begann er sich langsam zurückzubewegen. Karan rief: „Bleiben Sie genau da, wo Sie sind", und der Meister blieb sofort stehen. „Mein Team wird Ihnen einen Kopfschuss verpassen, sobald Sie einen weiteren Schritt machen."

Friedrich: „Töten Sie ihn, er ist jetzt nutzlos für mich."

Richard begriff schließlich die Situation, während die anderen noch versuchten, sie zu verstehen: „Sie waren es! Das Superhirn!" Sie sahen Richard verwirrt an. Richard fuhr fort: „Sie waren der Sponsor, von dem der Prophet sprach."

Friedrich antwortete kalt: „Der Sponsor war Dr. Bauer, mein Onkel."

Sie waren wie betäubt, als sie Friedrich ansahen, der Geeta die Waffe an den Kopf hielt. Der Meister versuchte, alles zu verstehen. Friedrich sprach noch einmal: „Ja, der Prophet war nichts als eine Marionette, ein Gesicht, das man der Welt zeigen konnte... ein verdammt überzeugendes Gesicht noch dazu! Er war intelligent, er hatte die richtige Persönlichkeit und mein Onkel nährte ihn und füllte sein Herz mit Hass. Er war leicht zu formen, er war unsere Waffe."

Chad schrie vor Wut: „Du verdammter..."

Friedrich zuckte die Achseln: „Wir haben dich, Chad, auch benutzt, genau wie Hamad. Mein Onkel hatte deine Arbeit verfolgt. Es war sein Plan, dass wir Freunde werden, zusammen studieren und das Forschungsteam gründen. Nur du konntest herausfinden, wie man das Vasatiwara einsetzen konnte, nur du hattest die Mittel, um eine Armee zu schaffen. Wer war deiner Meinung nach unser größter Sponsor? Es war mein Onkel! Genau wie er den Propheten gesponsert hat."

Chad versuchte, sich in einem Wutanfall auf Friedrich zu stürzen, aber er drückte die Mündung der Pistole hart in Geetas Kopf und schrie: „Ah ah ah ah! Erinnere dich, was mit Sheela passiert ist!" Chad hielt an. Er versuchte immer noch, alles zu verarbeiten: „Darum, Alte Geschichte und Genetik. Ich hätte den Braten riechen müssen", sagte Chad mit geballten Fäusten.

Friedrich schmunzelte: „Das hättest du nie herausgefunden. Unser Plan war narrensicher. Mein Onkel befahl sogar seinen eigenen Tod, um ihn überzeugender zu machen. Ich werde nicht zulassen, dass sein Tod zu nichts führt."

Richard: „Sie sind Dr. Bauers Neffe?"

Friedrich: „Ich wollte es Ihnen sagen, sobald wir wieder in Deutschland sind. Ich bin sicher, mein Onkel hatte Ihnen alles über mich erzählt, nur nicht meinen Namen. Danke, dass Sie ihm bei seinem eigenen Tod geholfen haben, das haben Sie gut gemacht, Sie waren ihm bis zu seinem letzten Atemzug treu. Und, oh, Danke, dass Sie uns das Flugzeug gebracht haben."

Richard sah traurig aus: „Das waren seine letzten Befehle." Seine Loyalität erstreckte sich auf die gesamte Familie von Dr. Bauer. Da er nun wusste, dass Friedrich Dr. Bauers Neffe war, wusste er, dass er ihn beschützen musste. Er sah sich um und bemerkte, dass ein Scharfschütze direkt auf ihn gerichtet war. Rote Laserpunkte zeigten auf ihn und den Meister. Er war hilflos. Wenn er einen Schritt machen würde, wäre er tot. Richard zeigte auf den roten Laserpunkt auf der Brust des Meisters. Auch der Meister erstarrte augenblicklich. Beide standen hilflos da und warteten auf ihr Schicksal.

Friedrich wandte sich an die anderen: „Sehen Sie, er tut alles, was sein Herr verlangt!"

Chad: „Friedrich, lass' Geeta gehen, sie gehört nicht dazu."

Friedrich: „Ich wollte nie, dass es so ist. Alles lief so perfekt nach Plan, bis Sie ihn dort oben zum Sterben zurückgelassen habt. Er wollte den Planeten retten, in einem Akt solchen Wohlwollens, dass die Menschen anfangen werden zu fragen, warum sie jemals an einen anderen Gott geglaubt haben."

Chad: „Huh schön, also waren der Prophet und dein Onkel die neuen Götter?"

Friedrich: „Die Menschen brauchen immer eine Fokusfigur, mein Onkel ist jetzt ein Märtyrer. Alles für die Neuerschaffung der Welt und der Menschen."

Karan: „Die ganze Welt wird in höchste Alarmbereitschaft gehen, Sie werden der meistgesuchte Mann sein, alle Nationen werden gegen Sie sein."

Friedrich zuckte die Achseln: „Es wird Monate dauern, bis sie anfangen zu reagieren. Jede einzelne Kommunikation war im Chiffretext, jede asymmetrische Verschlüsselung hätte Tage zum Entziffern gebraucht. Außerdem glaube ich nicht, dass ich bei all den Kriegen, die im Moment stattfinden, bei all den Ablenkungen, Lockvögeln, Flüchtlingen, Rebellen, Terroristen und ISIS so bald ein MVP sein werde. Sie werden Zeit brauchen, um alles zu entdecken und zu verstehen. Wir haben all die Jahre auf diese Gelegenheit gewartet. Wenn die Welt in Aufruhr ist, erhebt sich der Retter. Und gerade jetzt braucht die Welt einen Retter."

Karan: „Sie sprechen über die Menschen, als wären sie Vieh und der Prophet sollte der Hirte sein?"

Chad: „Sie haben die Hälfte dieser Kriege geschaffen. Der Prophet hat die Religion benutzt, um diese Menschen zu manipulieren, sie zu Terroristen zu machen. Sie und Ihr Onkel steckten dahinter. Sie haben gerade ein Virus geschaffen und jetzt verkaufen Sie das Gegengift zu einem hohen Preis."

Friedrich lachte: „Diese schwachen Geister. Ja, wir haben einige dieser Konflikte initiiert, aber wir brauchten die Ablenkung, damit uns niemand davon abhalten konnte, das eigentliche Problem zu lösen. Wir nutzten nur die Wut, die sich in ihnen aufgestaut hatte."

Chad: „Und den Propheten habt ihr auch benutzt! Ein sensibler, intelligenter Mensch wie er hätte etwas wirklich Sinnvolles erreichen können, aber offensichtlich war er willensschwach und ist euch in die Falle gegangen. Du hast seine Aggression angestiftet, du hast versucht, sie zu kontrollieren, sie zu kanalisieren."

Friedrich: „ACE 65, der römische Philosoph Seneca, ein Stoiker, schrieb einen Brief an Lucilius über den berüchtigten Kaiser Nero. Seneca nannte den Zorn einen kurzen Wahnsinn und verglich ihn mit einem fallenden Stein, der selbst in Stücke zerbricht, wenn er auf das Objekt trifft, das er zerquetschen will. Ich bin anderer Meinung, Aggression kann nicht besiegt werden. Aggression kann nicht durch Liebe, Vernunft oder Mitgefühl bekämpft werden. Hat der Brief geholfen? Nein, in Neros Fall nicht. Er wurde wütend und befahl Seneca, sich umzubringen, um zu sehen, wie sein Kopf zerbrechen würde. Der Stein zerbricht nur einmal. Er zerbricht oder zerstört alles, worauf er fällt. Der Prophet war dieser Fels für uns, er sollte das Chaos in der Welt zerstören. Er starb wegen IHNEN!" schrie er, als er Geetas Hals mit seinem Arm fester drückte. Sie schnappte nach Luft. Plötzlich konnte sie nicht mehr atmen, wurde bewusstlos und fiel schlaff in sich zusammen, wobei ihr Gewicht Friedrich mit nach unten riss. Karan ergriff die Gelegenheit und sprang auf Friedrich, entwaffnete ihn und stieß ihn zu Boden. Er packte ihn in eine unterwürfige Haltung, einen Schlafgriff. Die Waffe war nur wenige Zentimeter von seiner Reichweite entfernt. Friedrich kämpfte, um sich zu befreien und versuchte, nach der Waffe zu greifen. Chad stürzte zu Geeta und versuchte, sie durch Herzmassage wiederzubeleben.

Der Alpha des Sondereinsatzkommandos befahl seinem Team vorzurücken. Sie hatten nun die Oberhand. Der Meister und Richard kamen Friedrich zu Hilfe. Gerade als Richard nach der Waffe greifen wollte, schoss ein Mitglied der Spezialeinheit einen Taser mit großer Reichweite auf beide. Sie brachen augenblicklich zusammen und fielen zu Boden.

Karan fragte: „Wo haben Sie General Phillips und Anneleen versteckt?" Er verstärkte seinen Würgegriff auf Friedrich.

Friedrich: „Es ist zu spät, Sie werden sie niemals finden. Töten Sie mich und ein anderer wird sich erheben!"

Karan: „Dann werden wir ihn auch niederreißen."

Das Sondereinsatzkommando rückte näher. Der Alpha befahl zwei seiner Teammitglieder, den Meister und Richard festzunehmen. Sie fesselten die beiden umgehend mit Kabelbindern.

Geeta öffnete die Augen und sah sich um, als sie die beiden kämpfenden Männer stöhnen hörte. Sie schrie: „Die Waffe, nein!" Chad schaute alarmiert auf. Friedrich hatte sich langsam mit den Fingerspitzen auf die Waffe zubewegt, nun packte er sie mit der Hand. Gerade als er auf Karan zielen wollte, schoss der Alpha auf ihn. Die Kugel ging durch Friedrichs Ohr, ein feiner Präzisionsschuss, der Karans Bein nur um Zentimeter verfehlte. Ein weiterer Schuss in die Brust. „Ziel neutralisiert", kündigte er an.

Karan fühlte, wie sich der Griff seines Gegners sofort löste, kein Kampf mehr. Er drückte den schlaffen Körper nieder, ließ los und rief aus: „Nein, nein, nein, was haben Sie getan!" Karan blickte auf den Alpha. Chad und Geeta rannten in Panik auf Karan und Friedrich zu: „Wie finden wir den General, Hamads Familie, Anneleen?"

Mit Blick auf den Alpha rief Karan: „Alarm 60, Vögel in Bewegung setzen, Vorflug in 10 Minuten." Er wandte sich an Chad und Geeta: „Hoffen wir, dass die beiden es wissen", sagte er und zeigte auf den Meister und Richard, als ihre noch bewusstlosen Körper von den Mitgliedern des Ops-Teams zum Frachtflugzeug geschleppt wurden. „Wir werden eine Luftsuche nach Boris durchführen."

Der Alpha kam mit einem Satellitentelefon angerannt: „Inspektor Karan, der Kommandant aus Mumbai für Sie."

Karan schnappte sich das Telefon und sagte: „Ja?"

Der Kommandant sprach aufgeregt: „Karan, ich höre, das Ziel wurde neutralisiert. Eine Person wird noch vermisst?"

Karan: „Ja, der Pilot des Propheten. Wir werden..." Der Kommandant unterbrach: „Er hat keine Priorität. Ich schicke ein Such- und Rettungsteam zur Unterstützung. Die sollen sich darum kümmern, falls er bis dahin noch am Leben ist. Brauchen Sie eine Evakuierung?"

Karan antwortete: „Unser Vogel ist intakt, wir brauchen keine Evakuierung!"

Der Kommandant antwortete: „Ich habe gute Nachrichten. Ich konnte einige Blicke auf das Schiff werfen, das von Mumbai abgefahren ist. Nach seiner Richtung zu urteilen, sieht es so aus, als ob sein Ziel tatsächlich Deutschland sei. Ich habe bereits mit der deutschen Polizei Kontakt aufgenommen und sie sichern uns ihre volle Unterstützung zu. Um Kollateralschäden zu vermeiden, hielten wir es für das Beste, erst dann einzugreifen, wenn sich das Schiff in deutschen Gewässern befindet. Die deutsche Marine wird sich in Bereitschaft halten. Sie wollen keinen Angriff auf das Schiff einleiten. Sie sind der Meinung, dass eine Infiltration in diesem Szenario am besten geeignet wäre. Das Schiff wird genau überwacht werden, keine Sorge!"

Karan: „Gut! Sie haben keine Ahnung, was auf sie zukommt."

Kommandant: „Alpha sagt mir, Sie haben drei Vögel, ein Frachtflugzeug ist am Boden, eines ist funktionsfähig und den Hubschrauber. Zwei Feinde gefangen genommen und einige schwere Artefakte? Nächster Schritt: Wohin?"

Karan: „Nach Schönefeld, Berlin. Wir müssen die Geiseln finden, von denen angenommen wird, dass sie sich noch in Gefangenschaft befinden."

Kommandant: „Sicher, ich werde die deutschen Behörden kontaktieren und ihnen mitteilen, dass Sie kommen."

Karan schaltete das Telefon aus und gab es dem Alpha zurück.

Chad fragte mit traurigem Blick auf seinen ehemaligen Kumpel, der im kalten Schnee lag: „Was ist mit Friedrich?"

Karan schüttelte den Kopf: „Tut uns leid, wir sind für den Transport von... ähm, Leichen nicht ausgerüstet." Er ging auf das Flugzeug zu, um es zu überprüfen.

Chad spürte, wie ihm ein Schauer über den Rücken lief, als er das Wort *Leiche* hörte. Er seufzte, als er seinen verlorenen Freund ansah. Traurig kniete er nieder und legte seine Hand auf Friedrichs Bein. Die Tränen rollten ihm die Wangen hinunter, als viele Erinnerungen vor seinem inneren Auge aufblitzten. „Du warst wie ein Bruder für mich, Mann!" Er führte Selbstgespräche. Geeta kniete sich neben Chad nieder und legte ihren Arm um seine Schulter. Chad sah sie an: „Ich schätze, jeder hat seine Dämonen." Als er versuchte, Friedrichs rechte Hand in einem letzten Händedruck zu halten, bemerkte er, dass sie fest in seine Jackentasche gedrückt war. Er griff neugierig in die Tasche und stellte fest, dass die Hand geballt war, als würde er etwas halten. Chad öffnete sanft die fest geballte Faust. Ein glänzender runder Gegenstand rollte heraus und fiel auf den Schnee. Chad hob ihn auf und erkannte ihn.

Geeta beobachtete ihn: „Warum hat er in seinen letzten Sekunden versucht, nach etwas in seiner Tasche zu greifen? Was ist das?"

Chad: „Der Ring, natürlich! Friedrich war auch ein Teil davon." Er drehte den Ring so, dass das Emblem auf dem Ring nach oben zeigte. Als er den Schnee von der geprägten Oberfläche abrieb, wurde das Symbol sichtbar.

Geeta: „Teil von was?"

Chad: „Der Vril-Gesellschaft, er und sein Onkel. Sie vereinnahmten auch den Propheten."

Geeta war wie gelähmt: „Die Vril-Gesellschaft?"

Chad: „Lange Geschichte... Es ist eine okkulte, geheime Gesellschaft, die für die Wissenschaft kämpft."

Geeta: „Und gibt es mehr Mitglieder in dieser Gesellschaft?"

Chad: „Sie sollte schon lange nicht mehr existieren, bis diese drei sie wiederbelebt zu haben scheinen. Dr. Bauer leugnete, daran beteiligt gewesen zu sein, aber offensichtlich hatte seine Familie die Ringe. Sie gaben sogar neuen Mitgliedern Ringe, wenn sie sie in die Gruppe einführten. Der Prophet trug auch einen, sie wurden alle gegenüber dem ursprünglichen Entwurf leicht abgeändert. Ich weiß nicht, ob es da draußen noch mehr davon gibt."

Karan kam zu ihnen zurück: „Wir müssen gehen, die Vögel sind bereit zu fliegen."

Chad fuhr mit der Hand über Friedrichs Gesicht. Er schloss die offenen Augenlider, legte die Hand wieder nach unten und legte den Ring auf den leblosen Körper: „Lebe wohl, Friedrich!"

Geeta stand auf und bot Chad ihre Hand an: „Kommen Sie, lassen Sie uns Anneleen suchen gehen!" Sie lächelte ihn an.

Chad schaute auf, die Sonne schien hinter ihrem Kopf und erzeugte einen Effekt, der aussah wie ein Heiligenschein. Dies ließ in ihm ein warmes, beruhigendes Gefühl aufsteigen. Er nahm ihre Hand und stand auf.

Karan: „Folgen Sie mir, wir nehmen das Frachtflugzeug. Der Hubschrauber wird sich einem Such- und Rettungsteam für Boris anschließen." Sie gingen die Rampe hinauf in das Flugzeug. Richard und der Meister waren in ihren Sitzen angeschnallt, neben all den Gegenständen, die Hände gefesselt und die Köpfe nach vorne hängend, immer noch bewusstlos.

Geeta: „Wer fliegt?"

Karan: „Zwei der Mitglieder der Ops, der Rest kommt mit dem Hubschrauber zurück. Keine Sorge, sie können alle fliegen." Er lächelte sie an und schloss die Rampe. „Nehmen Sie Ihre Plätze ein", sagte er und ging ins Cockpit. Augenblicke später kehrte er zurück, um neben Chad und Geeta zu sitzen, während er sprach: „Sie nach Deutschland zurückzubringen, würde uns helfen, schnell Antworten zu erhalten. Wenn man davon ausgeht, dass sie deutsche Staatsbürger sind, würde ihre Verhaftung in Indien eine Menge verfahrenstechnischer Verzögerungen verursachen. Wir müssten die deutsche Botschaft einschalten und sie würden sie dann nach Deutschland zurückfliegen, bevor ein Verhör beginnen könnte. Es könnte Wochen dauern, bis wir die Familie von Hamad, den General und Ihren Freund finden."

Chad: „Gibt es Neuigkeiten von Hamad?"

Karan: „Ja, wieder gute Nachrichten. Die indische und die deutsche Botschaft haben sich mit der Polizei in Kathmandu in Verbindung gesetzt und sie informiert. Er wird freigelassen. Sie sind immer noch verärgert über den ganzen Flughafen-Stunt, den Sie alle zusammen abgezogen haben, aber ihnen ist klar, dass Hamad unschuldig ist."

Chad schloss die Augen und lehnte den Kopf zurück: „Gut."

Karan: „Hier scheint es etwas zu essen zu geben, sobald wir in der Luft sind." Er zwinkerte ihnen zu. Geeta antwortete: „Gut, wir sind am Verhungern." Sie sah sich die Objekte an und schaute zu Richard und dem Meister, die ihnen gegenüber saßen. Sie fragte: „Das waren also die fehlenden Objekte auf den Sockeln?"

Chad öffnete die Augen, aber er erkannte den Zusammenhang noch nicht: „Sockel?"

Geeta stupste ihn sanft an: „In Dwarka!"

Als Chad die Antwort von Geeta hörte, ergab es für ihn plötzlich Sinn. Diese Worte genügten ihm. Er verstand, wovon sie sprach: „Ich habe es total vergessen! Sie haben recht. Das ergibt absolut Sinn. Die Gegenstände, die auf den Sockeln in der versunkenen Stadt Dwarka fehlten!"

Geeta antwortete mit einem Lächeln. Sie wusste, dass er es in ein paar Sekunden herausfinden würde.

Chad: „Der Vogelmann betrachtete das Brahmastra - der Adler steht für die Armee. Der sitzende Stier war neben der Scheibe, die Vishnu gehört. Der Humanoide in Rüstung stand neben der Muschel für den Kriegsruf und der Schwan war neben dem Lotus, der Wasser symbolisiert."

Sie schloss die Augen und lehnte den Kopf zurück: „Perfekt!"

Kapitel 62:

Die Weissmanns

Stunden verstrichen, während sie in relativer Stille flogen und versuchten, alles, was in den letzten Tagen geschehen war, was sie voneinander gelernt hatten, zu verarbeiten. Ihr Leben hatte sich für immer verändert! Chad verweilte im Badezimmer, starrte sein Gesicht im Spiegel an, wie in der Vorhölle, immer noch unsicher, ob all dies ein Traum war. Erschöpft sehnte er sich nach dem Trost seiner gewohnten Routine. Chad konnte sich sein Zuhause vorstellen, Anneleen, die in seinem Wohnzimmer saß und sie beide bei einer Tasse Tee über ihre Forschungen diskutierten... War das wirklich erst vor ein paar Tagen? Würde das Leben jemals zur Normalität zurückkehren? Würden sie Anneleen sicher und gesund vorfinden? Würden sie einfach zum Molgen zurückkehren und ihre Forschung wie bisher fortsetzen? Was würden sie ihren Forscherkollegen sagen? Gedanken schossen ihm durch den Kopf. Die Schmerzen in seinem Bein waren zurückgekehrt, als die Wirkung der Medikamente nachzulassen begann. Chad untersuchte sein Bein. Die Infektion schien besser zu verlaufen. Er spritzte sich wieder etwas kaltes Wasser ins Gesicht und kehrte zu seinem Sitz zurück.

Geeta bediente sich eines Orangensaftes aus einem Karton und versuchte, auch die letzten Tropfen nicht zu verschwenden. Chad ging hinüber und entdeckte in den Regalen eine große Auswahl an Erfrischungen. Er bediente sich und füllte seinen Körper mit Kalorien und Flüssigkeit auf.

Ein jammerndes Geräusch erschreckte sie. Sie drehten sich um und fanden Richard und den Meister wieder bei Bewusstsein. Geeta ging auf sie zu: „Ich will wissen, wie ihre wirklichen Namen lauten!" Auch Karan ging auf sie zu, offenbar mit der gleichen Idee. Er kniete vor ihnen auf einem Bein nieder, hob den Kopf des Meisters hoch und fragte mit strenger Stimme: „Wie lautet Ihr Name?"

Der Meister schaute verwirrt auf, er versuchte immer noch, seine Situation und seinen Aufenthaltsort einzuschätzen: „Was... was ist passiert?"

Geeta: „Sie wurden getasert, Sie beide."

Der Meister blickte auf seine Hände hinunter, bemerkte, dass er gefesselt war und sah, dass auch Richard Schwierigkeiten hatte, sich von den Kabelbindern zu befreien. Er sprach: „Ich brauche etwas Wasser." Geeta ging zu den Regalen, um zwei Flaschen Wasser zu holen und kehrte zurück. Aber Karan hielt sie auf, bevor sie sie ihnen geben konnte. Er fragte erneut laut: „Sagen Sie mir zuerst Ihren Namen!"

Meister: „Was macht das schon für einen Unterschied? Mein Anführer ist weg, Sie haben jetzt keine Verwendung mehr für mich oder meinen Namen."

Karan zog sein taktisches Messer heraus und drückte es ihm unter das Kinn. Der Meister grunzte wieder. Karan trieb das Messer tiefer in den Hals, bis der Meister zu bluten begann. Richard sah den Meister an: „Sagen Sie es ihm einfach."

Der Meister stöhnte und antwortete: „Daniel Pascal, der Nachname wurde mir in meinem ersten Waisenhaus gegeben, weil ich sehr gut in Mathematik war. Ahhh! Ich kenne meinen richtigen Nachnamen nicht, ich habe keine Eltern." Karan lockerte sein Messer. Der Meister fuhr fort: „Im Gegensatz zum Propheten war ich ein Waisenkind. Wir gingen in dasselbe Internat. Nachdem er das Internat verlassen hatte, hörte ich jahrelang nichts mehr von ihm. Eines Tages kontaktierte er mich und erzählte mir seine Pläne. Zuerst war ich skeptisch, aber was immer er sagte, ergab für mich Sinn. Er überzeugte mich und ich beschloss, für ihn zu arbeiten. Er sagte, dass Namen in der neuen Welt keine Bedeutung hätten und dass wir nur durch unsere Rolle, unsere Bezeichnung bekannt sein sollten. Ich war der Quartiermeister, also war das mein Name."

Karan nahm die Wasserflaschen von Geeta und warf sie den beiden Gefangenen zu. Richard reagierte schnell und panisch, als Karan ihn als nächstes ansah: „Mein Name ist Richard, Richard Bollinger."

Karan: „Ich weiß. Ich habe nicht gefragt!" Richard seufzte und entspannte sich. Sie öffneten die Flaschen und tranken das Wasser durstig aus. Chad ging auf sie zu und starrte sie schweigend an.

Karan wandte sich wieder an den Meister: „Und der Prophet, kennen Sie seinen wahren Namen?"

Der Meister schluckte und sprach: „Er wurde genannt..." Er hielt inne, seine Stimme zitterte, Tränen flossen aus seinen Augen. Karan wartete geduldig, bis er sich gesammelt hatte.

Richard sah den Meister innerlich kämpfen. Da sein eigener Meister weg war, gab es niemanden mehr, der ihn beschützen konnte und so antwortete er: „Dr. Bauer sprach oft über seinen Neffen, verriet den Namen aber nie an einen seiner Angestellten. Sie trafen sich immer im Geheimen. Ich habe das Gesicht seines Neffen nie gesehen, aber ich habe Dr. Bauer immer zu den Versammlungsorten gefahren. Sie tauschten manchmal Dokumente aus. Einmal vergaß Dr. Bauer ein Dokument auf dem Autositz, das einige Informationen über einen Mann enthielt, auch sein Foto. Ich erkannte den Propheten auf diesem Foto, als ich ihn heute Morgen zum ersten Mal sah. Auf dem Dokument stand ein Name, an den ich mich erinnere - Karl Weissmann.“

Chad: „Aus der Weissmann-Familie?“

Richard: „Ich denke schon.“

Chad: „Das ergibt Sinn. Der Prophet sagte, seine Familie seien Wissenschaftler, Aristokraten, sehr reich. Und er hatte einen Bruder, das könnte Klaus Weissmann sein, der berühmte Wissenschaftler. Es passt alles zusammen, das muss er damals gewesen sein, Karl Weissmann. Unser größter Sponsor war in der Tat anonym, aber Überweisungen wurden von einem Konto getätigt, dessen Nachname Weissmann war. Dr. Bauer muss diesen Namen auch als Decknamen benutzt haben.“

Karan drohte dem Meister: „Schon bald werden auch Sie den deutschen Behörden übergeben werden. Sagen Sie uns, wo Sie alle festgehalten haben.“

Der Meister: „Ich schwor bei meinem Leben, niemals den geheimen Ort zu verraten. Mein Prophet mag tot sein, Sie mögen unsere Namen kennen, aber der Plan ist immer noch in Kraft. Wir haben Notfallpläne gemacht, die auch ohne diese Objekte funktionieren würden. Es gibt ein ganzes Team, das ein Auge auf Sie geworfen hat. Sie haben Befehle und sie werden sie auch ohne mich, den Propheten oder Dr. Bauer befolgen.“

Karan steckte sein Messer wieder unter den Kiefer des Meisters, „Sagen Sie es mir jetzt“, schrie er.

Der Meister stöhnte.

Chad: „Karan, hören Sie auf. Lassen die deutschen Behörden das erledigen, wir brauchen ihn lebend.“

Der Meister lachte auf unheimliche Weise: „Nur zu, töten Sie mich. Sie werden niemals den Aufenthaltsort der Geiseln finden.“

Karan: „Ich muss Sie nicht töten. Mit dem Schmerz, den Sie gleich spüren werden, werden Sie darum betteln, getötet zu werden.“

Die Augen des Meisters weiteten sich vor Angst, die Worte seines Propheten hallten in seinem Geist wider. Er wusste, dass er ohne den Propheten kein Leben hatte. Langsam hob er seinen Kopf einige Zentimeter von der scharfen Schneide des Messers hoch und mit einem schnellen Ruck riss er seinen Kopf wieder auf das Messer zurück und drückte es immer tiefer in seinen Hals, bis sein Kiefer Karans Hand berührte, die den Griff des Messers hielt.

Geeta schrie entsetzt auf und drehte sich schreiend weg. Sie vergrub ihr Gesicht in der Schulter von Chad, die Augen geschlossen. Karan ließ das Messer los und sprang auf seine Füße. Chad, Karan und Richard keuchten vor Entsetzen, als der Meister aus dem abgetrennten Teil des Unterkiefers und aus seinem Mund stark blutete, die Augen immer noch weit geöffnet, das Messer hing jetzt an seinem Kiefer.

Richard zappelte auf seinem Sitz und kämpfte darum, sich wegzubewegen, aber seine gefesselten Hände machten es ihm unmöglich, sich abzuschnallen.

Chad sagte in leisem Ton: „Er hat sich umgebracht." Geeta entfernte sich von Chad und bewegte sich auf die Lebensmittelregale zu. Sie legte ihre Hände auf das unterste Regal und senkte den Kopf, die Augen noch geschlossen.

Karan: „Gottverdammt!"

Chad: „Nur er kannte den Standort. Jetzt, da er weg ist, sind die Geiseln dem Tod überlassen. Wie können wir sie retten, wenn wir nicht einmal wissen, wo sie sind?"

Karan blickte auf: „Es könnte einen Weg geben." Er wandte sich an Richard: „Die Dokumente, von denen Sie gesprochen haben, der Austausch zwischen Dr. Bauer und Friedrich... wissen Sie, wo sie sind?"

Richard betrachtete das Messer, das am Kiefer des Meisters baumelte. „Ja, ja. Sie sind alle im Büro, in Dr. Bauers Büro. Im selben Raum, wo Chad und Friedrich ihn trafen."

Karan antwortete: „Gut." Er wandte sich an Chad: „Sobald wir gelandet sind, gehen Sie und Geeta nach Hause, Sie ruhen sich aus. Ich werde die Hilfe der deutschen Behörden in Anspruch nehmen und mit Richard den Ort auskundschaften gehen. Sobald wir den Ort lokalisiert haben, werden wir Sie kontaktieren."

Kapitel 63:

Berlin

Der Pilot sprach über die Lautsprecheranlage: „Die Landebahn 36 wurde zur Landung freigegeben, der Tower möchte, dass wir zu den Hallen für Privatjets rollen. Landung in T minus 10." Alle schnallten sich an, Richard war immer noch auf seinem Sitz gefesselt, neben der Leiche des Meisters.

Das Flugzeug landete wie geplant auf dem Flughafen Berlin-Schönefeld. Es rollte auf Befehl der Flugsicherung auf die Privatjets im äußersten Osten des Flughafens zu. Dort warteten zwölf deutsche Polizisten, daneben parkten acht Autos. Als sie landeten, öffnete sich die Frachthalle.

Eine gut gekleidete Frau mittleren Alters in Zivil näherte sich dem Flugzeug allein, der Rest der Beamten stand bei den Autos und wartete auf weitere Anweisungen. Die Autos standen ordentlich bereit, in zwei Reihen und hintereinander geparkt. Die Frau hielt kurz vor der Rampe an und schaute auf die Leute oben, die darauf warteten auszusteigen. Chad und Geeta standen nebeneinander. Karan begleitete Richard, der immer noch an den Handgelenken gefesselt war und hielt ihn an seinem Arm fest.

Die Frau signalisierte ihnen, die Rampe herunterzukommen. Als sie sich ihr näherten, bot sie ihre Hand an und begrüßte Karan zuerst: „Hallo, willkommen in Berlin. Sie müssen Inspektor Karan sein. Ich bin Julia Schäffer, die Direktorin der Bundespolizei."

Immer noch Richard am Arm haltend, schüttelte Karan ihre Hand: „Ja, hallo und das sind Chad und Geeta. Sie haben mit dem Kommandanten gesprochen?"

Julia: „Ja, er hat mir alles erzählt. Er sagte auch, dass Sie zwei Verdächtige zum Verhör herbringen würden?" Sie schaute zu Richard und zurück zu Karan.

Karan: „Ja, ähm, wir hatten einen Zwischenfall", deutete er auf den Laderaum hinter ihm.

Julia hob den Kopf und versuchte zu schauen, aber von dort unten, wo er stand, konnte sie nicht sehen, was er ihr zeigte. Sie drehte sich um und hielt vier Finger in die Luft, hielt inne und zeigte dann auf die Ladebucht. Die ersten vier Polizisten rannten sofort zum Flugzeug und in die Frachtkammer.

Julia sprach: „Wir werden für den Transport der gestohlenen Gegenstände sorgen. Wir müssen die indische Regierung darüber informieren. Antike Artefakte wie diese dürfen nicht ohne Genehmigung aus- oder eingeführt werden. Ob sie hier bleiben oder zurück zur indischen Regierung transportiert werden, ist Sache der Inder."

Unterdessen kehrte einer der Polizisten zurück und flüsterte Julia auf Deutsch ins Ohr. Sie nickte und sah Karan an.

Karan: „Selbstmord! Ich habe ihm ein paar Fragen gestellt."

Julia: „Sie sollten ihn nicht verhören, wir haben Protokolle. Wir müssen erst einen Anwalt beauftragen, bevor wir mit der Befragung beginnen können."

Karan: „Nicht, wenn man in der Luft ist! Solche Gesetze gelten nicht, wenn man in der Luft ist."

Julia sah ihn einige lange Momente an, dann sprach sie ruhig: „Übergeben Sie ihn uns, wir übernehmen ab hier. Sie drei müssen noch mit mir kommen, damit wir Ihre Personalien prüfen können."

Richard wurde von Karan an die örtlichen Polizeibehörden überstellt und im ersten Polizeiwagen abtransportiert. Julia bat den Rest, im zweiten Wagen mitzufahren, als sie in den letzten Wagen einstieg, dessen Fenster geschwärzt waren.

Stunden vergingen auf der Polizeiwache. Schließlich wurden Chad, Karan und Geeta freigelassen. Julia erklärte sich bereit, Karan bei der Suche nach den Dokumenten in Dr. Bauers Haus zu helfen. Sie arrangierte eine Genehmigung für den Zugang zu dem Haus, das immer noch als Tatort gekennzeichnet war, während die Ermittlungen weiterliefen. Julia gab Chad ein neues Telefon und er ging dankbar mit Geeta in seine Wohnung.

Kapitel 64:

Max Planck

Chad schlief auf der Couch in seiner Wohnung. Sein Telefon brummte. Er wachte erschrocken auf und überprüfte es, eine Textnachricht von Julia. *Treffen Sie uns beim Max Planck.* Er starrte auf den Bildschirm des Telefons und schaute auf den oberen Rand des Displays, es war ein Sonntag. Er fragte sich, warum Julia ihn bat, sie bei Max Planck Institut zu treffen.

Geeta betrat den Raum. Sie war gerade aus der Dusche gekommen und trocknete ihr langes schwarzes Haar mit einem Handtuch. Chad schaute sie belustigt an, da sie immer noch ihre Jeans, aber eines seiner Hemden trug. Geeta folgte seinem Blick und lächelte: „Entschuldigung, ich hoffe, es macht Ihnen nichts aus!"

Chad: „Nein, nein, das ist völlig in Ordnung. Julia möchte, dass wir sie beim Max Planck treffen."

Geeta: „Wo Sie arbeiten?"

Chad: „Ja, aber es müsste geschlossen sein, heute ist ein Sonntag."

Geeta: „Nun, lassen Sie es uns herausfinden. Worauf warten wir? Lassen Sie uns aufbrechen." Sie ließ das Handtuch auf einen Stuhl fallen und griff nach ihrer Jacke. Chad schnappte sich seine Autoschlüssel und sie fuhren zur Universität.

Innerhalb weniger Minuten erreichten sie das Institut und fanden draußen mehrere Polizeiautos vor, die alle leer waren. Chad lief auf den Eingang zu und versuchte, die

Haupttür mit seinem RFID-Gerät zu öffnen, sah aber, dass die Tür bereits offen war. Er stellte fest, dass das Schloss intakt und die Alarmanlage ausgeschaltet war. Als sie eintraten, begrüßte sie der verantwortliche Sicherheitsbeamte und begleitete sie zu dem Korridor, der zur Treppe führte. Chad warf einen Blick auf sein eigenes Forschungszentrum, als sie die Korridore hinuntergingen. Erst vor ein paar Tagen war er hier gewesen...

Geeta sah sich nicht viel um, sie folgte einfach Chad. Der Sicherheitsmann kommentierte: „Wir wussten nie, dass es diese unteren Ebenen gibt. Bis der Polizeidirektor hereinkam..."

Chad: „Welche unteren Ebenen?"

Er lächelte geheimnisvoll: „Sie werden sehen."

Sie gingen die Treppe hinunter, bis sie das Lagergeschoss erreichten. Nichts als alte Stühle, Regale und einige unbenutzte Möbelstücke, die der Hausmeister wegräumen sollte, anstatt alles hier abzuladen. Vor kurzem schien ein Weg freigeräumt worden zu sein. Chad bemerkte auf diesem Weg Staubflecken auf dem Boden und mehrere Fußabdrücke, die hin und her gingen. Geeta erkannte auch, dass einige Leute erst vor wenigen Augenblicken hier gewesen waren.

Sie folgten der Wache den Weg hinunter und kamen zu einer offenen Tür, die aufgebrochen zu sein schien. Hinter der Tür befand sich ein weiteres Treppenhaus. Als sie anfingen, hinunterzusteigen, hörten sie Stimmen, die immer klarer wurden, als sie näher kamen. Sie hörten Kommandos, die ausgerufen wurden. Die Stimmen wurden immer lauter, je weiter sie gingen. Überall helle Lichter.

Der Sicherheitsbeamte erreichte als Erster das untere Ende und verkündete: „Chad und Geeta sind hier." Chad und Geeta traten den letzten Schritt in eine riesige Halle, einen behelfsmäßigen Bunker, mit dem Aussehen einer hochmodernen Militärbasis. Der Raum war mit Computern und Schreibtischen gefüllt, die in ordentlichen Reihen aufgestellt waren. Polizeibeamte hielten einige Personen auf den Knien fest und fesselten sie mit Handschellen hinter ihren Rücken. Eine Polizistin lief durch die Reihen, fragte jede der knienden Personen nach ihrem Namen und schrieb ihn auf einen Notizblock.

Julia wandte sich an Chad und Geeta: „Wir haben alle gefunden, sie sind alle in Sicherheit, kommen Sie." Chad und Geeta seufzten, lächelten erleichtert und folgten ihr. Julia erklärte, als sie zusammen gingen: „Dies scheint ihre Hauptkommandozentrale zu sein. Sie haben Hightech-Überwachungsausrüstung und ein Team, das alles und jeden überwacht. Wir waren gerade noch rechtzeitig hier, bevor sie fliehen konnten", sie zeigte auf die Personen, die auf dem Boden knieten.

Chad sprach ungläubig: „All das hier, unter Max Planck?"

Julia: „Wir haben in Dr. Bauers Haus Dokumente zur Finanzierung von Max Planck gefunden. Er baute buchstäblich diesen ganzen Flügel mit seinem privaten Geld unter einem Decknamen. Es gab eine Erwähnung dieses Bunkerraums, den er den Ingenieuren speziell in Auftrag gab, mit detaillierten Bauplänen. Ein Kommunikationsaustausch über die Rekrutierung eines Überwachungsteams, der Teamleiter hieß Daniel Pascal, der Meister. Wir haben das alles herausgefunden und das hier entdeckt.“

Chad: „Wie kommt es, dass niemand gesehen hat, wie jemand diesen Ort verlässt oder betritt?“

Julia: „Es gibt eine Hintertür, die durch die Garage hinein und hinaus führt. Auf diese Weise haben sie alle Artefakte transportiert.“

Sie ging zu einer Tür, bevor Chad fragen konnte, von welchen Artefakten sie sprach und hielt sie offen, damit sie eintreten konnten. Dort sahen sie einen langen Korridor. Auf beiden Seiten standen alte Maschinen und Werkzeuge wie in einem Museum. Chad und Geeta gingen den Korridor entlang und beobachteten langsam jedes einzelne Stück. Julia folgte ihnen und erklärte: „Dr. Bauer und seine Anhänger waren damit beschäftigt, all dies zu sammeln - antike Waffen, Maschinen, Werkzeuge. Wir wissen nicht, wie lange sie alle schon hier sind, oder von wo aus sie gesammelt wurden und wie sie das alles geschafft haben. Aber es sieht so aus, als ob die Gegenstände, die Sie für ihn gesammelt haben, zuerst an diesem Ort gelagert werden sollten.“

Geeta: „Ich erkenne einige dieser, zumeist alten hinduistischen Artefakte, Gegenstände, die aus Tempeln und historischen Monumenten gestohlen wurde. Wir vermuteten, dass sie auf dem Schwarzmarkt gehandelt wurden.“

Julia: „Nun, es scheint, dass sie einen Käufer gefunden haben und hier gelandet sind.“

Chad: „Und die Geiseln, wo sind sie?“

Julia lächelte: „Dorthin bringe ich Sie, kommen Sie.“ Sie ging schnell an Chad und Geeta vorbei und näherte sich einer Tür am anderen Ende des Korridors. Sie drückte sie auf. „Nur zu“, lächelte sie, ging zur Seite und hielt die Tür offen.

Chad trat ohne Zögern ein, Julia und Geeta folgten. Dort, direkt vor ihm, stand ein Bett neben einem Fenster mit Fensterläden. Eine Person saß auf der Kante, ihre Beine hingen seitlich herunter. Eine Polizeibeamtin sprach mit leiser Stimme zu ihr. Chad rannte auf sie zu und umarmte sie, bevor sie ihn überhaupt kommen sehen konnte. Er hielt sie fest, die Polizeibeamtin versuchte, seinen Griff zu lockern, aber er wollte nicht loslassen. Anneleen sah schließlich, wer es war: „Chad, Chad, du erdrückst mich!“ sagte sie und nannte ihn zum allerersten Mal beim Vornamen.

Chad lockerte seine Umarmung und sah ihr Gesicht an, seine Augen feucht: „Es tut mir so leid, Anneleen!"

Anneleen lächelte neblig durch ihre eigenen Tränen zurück: „Es ist in Ordnung, ich bin so froh, dass du wieder da bist."

Chad mühte sich ab, durch seine Tränen zu sehen, die nun ungebremst über sein Gesicht flossen. Anneleen wischte sie weg: „Chad, es hätte viel schlimmer kommen können. Wir sind jetzt am Leben und in Sicherheit."

Chad sah ihren Arm an und legte seine Hand auf die Schulter des fehlenden Arms: „Das hätte nie passieren dürfen."

Anneleen antwortete: „Jetzt bringst du mich zum Weinen. Wo ist Friedrich?"

Chad schaute Anneleen überrascht an. *Hatte es ihr noch niemand gesagt?* Er sah Julia an, sie schüttelte den Kopf. Er blickte zu Anneleen zurück und bemühte sich, die richtigen Worte zu finden. Anneleen geriet in Panik: „Lebt er noch, sage es mir bitte."

Chad: „Es tut mir leid, aber er war von Anfang an der Grund für all dies." Jetzt war nicht die Zeit für Details.

Anneleen starrte ihn verwirrt an. Julia nickte: „Wir müssen Sie sofort in ein Krankenhaus bringen, der Krankenwagen ist auf dem Weg. Wir werden Ihnen später alles erklären", sagte sie.

Chad wischte sich die Tränen ab und wandte sich an Julia. „Hamads Familie?" Bevor sie antworten konnte, bemerkte er einen großen Tisch hinter ihr. Ein Mädchen saß darauf, während ein anderes Mädchen ihren Kopf auf ihren Schoß legte.

Julia drehte sich um und sah sie auch an: „Es geht ihnen gut, die Ältere ist stark, sie kümmerte sich um ihre Schwester. Zum Glück sind sie nicht verletzt. Wir fanden seine Frau im Koma vor. Sie wurde in ein Krankenhaus verlegt. Der Arzt sagte, ihre Vitalfunktionen seien in Ordnung, sie sollte sich irgendwann erholen." Geeta ging auf die Mädchen zu und begann, mit ihnen mit beruhigender Stimme zu sprechen.

Julia erläuterte: „Sie wurden vor einigen Wochen aus Afghanistan eingeflogen. Ich weiß nicht, wie uns das entgangen ist. Anneleen sagte, sie habe gelegentlich Schreie aus dem Nachbarzimmer gehört. Wir brachen ein und fanden die beiden Mädchen drinnen. Die Mutter wurde in einem anderen Zimmer daneben festgehalten, an ein Bett geschnallt", seufzte sie.

Chad beobachtete die beiden jungen Mädchen und Geeta. Die Mädchen lächelten jetzt.

Julia: „Richard ist bis auf weiteres verhaftet. Er wird eine Strafe zu verbüßen haben, was auch immer das sein mag."

Karan betrat den Raum. Geeta und Chad drehten sich zu ihm um, ein riesiges Lächeln auf allen Gesichtern. „Ich habe gehört, dass Sie hier unten sind! Ich habe gute Neuigkeiten. Hamad wird hierher geflogen, die Mädchen werden sich sehr freuen. Er wollte sie persönlich nach Hause bringen. Boris ist gefunden worden, ein russischer Staatsbürger, er wird gerade nach Delhi transportiert. Auch die indische Regierung schickt einen Botschafter, um die Artefakte zu inspizieren. Meine Arbeit hier ist getan. Endlich kann ich etwas Zeit mit meiner Frau verbringen!"

Alle lachten.

Das Ende

Epilog:

Einige Tage später...

Karan kehrte nach Hause zurück, um sich um seine Frau zu kümmern, sie erholte sich vollständig. Er erhielt die Tapferkeitsauszeichnung des Präsidenten für seine Taten, im Beisein seiner ganzen Familie, alle in Sicherheit. Hamad kam in Deutschland an und wurde mit seiner Frau und seinen Töchtern wiedervereint. Die deutschen Behörden beschlagnahmten das Schiff, das den Inhalt der Säule transportierte. Sie fanden General Phillips an Bord desselben Schiffes, gefesselt und halb verhungert, aber am Leben. Da niemand die Piraten alarmieren konnte, dass der Masterplan vereitelt worden war, erreichten sie wie geplant den Hafen, nur um vom deutschen Bataillon in einen Hinterhalt gelockt zu werden.

Mirza floh aus Afghanistan und erreichte zusammen mit einigen deutschen Soldaten und Diplomaten eine deutsche Botschaft in Pakistan. Eine Rettungsmission brachte sie nach Berlin. Alle Teammitglieder des Propheten wurden aufgespürt, verhaftet und vor Gericht gestellt. Richards Strafe wurde herabgesetzt, da er bei der Suche nach den Dokumenten kooperierte und vertiefte Informationen über Dr. Bauer und die Daten der von ihm geleiteten Vril-Gesellschaft preisgab.

Der Deutsche Wissenschaftskongress hielt vor der Wiedereröffnung von Molgen eine Pressekonferenz ab. Die geheimen Kellergeschosse wurden in mehr Forschungsraum umgewandelt. An der Veranstaltung nahmen der indische Botschafter sowie ein hochrangiger Wissenschaftler und ein hochrangiger Archäologe aus Indien teil. Sie untersuchten die Objekte. Im Inneren der gestohlenen Säule befand sich eine röhrenartige Struktur aus seltenen Metallen. Sie bestätigten, dass es sich um das fehlende Teil des Brahmastra handelte. Das Team beschloss, die Teile nie zusammenzufügen, da es die Tatsache respektierte, dass sie aus einem bestimmten Grund demontiert und versteckt worden waren. Sie fanden auch Überreste von Quecksilber, das zum Antrieb des Brahmastra verwendet worden sein könnte.

Die in der versunkenen Stadt Dwarka gefundene Scheibe wurde ebenfalls von Experten untersucht. Sie enthüllte viele verborgene Geheimnisse und Botschaften. Diese Scheibe war eine Uhr, ein Werkzeug für die Astronomie und auch eine Waffe, ein Diskus, der zum Benutzer zurückkehren würde. Auch die Muschel und der Lotus enthüllten ihren Zweck und wurden getestet. Sie erzeugten einzigartige Vibrationen, die sowohl Fusion als auch Spaltung hervorriefen und nach wissenschaftlichen Berechnungen sogar die Kraft hatten, Antimaterie zu erzeugen, theoretisch sogar ohne den Einsatz eines Hadronenbeschleunigers. Weitere Tests wurden als gefährlich erachtet und das Team beschloss, es dabei zu belassen.

Das Pressegespräch wurde von Millionen Menschen auf der ganzen Welt im Fernsehen verfolgt. Prominente Namen wie Dr. Riedl, Direktor vom Max Planck Institut, Chad, Geeta,

Anneleen, Hamad, Julia Schäffer... General Phillips waren ebenfalls auf dem Podium anwesend, bereit, Fragen zu beantworten, während Hamads Töchter Mirza, Melissa, Ferdinand und die anderen Forschungsstipendiaten zusahen. Alle Objekte waren für die ganze Welt ausgestellt worden und Chad und Geeta waren die ernannten Ehrenredner, die eine detaillierte Beschreibung ihrer „Abenteuer" und der enormen Bedeutung ihrer Entdeckungen gaben.

In seiner Ansprache sagte der indische Botschafter, dass wir Menschen nur verstünden, wie diese Welt funktioniere, mit Chemie, Biologie usw. Aber wir verstünden nicht ganz, wie sie entworfen und geschaffen wurde und dass es auch andere Wege gegeben haben könnte, um diese Prinzipien zu erreichen. Das Verständnis, dass der Buchstabe B nach A kommt, ist alles, was wir gelernt haben. Wir ließen nicht die Möglichkeit zu, dass es genauso gut umgekehrt hätte sein können. Unsere „Götter" müssen all unsere Entdeckungen niedlich finden, so wie ein Elternteil, der einem Kind zuschaut, wie es zum ersten Mal Formen versteht und das Gefühl hat, dass es gerade die Welt erobert habe. Er sprach von anderen Entdeckungen, die sie kürzlich ausgegraben hatten, wie Kumari Kandam, eine versunkene Metropole, in der *Sangams* (oder Versammlungen) von Weisen abgehalten wurden. Waren es Außerirdische? War Kumari Kandam vielleicht das verlorene Atlantis? Alle Händler wussten damals über seine Lage Bescheid. Wurde es vor Jahrhunderten absichtlich vor den Menschen versteckt? Das wusste noch niemand, aber alle Mythen von Atlantis existierten damals auch in Kumari Kandam, so dass es möglich war, dass sie ein und dasselbe waren.

Der indische Archäologe skizzierte die historischen Zeugnisse und Legenden des Brahmastra. Im Ramayana wurde ein Brahmastra von Gott Rama mehrmals verwendet. Einmal gegen Jayanta (Indras Sohn), als er Sita verletzte, gegen Mareecha bei ihrer letzten Begegnung und schließlich noch einmal in der letzten Schlacht mit dem Asura-Kaiser Ravana. Er sprach von den physischen Dimensionen der Objekte und erwähnte den Mönch Luca Pacioli und die *divina proportione*, die aus der Fibonacci-Reihe stammte, die wiederum aus den Veden stammte. Das Brahmastra, die Scheibe, der Lotus und die Muschel waren eine perfekte Darstellung der Fibonacci-Reihe und sogar des goldenen Mittelwerts.

Der Archäologe sprach auch über das Vasatiwara und seine Geschichte. Ein anderer Name für das Vasatiwara ist Chamasa. Die Bedeutung sei im Namen 'Chamasa' selbst vorhanden, da die Wortwurzel 'Cham' zu trinken oder zu essen bedeutete, während die Wurzel 'as' zu leben bedeutete. Chamasa bedeute daher ein Topf mit Lebensenergie. Der Begriff 'Chit Chamasa' wird auch vom Rigveda verwendet, was bedeutet, dass ein Chamasa ein *chit* oder *chetana* oder *manas* hat, was Wahrnehmungsfähigkeit, Bewusstsein oder Leben bedeutete. Somit bedeute 'Chit Chamasa' eine lebende Zelle. Eine befruchtete Eizelle könne als Chit Chamasa bezeichnet werden. Sie wurde von den Rubhus in vier geteilt. Dies deute darauf hin, dass die Rubhus aus einer einzigen Zygote oder befruchteten Eizelle vier Tiere entwickelt hatten. Ähnliche Experimente wurden in der modernen Wissenschaft durchgeführt und vier Tiere wurden aus einer einzigen Zygote erzeugt.

Er erläuterte auch die Stärke des goldenen Mittelwertes, b/a=1,618. Jedes Chromosom in derselben Kombination im Vasatiwara würde eine Nachkommenschaft erzeugen, mit den Schwingungen des *Aum*, die von der Muschel erzeugt wurden. Alles, was eingehalten werden müsse, müsse dem goldenen Schnitt, *phi*, entsprechen, dem größten Anteil der Natur, um die Teile zu einem noch größeren Halt zusammenzubringen - 1,618 zu 1,0.

Die Bedeutung des goldenen Mittelwertes wurde sogar von allen Religionen hervorgehoben. Surah Ali 'Imran, 96 Vers spricht über Mekka, insgesamt sind 47 Buchstaben in diesem Vers. Mekka wird in 29 Worten ausgedrückt - 47/29=1,62, die nächste runde Zahl ist 1,618. Mekka, wobei die Kaaba selbst die goldene Mittelposition der Erde vom Nord- und Südpol ist und da die Erde eine perfekte Kugel ist, gilt dies von überall entlang der gesamten Achse.

Die Presse bombardierte die Gruppe mit einer Lawine von Fragen, von denen zwei herausragten.

Pressereporterin: „Warum sollte Dr. Bauer seinen eigenen Tod planen?"

Chad: „Es lag an dem Vertrauen, das er Friedrich, seinem geliebten Neffen, dem nächsten Verwandten, entgegenbrachte, die Show zu leiten. Der Prophet war nur eine Marionette, ein Gesicht, das man der Welt zeigen konnte, ein Schauspieler, aber ein kluger, intelligenter."

Pressereporterin: „Sie sagten, die Götter hätten uns von Zeit zu Zeit besucht. Warum haben sie jetzt aufgehört, uns zu besuchen?"

Indischer Botschafter: „Warum haben wir aufgehört, den Mond zu besuchen?"

Die Frage war eine Antwort für sich. Alle standen auf und spendeten stehend Applaus.

Plötzlich.... klingelte das Telefon von Chad. Er zog es aus seiner Tasche, um auf den Bildschirm zu schauen.
Seine Hand zitterte, als er sah, was auf dem Bildschirm stand... „Unbekannte Nummer"...

Das endgültige Ende, aber ein Anfang zu einer neuen Dimension.

„Manchmal muss das Gehirn neu angeordnet werden, um Dinge zu sehen,
die direkt vor unseren Augen liegen."

-   *Dr. Charith Venkat Pidikiti*

Danke, dass Sie mich unterstützen!

Was hielten Sie von: Evolutionswiege– Das Erwachen der Veden?

Zunächst einmal vielen Dank für den Kauf dieses Buches. Ich weiß, Sie hätten sich beliebig viele Bücher zum Lesen aussuchen können, aber Sie haben sich für dieses Buch entschieden und dafür bin ich Ihnen äußerst dankbar.

Ich hoffe, dass es einen Mehrwert an Lebensqualität in Ihren Alltag gebracht hat. Wenn dem so ist, wäre es wirklich schön, wenn Sie dieses Buch mit Ihren Freunden und Ihrer Familie teilen könnten, indem Sie auf Facebook, Instagram und Twitter posten.

Wenn Ihnen dieses Buch gefallen hat und Sie einen gewissen Nutzen aus der Lektüre gezogen haben, würde ich mich freuen, von Ihnen zu hören und ich hoffe, dass Sie sich etwas Zeit nehmen können, um eine Rezension auf Ihrer Lieblingsseite zu veröffentlichen. Ihr Feedback und Ihre Unterstützung werden mir helfen, mein Schreibhandwerk für zukünftige Projekte stark zu verbessern und dieses Buch noch besser zu machen.

Ich möchte, dass Sie, die Leserin / der Leser, wissen, dass Ihre Rezension sehr wichtig ist. Ich wünsche Ihnen alles Gute für Ihren zukünftigen Erfolg!

Lightning Source UK Ltd.
Milton Keynes UK
UKHW011554101022
410237UK00001B/78